Sapatilhas de Gelo

Outras obras de Babi A. Sette

Não me esqueças
Senhorita Aurora
Lágrimas de amor e café
Meia-noite, Evelyn!
A aurora da lótus
A promessa da rosa
O beijo da neve

BABI A. SETTE

Sapatilhas de Gelo

4ª edição
Rio de Janeiro-RJ / São Paulo-SP, 2025

VERUS
EDITORA

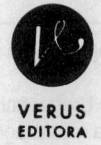

Ilustração e design de capa
Mary Cagnin

ISBN: 978-65-5924-344-0

Copyright © Babi A. Sette, 2024
Todos os direitos reservados.

Direitos reservados em língua portuguesa, no Brasil, por Verus Editora. Nenhuma parte desta obra pode ser reproduzida ou transmitida por qualquer forma e/ou quaisquer meios (eletrônico ou mecânico, incluindo fotocópia e gravação) ou arquivada em qualquer sistema ou banco de dados sem permissão escrita da editora.

Verus Editora Ltda.
Rua Argentina, 171, São Cristóvão, Rio de Janeiro/RJ, 20921-380
www.veruseditora.com.br

CIP-BRASIL. CATALOGAÇÃO NA FONTE
SINDICATO NACIONAL DOS EDITORES DE LIVROS, RJ

S519s

Sette, Babi A.
    Sapatilhas de gelo / Babi A. Sette. – 4. ed. – Rio de Janeiro : Verus, 2025.

    ISBN 978-65-5924-344-0

    1. Romance brasileiro. I. Título.

24-93459   CDD: 869.3
                 CDU: 82-31(81)

Meri Gleice Rodrigues de Souza – Bibliotecária – CRB-7/6439

Revisado segundo o Acordo Ortográfico da Língua Portuguesa de 1990.

Seja um leitor preferencial Record.
Cadastre-se e receba informações sobre nossos lançamentos e nossas promoções.

Atendimento e venda direta ao leitor:
sac@record.com.br

A todas as princesas que resgatam a si mesmas e são felizes sozinhas.
E aos príncipes que as amam ainda mais exatamente por isso.

Vivem dois cisnes em mim: um branco como a neve, obcecado pela perfeição; o outro preto como a noite, que quer ser livre para voar. Enquanto danço, os dois se fundem em perfeita liberdade; enquanto eu danço, posso tocar o céu. E foi assim que me apaixonei pelo sol.

Prólogo

𝓓ireto do céu para um bar entupido de gente, música alta, fumaça e suor.

Eu deveria estar exausta depois de voar quase um dia inteiro de Londres para Toronto, tendo que vencer cinco horas de fuso horário.

Mas... só se vive uma vez, né?

E nada como amar baladas, ter dezoito anos e estar de férias. Tenho certeza de que, mesmo que eu beba hoje e não durma quase nada, amanhã estarei novinha em folha, pronta para mais um rolê noturno ou para bater perna o dia inteiro pelas ruas da maior cidade do Canadá.

Vim visitar meu primo e irmão de criação: Nicolau Pavlov, meu irmão de alma e coração, a única família que tenho. Estou morrendo de saudade, a gente nunca ficou tanto tempo sem se ver. Um ano é muita coisa para quem mora junto desde que se entende por gente. Mais precisamente, desde que Nick ficou órfão. Ele tinha cinco anos, e eu três.

Mas, tirando a distância, está tudo bem, Nick e eu temos mais cumplicidade do que a maioria dos irmãos que eu conheço e nos falamos todo dia. *Várias vezes por dia.*

Pego meu celular na bolsa e digito:

Cheguei. Onde a gente se encontra?

Escuto urros e brindes, provavelmente o time do Nick comemorando uma vitória importante nas eliminatórias do campeonato universitário. Foi por isso que ele se mudou para o Canadá: para jogar na melhor equipe universitária de hóquei do mundo enquanto cursa engenharia com a bolsa de estudos que ganhou. Serão cinco anos de distância do meu irmão, mas que darão a ele a chance de ser contratado pelo seu time profissional dos sonhos: o Leafs, aqui de Toronto.

Antes de se mudar para cá, Nick passou meses insistindo para eu vir com ele. Na verdade ainda não desistiu.

— *Vamos, você vai amar Toronto.*

— *Você não conhece Toronto* — *eu respondia sempre.*

— *Repúblicas e universidades são iguais no mundo inteiro, então você não vai estranhar: festas quase toda noite, shows, festas, jogos de hóquei e... festas.*

— *Adoro o lance das festas, tão bem enfatizado, mas não vou largar tudo aqui, por mais que eu te ame.*

E é só eu usar esse argumento que Nick para de insistir. Ele sabe como foi duro chegar aonde cheguei; Nick, mais do que ninguém, sabe que eu fui criada para abrir mão dos meus sonhos e seguir a vontade da nossa família. Mas agora? Acabei de ser contratada como solista do Balé de Londres, não tem chance de abrir mão de um posto numa das companhias de balé mais disputadas do mundo.

Além disso, desde que Nick e eu deixamos a Rússia para morar na Inglaterra, há dois anos, eu aprendi a amar Londres e fiz os melhores amigos que já tive. Os melhores do mundo.

Vejo a resposta no celular.

Nick

Oi. Do lado esquerdo do palco tem uma porta dupla, é a área da sinuca. Lá é sempre mais vazio, pede pra guardarem sua mala ali no bar.

Se não tiver ninguém no balcão, é só entrar e deixar lá dentro.

A gente sempre deixa as coisas quando vem pra cá direto dos jogos.

Nathy

Não dá pra andar aqui dentro. É sempre cheio assim?

Nick

Em noites de vitória do Dragons sim. Vai indo lá que eu já te encontro. Me espera.

North Dragons é o jeito como a torcida chama o time de hóquei da Universidade de Toronto.

Nathy

Ok, estou indo.

Alcanço a porta dupla sentindo que corri uma maratona.

Mal dá para andar do outro lado.

Aqui, pelo menos, é um ambiente amplo, com três mesas de sinuca, daquelas enormes. A iluminação é um pouco mais fraca do que na área do palco, mais focada sobre as mesas. A música alta é abafada pelas portas, que imagino que sejam acústicas. E o bar é uma réplica menor do que eu vi no outro ambiente: madeira e bronze com bancos forrados de xadrez, num estilo bem pub inglês.

— Dá pra respirar aqui — murmuro, me aproximando do balcão.

Estico o pescoço e olho para os lados procurando ajuda. Como não vejo ninguém e as luzes do bar estão apagadas, dou a volta no balcão para guardar minha mala.

Encontro a porta vaivém e entro, puxando a mala de rodinhas. Apesar de estar bem escuro aqui na parte interna, consigo ver algumas mochilas, capacetes e tacos de hóquei. Cubro a boca com os dedos, assustada, ao notar, quase camuflados junto às mochilas, os contornos de um corpo masculino sentado no chão, com a cabeça entre as pernas.

— Desculpa — digo, rápida —, não vi que você estava aí.

Ele não responde. Não sei se é um funcionário descansando ou alguém passando mal.

— Só vim deixar minha mala.

Dessa vez a resposta vem num murmúrio grave:

— Tanto faz.

Reparo numa garrafa de bebida na frente das pernas meio abertas dele e mordo a ponta do lábio. Será que ele está bem?

Encosto a mala e me viro para sair, mas paro ao escutar um arquejo, como se o cara estivesse chorando. Ou com dificuldade de respirar, ou sei lá. Impulsiva, volto a me aproximar do canto onde ele está sentado e me abaixo. Toco de leve no seu ombro largo.

— Você tá bem? — pergunto baixinho.

Após uma respiração entrecortada, eu o vejo levantar o rosto.

Está superescuro, mesmo assim eu consigo enxergar a linha do maxilar quadrado, as ondas do cabelo, que parece ser preto, a barba por fazer que sombreia ainda mais o rosto masculino.

— Olha — ele começa com a voz rouca, baixa —, não sei como você me encontrou aqui, mas hoje não vai rolar. Eu só quero ficar sozinho.

Mas do que ele está falando? Ele acha que estou aqui atrás dele? Quê?

— Não — me explico, rápida —, eu não estou aqui atrás de você. Só vim deixar minha mala. Eu... Eu nem sei quem você é, como ia saber que estava aqui?

Ele dá uma risada curta, soltando uma ligeira expiração, como quem não acredita, antes de dar um gole no gargalo da garrafa.

— Gata — diz de maneira suave —, se você quiser ficar um tempo aqui e depois sair e contar pra todo mundo que a gente se pegou, eu não ligo, tá? Só me deixa quieto agora, por favor.

Pisco várias vezes, sem acreditar. Começo a rir alto.

— Eu não quero te pegar, muito menos dizer pra alguém que te peguei. Pelo amor de Deus, eu nem sei quem você é. — Gargalho de novo, indignada. — Aliás, quem você acha que é? O pica das galáxias, o pau de ouro do universo? Para, né?

Ele dá uma risada baixa, e não sei se está bufando, meio puto, ou achando graça, em seguida se levanta e eu o sigo. Escuto o clique da luz do bar sendo acesa. Ele se curva como um cavalheiro do século passado.

— Muito prazer, o próprio. Agora, se puder me deixar sozin...

Ele para com a boca meio aberta e me encara com os olhos preguiçosos e intensos. É um olhar que faz meu coração acelerar de um jeito incoerente.

Vejo o movimento de sua garganta ao engolir enquanto ele passa a mão no cabelo preto e ondulado com um corte estiloso de fios longos. Os olhos são verdes e agora deslizam por mim, começando nos meus pés e subindo até a cabeça. Não posso julgar o cara; estou fazendo a mesma coisa.

Calça jeans surrada, pernas potentes, camiseta preta justa e... músculos. Muitos. Um rosto e um corpo que poderiam justificar o nível exorbitante de convencimento, mas...

Me recuso a achar ele um gato, me recuso a encher ainda mais a bola desse cara. Só que devo ter falhado, porque os lábios cheios se curvam de leve, num sorriso prepotente.

— Oi — ele diz. — Acho que eu não...

— Rubin.

Rubi em russo, meu apelido de infância. Nick me chama assim até hoje, por causa da cor vermelho-escura do meu cabelo. Eu me viro em direção à entrada do bar.

— Nick.

Ele vence a distância em poucos passos, e nos abraçamos.

— Que saudade — digo, sentindo os lábios dele na minha testa.

— Eu também, Rubin.

Os braços dele me envolvem com força por um tempo e, quando me soltam, nos viramos de frente para a plateia, para o senhor pica das galáxias.

— Vocês já se conheceram, então?

Franzo um pouco o cenho e Nick prossegue:

— Lucas, essa é minha irmãzinha, minha Rubin, e... Rubin — ele aponta com o queixo —, esse é Lucas Allen More, o cara que em poucos meses se tornou um irmão pra mim.

Abro bem os olhos, e os verdes do cara que, agora sei, é o capitão do time do Nick também se arregalam, enormes, surpresos.

Ele não sorri; ao contrário, a boca se prende numa linha reta enquanto estende a mão para mim.

— Muito prazer — diz e aperta minha mão. — O Nick fala muito de você.

Sorrio, tentando aliviar a tensão.

— Prazer. Ele também já me falou de você.

Ele assente, meio seco, e não diz mais nada, nem se esforça para ser simpático enquanto continua me encarando com a expressão fechada.

Sinto a mão do Nick na base das minhas costas.

— Vamos para o bar. Quero te apresentar os outros caras do time. — E inclina a cabeça em direção às portas duplas. — Lucas, suas fãs já foram embora. Não sei se você estava aqui por isso, mas... elas acabaram de sair.

Olho de Lucas para Nick, curiosa.

— Fãs?

— O Dragons tem um fã-clube que sempre vem pro bar quando o time ganha.

— Um fã-clube? Jura? Você tem fãs? Tipo, autógrafos e fotos? Como se fosse de uma boy band?

— A maioria prefere o Lucas, porque ele é o capitão e provavelmente mais bonito. — Nick dá uma risadinha autodepreciativa. — Apesar de algumas meninas parecerem gostar mais dele fora dos rinques do que no gelo, ele sempre é superaberto e o mais simpático.

"O mais simpático" encolhe os ombros largos.

— Hoje eu não estava no clima.

— Elas já foram embora, e provavelmente frustradas, achando que você se perdeu com alguma garota por aí.

Com uma ruga entre as sobrancelhas, Lucas me encara e, não sei por que, sinto um frio na barriga.

Como se a garota fosse eu.

Ele continua encarando, e sinto que apareceram bigodes de gato no meu rosto.

Com fãs ou sem fãs, ele não deixa de ser um convencido do caramba.

Sinto a pressão da mão do Nick nas minhas costas me impulsionando a andar:

— Vamos? Não acredito que você está aqui, Rubin.

Lucas cruza os braços sobre o peito e se apoia no balcão, com os olhos estreitados para mim. *Antipático. Estranho.*

— Vão indo na frente. Eu já vou.

Uma respiração funda do Nick e um murmúrio que parece ser um "Fica bem, cara" me fazem enrugar a testa.

Antes de me afastar do bar, volto a olhar para o capitão. Ele continua me encarando de um jeito intenso, com as sobrancelhas juntas e a mandíbula apertada.

Se a primeira impressão é a que fica, ferrou. Acho que vou odiar o novo "irmão" do meu irmão.

1

Três anos e meio depois...

Série da minha vida, episódio de hoje:
Uma comédia nada romântica

Meus pés estão doendo e — soluço —, putz, acabou de romper mais uma bolha.
Quantos calos novos eu tenho só no pé direito?
Um, dois, três... quatro.
— Pés, eu amo vocês. Afinal, me sustentam por horas em cima de uma caixa de gesso e madeira de oito centímetros todos os dias, mas sabe? — Soluço outra vez. — Vocês são feios.
Desculpa, é verdade. Pés de bailarinas são lindos quando estão dentro das sapatilhas, mas quando saem delas...
— Cruzes. O preço da perfeição.
Estou sentada na minha cama, sozinha. Com uma garrafa de vodca que era do Nick, meu irmão, da época em que ele morava na Inglaterra, há quatro anos. Isso é prova suficiente de que eu não bebo quase nunca, ainda mais sozinha. Só que hoje? Depois de ter minha promoção ao posto de bailarina principal negada em favor de uma garota mais nova e cheia de contatinhos na diretoria da companhia onde eu danço? Só quero me entorpecer e fingir que não faz um ano e meio que não tenho vida fora do balé. Fingir que eu não apostei todas as fichas da felicidade na minha carreira estagnada. Acreditar que a Nathy que sempre se sentiu feliz aproveitando a vida,

que odiava ficar mofando dentro de casa, ainda está aqui, em algum lugar, perdida dentro de mim.

Deixo a tesoura deslizar sobre a foto de um cara bonito de terno. É isso, eu quero um cara bonito de terno, tipo um empresário bem-sucedido, para animar minha vida sexual inexistente, anulada, cancelada há um ano e meio, junto com o fim do meu noivado com Paul Lambert — o macho mais tóxico do planeta. Estou recortando uma pilha de revistas para atualizar meu quadro de visualizações, engavetado há mais de um ano junto com minha vida social.

— Wilsa — chamo minha sapatilha de pelúcia —, acredita que o primeiro cara com quem eu tentei sair depois de terminar com o Paul empalha gatos? No nosso primeiro encontro ele disse: *Você é uma gata e eu adoraria te empalhar.* Tudo bem, ele pode ter dito *empalar*, mas fiquei tão impressionada com a dezena de gatos espalhados pela casa, que ele mesmo empalhou, que pedi para usar o banheiro e fugi sem olhar pra trás.

Soluço de novo, me olhando no espelho oval na frente da cama.

Deprimente. Fazia meses que eu tinha terminado o noivado, meses até me sentir pronta para sair com alguém, e quem eu escolho? Meu dedo podre contaminado pelo Paul desde que terminamos parece ter incorporado um sensor que atrai os piores tipos. Isso sem falar no narcisista que eu não sabia ser casado, com que saí há três meses e que me dispensou em plena cama, antes do sexo. *Tão legal.*

Viro a página e vejo a foto de uma cabeceira de cobre maravilhosa. Passo a tesoura nela, murmurando:

— Eu quero você na minha vida.

Viro mais uma página e paro na imagem de um navio enorme.

— Minha vida amorosa é o *Titanic*.

Soluço.

Mentira. Em *Titanic*, Rose e Jack se apaixonam e transam antes de o navio afundar. Hoje é sexta à noite e para variar estou sozinha em casa. Parece que, de alguns anos para cá, é como se eu tivesse envelhecido vinte anos em vez de três. Talvez eu precise de uma mudança radical. Talvez eu devesse alterar meu nome para Natalia. Acho que toda a bagunça da minha vida começou no minuto em que fui registrada como Natalie Pavlova. Um primeiro nome francês para uma garota nascida e criada em uma família supertradicional russa; uma homenagem à minha avó materna parisiense, que eu nem sequer conheci. Ou talvez devesse apenas deixar tudo para trás e recomeçar... em Tóquio. Por quê? É o lugar mais longe em que consigo pensar.

Se a vida de todo mundo tem um roteirista e estamos encenando uma série para... sei lá, o universo, faz mais de um ano que o puto do meu roteirista é um sádico, ou uma bruxa que odeia finais felizes. A produção da série da minha vida é de baixo orçamento, com pouquíssimos figurantes, nenhuma mudança de cenário e quase nenhum personagem de destaque.

Dou mais um gole e meu celular toca. São meus melhores amigos, Ivo e Nicole.

Atendo e ouço a voz do Ivo, que soa animada:

— Olá! Como vai a nossa Barbie ruiva favorita?

Meus amigos me chamam assim às vezes. Eles juram que eu seria igual à boneca, se a Barbie fosse ruiva. Parece fazer uma eternidade que eles me deixaram sozinha em Londres — Ivo se mudou há dois anos e Nicole há três, respectivamente.

— Oi, amiga — Nicole me cumprimenta.

— Oi, gente. É respectivamente ou...

Ela ri.

— O quê?

— Respectivamente — Ivo responde.

— Ah, obrigada.

Nicole estica os olhos pelo espaço do meu quarto que a câmera do celular captura.

— Tá sozinha?

— Não, estou com a Wilsa.

Ivo arqueia as sobrancelhas loiras.

— Uma sapatilha de pelúcia não é companhia, Nathy.

Olho para Wilsa com o cenho franzido. Eu a batizei assim em homenagem ao Wilson, a bola de vôlei com quem Tom Hanks passa horas conversando no filme *Náufrago*.

— Xiu, você foi morar em Toronto, vê o meu irmão mais do que eu e não está, há mais de um ano e meio, indo de casa pro balé, treinando dez horas por dia, inclusive nos feriados e fins de semana, e mais nada.
— Soluço antes de acrescentar: — Vocês acham que um ano e meio de celibato pode fazer mal pra saúde mental de uma pessoa da minha idade? Porque às vezes eu acho que estou mesmo enlouquecendo quando converso com a Wilsa.

Nicole suspira.

— Foi por isso que a gente te ligou.

Arregalo os olhos

— Vocês acham que eu estou louca?

— Não — Ivo responde. — A gente acha que talvez algumas mudanças...

— Vocês estavam dentro da minha cabeça agora há pouco? — pergunto, como se nunca tivesse pensado nisso.

Nicole franze o cenho.

— Você tem que mudar de vida, Nathy. Não dá pra ficar tanto tempo sem sair de casa, vivendo só de balé, sem vida social.

Fito Wilsa com um sorriso melancólico.

— Me fechar no balé foi uma opção. Eu precisei disso.

Ivo volta a falar:

— Nathy, hoje faz um ano e meio.

E, *apesar da decepção de hoje, é o balé que me permite continuar respirando.* É a única coisa que eu amo e que ninguém pode tirar de mim. É isso que quero falar, mas respondo no lugar:

— Eu conto o tempo por horas desde que terminei com o Paul.

— A gente sabe, mas na nossa opinião você precisa mudar de ares — Nicole reforça. — Você pode vir pro Brasil.

— Ou pra Toronto — Ivo faz eco. — O Nick e eu íamos ficar muito felizes. Seu irmão implora por isso há anos.

— Mas e a Companhia de Balé de Londres?

Nicole e Ivo me encaram através da tela antes de falar, quase juntos:

— Negarem a sua promoção hoje foi o fim.

Ivo emenda:

— Eles não te valorizam. Não cumprem o que prometem. Já era pra você ser a bailarina principal.

Como vocês já devem ter percebido, este é o meu maior sonho: ser promovida a bailarina principal numa companhia grande.

Olho para o quadro de visualizações com imagens das bailarinas que mais admiro e postais de musicais do West End e da Broadway, e me conforto com a sensação de que, se o balé não me levar aonde eu quero, sempre vão existir os palcos dos musicais, que eu também adoro. Lembro da audição em que passei há dois anos e do motivo de não ter atuado na peça, *Grease*. Olho para os cacos de vidro dentro da caixa improvisada e sinto um arrepio ruim na nuca.

A voz do Ivo me tira do passado e me traz de volta para a conversa.

— A gente ligou porque um diretor do balé aqui de Toronto viu umas apresentações suas e pediu pra te fazer um convite.

— Um convite?

Ivo e Nicole sorriem, entusiasmados.

— Para concorrer à vaga de bailarina principal no Balé de Toronto. Acabei de mandar o regulamento no nosso grupo.

Abro mais os olhos, até ficarem enormes.

— O quê? Eu fui convidada? Jura?

Ivo revira os olhos azuis.

— Nossa, que surpresa. Você é o talento em pessoa, amiga.

Levanto a garrafa de vodca e falo, olhando para a foto de Marianela Núñez, uma das bailarinas que mais admiro.

— Um brinde. Quem sabe chegou a minha vez.

— São duas vagas que vão abrir no trimestre que vem — explica Ivo.

Soluço.

— Será que eu tenho chance?

Nicole sorri.

— Você é uma das bailarinas mais talentosas que eu já vi dançar. É claro que tem.

— Óbvio que tem, Nathy — emenda Ivo. — Você é uma perfeição.

Me jogo para trás na cama de um jeito dramático.

— Ouvir isso dos melhores bailarinos que eu conheço, e ainda por cima que amo mais que minhas sapatilhas de ponta — soluço —, é...

— Own, nós também te amamos — eles falam juntos.

— Ótimo — prossegue Ivo, animado. — O teste vai ser daqui a três meses, então você tem tempo pra se preparar. E o melhor: quando você passar...

Eu o interrompo:

— Se...

— ... *quando* você passar — frisa ele —, nem preciso dizer como eu vou ficar feliz com você morando aqui.

Nicole me encara, parecendo apreensiva.

— Amanhã, quando você estiver melhor da ressaca, liga pra gente conversar melhor.

— Perfeito. — Soluço outra vez. — Já estou com mil ideias e muito mais animada do que... há... nem sei.

Os dois mandam beijos através da tela.

— Boa noite.

— Vocês são os melhores, juro.

E desligamos.

Com o coração acelerado, entro no grupo que tenho com os dois e leio o regulamento, fazendo tiques mentais em todos os requisitos que minha experiência profissional garante. Além do fato de eu ter sido convidada, é claro. Pelo que entendi, daqui a cem dias todas as candidatas devem dançar uma peça como bailarina principal no Balé de Toronto, onde se dará a seleção.

Faço as contas rápido: tenho quinze dias para começar a treinar. Meu Deus. Toronto... Será?

Nick iria surtar de alegria, e Ivo, que é um dos bailarinos principais por lá, pode me ajudar com o que for preciso.

Quinze dias vão ser suficientes para me despedir dos — faço uma pausa dramática — zero amigos que tenho em Londres e... dos menos cinco amantes loucos que me livrei de conhecer no último ano e meio de celibato.

Soluço e dou mais um golinho na vodca, me sentindo quase eufórica enquanto continuo a ler:

"*O lago dos cisnes* é a peça que será montada para que as candidatas dancem como bailarina principal a fim de serem avaliadas, em dias e horários previamente agendados durante a primeira semana de março."

Meu coração acelera e dá trinta e dois *fouettés* seguidos, igual a Odile, o Cisne Negro, o papel que eu mais sonho dançar como principal numa grande companhia.

— É um sinal — murmuro para Wilsa —, tenho certeza.

Sem pensar em mais nada, abro meu e-mail, digito o endereço diretoria@ciadeballetlondres.uk e escrevo freneticamente minha carta de demissão.

2

Série da minha vida, episódio de hoje:
Se beber, não peça demissão por e-mail

*S*e você tem vinte e dois anos e precisa dançar balé para se sentir viva, eu te aconselho a não pedir demissão de uma das maiores companhias do mundo na qual você é solista, insultando alguns professores de quem você nunca gostou e aconselhando essa companhia a valorizar mais os seus talentos. Entre outras coisas sem noção.

Eu saí meio queimada, e isso nunca é bom num meio que parece grande mas é um quintal.

E agora?

Desempregada, a caminho do aeroporto de Londres com destino a Toronto, para uma possibilidade que pode ou não se concretizar daqui a três meses, eu devia estar querendo arrancar os calos dos meus pés a seco. Só que, com a vida emocional e a carreira estacionadas e tão ferradas, não consigo me arrepender totalmente. Só me arrependo dos insultos.

Meu celular vibra com a entrada de uma mensagem

Ivo

Boa viagem. Só pra lembrar, vou resgatar sua vida social e vai ser incrível.

É claro que sinto falta de sair, ainda mais com meus melhores amigos. Acontece que faz tanto tempo que estou numa rotina de ensaios puxados, tendo somente Wilsa para me distrair além dos livros e séries, que nem sei mais se gosto desse lance de balada, bebida e pegação como já gostei um dia. Mesmo assim, por mais que essa mudança tenha sido impulsiva, repentina e encorajada pela vodca e pela frustração, quero fazer dela um recomeço em todos os sentidos.

Por isso digito a resposta, citando Cyndi Lauper, uma das musas do Ivo.

Nathy

Vou voltar a ser uma garota que só quer se divertir?

Ivo

Isso mesmo, amiga. Você pegou o clima.

Nathy

Combinado, só que sem exagero, tá? Não esquece que eu sou uma bailarina desempregada, a caminho do que pode ser a conquista de um sonho ou um suicídio de carreira.

Ivo

E a vaga temporária como solista, aquela pra qual eu te indiquei? Você não está desempregada. Não totalmente.

Ivo me indicou para preencher o lugar de uma solista em Toronto que vai sair em licença-maternidade. É perfeito, e ainda por cima vou poder usar as salas de ensaios e fazer aulas na companhia enquanto treino para a audição.

Nathy

Amigo, eu te devo tanto, vc me salvou, mas até eu ter alguma coisa de verdade vou focar mais nos treinos e na minha carreira.

Ivo

Gata, tinha esquecido de um detalhe maravilhoso: você vai morar com o seu irmão e com alguns espécimes deliciosos de machos do hóquei do Canadá.

Faço uma careta de enjoo antes de digitar:

Nathy

Sim, que delícia (contém ironia).

Ivo

Ah, para. Vai dizer que ainda odeia jogadores de hóquei por causa do seu primeiro namorado?

Alexei Turgueniev, meu primeiro namorado, jogava hóquei na nossa escola na Rússia e me traiu com a minha melhor amiga. Ele inaugurou o meu hall de canalhas. Foi o primeiro e se Deus quiser o último atleta popular, galinha e cabeça vazia com quem me relacionei.

Nathy

Não, né, amor? Não tenho mais quinze anos. Você sabe qual é o meu problema.

Ivo

Um problema enorme, gato, cheio de músculos e de olhos verdes.

Nathy

Ele mesmo. Também conhecido como Lucas More.

Ivo

Hahaha quanto rancor nesse coraçãozinho peludo, miga!
A desavença entre vocês já é coisa antiga, né?

Encolho os ombros e digito a resposta:

Nathy

Acredita que em três anos que eu conheço esse cara ele nunca me cumprimentou durante as minhas chamadas de vídeo com o Nick, mesmo eu ouvindo a voz dele ou vendo ele pela câmera de vez em quando? Algumas vezes já peguei ele me olhando pela tela com uma expressão amarrada, e sabe o que esse maluco fazia?

Ivo

Erguia o dedo do meio pra você?

Nathy

Haha não.
Ele virava a cara e fingia que não tinha me visto. O Nick insiste que agora eu vou conhecer um novo Lucas.
Hahaha duvido.

O Uber para na frente do aeroporto e eu volto a digitar:

Nathy
Migo, cheguei no aeroporto. Depois a gente se fala.

Ivo
Boa viagem e até daqui a algumas horas.

Guardo o celular sorrindo, com a certeza de quanto eu amo esse meu amigo.

Paro de sorrir quando a imagem de Lucas Allen More surge na minha mente.

Ele ainda é o capitão do time. Lembro que, pouco depois que voltei do Canadá, Nick me contou que Lucas estava vivendo uma fase de merda e por isso tinha agido daquele jeito estranho comigo, mas reafirmou que ele era um amigo incrível e que, se eu o tivesse conhecido num momento melhor, teria até gostado dele.

Duvido.

Bufo ao lembrar como foi horrível conviver com ele nos quinze dias de férias que passei no Canadá. Espero que Lucas não tenha melhorado somente no hóquei, mas esteja mais simpático, menos... *O quê, Nathy?*

Menos irritante, achando menos que todas as garotas do mundo são ou vão ser apaixonadas por ele.

E aqueles olhares longos e perturbadores? Como se a única intenção dele fosse me deixar sem graça? Para em seguida me evitar, como se não me suportasse. Não foi uma nem duas vezes que eu cheguei na sala, na cozinha ou em qualquer outro cômodo da república onde Nick morava na época e, se Lucas estivesse no ambiente, ele simplesmente saía assim que punha os olhos em mim, sem nem disfarçar. *Que horror.* Por mais merdas que ele estivesse enfrentando na época, nada explica aquela antipatia gratuita em alguns momentos ou a simpatia condescendente em outros.

Chega de pirar, Natalie Pavlova.

As coisas vão ser melhores, a fase difícil que Lucas estava vivendo passou, ele vai ser incrível comigo. Minha pulsação acelera um pouco com o exagero.

Deixa as coisas rolarem.

Respiro fundo e saio do Uber.

3

Série da minha vida, episódio de hoje: Não abra qualquer porta

É estranho chamar de casa um lugar que não conhecemos. Pois é, mas aqui estou, indo morar numa casa que não é minha e que eu só conheci até hoje por chamadas de vídeo. Nick se mudou para um apartamento de luxo depois que herdou uma fortuna dos pais ao fazer vinte e um anos.

Olho pela janela do carro e meu coração acelera ao ver a famosa torre de Toronto. Tento me convencer de que pedir demissão bêbada e amargurada pode até ter sido arriscado, mas também foi a melhor chance de mudar de vida e realmente recomeçar. Lembro de quando, aos dezesseis anos, deixei a Rússia e minha família depois que ganhei uma bolsa para estudar balé em Londres. E aprendi a amar aquela cidade.

Com o passar dos anos ali, fui me despedindo de todos que eu amava e aprendi a amar, e então passei a odiar viver em Londres, tendo somente as lembranças de Paul e os anos de solidão, balé e mais nada. Acho que insisti por tempo demais que eu adorava a cidade e que só o balé importava para compensar tudo que eu odiava na minha vida. Poético e paradoxal como uma peça de Tchaikovsky.

Ivo parece ler meus pensamentos.

— Você vai amar Toronto, gata.

— Tanto quanto amei Londres, na época em que amei Londres?

— Tenho certeza.

Suspiro e atendo o celular. É Nick.

— Oiii, finalmente em terras canadenses.

— Oi, Rubin. Me perdoa por não ter ido te buscar, vim conhecer a turma que vai passar as três semanas no retiro comigo. A gente se reuniu fora da cidade, mas chego antes das seis e vou direto pro seu quarto te sufocar de abraços.

Daqui a oito dias Nick vai passar três semanas num retiro nas montanhas Rochosas. Ele sempre faz isso quando precisa desestressar durante a temporada de jogos, normalmente no recesso de fim de ano.

— Relaxa, Nick, já estou aqui com o Ivo. Ele veio me pegar, e daqui a...

Olho para Ivo e pergunto:

— Quanto tempo até em casa?

— Nem dez minutos.

Volto para o celular.

— Daqui a pouco chego em casa. Na sua casa.

— Sua casa também, Rubin.

— Obrigada, irmão.

— O seu quarto é...

— Primeira porta à direita, na entrada do corredor. Você já me falou.

— Manda um abraço pro seu amigo esquisito.

— Ele não é esquisito. — Olho para o lado e dou risada. — Tá, ele é.

— Te amo, Rubin.

— Também. — Desligamos.

A velocidade do carro diminui e meu coração acelera.

Ivo me encara com os olhos delineados. A iluminação amarelada da rua espalha reflexos dourados no cabelo dele, loiro e espetado. Ele é um bailarino clássico, meu conterrâneo e ama tudo que os anos 80 produziu de bom e de ruim. Se veste num estilo new punk e ao mesmo tempo meio nerd. Jaquetas de couro e camisetas com estampa do E.T., dos *Goonies* e de outras pérolas da década.

Os lábios cheios de Ivo se curvam no rosto de príncipe roqueiro.

— Senti tanta saudade de você e de tudo.

— Eu também, amigo. Estou feliz de estar aqui.

Ele me abraça, inclinando o corpo por cima do freio de mão do esportivo novinho que está dirigindo. Suspiro, sentindo o cheiro viciante de couro e carro novo. E olho ao redor, reparando nos detalhes luxuosos.

As sobrancelhas loiras dele se arqueiam um pouco.

— Você devia ir morar comigo. Queria tanto poder roubar seu cobertor no sofá e dividir vitaminas de morango no café da manhã com você.

— Jogo sujo. Você sabe que eu iria amar tudo isso, mas — encolho os ombros — o Nick é minha única família, é como um irmão mais velho e...

— Gato, protetor e ainda vem com o bônus de morar com dois exemplares dos melhores machos do hóquei. Yummy.

Não vou repetir que Lucas More não é exatamente o tipo de macho com quem eu sonho para botar fim no meu celibato. E o outro amigo que mora com Nick é o Dante. Esse eu não conheci nas férias que passei aqui, parece que na época ele estava viajando com a família.

— Amor, quando eu estive aqui pela primeira vez, nenhum amigo do Nick relou em mim. Pra eles eu sou a irmãzinha dele, quase um mascote. Então esquece os jogadores de hóquei amigos do Nick pra mim.

— Tá bom. Agora vamos falar da parte que interessa? Eu te ajudar com as baladas, a diversão, tirar a poeira das partes baixas?

Acho graça.

— Está se oferecendo pra tentar?

Ele suspira.

— Se eu não estivesse tão apaixonado, até que seria uma boa ideia. Lembro que eu curti a nossa noite juntos.

Ivo e eu transamos uma vez. Rolou um tempo depois que voltei do Canadá, pouco antes de eu começar a namorar Paul. Se eu soubesse como seria a minha vida por causa do traste, teria insistido para o nosso casinho de uma noite continuar.

Eu o cutuco com o cotovelo.

— Ainda não acredito que você se apaixonou. Finalmente.

Mais um suspiro do Ivo.

— É uma pena que ele não saiba ainda. E que seja proibido.

Coloco a mão no coração.

— Uma coisa tão roteiro de peça de balé. O bailarino principal e um professor da companhia em que ele dança.

— Não zoa, eu tô sofrendo.

Arregalo os olhos.

— Não tô zoando. Vou te ajudar a ficar com ele, você vai ver.

— Isso se ele não fosse hétero.

— Isso se ele ainda não descobriu que está secretamente apaixonado por você.

Mais um suspiro dele, e a expressão muda de triste para irônica.

— Eu devia ter ouvido meu pai e virado um operário hétero top alcoólatra como ele. A minha vida amorosa pelo menos seria mais fácil.

Eu me viro para encará-lo. Apesar de estar brincando, o tema mexe com ele. Ivo, assim como eu, não teve o apoio da família para dançar, e fazia aulas de balé escondido. Quando o pai descobriu que no lugar de levantar peso na academia ele estava dando saltos e fazendo *fouettés*, Ivo apanhou tanto que ficou quinze dias internado. Ele quase morreu aos catorze anos, e mesmo assim não desistiu das sapatilhas. Engulo o bolo na garganta. Repassar tudo isso na mente me lembra como eu o admiro, como eu amo esse punk rebelde que fugiu de casa para ganhar os palcos do mundo.

— Se eu começar a falar da minha saúde emocional, vamos sair desse carro daqui a um mês.

Ele aperta minha mão e eu prossigo:

— Te contei minha última tentativa frustrada de tirar a poeira, há três meses?

— Não foi com o cara dos gatos?

— Não. Esse faz seis meses já.

Ele faz uma expressão ofendida.

— Não me olhe assim, você não perdeu nada. Foi com um cara apaixonado por cosmologia, como eu. Resumindo: a gente saiu algumas vezes, até eu me sentir pronta. Daí ele me contou que era casado quando a gente estava na cama, no apartamento dele, um minuto antes de a gente transar. Foi tão fofo.

— Nathy, meu Deus! Eu não acredito. Vou te levar numa benzedeira pra tirar essa uruca ou sei lá.

— Faz tanto tempo que eu nem sinto mais falta. — Pego o celular e entro no Instagram. — Quer ver uma foto dele? Acho que fiquei boba com a aparência e nem reparei na marca da aliança.

Os olhos azuis de Ivo se arregalam.

— Meu Deus, jura? Que gato. Diz que tirou uma casquinha pelo menos.

Não vou contar que eu travei na cama com uma crise de pânico e o cara ficou tão puto que me mandou sair, e em seguida me contou que era casado. *Um amor.*

— Quase nada.

— Que pena. Ele parece o Johnny Depp mais novo, não parece?

Guardo o celular na bolsa.

— Acho que sim.

— Por falar em Johnny Depp, amanhã às sete no treino. Animada?

Acho graça. Ivo vive traçando paralelos improváveis, do tipo *Por falar em pulgas, você viu aquele meu cobertor azul?*

— Primeira aula no balé novo. Estou superanimada, apesar de nervosa com o futuro.

— Vai dar tudo certo, você vai ver. — Ele destrava as portas do carro.

— Eu te amo. Muito obrigada por ser minha ilha de amor e coisas boas e punks entre as merdas da vida.

Nos abraçamos outra vez.

— Boa noite. Se não conseguir abrir a porta, ou se precisar dividir algum jogador de hóquei, me liga.

Mostro a língua para ele e saio do carro.

A chave maior abre a tranca de cima.

E o código é 182j93.

Guardo o celular na bolsa após ler as instruções e abro a porta devagar. Entro arrastando meus baús do tesouro: duas malas Louis Vuitton que ganhei do senhor Tóxico. Vulgo meu ex.

Não tenho a menor ideia de onde fica o interruptor, então agradeço pela iluminação de rodapé acesa. Olho para a frente à procura do corredor.

A primeira porta à direita é a do seu quarto, comanda a voz do Nick na minha memória.

Dou uma olhada nos contornos dos móveis, o paredão de vidro... o pé-direito alto.

— Uau, que vista.

Dá para ver a torre de Toronto e o lago e...

— Merda!

Quase tropeço na porcaria de um tênis no meio do caminho. Só me faltava ter uma entorse de tornozelo. Viro o pé para checar se tem algo doendo.

— Tudo bem com vocês, pezinhos? Preciso demais de vocês nesses três meses de treino até a competição. Vamos virar bailarina principal de Toronto, meus amores.

Falar comigo mesma virou mania. Sei que pareço meio alucinada, mas estou morando sozinha há muito tempo.

Quem nunca morou sozinho não pode me julgar, né, Wilsa?, pergunto para minha amiga imaginária telepática e inanimada.

Nem quero mais pensar que talvez isso diga muito sobre como ficou minha sanidade depois de tudo que aconteceu nos últimos anos.

Respiro devagar e analiso o chão, procurando *outras* armadilhas. Com a certeza de que o caminho está livre, sigo mais decidida, arrastando as malas até a entrada do corredor.

Primeira porta à direita.

Suspiro com a mão na maçaneta, reparando que uma luz fraca se infiltra através do vão da porta. Lembro do que meu irmão falou: *Vou deixar roupas de cama limpas, toalhas e o abajur aceso pra você se localizar.*

É isso! Nova vida, novos ares, uma nova versão de mim começando agora e...

Empurro a porta lentamente e entro de olhos fechados, fazendo uma imagem mental de como eu vou ser feliz aqui.

Que barulho é esse?

Abro os olhos e dou de cara com uma bunda.

Uma bunda masculina, um torso também masculino e cheio de músculos, que se movimentam conforme... Ah, meu Deus. A cama fica de frente para a porta, encostada na parede oposta. Um abajur aceso garante o ambiente perfeito para uma noite de...

Gemidos baixinhos, sons molhados, cheiro de sexo, feromônios entupindo o ar. Ele geme, rouco, e joga o pescoço para trás, convulsionando enquanto diz:

— Caralho, que delícia, gata.

Enquanto a tal gata crava as unhas na bunda dele e geme:

— Você é o melhor, o melhor, eu juro, o melhor.

Tá, já entendemos. Ele é o melhor. E, a julgar pelo cabelo e pelas tatuagens nas costas, deve ser o Lucas. *Merda.*

Pelo jeito como os músculos dele se contraem, ele está gozando. Tenho certeza.

Minhas bochechas queimam.

— O melhor — continua ela, sem fôlego, como se ele *precisasse* ouvir isso —, juro.

— E você é uma delícia, gata.

Desvio os olhos e tento voltar para trás na ponta dos pés. Tenho prática, vou conseguir, só... não vire, não parem de gozar.

Como ele é gostoso. Droga. Torço para que a inteligência corporal que o balé me deu seja suficiente para me tirar daqui sem fazer barulho. Dou um passo e mais um e... a mala da direita bate em alguma coisa, e essa coisa acaba de cair no chão, fazendo um baque seco. A bosta de um taco de hóquei.

— Ah, não — murmuro, derrotada.

E um gritinho feminino horrorizado é seguido pela pergunta com uma voz grave:

— Mas que porra é essa?

Olhando para o chão, engulo em seco o que sobrou da minha dignidade e respondo, tentando soar descontraída, como se não estivesse fritando no óleo da vergonha.

— Deve ser a sua.

Ninguém ri. Eu frito um pouco mais.

— Que abusada! — diz a voz feminina, baixinho. — Quem é, Lucas? Mais uma fã desesperada?

Barulhos de tecido em movimento e dou mais um passo para trás. Eu e minhas preciosas Louis Vuitton estamos quase fora do quarto. Vou me desculpar, sair rápido, fechar a porta e rezar para abrir os olhos no voo de Londres para Toronto, ou para bater a cabeça e acordar do coma daqui a dois anos.

— Gente, desculpa, eu acho que confundi as portas e... não parem por minha causa, por favor, continuem.

Coloco as malas para fora e agarro a maçaneta, mas antes de fechar a porta, sem querer, dou uma última olhada pela fresta.

Ele. Lucas More. Ainda mais lindo do que eu lembrava.

Enrolado da cintura para baixo em um lençol branco, como um deus romano em sua túnica. Quão ridícula eu seria se fizesse uma varredura rápida com o olhar?

Muito.

Só não consigo evitar.

O lençol fino não esconde as pernas potentes, e o calor nas minhas bochechas desce até o ventre, porque o lençol comprime e marca o membro ainda ereto, maior que o taco de hóquei que derrubei agora há pouco. Bíceps enormes e tatuados, tríceps e lateral deltoide igualmente definidos. As aulas de anatomia que tive por causa do balé dão piruetas na minha cabeça. Acho que ele tem os oblíquos, transversos e retos do abdome mais marcados e bonitos que eu já vi. Ele tem o corpo mais bonito que eu já olhei, sério. É superforte sem ser bombado, e infelizmente tem motivos reais para ser metido.

Quando chego no rosto, sou recebida pelo maxilar quadrado, barba por fazer, nariz reto, lábios cheios meio elevados num sorriso convencido.

Não que isso me afete... Mas que filho da puta lindo, não lembrava de ele ser tão gato assim. Lucas passa as mãos enormes pela juba que termina no meio da nuca, tentando domar as ondas pretas. Sou sugada como poeira por um aspirador na potência máxima para dentro do par de olhos verdes. E eles estão estreitados.

Tudo isso acontece em segundos, mas para mim parece um livro inteiro de Dostoiévski. Tipo *Crime e castigo*.

— É, você confundiu. Este é o meu quarto — murmura ele, rouco como um leão que teve sua foda empatada.

Tento descontrair o clima mais uma vez:

— Ah, sério? Achei que vocês alugassem por hora.

E aí um sorriso sarcástico nasce nos lábios cheios.

— Boa noite, srta. Pavlova. Se quiser assistir mais alguma coisa, posso indicar. Tem uns sites bem legais.

Filho da puta.

— Só pra avisar que eu cheguei bem e você continua — *lindo* — insuportável.

— E pelo visto você continua metendo as sapatilhas onde não deve. Me fala, fez um bom voo? Invadiu a cabine de alguém da primeira classe?

— Não vou discutir nem conversar com você nessa situação ridícula.

Fecho a porta rápido, ouvindo a gargalhada dele. Que cara irritante.

Bosta. Dá pra acreditar nisso, Wilsa? Meu primeiro encontro com ninguém menos que Lucas More, o soberbo, depois de três anos, e eu dou um flagra nele... na cama? Gozando? Sendo endeusado por uma loira gata pra caramba, pra ficar ainda mais cheio de si?

Olho para os lados, atordoada, e reparo que antes do batente da porta que dá para o corredor tem outra porta. *Será que esse é o meu quarto?*

Mas que porcaria.

Não vou arriscar entrar e assistir a mais uma cena do Xvideos do hóquei ao vivo.

De volta à sala, passo pela mesa de jantar e, mais à frente, por um piano de cauda. Sério, Nick? Desde quando você toca? Apoio as malas no braço de uma poltrona antes de afundar no sofá de camurça cinza. Recosto a cabeça e franzo o nariz com o cheiro esquisito das almofadas.

— Ótimo, o sofá tem cheiro de cerveja e suor.

Tenho medo de enfiar as mãos entre as almofadas e encontrar uma cobra ou uma perereca.

Meu coração ainda está acelerado, minhas bochechas ardendo e queimando, aliás meu corpo inteiro está pegando fogo. Lembro dos gemidos roucos e graves. Só eu acho uma delícia um homem que expressa o prazer na cama? Mas que droga, eu estou o quê? Com tesão? E justo por ele? Ah, não. É que faz tanto tempo. Preciso voltar a transar. Só pode ser isso.

Esfrego os olhos, cansada. Pego o celular e penso se devo ou não contar para Nick que acabei de flagrar o pegador máster do Lucas transando e depois perguntar casualmente se tem chance de isso se repetir com Dante dependendo da porta que eu tente abrir no corredor. Desisto.

Tiro os sapatos, o casaco e me recosto um pouco mais antes de murmurar, encarando as almofadas:

— Se não fosse o cheiro de Cheetos, vocês seriam bem confortáveis.

Abro o celular e deslizo o For you do TikTok, salvando compulsivamente vídeos de apresentações de balé, de sapatilhas sendo quebradas e de cosmologia, outro vício meu.

Em pouco tempo o sono me vence. Sonho a noite inteira com Cheetos gigantes sendo devorados por deuses romanos que gemem de prazer.

4

Série da minha vida, episódio de hoje:
Não tranque qualquer porta

Fazendo uma retrospectiva da minha vida amorosa, entendo finalmente por que um pedido de demissão movido a vodca e crise existencial me trouxe a chance de chegar ao topo da minha carreira como bailarina.

E o que tem a ver a sapatilha com o cós da meia-calça? É simples: sempre acreditei na sabedoria de *O diabo veste Prada*. Quanto mais a sua vida pessoal estiver uma bosta, mais você terá sucesso na vida profissional, ou vice-versa.

Hoje, depois de quatro horas de aula de ponta e dos comentários positivos dos professores, estou mais confiante. Talvez eu ainda agradeça às doses de vodca e ao meu impulso de pedir demissão por e-mail. Acho que realmente posso conseguir uma das vagas de bailarina principal.

Os olhares mordazes, do tipo "Ei, por que você não quebra o pé?", das garotas que disputam as mesmas vagas podem ser uma prova disso, também.

Meu celular está tocando. Olho a tela e atendo. É meu irmão. Hoje eles jogaram em Ottawa contra o Predators, seu maior rival.

— Oi, Rubin, já tá em casa? Estava preocupado, você demorou pra atender.

— Desculpa, acabei parando no café da livraria perto de casa e coloquei o celular no silencioso. Mas já estou chegando.

— O nosso voo de volta atrasou, estamos embarcando agora. Só vamos chegar em casa daqui a duas horas, tudo bem?

— Tudo, fica tranquilo.

— Você está com o spray de pimenta na bolsa, né?

No fundo eu sei por que Nick age assim comigo, e não tem a ver só com meu ex psicopata nem com o fato de eu parecer atrair os piores hétero tops e canalhas do mundo. Tem a ver, principalmente, com nossas origens. Com nossa infância na Rússia, com tudo o que envolve nossa família. Eu sei que de um jeito ou de outro é como se ele estivesse sempre na defensiva, sempre pronto para se proteger e principalmente *me* proteger, algo que Nick fez boa parte da vida.

— Sim, tudo certo, irmão. Já estou quase em casa. Ah, parabéns pela vitória, vi as mensagens no grupo. Fiquei feliz por você.

— Sim, Rubin, foi apertado, como sempre é contra o Predators, mas ganhamos. Além disso, o time adversário inteiro tentou me tirar do sério. Foram os caras do Predators que brigaram com a gente quando você esteve aqui há três anos, lembra?

Da última vez que estive no Canadá, Lucas começou uma briga no bar com esse outro time. Parece que eles tinham quebrado o braço do Dante na maldade em um dos jogos e Lucas reagiu ao ser provocado fora do rinque.

— Sim, o Polar Predators, da Universidade de Ottawa, né?

— Eles mesmos. Mas eu não perdi a cabeça em momento nenhum. Estou superfeliz.

Nick tem problemas para controlar a própria raiva, e isso complica pra caramba a vida dele no esporte. Ele sofre com isso faz muito tempo, mas de uns anos para cá as crises só acontecem dentro do rinque ou quando algum folgado o tira do sério.

E esse é o motivo de Nick estar indo viajar daqui a uns dias: passar um tempo num retiro para se autocentrar. Quando ele precisa perder um ou dois jogos nessa fase, sempre é substituído — é um acordo dele com o capitão Lucas e com o treinador da equipe.

Não culpo Nick pelas neuroses dele. A culpa é da arena digna de *Jogos vorazes* em que crescemos. A válvula de escape do meu irmão sempre foi o hóquei, e a minha sempre foi o balé. Acho que por isso somos tão bons no que fazemos; de certa maneira, só tivemos um ao outro e às nossas carreiras.

Nick me contou que os primeiros jogos desta temporada foram uma merda — ele foi expulso em momentos importantes e o treinador falou que, se não aprendesse a controlar os nervos de uma vez por todas, podia esquecer a liga profissional. E, como ele está no último ano da universidade, é agora ou nunca para as coisas darem certo no hóquei.

Apoio o celular entre a bochecha e o ombro antes de responder:

— Feliz pelo jogo e principalmente por você. Queria muito ter assistido.

— Semana que vem tem o último jogo antes do recesso de fim de ano, aí em Toronto. Seria legal você ir. Mesmo eu não jogando, vou amar que você esteja lá pra apoiar o time.

Coloco a chave na fechadura, abro as travas da porta e entro no apartamento.

— E eu vou amar torcer pelo Dragons ao vivo.

— Rubin, preciso desligar. Já estou dentro do avião.

— Tá certo. Boa viagem.

— Até já.

Fico aliviada ao perceber que o apartamento está em silêncio e — suspiro — vazio. Hoje vou conseguir tomar banho com calma, ver TV na sala e jantar na mesa.

Nos últimos dois dias desde que cheguei, tenho tentado evitar o capitão Lucas da maneira que consigo. Ontem inventei uma desculpa esfarrapada para não jantar com Nick. Hoje de manhã saí pela janela e desci a escada de incêndio. Parece ridículo, né? Mas não é tanto. Eu estava prontinha para sair e encarar Lucas outra vez, então entreouvi o amigo dele, o tal de Dante, falar:

— Como foi ontem com a namorada?

E ele respondeu:

— A Cristine não é minha namorada, ela é...

— Ah, claro, esqueci que você não namora.

Revirei os olhos e ouvi Dante acrescentar:

— Mas e aí? Conta, como foi a noite com a nova líder de torcida?

— Estranha. Gozei na frente de duas garotas sem fazer ménage.

— Como assim? Uma voyeur?

Nesse ponto da conversa, eu travei e só conseguia pensar: *Por favor não conte, por favor, não.*

— Sei lá, pode ser. Esquece, vai.

Então eu fiquei tipo: *O quê? O quê?* Lucas acha que eu estava assistindo ele transar? Que eu sou uma tarada que invade quartos para olhar atletas transando? Pensar assim faz bem o tipinho dele.

Sei que uma hora ou outra vou ter que encarar Lucas More de novo, mas não hoje, não agora. *Ainda bem.*

Tiro o casaco pesado, as botas de neve e as luvas.

Ainda estou com a roupa do treino, o que inclui meia-calça, polainas, um short curto preto e collant. Quero tomar um banho.

Meu quarto não é suíte, então uso o banheiro que fica na sala e tem espaço para banho. Esse apartamento é um luxo que Nick faz de república porque herdou alguns milhões de dólares após a morte dos pais, quando tinha cinco anos. Eu sei que estou no melhor lugar de Toronto, num apê luxuoso e confortável e *preciso parar de reclamar*, mesmo tendo o inconveniente de as áreas comuns cheirarem a Cheetos e a macho. Mesmo que um desses machos seja *Lucas More.*

Entro no meu quarto, pego meus sais e minha nécessaire e vou para o banheiro.

❄ ❄ ❄ ❄

Meu Deus, como ele é gostoso.

— Sabe o que eu quis fazer naquela noite, gata? — Lucas pergunta perto do meu ouvido.

Nego com a garganta apertada de tesão, sentindo o pau dele duro e quente se esfregar na minha barriga.

— Eu quis tirar sua roupa, abrir suas pernas e fazer você gozar na minha boca, várias vezes.

Gemo baixinho e ele continua:

— E quis enfiar meu taco sabe onde?

Faço que não.

— Na cara daquele desgraçado.

— O quê?

— Estou morto de fome, poderia comer uma vaca.

Quê?

Acordo com essa frase sendo dita de verdade, por alguém que está perto da porta do banheiro.

— Mas que bosta — gemo e não é de prazer. — Eu dormi.

E que sonho foi esse? Sério, Nathy? Um sonho erótico com o capitão Lucas?

Nego com a cabeça, tentando organizar as ideias.

Por quanto tempo eu apaguei na banheira? A água que antes estava pelando agora está morna.

— Eu devia ter arrebentado a cara daquele filho da puta quando ele te derrubou daquele jeito. Ele quase te ferrou.

Não é a voz do Nick; a voz do Nick nunca arrepiou minha nuca desse jeito.

— É uma merda, Lucas. — Agora é o Nick. — Esses caras só sabem jogar enfiando porrada, só que eu, mais do que ninguém, tenho que manter a droga da cabeça no lugar.

— A gente tem que ficar frio. O treinador foi claro: quem fizer mais uma falta grave vai ser cortado do time. — Esse eu acho que é o Dante.

— Ele fala isso da boca pra fora. — Frio na barriga é igual a: Lucas.

Mas o que está acontecendo comigo?

— O que importa é que a gente ganhou.

— E na casa dos desgraçados. — Lucas outra vez. — Vitória no penúltimo jogo antes do recesso é uma maravilha.

Meu pulso está um pouco acelerado. A culpa é do sonho, mas principalmente da seca de um ano e meio, *só pode ser*. Os hormônios sexuais acumulados estão derretendo meu cérebro, tenho certeza.

— Será que a Nathy tá dormindo? Eu quero apresentar ela pro Dante.

Finalmente me sento na banheira e abro o ralo para a água escoar. Sei que vou ter que enfrentar a vergonha de olhar para Lucas, vou ter que conviver com ele. É ridículo ficar adiando o inevitável. Olho para o lado à procura da roupa.

Ah, não.

Cubro o rosto com as mãos. Entrei no banheiro vestindo um robe de seda e esqueci a toalha, só trouxe a de rosto. A ideia era sair deste banheiro antes de eles chegarem. Não. Definitivamente não vai ser hoje que eu vou cumprimentar o capitão Lucas.

Meu celular vibra e eu o pego no chão, ao lado da banheira.

Nick

Oi, já cheguei. Está acordada?

Quero te apresentar o Dante. Você tá aqui há três dias e só consegui te ver na primeira manhã. Ridículo.

Nick chegou às cinco da manhã do meu primeiro dia aqui, bateu na porta do meu quarto e ficamos um tempo juntos, como ele prometeu assim que pousei.

Nathy

Quase dormindo. Amanhã prometo conhecer seu amigo e finalmente rever o Lucas.

Como se eu estivesse ansiosa por isso.

Nathy

De repente no café da manhã.

Nick

Se você não sair de casa de madrugada de novo pra treinar, certeza que sim.

Nathy

Combinado.

Nick

Boa noite, então. Durma bem, Rubin.

Apoio o celular na borda da banheira e a voz do Lucas chama minha atenção para a sala outra vez:

— Vou pedir uma pizza e podemos ver um episódio de *Game of Thrones*.

Olho para os lados, desesperada. Achei que eles sairiam da sala em minutos. O que eu faço? O sofá fedido em que eles vão sentar para assistir TV fica na frente da porta do banheiro onde estou de castigo.

— Vou pegar cerveja na geladeira. — Esse é o Dante.

Quero chorar. Pego o celular, decidida a contar a verdade para Nick e pedir que eles saiam da sala só por um minuto. Ele provavelmente vai rir da minha cara e mandar os amigos darem o fora. Começo a digitar, mas paro quando escuto:

— Ela chegou bem, então? — É o Lucas.

— Quem? — Nick.

— A sua irmã, ué.

— Ah, sim, ela já foi dormir.

Silêncio.

Uns murmúrios que não consigo ouvir e...

— Ela tá bem, é só que... — Nick baixa o tom de voz e eu perco outra parte da conversa. Só consigo ouvir: — Se você me ajudar.

O quê? Eles estão falando de mim?

— É claro que eu te ajudo, você é meu irmão.

— Você lembra que ela passou por um processo de merda há um ano e meio, né?

Suspiro devagar e pego a toalha de rosto.

— Sim, claro que sim. Lembro como você ficou.

Eles estão falando dos piores três meses da minha vida, quando terminei o noivado com Paul. Lembro que Nick ficou superpreocupado — eu também estava, é óbvio. Não é fácil ser seguida por um maluco que não sabe ouvir *não* como resposta.

Eu saía de casa com medo e voltava apavorada. Na época, Ivo não estava mais em Londres, Nicole também não, e eu me sentia à vontade com zero pessoas em Londres para contar que estava sendo perseguida pelo cara que um dia achei ser o homem da minha vida.

Logo que terminamos, Paul me abordava de um jeito mais tranquilo, mandando os gerânios roxos que sempre mandava enquanto namorávamos, me ligando duas ou três vezes por dia e enviando mensagens. Um boy lixo normal. Até que eu cansei de lidar com a frustração dele e bloqueei o número. Foi aí, um mês depois do término, que a personalidade passivo-agressiva dele ficou mais evidente. Paul começou a me esperar na porta de casa, nos cafés que eu frequentava e na saída do balé. As flores chegavam três vezes por dia, depois quatro, então dez. Eu me sentia num velório dentro do meu apartamento de quarenta metros quadrados. Até que uma noite cheguei da balada e ele estava na frente da minha porta. Eram três da manhã. Paul gritou, chorou e eu deixei ele entrar para não acordar os vizinhos. Nem pensei que corria o risco de ser raptada e trancada num porão.

Naquela noite, se não fosse um dos vizinhos chamar a polícia por causa da briga, não sei o que teria acontecido. Os dois tapas que tomei na cara teriam sido só o começo. *Tenho certeza.*

Foi aí que Nick pegou um avião e passou duas semanas comigo em Londres. Era época de jogos importantes do time dele, e é por isso que, mesmo sem ir com a cara do Lucas, entendo meu irmão ter contado para ele o que aconteceu.

Suspiro.

E lembro a mim mesma o motivo de estar aqui — não trancada neste banheiro, claro que não, mas em Toronto: para recomeçar.

Me enxugo o melhor que consigo com a toalhinha e colo o ouvido na porta.

Que feio, Nathy. Mas é de mim que eles estão falando! Quem não faria isso? Escuto a voz do Nick.

— Aí ela se fechou muito, e além disso ela atrai uns tipos... Então, se vocês puderem ficar por perto e... Eu só quero que a Rubin fique bem aqui.

Arregalo os olhos e tenho vontade de gritar: *Para!* O que Nick está pedindo para Lucas?

Escuto meu irmão prosseguir:

— Ela tem um amigo aqui, o Ivo, mas não conhece mais ninguém. O que vocês puderem fazer pra que ela se sinta bem e fique confortável, principalmente no tempo em que eu estiver fora da cidade...

— Entendi — diz Lucas —, mas acho que isso de sair com ela... não sei se é uma boa ideia, cara. Ela parece que não vai com a minha cara desde que me conheceu, e acho que eu também...

As palavras viram murmúrios indecifráveis, mas consigo entender "rabugenta" e outros sons abafados que se parecem com queixas.

Ele me chamou de rabugenta? Jura? Mas que filho da puta. Quero gritar que rabugento é ele. Mas paro ao me dar conta de que o relacionamento com Paul, o tempo de solidão e as frustrações dos últimos anos fizeram exatamente isso comigo: me azedaram, me deixaram meio rabugenta de verdade. Reclamona e frustrada, como uma idosa cheia de joanetes cuja única ocupação é falar mal dos outros e se embebedar cercada de bichos de pelúcia. *Merda.*

Colo mais o ouvido na porta e escuto:

— Mas vamos ver. Por você e pelo time, eu posso fazer um esforço e você viaja em paz.

Tenho vontade de rir de nervoso. *Eu posso fazer um esforço.*

Sei que eu virei uma pessoa mais irritadiça, mas não com Lucas — com quem, aliás, nunca convivi de verdade. Ele é quem foi ranzinza comigo desde o começo. Ivo pode reclamar para mim, Nicole pode me xingar, Nick também, mas não Lucas. Esse capitão metido a pop star nem me conhece e fala como se eu fosse a porcaria de uma pochete que ele precisa carregar na cintura sem estar a fim. *Nem ferrando.*

— Você é o cara mais popular da Universidade de Toronto, então acho que é a pessoa certa pra ajudar ela a se sentir em casa aqui.

Olho para o robe branco de seda e bufo. Quem disse que eu quero Lucas como um tipo de padrinho social e companhia? *Pelo amor de Deus, Nick.*

Pego o celular outra vez. Merda. Já faz dez minutos que falei para Nick que ia dormir. E agora? Depois de ouvir parte da conversa deles, confessar que estava no banheiro o tempo todo seria ridículo e... Não, simplesmente não dá mais.

— Dante, posso contar com você também? Se ela precisar de alguma coisa enquanto eu estiver fora, você a ajuda?

— Sempre.

E a voz do Lucas:

— De repente a gente pode levar ela pra conhecer a cidade e, sei lá, assistir ao nosso último jogo em um lugar especial. Posso apresentar algumas amigas.

— Lucas, você não tem amigas. — É o Dante.
— É claro que eu tenho.
— Só se forem amigas do seu pau, ou aquelas que querem ser.
Risadas, depois a voz do Lucas outra vez:
— Cala a boca, idiota. E que culpa eu tenho se elas nunca querem ser só amigas?
Bufo. *Nossa, como ele é irresistível.*
— Aliás, que fique claro. — É o Nick outra vez. — Minha irmã não é brinquedo pro pau usado de vocês.
Cubro o rosto e faço uma negação com a cabeça, rindo. *A não ser que a sua irmã queira usar o pau deles de brinquedo, não é, Nick?* Mas é óbvio que não tenho nenhum interesse.

Posso ter uma conversa com Nick, dizer que está tudo bem e que também não estou interessada nos serviços de socialização e ajuda dos amigos dele, especialmente do Lucas. Mas é Nick, meu irmão, meu amigo, e sei que ele só quer que eu fique bem aqui. Acima de tudo, ele quer me ver feliz.

Mais conformada, volto a me enxugar.
Paro outra vez quando escuto Lucas:
— Fica tranquilo, ela não faz o meu tipo.
— Se você tá dizendo, melhor assim.
E meu queixo cai. Não que eu ache que todos os homens devam me achar irresistível ou algo parecido. É só que imagino, pela quantidade de mulher que pega, que o nível de exigência dele não deva ser assim tão elevado.

Não faz o meu tipo.
E eu acabei de ter um sonho erótico com esse... Bufo outra vez. Com o capintão arrogante e... Sabe de uma coisa? Ele é que nunca fez o meu tipo. Pelo contrário, acho que a maioria dos atletas que se acham um astro do rock e pegam todas as mulheres que veem pela frente tem um waffle em formato de pênis no lugar do cérebro. Desperdício de tempo e energia. Mesmo uma noite de sexo casual, nos meus parâmetros, deve ter mais atrativos do que um corpo bonito. *Será? Mesmo depois de um ano e meio?*

É claro que sim, Natalie. Pelo amor de Deus.
— Ela é exatamente o tipo de qualquer homem hétero no mundo.
Eu te amo, Dante, e meu ego quase restaurado também.

— Ei, Nick, não me olha assim. — É o Dante de novo. — Eu nunca pegaria sua irmã, prima, sei lá.

— É prima, mas sempre nos tratamos como irmãos. E, gente, obrigado por me ouvir, sério... Só não forcem a barra, senão ela põe os espinhos pra fora e se afasta. Ela pode ser bem brava e azeda quando quer.

— É, eu que o diga.

Isso, Lucas, seu idiota. Me ache azeda e insuportável.

— Aonde você tá indo? — pergunta Nick.

E Dante responde:

— Mijar.

— Nesse banheiro? — Lucas o repreende. — Esqueceu que tem uma dama usando ele agora? Usa o banheiro do seu quarto, ogro.

Suspiro.

Nesse sentido não tenho do que reclamar: eles estão fazendo a gentileza de não mijar no chão do meu banheiro. Nick me falou que foi sugestão do Lucas, que tem duas irmãs mais novas e "sabe como são essas coisas".

Ele tem alguma noção.

O interfone toca e pouco depois a voz dele, Lucas, dispara:

— É a pizza, vou descer pra pegar. Esperem pra começar o episódio. A gata da Daenerys vai montar o dragão pela primeira vez, não quero perder nada.

Então a mãe dos dragões faz o seu tipo, hein?

Bem, ela deve fazer o tipo de todo mundo, até o meu, que não sinto atração por mulheres. *Ah, dane-se tudo.*

Eu me sento e me recosto no gabinete da pia. Dou graças aos céus pelo aquecimento geral do apartamento ser ainda mais forte nos banheiros e pelo piso quentinho.

Meu estômago ronca. Que fome. Eu daria as unhas por uma fatia de pizza. Com a luz apagada para não chamar atenção, abro meu Kindle e começo a ler.

Jane Austen é sempre uma boa pedida para quem está num banheiro escuro escondida de três jogadores de hóquei que provavelmente só terão uma coisa na cabeça pelos próximos cinquenta minutos: o corpo da Daenerys.

❋ ❋ ❋ ❋

Minha bunda está quadrada.

Faz uma hora que eles estão nessa merda de Cheetos falando dos peitos da Daenerys. Mentira, eles não são tão babacas assim. Estão, na verdade, fazendo comentários inteligentes sobre a série, para frustração do meu mau humor, que gostaria de xingá-los nos três idiomas que eu falo. Tento me convencer de que nenhum deles tem culpa de eu ter resolvido agir como se tivesse doze anos e me esconder aqui. *Talvez somente Lucas.*

Agora, eu só tenho certeza de que, quanto mais tempo passo aqui dentro presa como um camundongo, pior seria ser descoberta ou...

— Ah, merda! — É Dante quem fala.

— Porra, Dante — Nick reclama, enfático. — Você cagou todo o sofá.

— Qual é?! Cerveja não mancha, e foi sem querer.

— Vou pegar alguma coisa pra limpar, espera. — É Lucas quem se oferece.

Nãããoǃ, quero gritar. Meu coração acelera loucamente.

Loucamente mesmo.

Os produtos de limpeza ficam no gabinete do banheiro da sala, exatamente onde minhas costas estão apoiadas. *Cacete.*

Passos se aproximam pelo piso de madeira, e meu pulso acelera mais.

Ele testa a maçaneta.

— Tá trancado?

Meu sangue ferve e gela em um segundo.

Não acredito nisso.

— Tem certeza? — pergunta Nick.

Ele tenta de novo com mais força.

— Absoluta.

— Será que...?

E ele bate na porta algumas vezes.

— Oi? Tem alguém no banheiro?

— A Natalie tá dormindo, cara — Nick dispara. — Além disso, não teria como ela passar pra usar o banheiro sem a gente ver. Acorda.

Minha respiração está mais acelerada que o pulso, e estou tapando a boca e o nariz com força, como se isso pudesse de algum jeito mágico me ajudar.

Olho para os lados várias vezes em dez segundos, procurando uma saída.

— Deve ter batido com o vento e trancado. Estranho.

Ele tenta de novo, e dessa vez escuto um baque seco. Como se Lucas tivesse empurrado a porta com o corpo. Instintiva, fecho mais o robe de seda ao redor do meu corpo.

— Pega a chave do outro banheiro — Dante sugere. — São iguais.

— Não vou nem perguntar como você descobriu isso. — É meu irmão quem fala.

— Uma vez eu achei que tinha perdido a chave do banheiro, trancado dentro dele, e... — começa Dante. — Ah, esquece.

Não, não, não!

MEU DEUS, *por favor, faz eles mudarem de ideia.*

— Vou pegar a outra chave.

Faz o prédio pegar fogo. Ou um tapete voador aparecer na janela.

Deus, por favor, qualquer coisa menos isso.

Eu me movimento meio frenética, como se fosse achar uma saída fazendo isso.

Escuto o barulho da chave sendo colocada na fechadura e pulo, impulsiva, para dentro da banheira.

A porta se abre, a luz acende, eu me enrolo na cortina do banheiro como uma lagarta num casulo e dou graças aos céus pelo plástico não ser transparente como meu robe.

Lucas dá um pulo para trás.

— Que susto, porra!

Ele está vestindo uma calça preta de malha e nenhuma camiseta. Por que esse homem está sem camisa numa quarta-feira à noite? Essa é a pergunta de milhões. Lucas provavelmente dorme pelado e de bruços, com os braços fortes embaixo do travesseiro para flexionar os bíceps, achando que tem uma plateia feminina babando nele o tempo todo.

Pisco algumas vezes. Infelizmente, minha divagação ofensiva ao capitão não tira ele daqui nem diminui minha vergonha. *Oi outra vez, humilhação.*

— Ah... — murmuro com as bochechas da cor de uma beterraba. — Oi... boa noite.

Os olhos verdes estão arregalados, a boca aberta. Ele franze o cenho e passeia os olhos pelo meu corpo, como se não pudesse acreditar no que está vendo.

Engole em seco antes de dizer:

— Desculpa, eu... — Começa a retroceder, mas para e coça a cabeça. — Mas como...?

Nick está na porta do banheiro agora também.

— Rubin? Você não tava dormindo?

Suspiro, conformada com minha única saída: fingir normalidade.

— É claro que estava, seu bobinho. — Sorrio e encolho os ombros. — Mas aí acordei com calor e me deu vontade de tomar um banho quente.

Quem tem calor e sente vontade de tomar um banho quente?

Meu irmão abre as duas mãos no ar.

— À uma da manhã?

Talvez eu esteja com cara de louca e bem longe de parecer descontraída. Mesmo assim, amplio o sorriso e uso a minha voz mais doce ao responder:

— Eu amo tomar banho de madrugada. É bem relaxante.

Lucas me olha de cima a baixo outra vez e depois murmura:

— E invadir quartos alheios.

— Quê? — pergunta Nick.

— Nada.

Mais uma vez estou derretendo de vergonha na frente do capintão Lucas e pagando todos os meus pecados com uma lista de vexames que se repetem feito os movimentos do balé.

Nick olha em direção à sala antes de dizer:

— Mas como a gente não te viu passar?

Abano a mão no ar, displicente.

— Ah, vocês estavam muito concentrados na Daenerys pra prestar atenção em qualquer outra coisa.

Meu irmão parece cada vez mais confuso.

— Não faz sentido. Você passou praticamente colada no sofá e a gente não te viu?

Encolho os ombros novamente.

— Eu sou bailarina, lembra? Sou muito ágil e meus passos são leves.

— Eu que o diga. — Esse é Lucas sendo engraçadinho outra vez.

Nick ignora.

— Mas você tava com a luz apagada?

— Ah, sim — suspiro, como se estivesse maravilhada comigo mesma. — Eu adoro tomar banho no escuro.

As sobrancelhas do Lucas se arqueiam.

— Vai ver é outro fetiche.

Agora eu o fuzilo com o olhar. Será que esse idiota acha mesmo que eu invadi o quarto dele de propósito naquela noite e fiquei ali olhando porque sinto tesão nisso? Minhas bochechas queimam outra vez, mas agora é de irritação.

Por sorte, Nick ignora o amigo de novo.

— Mas você tá bem?

— Ah — forço meu sorriso mais confiante —, estou ótima.

Eles se olham, claramente sem acreditar.

— Não quis atrapalhar a série de vocês, então vim pra cá de fininho.

E só aí eu encaro Lucas de verdade.

Ele está sério, com os olhos semicerrados, e não sei por que meu estômago se contrai um pouco. Sacudo uma das mãos no gesto universal de "saiam daqui".

— Olha, será que vocês podem... é... me dar licença agora?

Lucas nega com a cabeça e os lábios se curvam para cima num sorrisinho prepotente, como quem diz: "Você é maluca que eu sei, não adianta disfarçar". *E você? É um pegador convencido.*

Ele vira o corpo enorme e aquele peitoral ridículo exposto e sai.

— Nick — chamo, fazendo-o parar antes de cruzar o batente —, você pode pegar meu roupão de plush atrás da porta do meu quarto, por favor? Esqueci a toalha.

O cenho dele se franze de novo.

— Claro — concorda, encostando a porta.

Quando passo pela sala, minutos depois de Nick me entregar o roupão, os três estão em silêncio, sentados no sofá, me encarando como se eu fosse a melhor atração da temporada. E, já que eu pareço ser mesmo, resolvo agir como protagonista.

— Boa noite, meninos. Muito prazer em te conhecer, Dante, finalmente.

Lucas e Dante se levantam. Nick prossegue com as apresentações:

— Esse é o Dante, como você adivinhou. Ele tem essa cara de mau mas é quase uma pelúcia.

Aperto a mão dele.

— Muito prazer, eu sou a Natalie. O Nick fala muito de você.

— Prazer. Tenho certeza que vamos ser bons amigos.

Agora estou de frente para Lucas, e Nick se adianta:

— Espero que dessa vez vocês possam se conhecer direito, e quem sabe o Lucas consiga te provar que é legal fora dos rinques também.

Quero rir, não sei se de nervoso, de vergonha ou porque acho muito difícil isso acontecer. Sinto um frio na barriga quando a mão enorme dele envolve a minha. E outro ainda maior quando ele sorri para mim pela primeira vez. Quando nos conhecemos, há três anos, esses sorrisos eram direcionados somente aos amigos. Tem gente que sorri com a boca, tem gente que sorri com os olhos e tem o Lucas, que parece sorrir com o rosto inteiro.

Elétrico.

Magnético.

E talvez exagerado demais, um pouco sarcástico. Por achar que eu entrei no quarto dele de propósito para vê-lo transando?

Irritante de tão bonito.

Irritante porque Lucas provavelmente vai ser sempre irritante para mim, mesmo quando parece sorrir de um jeito mais espontâneo.

— Quem sabe podemos mesmo ser amigos dessa vez, né, Lucas? Isso se a sua habilidade com o taco compensar a chatice.

Os olhos verdes se arregalam e em seguida se estreitam. Imagens da habilidade dele com o taco fazem meu sangue esquentar. Que coisa mais cheia de duplo sentido foi essa que eu acabei de falar?

— Brincadeira — tento me corrigir, rindo. — Falei isso por causa do que o Nick disse agora, sobre você ser bom nos rinques e... sobre o seu talento com o taco.

E só piora.

Um par de sobrancelhas pretas e marcantes é arqueado, como se ele analisasse algo estranho e único no microscópio. Minha humilhação, talvez.

— Bem-vinda, Natalie. Espero que sempre acerte a porta do seu quarto, quer dizer, que tenha gostado do seu quarto.

Ele está segurando uma risada, tenho certeza. E felizmente lembro que também sei ser sarcástica.

— Ah, eu adorei, apesar de ainda não ter deixado ele com a minha cara. Mas gosto principalmente de poder trancar a porta quando estou fazendo coisas íntimas ou particulares.

Ele para de rir e me encara sério, com as bochechas coradas. Isso cria um contraste ainda maior com os olhos verdes e o cabelo preto.

— Tipo tomar banho de madrugada.

— Ou outras coisas.

Ele é lindo.

"Ela não faz o meu tipo."

Ele é um chato.

Você é que não faz o meu tipo, Lucas, apesar de ser lindo.

— Que conversa de maluco é essa? — pergunta Nick. — Vocês nunca vão parar de ser estranhos um com o outro?

— Estamos brincando — respondo, rápida.

Lucas volta a sorrir.

— Sim, estamos só brincando, derretendo o gelo que se formou entre nós.

E ele continua derretendo todo o gelo do mundo com o olhar, como se tivéssemos acabado de nos ver sem roupa. O que, de certa maneira, não deixa de ser verdade.

Nick me abraça pelo ombro e dá um beijo na minha fronte do jeito que fazia quando éramos crianças.

— Amanhã à noite nós vamos no bar de sempre comemorar a última vitória. Quer ir com a gente?

— Pode ser. Posso chamar o Ivo?

Olho de relance para Lucas, capitão peitoral, que parece ter travado o maxilar.

— Claro que pode.

Solto um bocejo forçado.

— Estou morrendo de sono. Vou deixar vocês com os dragões e dormir.

Nick me dá mais um beijo na testa.

— Boa noite, Rubin.

— Boa noite, pessoal.

Lucas mexe o pescoço e estende os braços na frente do corpo, como um pugilista, antes de me lançar um olhar sugestivo.

— Boa noite. Espero que não pegue um resfriado.

Ele sabe que eu estava no banheiro esse tempo todo, tenho certeza.

— Se cuida também. — Dou uma olhadinha maliciosa para o peito nu dele.

Escuto um bocejo de urso e me viro para Dante.

— Boa noite, Nathy. Seja bem-vinda ao Canadá.

— Obrigada e até amanhã.

Viro e começo a andar na direção do meu quarto. Minha nuca arrepia, e tenho certeza de que Lucas está fuzilando minhas costas com os olhos.

5

Série da minha vida, episódio de hoje:
Nem só de hóquei vive o homem

Uma banda de rock, dá pra acreditar?
Ivo e eu chegamos meia hora depois do horário marcado para encontrar meu irmão e o time. Quase desisto do bar, estou exausta do treino de hoje, mas, como prometi para Ivo e para mim mesma tentar ter um pouco mais de diversão, eu vim. A surpresa aqui é: quem eu encontro cantando em cima do palco?
Quem?
Lucas Allen More. Pelo visto, ele não é o só o capitão do principal time universitário de hóquei do Canadá, mas também, nas horas vagas, sobe no palco e brinca de ser o vocalista de uma banda de garagem que toca sucessos do rock.
Eu achava que ele era o típico atleta popular, adorado como um astro do rock, e no fim não é que ele é mesmo a porcaria de um vocalista de banda e estrelinha do hóquei?! Todo trajado de acordo com o personagem: calça preta, sem camisa — é óbvio — e com uma centena de groupies babando pelo peitoral e pelos bíceps dele.
— Uau, que surpresa. Não vi vocês fazerem isso quando estive aqui da última vez. O Lucas até que...
Perco um pouco as palavras quando Lucas olha na minha direção e canta o refrão de "Too Sweet", do Hozier. *É isso, Lucas, hoje em dia eu sou uísque puro e café forte.* Desvio os olhos. Ele não precisa de um incentivo a mais para inflar o ego; umas oitenta garotas já fazem isso por ele aqui no bar.

— Até que ele canta bem — concluo.

Nick se aproxima do meu ouvido.

— A banda começou faz dois anos, e o Lucas só sobe no palco pra cantar depois que o time ganha. O Dean, que você conheceu antes — e aponta para o amigo sarado de pele marrom —, é o vocalista oficial, além de goleiro do time.

O Dean é um dos caras com quem mais conversei enquanto estive no Canadá da última vez. Olho na direção dele, que acena rápido para mim e cumprimenta articulando bem os lábios: "Oi, Rubin".

Nick prossegue apontando para o loiro obviamente alto e sarado na bateria.

— O Joseph é da defesa. Ele é novo no time. E o guitarrista...

— Eu reconheci, é o Dante.

Nick faz que sim.

— O Lucas vive falando que somos o único time de hóquei que também tem uma banda de rock.

— E você nunca quis tocar?

Nick me olha de lado.

— Tenho me arriscado no piano.

— Que demais! Por isso que tem um na sua sala. — Dou um soquinho no braço dele. — Quando você ia me contar?

Ele sorri orgulhoso e encolhe os ombros.

— Mas não é nada de mais.

Ivo murmura no meu outro ouvido:

— E você não me contou que o seu capitão era um astro do rock.

— Ele não é meu capitão.

— Amor, do jeito que ele estava te olhando, até eu ovulei. Acho que, se ele não é ainda, vai ser em breve.

— Não fala besteira. Ele me olha como se... sei lá, como se eu fosse um encosto que invadiu o quarto dele pra assistir ele transando. Não muito diferente do jeito que me olhava há três anos, mesmo sem ter invadido o quarto dele na primeira vez que convivemos um pouco.

— Acho que não, gata. E, sinceramente, você tá demais hoje. Você sabe como eu amo esse seu tomara que caia vermelho de paetê e essa pantalona

59

jeans. Sem falar nos colares e pulseiras com uma vibe tão anos 80 que me dão arrepios de prazer.

Essa é uma das roupas que Paul não gostava que eu usasse e que, no fim, eu meio que aposentei no fundo do armário. Vulgar demais, ele dizia, justo demais. Brilho demais. Toda vez que eu resgato e uso uma das várias peças que ele condenava, me sinto bem pra caramba. É como se algo dentro de mim reacendesse.

Ivo me cutuca e aponta para o palco com a cabeça.

Lucas está olhando para mim de novo. Só que dessa vez, quando o encaro, ele sorri, bem no meio do refrão de outra música: "I Wanna Be Your Slave", do Måneskin.

Encolho os ombros, fingindo que isso não me afeta. Meu pulso acelera e meu estômago se contrai com a lembrança do corpo dele enquanto transava com a garota, das costas, dos músculos, dos braços e dos gemidos roucos. *Cacete, os gemidos.*

Estou secando a porcaria do corpo do Lucas e estou — droga — sentindo coisas que não deveria, não por ele. Melhor amigo do Nick, pegador, cabeça de waffle de pênis, e ainda acha que eu sou uma tarada inconveniente.

O problema é que estou há muito tempo sem sentir nada por ninguém, *sexualmente falando*. Devia, então, estar comemorando, dando pulinhos e gritando como uma dessas garotas aqui. Voltar a sentir atração por um cara é um bom sinal. *Mas justo pelo Lucas, droga?* São os hormônios, tenho certeza. A noite passada, depois do banheiro, tive outro sonho erótico. Outro. O cara com quem eu transava não tinha rosto definido, mas tinha a porcaria da mesma tatuagem que o capitão tem no bíceps: dois tacos de hóquei cruzados e uma caveira no meio deles, com a frase "Hóquei and roll" numa flâmula. E mais duas nas costas, na altura das omoplatas: um floco de neve num desenho de estilo tribal e, do outro lado, uma imagem que parece ser um deus hindu.

Desvio os olhos do palco e aproveito que Nick está longe, distraído com os amigos, para falar com Ivo.

— Acho que você tem razão, preciso sair da seca.

— Meu amor, não sei como você aguentou tanto tempo.

Sorrio, disfarçando, e dou um gole no meu drinque sem álcool. Só minha terapeuta e Nicole, minha melhor amiga, sabem como foram os últimos meses das minhas transas com Paul. Então, ter sonhos eróticos e me sentir atraída por alguém, mesmo após tanto tempo, tem que ser encarado como uma vitória. Ainda que seja com Lucas. Droga.

— Não com qualquer um, muito menos com ele. — Aponto com a cabeça para Lucas.

— Uma pena, porque acho que...

— Não, Ivo. Para de colocar coisas na minha cabeça.

Ele vira o drinque dele de um gole só.

— Vamos dar uma olhada nos caras aqui. Quem sabe?

Faço uma negação com a cabeça e sorrio.

— Não devia ter te falado nada.

— Aquele.

Ivo aponta para um cara sentado a uma mesa, mais isolado, sozinho. Ele usa um blazer de lã xadrez e óculos de grau. Deve ter a minha idade, apesar de se vestir como se fosse mais velho. Mas é atraente.

— Bonito.

Escuto os urros e brindes do time do Nick no fim da música. Assim que cheguei, há uns dez minutos, cumprimentei todos os que já conhecia e fui apresentada aos jogadores novos que não estavam no palco.

Começa a tocar outra música. É "I Wanna Be Yours", do Arctic Monkeys, mas Lucas sai do palco e entrega o microfone para o vocalista oficial, Dean.

Algumas garotas, provavelmente da universidade onde Lucas deve ser um tipo de deus pegador, cercam o pop star.

— Vamos dar um pulo ali. — Ivo aponta para onde o cara charmoso está. — Eu posso puxar assunto e... Ah, ele está te olhando, gata.

Viro para o intelectual de blazer xadrez e ele sorri para mim, um sorriso tímido. Ele é bem charmoso, só que...

— Não, Ivo. Me dá preguiça só de pensar na energia que vou ter que investir num estranho pra conseguir transar, sem saber se ele é casado, se é sadomasoquista, se empalha gatos por diversão.

Ivo dá risada.

— Você sabe que se quiser voltar a se relacionar vai ter que vencer essas etapas todas, né?

Faço que sim com a cabeça.

— Sim, mas não hoje e...
— Oi.
É Lucas quem acaba de parar na minha frente.
Meu coração idiota dispara.
— Ah... oi.
— Tá gostando do show?
— Oi — diz Ivo, estendendo a mão na direção dele —, eu sou o Ivo, o melhor amigo da Nathy.
— Eu lembro de você. A gente se conheceu quando...
— Eu fui pegar a chave pra Nathy, isso mesmo. Eu vou... é... — Ele faz uma pausa e olha em direção ao bar. — Vou pegar outro drinque e já venho. Nossa, tá uma superfila, vai demorar um pouco. Não deixa ela sozinha, tá?
— Sem problemas.
Queimo Ivo com o olhar e falo só com os lábios: "Não faça isso". Mas ele — punk dos infernos — me ignora e sai.
— Eu posso ficar sozinha. Não é como se estivéssemos numa rua deserta e...
— Eu queria mesmo falar com você.
Minha garganta aperta e meu rosto esquenta. O problema é a boca dele no meu ouvido, a lembrança dele gemendo com essa mesma voz. Acho que, do jeito que estão as coisas, se Lucas More continuar falando perto da minha orelha com essa voz grave, que pinça os meus nervos e parece vibrar bem no meio das minhas pernas, vou molhar a calci... Isso definitivamente está fora de cogitação. *Não ousem, hormônios filhos da mãe. Não. Ousem.*
— Falar? Comigo? — pergunto, meio atordoada.
— É melhor a gente ir pra um lugar mais tranquilo.
Borboletas na droga do meu estômago se agitam como se eu tivesse colocado fogo nelas. *Merda.*
— Vamos? — ele insiste e aponta para a porta dupla ao lado do palco.
Faço que sim, sem conseguir raciocinar direito. Desde quando eu sinto borboletas no estômago por causa de um cara?
Acho que da última vez eu tinha quinze anos e foi com o canalha número 1. Ironicamente um capitão de hóquei, igualzinho a esse aqui.

Ele apoia aquela mão enorme nas minhas costas, ocupando metade delas, e um choque corre pela minha coluna. Antes de sair, dou uma olhada para os lados e conto no mínimo umas cinco garotas que me olham como se eu tivesse comido o último biscoito do pacote delas.
Dai-me paciência.

❊ ❊ ❊ ❊ ❊

Este é o ambiente em que vi Lucas pela primeira vez: mesas de sinuca, iluminação indireta, música abafada. Hoje o lugar está um pouco mais movimentado do que quando estive aqui há três anos. As mesas de sinuca estão sendo usadas e, espalhadas pelo ambiente, tem algumas mesinhas altas com cardápios e velas acesas. O bar, menor que o da área do palco, está aberto.

— Vamos sentar?

Faço que sim com a cabeça e, sem perceber, franzo o cenho. O que Lucas quer tanto falar comigo que precisamos estar sentados?

Ele se adianta e puxa o banco para mim.

Arregalo um pouco os olhos, surpresa. *Nossa, que gentil.*

Lucas se senta à minha frente. Pelo menos lembrou que existe uma peça de roupa chamada camiseta. A dele é cinza surrada e parece um número menor do que ele veste. Desviando das pessoas até aqui, reparei como Lucas é alto, uma cabeça maior que a maioria dos homens que estavam perto do palco, e mais largo também, um tipo de Superman do Havaí, como Henry Cavill depois de três meses num país tropical.

E, apesar de fazer só três anos, ele está diferente de quando nos conhecemos. É como se os olhos apagados estivessem cheios de vida, os lábios opacos estivessem mais corados. Mais atraente — odeio admitir —, menos antipático — pode ser só impressão —, *igualmente irritante.* Sem dúvida.

Lucas passa a mãozona no cabelo suado, como fez na noite em que estava mandando ver... *Afaste essa imagem da cabeça, Natalie.*

E está me encarando em silêncio, fazendo meu pulso acelerar ainda mais. Fazendo respirar ficar mais difícil. Será que ele veio tirar satisfação por eu ter entrado no quarto dele?

— Olha, eu não entrei no seu quarto de propósito, tá?

Os olhos dele ficam enormes e as bochechas mais coradas. Acho que bebi meu raciocínio junto com o drinque sem álcool, porque simplesmente continuo:

— Não sou nenhuma tarada do hóquei ou voyeur. E você não devia ter deixado a porta destrancada.

Lucas olha do tampo da mesa para mim, como se não soubesse o que dizer.

E o silêncio constrangedor está me fazendo derreter. Tenho certeza de que meu cérebro não está mais participando da conversa quando disparo a primeira coisa que vem à minha boca:

— Quanto você mede?

Ele pisca várias vezes, parecendo confuso.

— O quê?

— Qual a sua altura? — repito, como se fosse normal.

Ele franze o cenho.

— Um e noventa e cinco.

— Eu tenho um e sessenta e três e meio.

A cabeça dele faz um sim e depois um não.

— Eu nunca disse que você entrou de propósito no meu quarto.

Coço a lateral do pescoço, sem graça. Olho para o lado e um dos caras da sinuca acaba de fazer uma dancinha com o taco, me olhando, como se fosse uma barra de pole dance.

Dou risada e Lucas abre a mão no ar, perguntando com a expressão: "Qual é a graça?" Mas de algum jeito isso me faz relaxar.

— O cara ali — aponto com o queixo — é engraçado.

Ele ergue as sobrancelhas, falando, eu acho, "Ah, entendi".

— Vou ser sincera aqui, tá?

— Tá.

— Eu ouvi você falando com o Dante sobre eu ser uma voyeur ou algo do tipo.

Lucas estreita os olhos e eu acho que está pensando: *Ah, sua ruivinha metida que empata fodas e escuta conversas atrás de portas.*

— Você entendeu errado — murmura ele. — Eu não te chamei de voyeur. Foi o Dante que disse isso.

Mordo o lábio por dentro. Será que eu me confundi? Fiquei tão passada com a conversa deles que provavelmente sim. Os olhos verdes inspecionam meu rosto.

— Não me olha assim, eu posso ter me confundido.

Lucas faz que sim, mas continua me encarando intensamente. Me deixando sem ar.

Tento respirar fundo enquanto meu estômago cola nas costelas. Só quero voltar para a área da pista, sair daqui, do olhar dele, da presença inquietante dele.

— Que bom, estamos entendidos. Podemos só... é... voltar pra... — Aponto para a área do bar onde o show ainda está rolando. — ... voltar pra pista?

E agora tem uma ruga enorme entre as sobrancelhas pretas.

— Foi por achar que eu te chamei de voyeur que você estava escondida no banheiro ontem à noite? Você não queria me ver, é isso?

Meu Deus, vou pagar por todos os meus pecados aqui, tenho certeza.

— Eu não estava escondida no banheiro.

Lucas me encara, descrente. E eu reafirmo:

— Eu não estava escondida. Isso é ridículo.

— Então por que ontem de manhã você não tomou café com a gente?

Faço uma expressão de soberba.

— Porque eu saí mais cedo pra ensaiar!

Ele sopra uma risada contida entre os lábios.

— Sabia que de manhã eu gosto de olhar a vista pela janela da sala?

— E o que isso tem a ver?

— É que justo dessa janela dá pra ver a escada de incêndio.

E é aí que eu derreto de vez de vergonha e viro uma poça no chão, líquida, igual ao milkshake de morango no cardápio em cima da mesa. Ele me viu escapando pela escada de incêndio ontem. Lucas sabe que eu fugi do encontro com ele no café da manhã. Que eu venho fugindo dele.

Olho para o tampo da mesa e escuto a confirmação:

— Eu vi você descer pela escada, e em seguida o Nick avisou que você tinha saído mais cedo e não ia tomar café com a gente.

É óbvio que estou morrendo de vergonha por ter pegado Lucas transando com outra garota e óbvio que o desconforto só aumenta por ele saber que estou evitando encontrá-lo. Droga, ele sabe que estou morrendo de vergonha neste exato instante. Inspiro o ar devagar e minhas bochechas esquentam. Mas qual o problema de sentir vergonha? Ainda mais depois do que eu vi e achei que tinha ouvido ele falar para o Dante. Lucas pode ter razão, mas não deixa de ser um pé no saco, um chute na boca do estômago pelas manhãs. E a irritação faz a poça de vergonha virar uma massa quente e volumosa, expulsando as palavras da minha boca:

— Você quer ouvir que eu estou com vergonha? Sim, estou morta, me prenda por isso.

— Calma, Pavlova, eu também...

— E, antes que o seu ego superinflado exploda — continuo, fervendo —, eu não saí pela escada de incêndio só porque não queria te ver, mas porque às vezes eu preciso ficar sozinha, e tem uma livraria com café a uma quadra de casa que é linda.

Ele respira fundo e cruza os braços fortes sobre a mesa.

— Entendi.

Vai, Natalie, arranca o espinho de uma vez.

— Olha, me desculpa por ter pegado você na cama com a garota. Eu queria apagar aquela cena da minha cabeça, tá bom?

Lucas respira fundo outra vez.

— Posso falar agora?

Faço que sim rapidamente, mas, na verdade, quero dizer: *Pelo amor de Deus, vamos acabar logo com isso e voltar para o bar?*

Ouço-o dizer:

— Eu também fiquei com vergonha e, não vou mentir, aliviado por você ter saído pela escada de incêndio de manhã. Na verdade, isso me divertiu e me ajudou a me sentir mais à vontade sobre te encontrar de novo... com roupa.

Ficamos nos encarando por mais alguns segundos, em silêncio. Sem disfarçar a surpresa com sua confissão, reparo na cicatriz que ele tem na linha da mandíbula e na outra, acima da sobrancelha. Reparo também que os olhos dele não são totalmente verdes, têm um arco amarelado. *Estou reparando demais.* Abro a boca para sugerir que voltemos para o bar, mas Lucas fala antes:

— Vou direto ao ponto, ok?

Aceno que sim.

— Quanto você ouviu da nossa conversa enquanto estava no banheiro?

Abro e fecho a boca, igualzinho a um peixe-dourado dentro do aquário. Quando me viu enrolada como um canudo na cortina da banheira, ele deu todos os indícios de ter desconfiado de que eu ouvi sua conversa com meu irmão. Fico com vontade de perguntar: *Quanto um cara pode ser chato?* Mas em vez disso pergunto:

— Você está pressupondo que eu realmente ouvi a conversa de vocês. *Meu Deus.*

— Eu sei que quando a gente está naquele banheiro e alguém fala na sala dá pra ouvir tudo. E na verdade — ergue as sobrancelhas marcantes —, se você estivesse no banheiro e tivesse ouvido o que a gente falou, isso facilitaria a minha vida e a sua.

Dou uma risada forçada.

— Facilitaria a nossa vida? Posso saber como?

— É evidente que os nossos primeiros encontros, há três anos, foram meio merdas. A gente mal se falou, e pra mim é superclaro que você não vai com a minha cara.

Nossa, que direto. Responder "Sim, é verdade" na lata seria bem antipático da minha parte, apesar de realmente não termos ido com a cara um do outro desde o começo, e Lucas ainda seria meu colega de apartamento e melhor amigo do Nick. De certa maneira, não é totalmente verdade, é só que...

— Sei lá, Lucas, a gente mal se conhece, e eu sempre achei que você é que não ia com a minha cara. Mas não é nada que torne impossível a nossa convivência ocasional.

Ele lança um olhar para a porta que dá acesso ao bar.

— Você não para de olhar pra saída. Acho que está louca pra acabar com essa conversa e voltar pro bar, e eu também.

Agora é oficial: não estamos à vontade um com o outro, nunca estivemos. Fato.

— Sim.

— E, pra completar — os olhos verdes se estreitam em direção ao cara da sinuca —, aquele idiota que você achou engraçado está te comendo com os olhos, apesar de você estar aqui comigo.

— Ah, meu Deus, você é o tipo de macho que mija em volta das garotas que estão com você e...

— Não — Lucas se inclina sobre a mesa, aproximando nossos rostos —, ele fez gestos escrotos para o amigo e apontou pra cá. Ou ele é só um idiota, ou quer arrumar briga. De qualquer jeito, se você ouviu o que a gente falou ontem, podemos ser diretos um com o outro e voltar logo pra área do bar, antes que eu arrebente a cara daquele merda.

Meu pulso está acelerado, e não sei direito por que: pela intensidade dele? Pelo jeito macho protetor? Pela maneira como ele acaba de me olhar enquanto falava isso? Ou porque vou admitir que fui uma enxerida e escutei a conversa que eles tiveram?

Uma mistura de tudo, talvez. Respiro fundo e vou direto ao ponto:

— Tá, eu escutei o que vocês falaram. Não deu pra evitar.

— Ótimo, sem julgamentos, Nathy. O que eu quero te propor é... O Nick me pediu pra...

— Bancar meu guia turístico.

— Isso. — Ele estala os dedos, parecendo incomodado. — E eu estou disposto a qualquer coisa pelo meu time e pelos meus amigos.

Disposto a qualquer coisa. Minha nossa, Lucas nem tentou disfarçar que vai odiar passar algumas horas por semana comigo. Lembro que ontem ele falou algo como "Pede pra outra pessoa, isso vai ser bem difícil". Dane-se, eu entendo a sensação.

Dou um sorrisinho amarelo.

— Nossa, disposto a qualquer coisa. Obrigada, não estou interessada...

Paro ao notar que Lucas fica vermelho, a boca presa em uma linha, os olhos injetados de raiva. Viro o pescoço e encontro o idiota da sinuca me encarando. Ele me chama com um movimento de cabeça antes de levar os dois dedos abertos sobre os lábios, lambendo-os, no gesto conhecido de chupar uma garota.

Que filho da mãe nojento.

Seguro a mão do Lucas, que agora está fechada com força sobre a mesa.

— Olha pra mim — peço. — Ignora esse idiota.

No momento em que os olhos verdes encontram os meus, a expressão dele se suaviza. Ele respira fundo, desvia a atenção para o tampo da mesa e então para mim. E o que está ficando cansativo aqui: meu estômago gela quando Lucas volta a me olhar mais descontraído, dando uma piscadela e com um sorriso leve no canto dos lábios.

— Eu sei que você não quer gastar o que tem de tempo comigo, por mais gato e divertido que eu seja. O problema talvez seja o fato de você não me conhecer.

Não! Ele não disse isso. Me seguro para não rir.

Viro para os lados, como se procurasse alguma coisa.

— Onde está?

Ele faz o mesmo.

— O quê?

— O limite do seu ego.

Agora Lucas gargalha e joga o pescoço para trás. Meu Deus, que ódio. É indecente. Como um homem pode ser tão lindo assim?

— Se o meu ego fosse menor, você deixaria eu te levar pra passear?

— Provavelmente sim, mas esquece. — Faço uma cara de derrota. — É um caso perdido.

Os lábios cheios se curvam num sorriso triste.

— Não é bem assim.

— O seu ego enorme?

Ele encolhe os ombros e me encara, sério.

— Esse é só o papel que as pessoas esperam que eu assuma: capitão de hóquei arrogante e mulherengo. Quando você me conheceu, eu estava numa fase de merda.

Os olhos dele caem para o chão e ficam mais sombrios. Agora Lucas conseguiu minha atenção em dobro.

Meu silêncio o incentiva a continuar:

— Só que, por trás dos pontos, das conquistas e vitórias, que é só o que as pessoas enxergam, tem um cara que luta pra agradar todo mundo e que no fundo... — Ele engole em seco e sua expressão fica mais perdida. — No fundo tem medo de que as pessoas percebam que ele é uma fraude e se decepcionem com isso.

Estou surpresa. Poucas pessoas me surpreendem de verdade, mas Lucas acaba de fazer isso. Eu sei muito bem o que é assumir papéis para se enquadrar. *Ah, como eu sei*. Paul me pós-graduou nisso por dois anos.

— Entendo.

Uma cara de sofrimento exagerado me faz estreitar os olhos, desconfiada, quando ele diz:

— Juro, não é fácil estar no meu lugar.

O rosto fica mais desolado, de um jeito teatral. Ele não está tentando fingir que o que fala é verdade.

— É tão difícil ser amado por todo mundo, ser responsável por um time inteiro e por uma legião de fãs, e ainda assim ter energia para cantar rock depois das vitórias... Então, será que você me ajuda a lidar com a frustração das pessoas verem só um rosto e um corpo bonito e os pontos num placar e me deixa te levar pra conhecer o que Toronto tem de bom?

Quero rir de nervoso. *Que cara mais... indefinível. Socorro.*

— Meu Deus, como sofre. Se o hóquei não der certo, você pode virar um ator canastrão, sabia?

Lucas arqueia as sobrancelhas e ri.

— A real aqui é: eu sei que você não quer estar comigo, então me peça o que quiser. Aonde você quer ir? O que quer fazer? Uma chance, Natalie, porque o Nick pediu, vai?

Meu irmão vai viajar daqui a uma semana. Vou ficar sozinha. Lembro dos últimos anos em Londres: praticamente não saía de casa para nada, e isso foi corroendo minha alma aos poucos. Vir para cá foi uma loucura, sem dúvida, mas estou disposta a aproveitar para mudar de vida em todos os aspectos. Se Lucas quer ser um guia turístico gato e sem nenhuma profundidade, tudo bem. Imagino que ele também esteja cedendo o tempo de férias em que podia estar, sei lá, colecionando mais garotas ou jogando pebolim com os amigos. *Tanto faz.*

— Como você está fazendo isso só porque o Nick pediu e você seria capaz de tudo pelo time, até mesmo aturar a irmã rabugenta do seu melhor amigo e passear com ela por Toronto... — Lucas arregala um pouco os olhos e eu prossigo, rápida: — ... e eu também não tenho muito interesse em sair pela cidade ao lado do capitão do time de hóquei mais famoso da cidade, ainda mais agora, que tenho que focar nos treinos, acho que podemos fazer um acordo.

Sei que o que vou pedir é algo praticamente impossível, mas que se dane, não custa arriscar.

— Se você conseguir ingressos para eu ir numa apresentação de *Romeu e Julieta* em Montreal, no Les Grands Ballets, que vai acontecer daqui a três semanas e está esgotada há meses, eu passeio com você por Toronto inteira de braço dado, mandamos fotos pro Nick como se fôssemos melhores amigos e eu ainda vou ficar te devendo uma. Combinado?

Lucas parece um pouco surpreso, mas estende a mão em minha direção. Quando a dele, quente e muito maior que a minha, toca a minha pele, um choque corre pelo meu braço até a nuca.

— Temos um acordo. — Aperta os meus dedos entre os dele. — E, Nathy, quer saber uma das minhas maiores qualidades?

— Você deve achar que é o seu peitoral.

Ele sorri de leve.

— Eu não entro em nada pra perder.

— Mas nesse caso parece que eu só tenho a ganhar.

O sorriso que Lucas abre me diz que acabei de selar um pacto com o diabo, e acho que eu devia estar com medo ou arrependida. Mas tudo que sinto é ansiedade, como se tivesse injetado uma dose de adrenalina no sangue, uma que não experimento há muito tempo.

Quando volto para a área do palco, Ivo vem todo animado perguntar o que rolou, e eu respondo:

— Nada, só um papo estranho.

Ele sorri e dispara:

— Sabe o cara gato de blazer?

— Sim.

— Veio me perguntar onde você estava. Ele quer te conhecer.

Arregalo os olhos.

— Jura?

— Sim. E eu, que não sou bobo nem nada, disse que você já tinha ido embora. E, como eu sei que você não ligaria pra ele em hipótese nenhuma, tomei a liberdade de dar o seu número de telefone.
— Você fez o quê?
— Não me olha assim, gata. Poupei parte da energia que você precisaria gastar para conhecer um cara novo.

6

Série da minha vida, episódio de hoje:
Um pouco de sol nas manhãs cinza

Sempre acordei de mau humor.

É uma coisa que não controlo. Mesmo que eu esteja numa fase unicórnios e flores, preciso de um tempo para a alma encaixar no corpo e a cabeça funcionar normalmente. Preciso de morangos e de uma xícara de café.

Só que faz quatro dias que eu respiro música e faço um tratamento de choque nos cafés da manhã. Nick é como eu, calado e na dele quase o tempo inteiro. Dante é um misto de silêncio e frases indispensáveis pelas manhãs. E Lucas?

Bem, ele é o responsável pelo choque de bom humor matinal e, infelizmente, por outros choques também, como o de agora.

Um choque percorre meu estômago quando Lucas aperta meu ombro e me encara sorrindo, como se tivesse acabado de ver um eclipse. Sem camisa, como se fosse o sol no meio de uma geleira, a mão desliza pelo meu ombro — choques — e eu recebo uns tapinhas nas costas, como se fosse um dos parças dele. Na primeira manhã em que fui recepcionada na sala desse jeito, fiquei sem reação, até Nick explicar:

— Ele é assim, emocionado, de manhã, Nathy. Faz isso com todo mundo.

— Ah. — Foi só o que consegui dizer.

Tão diferente do Lucas que eu achei que conhecia. Esse Lucas sorri e realmente parece ser o tipo de cara que se torna o centro das atenções em qualquer lugar, como me juraram ele era.

Lucas me encarou, especulativo, sério.

— Se você preferir eu mantenho distância. É um costume da minha dadi, minha avó indiana. Em casa a gente sempre se abraça de manhã.

— Não, tudo bem — respondi, impulsiva.

Avó indiana. Entendi o motivo do deus da mitologia hindu nas costas dele. Agora Lucas está cantando "Smells Like Teen Spirit", do Nirvana, enquanto bate minha vitamina de morango no liquidificador. Uma injeção de música, peitoral e brilho de sol nas manhãs mais cinza.

No entanto, de um jeito surpreendente, o bom humor dele não bate de frente com meu mau humor matinal. Ou talvez eu esteja começando a gostar, quer dizer, a me acostumar com isso. A verdade é que nunca tive uma família grande e amorosa como parece ser a do Lucas, então não tenho a menor base de comparação, mas acho que comportamentos assim são *legais*, são normais, para quem cresce com amor dentro de casa.

— Veja se gosta. — Ele me entrega um copo cheio da bebida vermelha e cremosa.

Dou um gole e me seguro para não gemer de satisfação.

— O que você fez de diferente? Ficou incrível.

Lucas sorri, orgulhoso.

— Segredo de chef.

Dou mais um gole, tentando adivinhar.

— Você colocou baunilha?

— Não.

— Ele não vai falar. — Dante é quem diz, sentando ao meu lado. — Bom dia, gente. O Lucas cozinha bem demais, mas nunca conta os segredos dele.

Dante não é confiável para avaliar comidas, porque, apesar de ter razão sobre Lucas, parece gostar de qualquer coisa. E, quando digo *qualquer coisa*, estou incluindo a receita horrorosa que Nick cozinhou ontem à noite: carne de soja com gosto de canela, e milho com gosto de alecrim e açúcar.

O pobre do meu irmão passou três horas na cozinha, seguindo uma receita indiana "em homenagem à família do Lucas", ele disse. Tenho certeza de que Lucas achou um jeito de jogar fora parte do prato, enquanto eu enrolava mexendo aquele grude de um lado para o outro com o garfo.

Dante, em compensação, comeu e repetiu, tirando parte da desconfiança de Nick sobre a gororoba ter agradado ou não.

Agora, Lucas volta para o fogão e eu dou mais um gole, tentando identificar os outros sabores na minha vitamina, que está perfeita.

— Banana? — chuto.

Lucas se vira para a gente com a colher de pau na mão.

— Não é banana, e os ovos com bacon estão saindo.

Temos mantido uma rotina mais ou menos organizada nestes primeiros dias: Lucas faz o café da manhã, Dante lava a louça, Nick dá uma organizada na casa e eu limpo a sala, meu banheiro e o meu quarto. Lucas coloca a roupa para lavar e secar e eu dobro tudo — tirando as cuecas, óbvio. E desde ontem, depois do desastre de Nick na cozinha, ficou decidido que somente Lucas e eu vamos fazer o jantar.

Não sou nenhuma chef, mas pelo menos não troco canela por pimenta e açúcar por sal.

E então, após o jantar, nós brigamos pelo controle remoto. Ontem, depois da série, tive que fingir que o beijo de boa-noite que Lucas me deu na testa não encheu minha barriga de insetos alados. Me recuso a pensar em borboletas; imagino que ele só fez isso para deixar o amigo feliz numa representação de "Olha, Nick, como estamos nos dando bem. Pode viajar tranquilo". Só não me afastei porque não vou ser a garota ranzinza que solta raios pelos olhos, cheia de não me toques e reforçar o que Lucas pensa sobre meu temperamento.

— Café. — Nick senta no outro banco junto ao balcão e enterra o rosto nas mãos. — Que noite de merda.

Toco no ombro dele.

— O que houve?

— Pesadelos. Aquela bosta de série que vocês quiseram assistir ontem.

Dou mais uns goles na vitamina.

— "Quiseram" é muita gente. Desde quando é uma boa ideia assistir *Os piores crimes e os psicopatas mais lunáticos* antes de dormir? Eu tive indigestão.

— Achei normal — diz Dante, sem desviar os olhos do prato com uns dez ovos que Lucas acabou de colocar na frente dele.

Nick abastece a cafeteira com água e liga.

— Você dormiu o tempo todo, Dante.

Lucas encolhe os ombros e se senta com um prato de ovos e salsicha que poderia alimentar o time inteiro.

— Um pouco de adrenalina antes de dormir sempre é bom.

Nick sacode a pimenta-do-reino em cima do ovo dele e Lucas não perde a piada:

— Não é canela, não, né?

Dante olha para o prato do Nick.

— Se for canela e você não quiser comer, pode me dar.

Nós três viramos para ele com expressões de "Como assim?". Dante reage:

— O quê, gente? Ovo é uma delícia, canela é bom, não tem como ficar ruim.

Nick revira os olhos e dá uma garfada antes de falar:

— Ainda bem que hoje é terça-feira e vamos poder escolher o que assistir em paz.

Olho para os três esperando uma explicação, mas eles estão ocupados demais comendo os trinta e seis ovos que matam no café.

— Por quê? — pergunto. — O fã dos maiores assassinos vai descansar mais cedo hoje?

Dante arqueia as sobrancelhas loiras.

— O Lucas sai toda terça à noite pra um lugar misterioso.

Nick esvazia a xícara de café num gole.

— Acho que ele vai praticar um dos crimes que nos obriga a assistir.

— Fala pra gente — Dante provoca —, tá comendo alguma professora?

Lucas endireita os ombros.

— Não me encham o saco.

Nick o observa com olhos enviesados.

— Uma mulher casada?

— Vão se foder — murmura, se levantando, e olha para mim. — Eu não pego mulher casada.

Desvio a atenção para minha vitamina e não sei por que os últimos goles descem de um jeito esquisito, como se de repente a bebida estivesse grossa demais.

※ ❈ ❈ ❈ ※

Acabamos de comer um balde de pipoca. Dante e eu. Nick foi dormir e Lucas está no compromisso misterioso dele.

No compromisso (*que não é da minha conta*) dele.

Estamos maratonando *Bridgerton*, e, tirando o fato de eu olhar o relógio a cada quinze minutos, como se fosse o marido traído da mulher com quem Lucas está transando, estamos nos divertindo. Conversamos entre os episódios e descobrimos coisas em comum: Dante é de uma família supertradicional e cheia da grana do Canadá e só tem uma irmã, mais nova, a única parente de quem ele gosta de verdade.

A diferença é que a família dele ganhou dinheiro licitamente, enquanto a minha não sabe o significado da palavra *lícito*. Outra coincidência absurda é que os pais do Dante, assim como os meus, queriam escolher com quem ele se casaria e qual deveria ser a profissão dele: advogado. Quando Dante disse para os pais que sonhava em ser jogador profissional de hóquei, cortaram relações com ele e ameaçaram deserdá-lo se não "parasse com essa loucura".

Pelo menos eles não ameaçaram te prender no sótão e fazer você se casar sob a mira de uma pistola com o filho de uma família parceira de negócios.

Foi isso que tive que enfrentar quando ganhei a bolsa para a Companhia de Balé de Londres. Fugi de casa para nunca mais voltar e sei que, para os meus pais, desde o primeiro dia fora da Rússia, eu estou morta.

Dante acaba de dar mais uma gargalhada. Ele ri de absolutamente tudo, e isso é incrível.

— Você é a melhor companhia pra assistir comédia romântica, juro.

— Como é que eu nunca tinha ouvido falar dessa série?

Pauso o quarto episódio, que está começando, para responder:

— Também não sei por que demorei tanto pra assistir. Minha melhor amiga, a Nicole, insiste há anos pra eu ver essa série. Ela é a culpada por eu ter aprendido a amar Jane Austen e outras coisas de época.

Dante se espreguiça.

— Ela mora em Londres?

— Não, no Brasil. Ela se apaixonou por um maestro anos atrás, eles se casaram e mudaram pro Rio de Janeiro.

Olho para a tela do celular outra vez. Meia-noite e quinze. Sem perceber, estico o pescoço e analiso a porta de entrada, que fica de frente para o Cheetos.

Dante percebe.

— A noite do Lucas deve estar boa.

Forço um sorriso.

— Ele continua ficando com um monte de meninas?

Dante estala os dedos.

— O que eu posso dizer? O cara é tão bonito que podia ser estampa de tecido. As mulheres fazem fila, ele não tem culpa.

Forço mais um sorriso. Isso não devia me incomodar.

— Coitadinho, ele até tenta resistir.

— Tenta nada. — E sorri como um urso loiro de dois metros de altura e muitos quilos de músculos. — Ele é um pegador profissional. Se bem que, vou ser justo aqui, nos últimos anos deu uma diminuída no ritmo. Está mais seletivo e focado no hóquei.

Imagine se não estivesse.

— E você, Dante? Aproveita o status do hóquei feito ele?

Os ombros largos são encolhidos.

— Não, eu... é... não ligo muito pra isso. Quer dizer, sou um cara mais caseiro.

Olho para o tapete de pelos cinza no chão.

— Faz quase dois anos que eu perdi totalmente o interesse em sair, mas acho que estou pronta pra ser menos caseira. Não que eu queira passar o taco em geral como o Lucas, é só que... — Suspiro e olho para ele. — Estou cansada de não sentir nada, de ter medo de sentir.

É tão confortável conversar com Dante que parece que nos conhecemos há anos. Incrível como algumas pessoas fazem a gente se sentir em casa em segundos, enquanto outras te expulsam de casa, querem moldar você de acordo com as expectativas delas e arrancar sua alma.

Ele sorri, compreensivo.

— Eu te entendo, Nathy. — O olhar dele fica distante. — Também estou cansado de não sentir, de me esconder, de fingir ser algo que eu não sou.

Será que Dante está dizendo o que eu acho que está? Coloco a mão por cima da dele.

— Muitas vezes a gente precisa ter coragem pra ser feliz.

Ele respira fundo e a porta da frente se abre.

Lucas.

— Boa noite, gente.

— Boa noite — respondo.

Os olhos verdes se estreitam quando param na minha mão em cima da do Dante.

— Oi, Lucas — diz Dante. — Como vai a sra. Steel?

Afasto a mão e Dante murmura para mim, sorrindo:

— Steel é a reitora da universidade.

Lucas ergue o dedo do meio para ele e se aproxima do sofá, olhando para a TV.

— O que vocês estão vendo?

O corpo grande do Dante se afunda mais nas almofadas do Cheetos antes de ele responder:

— Uma série em que o cara é o fodão pegador, tipo um capitão de time de hóquei de antigamente, e se apaixona pela irmã do melhor amigo. Estou dando muita risada, cara, sério. Bride... Brigueton.

Agora Lucas está fazendo meu estômago contrair como se eu tivesse pulado de bungee jumping ao me encarar de um jeito intenso. O cabelo dele está molhado, e ele usa uma roupa diferente da que usava quando saiu. Calça jeans e malha azul. Odeio ter vontade agarrar a gola da malha dele e sacudir, falando: *Pare de ser a porcaria de um pegador.*

Isso não é da sua conta, Natalie Pavlova. Limpo a garganta.

— Bridgerton. É uma comédia romântica de época.

Viro para Dante, que está com uma ruga entre as sobrancelhas, olhando de mim para Lucas, parecendo sentir que há algo pairando no ar. Algo que eu quero fingir que não existe. Algo que não deveria existir. Sinto as bochechas esquentarem.

— Vamos ver mais um? — disfarço.

O corpo enorme do Lucas se joga no sofá ao meu lado.

— Estou sem sono, vou ver com vocês.

Quero bufar e perguntar: *Depois de três horas de sexo você está sem sono, Lucas? Você não tem limites?*

— Já estamos no episódio quatro.

O cheiro dele me atinge: amadeirado e cítrico, como um campo depois da chuva. A lateral do corpo dele está rente ao meu. Eu me afasto um pouco. Ele se acomoda, voltando a se aproximar. Que inferno.

— Tudo bem, não ligo. Resumam pra mim rapidinho.

❋ ❋ ❋ ❋ ❋

Se algum dia alguém me perguntar "Qual foi a maior tortura da sua vida?", vou responder:

Quinto episódio de *Bridgerton*, primeira temporada.

Quase pior que pegar o Lucas transando ou me enrolar na cortina do banheiro, pelada, na frente dele.

E se alguém me perguntar como foi que eu vim parar no sofá, sozinha e colada com ele, assistindo a cenas de sexo tórridas, vou responder:

Quinto episódio de *Bridgerton*, primeira temporada.

Na verdade, vou responder:

Dante, que estava dormindo fazia um tempo, levantou no começo desse episódio e murmurou:

— Podem continuar. Amanhã eu alcanço vocês.

E eu estava muito empolgada para ter o bom senso de falar: "Também vou dormir".

Agora é tarde. Estamos os dois sem graça demais para pausar o capítulo no meio da pegação e dizer:

"Boa noite, então."

Ou...

"Essa cena me deu um sono."

Pelo menos *eu* estou sem graça. Lucas, na verdade, parece superconfortável: pernas esticadas, mãos atrás da cabeça e, tirando as narinas expandidas e as veias do pescoço um pouco dilatadas, ele está relaxado.

É claro que está; isso na vida dele deve ser tipo um filme censura livre. O problema é que estou há tempo demais sem nada parecido na minha vida. E o fato de eu ter pegado ele transando há uns dias com certeza não ajuda:

essas cenas ficam me lembrando de que assistir sexo ao vivo parece bem mais quente que na TV. E eu nem sou voyeur, pelo amor de Deus.

Dou uma olhada para Lucas no fim de uma dessas cenas. Ele está me encarando.

Me encarando.

Alguém ligou um maçarico nas minhas veias.

O calor do corpo e o cheiro dele me chicoteiam.

Eu bocejo. O som sai parecido com um gemido.

Ele não para de me olhar, e no momento tem um sorrisinho sarcástico nos lábios cheios.

— Agora sim as coisas estão ficando boas nessa série.

Acho que ele só está tentando descontrair o clima, mas é tarde para mim. Eu nem devia me importar tanto, só que meu corpo não conhece mais limites e está querendo me fazer acreditar que eu sinto coisas que obviamente não sinto, que na verdade são culpa das cenas.

— Eu tô morrendo de sono — murmuro.

— Jura? — Ele se espreguiça, soltando um som que parece um rugido de leão e erguendo os braços. — Essa série me deixou ligado.

Bufo.

— É lógico que sim. Por um segundo eu esqueci que estava falando com o Senhor Suruba.

Lucas morde o lábio, estreita os olhos e faz uma negação com a cabeça.

— Você está tensa. Devia experimentar de vez em quando re...

Dou um riso sarcástico e o interrompo:

— Não, obrigada.

— É sério — prossegue, esticando mais as pernas, com uma almofada no colo. — É bom pra caramba, faz bem pra saúde, acredite em mim.

— Você é nojento, sabia?

— O quê? Só porque eu acho que você devia experimentar relaxar de vez em quando?

As sobrancelhas pretas estão arqueadas, e eu? Quero beijar. *Não*. Quero arrancar esse sorrisinho irônico dos lábios dele.

— E você devia experimentar usar a cabeça de cima mais que a de baixo, pra variar.

Lucas gargalha.

— Boa noite, Pavlova. Vai dormir antes que as coisas voltem a esquentar por aqui.

Mostro a língua para ele e me levanto do sofá. Que coisa mais infantil. Mas não consigo controlar, principalmente porque ele parece ler as reações do meu corpo como se elas estivessem escritas em canetinha neon na minha pele. Parece que volto para a quinta série quando estou perto dele, que inferno.

— É melhor ir dormir mesmo e parar de gastar sua energia com sexo. Amanhã vocês não têm um jogo importante?

Lucas se espreguiça, relaxado como um leão no meio de dez leoas e seus filhotes.

— Nós vamos ganhar, mas deu pra mim, vou mesmo dormir também.

Eu me viro para sair e ele fala, me detendo:

— Você vai no jogo, né? Deixei dois ingressos separados. Se quiser, leva o seu amigo.

— Vou sim, nunca perco um jogo do time do Nick. Prometi que vou filmar os melhores lances e passar pra ele depois.

Lucas se levanta, esticando os braços cheios de músculos — músculos que eu nem devia estar secando.

— Vou te procurar do rinque e acenar pra você... pelo Nick, é claro.

E sabe o que é mais idiota? Meu coração acelera como se ele fosse a porcaria do meu namorado jogador e fosse me procurar do rinque para, no fim da partida, depois de ter ganhado, subir nas arquibancadas e me beijar.

Vou para meu quarto bufando comigo mesma e minhas reações.

❄ ❄ ❄ ❄

Um estádio lotado.

Praticamente tomado de torcedores do time da Universidade de Toronto.

Faixas espalhadas com frases motivacionais do tipo: VAI, DRAGONS E O GELO É NOSSO!

Camisetas, cachecóis e faixas de cabelo tingem o estádio numa avalanche azul e roxa. Nada como o barulho do gelo sendo cortado ao vivo, dos tacos batendo, dos urros dos jogadores e dos gritos da torcida para disparar a adrenalina e fazer o coração voar junto com o puck sobre o rinque.

— Adoro ver homens de ombreira gatos se digladiando por um disco preto. — É Ivo quem fala ao meu lado, depois de encher a mão de pipoca.

— Nada como equilibrar a força mais delicada do balé assistindo a algumas partidas de força bruta, né?

Ele faz que sim.

— Você me entendeu.

Dou um gole no energético assistindo as animadoras de torcida saírem do rinque depois de darem um show de piruetas e saltos dignos de atletas profissionais no gelo.

Tenho quase certeza de que a loira do lado direito é a que estava na cama com o Lucas no dia em que cheguei ao Canadá. Tenho ainda mais certeza quando ela passa perto de onde estou sentada, dá uma risadinha irônica e me encara.

Lucas não brincou quando disse que os lugares eram bons. Estamos praticamente dentro do gelo, nos lugares reservados para amigos e familiares do time de Toronto.

Os jogadores do Dragons são anunciados e a torcida vem abaixo nas arquibancadas. Apesar de estarmos na casa do Dragons, quando o Predators entra, percebo que tem uma dezena de torcedores vibrando com vermelho e preto, as cores da equipe de Ottawa.

Os nomes do time do Predators ecoam pelo microfone e acendem no placar à medida que os jogadores patinam até o centro do rinque.

Dou uma risadinha nervosa.

Deve ter algum engano.

Só pode ser coincidência.

Isso é ridículo.

— Ivo — cutuco meu amigo —, o nome que está escrito ali, o número três do Predators, é Alexei Turgueniev?

Ivo franze o cenho.

— Sim.

— É um nome russo.

— Eu percebi.

Solto um suspiro trêmulo e uma risada incrédula.

— Não pode ser. Quer dizer, só pode ser coincidência.

Ivo abre as mãos no ar.

— O quê?

Tento enxergar o rosto do número três, o atacante do Predators, mas o capacete e a viseira de proteção não deixam que eu perceba os detalhes.

— É o nome do meu primeiro namorado.

Ivo enche a boca de pipoca antes de falar:

— O canalha que dormiu com a sua melhor amiga quando soube que você ia embora da Rússia?

Loto a mão de pipoca.

— Ele mesmo. Mas é claro que o Nick me falaria se o meu primeiro namorado fosse o atacante do maior rival deles no gelo.

As sobrancelhas loiras são arqueadas.

— Será? Porque, tipo... que diferença faria na sua vida você saber disso?

Bufo após engolir a pipoca.

— Tem razão, não faz diferença nenhuma. E, e se for mesmo ele, já faz sete anos que a gente não se vê. Provavelmente ele nem vai me reconhecer.

A sirene toca sinalizando o início da partida.

São quinze minutos tensos: empurrões, rasteiras, trombadas violentas, ganchos e disputas acirradas pela posse do puck fazem parte de cada minuto. Já houve três penalidades menores, duas contra o Dragons e uma contra o Predators.

Ivo e eu pulamos e nos abraçamos quando Lucas abre o placar do jogo, marcando um a zero para o Dragons.

E meu coração vai a milhão quando o capitão More cumpre o que prometeu e me encontra na plateia. Deslizando sobre o gelo, ele se aproxima da fileira onde estou sentada, aponta para mim e comemora. Faz o número quatro com os dedos, o número da camisa do Nick.

O telão mostra minha cara de boba e surpresa pulando e erguendo o número quatro junto com Lucas.

Tenho a sensação de que Alexei, seja ele meu ex ou não, me notou pelo telão e passa os últimos dois minutos da partida dividido entre jogar e lançar olhares rápidos na minha direção.

Agora é o intervalo, e os times entraram nos vestiários. Digito rápida para Nick que estamos ganhando e envio a foto do Lucas fazendo o número quatro ao comemorar o gol.

Ivo aperta minha coxa.

Ergo os olhos da tela para ele e então para a sombra que se projeta sobre o gelo à minha frente.

— Natalie Pavlova, quem diria.

Estamos sentados na primeira fileira e somente um acrílico de proteção nos separa do rinque. Minha boca abre um pouco, seguindo meus olhos.

O primeiro canalha da minha coleção de boys lixos sorri para mim.

— Nossa — tento parecer indiferente apesar da surpresa —, quanto tempo.

❆ ❆ ❆ ❆

Lucas

Estamos no face-off do segundo período quando o filho da puta do atacante novo do Predators bafora no meu cangote:

— A Natalie é uma delícia. Eu e ela tivemos um lance no passado.

Uma sensação ruim parecida com... ciúme me faz travar a mandíbula. Conto até cinco. Não vou perder a porcaria da cabeça.

Ele disputa o puck comigo, nossos tacos se batem e eu o driblo numa manobra perfeita. Passo na dianteira e patino para ganhar distância. Solto um grunhido quando sinto uma dor aguda no meio das costas. Caio de joelhos e coloco as mãos nas costas. Fui atingido com força.

Vejo a merda se formar de baixo para cima: meus quatro jogadores se amontoam em cima do Turgueniev, o novato que me atingiu, e em seguida os jogadores do Predators partem para cima do bolo de murros e tacos em atrito, enquanto os árbitros tentam separar a briga.

Eu me levanto e grito com meu time:

— Chega, porra!

— É uma falta menor — o juiz sinaliza.

— Palhaçada.

A torcida explode em urros de protesto.

Reúno meu time e falo por cima dos gritos dos torcedores:

— Vamos ter dois minutos com um jogador a mais. Temos que aproveitar a vantagem e manter a porra da cabeça no lugar.

Sinalizo para Dante manter os olhos no novato quando ele voltar para o rinque após a punição.

As coisas nunca são fáceis quando se trata do Predators. O hóquei já é um jogo muito disputado e agressivo, mas, quando falamos de um rival histórico, os ânimos ficam ainda mais acirrados.

Perdemos a posse do puck, e o contra-ataque é muito rápido.

Dean faz milagre numa defesa inacreditável, e em meio segundo Dante já está passando o puck para mim.

O novato está de volta após cumprir a penalidade e eu mantenho a vantagem, abrindo rápido em direção ao gol. A adrenalina que me consome quando estou jogando aguça meus sentidos e deixa tudo mais vivo e eletrizante. O gelo se funde com as lâminas dos patins, o taco vira uma extensão dos meus braços, o puck acende no gelo como se fosse feito de luz e eu bato para o gol.

A torcida explode antes da hora.

O goleiro deles é bom e pega o lance.

Mais um face-off, e, conforme o fim do segundo período se aproxima, tudo está mais inflamado. Nem sinto a porrada que tomei nas costas, mas sei que quando esfriar vou ter uma dor do cacete.

Turgueniev está na minha cola de novo e segura minha jersey, a camisa do uniforme.

— Você viu a Natalie rindo pra mim?

Infelizmente vi e não gostei nada. Ela estava dando corda para esse bosta no meio do nosso jogo? Sentada num lugar de destaque, como convidada especial do nosso time?

Ele prossegue na minha frente enquanto tento avançar.

— Combinei de enfiar meu taco nela com força pra comemorar a vitória de hoje.

Bato no puck, que desliza, e o desgraçado segue na minha frente tentando roubar o disco. Ele não para de falar:

— Ela é uma vadia que gosta de ser tratada assim.

Não vou perder a cabeça.

— Enfia a porra do taco no rabo, seu merda.

Olho para Natalie rápido e esses dois segundos de distração são suficientes para ele roubar o puck; o contra-ataque resulta no empate.

— Merda! — rosno. — Puta merda.

O filho da puta tem a audácia de comemorar na frente da Natalie, mandando um beijo para ela. Não vejo a sua reação, mas escuto os gritos da nossa torcida. Eles provavelmente reconhecem Natalie de quando fui comemorar o nosso gol pouco antes, e Turgueniev está provocando meu time inteiro com essa merda. Aperto os dentes ao ver Natalie dar um tchauzinho e rir para o desgraçado.

Ela me odeia, mas não tem o direito de me fazer de palhaço assim, na frente de todo mundo.

Dante se aproxima.

— Eu estava livre à sua direita, por que não passou o puck pra mim?

— Desculpa, cara, eu não vi.

Mas que merda. Tenho que me concentrar.

* * * * *

Natalie

O Predators, a porcaria do time adversário, ganhou de dois a um.

No terceiro período, Lucas perdeu a cabeça por causa das faltas violentas cometidas em cima do nosso time e partiu para cima do Alexei Turgueniev, que parece ter conseguido o que queria: uma falta grave que resultou na expulsão do Lucas e dele próprio. Mas, pelo que entendi, Alexei é novato e não fez tanta falta para o Predators como o capitão para o Dragons. O nosso time, desestabilizado pela falta do Lucas, tomou o gol da derrota quando faltavam trinta segundos para o final do jogo.

Que ódio.

Ivo me deixou em casa com Dante e agora estamos nós dois assistindo *Bridgerton* e tirando o amargo da derrota comendo brigadeiro, um doce brasileiro em que Nicole me viciou.

— Isso é muito bom — murmura Dante, com a boca cheia.

Pego uma colherada.

— É maravilhoso.

Estamos no começo do penúltimo episódio quando Lucas entra na sala, passa pelo Cheetos, murmura um boa-noite e segue para o quarto.

— Lucas, experimenta isso aqui. — Dante o detém.

Ele se vira de frente para o sofá onde estamos sentados e, sem responder ao amigo, me encara com as sobrancelhas arqueadas.

— Achei que você estaria com o seu amigo, o atacante novo do Predators.

Eu devia rebater de um jeito imparcial: *O quê? Imagina, ele é um filho da puta. Mais um ex-namorado meu imprestável.*

Mas o tom ácido que Lucas usa e a imagem dele na saída do jogo, com os braços da líder de torcida loira em cima de seus ombros, me atingem.

Ele demorou duas horas para voltar para casa. Nada como uma rapidinha depois de jogar por uma hora como se estivesse lutando contra um tornado, né, capintão?

Solto um risinho irônico.

— E isso é da conta de quem mesmo?

As narinas dele se expandem.

— É da minha conta quando você está sentada num lugar VIP da torcida do Dragons e fica cheia de simpatia para o atacante do nosso maior rival.

Eu me levanto e coloco as mãos na cintura.

— Ah, deve ser culpa minha então que você perdeu a cabeça e revidou a tacada que ele te deu com um murro na cara.

— Provavelmente depois de ouvir meia dúzia de merda desse babaca e fazer papel de palhaço na frente de toda a minha torcida, quando você comemorou o gol do filho da puta com ele, sim.

Olho para Dante, que está comendo brigadeiro como se estivesse sentado na primeira fileira do cinema assistindo a um filme imperdível.

Ah, sim, a série da minha vida.

E então me viro para Lucas e reparo nos olhos vermelhos, sombreados por olheiras, a barba por fazer e os ombros largos um pouco curvados numa postura abatida. Ele abre e fecha as mãos, depois fala para Dante com a voz rouca:

— Desculpa, cara, não vou mais me desconcentrar assim. Já pedi desculpa pro resto do time, mas queria falar com você também.

Dante faz uma negação, apoia a tigela de brigadeiro na mesa lateral e se levanta.

— A responsabilidade não é só sua, amigo. Todos nós erramos, o time se perdeu no final.

As mãos grandes de Lucas esfregam o rosto antes de ele voltar a me encarar.

— Desculpa, Natalie. Você pode ser simpática com quem quiser e não tem culpa que eu agi como um babaca e perdi a cabeça com as merdas que o Turgueniev me falou durante o jogo.

E respira fundo, colocando a mão nas costas, no lugar onde foi atingido mais cedo.

— Vou deitar, estou quebrado.

Merda. Minha garganta aperta. Lucas tem todo o direito de se sentir mal com o que acha que aconteceu. Se eu tivesse agido como ele acha que agi no meio de um jogo em que supostamente eu deveria apoiar o time do meu irmão, eu seria uma baita de uma fura-olho. E ele ainda me pediu desculpa.

— Espera — peço baixinho. — Quando o Alexei foi comemorar o gol na minha frente, eu levantei o dedo do meio pra ele. Acho que você não viu isso, né?

Ele arregala os olhos, surpreso.

— Achei que você estava comemorando com ele.

— Meu Deus, não, Lucas, imagina que vaca eu seria? A torcida vibrou quando apareceu no telão eu mandando o Alexei se ferrar.

Ele respira fundo e um sorriso fraco aparece nos lábios cheios.

— Passou no telão mesmo?

Também sorrio.

— Sim. Não sei que merda ele te falou, mas o Alexei foi meu primeiro namorado. Não acreditei quando vi o cara no ataque do Predators, muito menos quando ele teve a coragem de vir falar comigo, mesmo sabendo que meu irmão joga na defesa do Dragons.

Dante se espreguiça.

— Ele fez de propósito, pra provocar a gente.

Suspiro e olho para baixo.

— Sim, ele foi um canalha quando eu tinha dezesseis anos, e pelo visto continua sendo um agora.

Dante volta a se sentar e pega a tigela de brigadeiro.

— Ele chegou da Rússia faz pouco tempo, ouvi que foi transferido de uma faculdade de lá. Esse foi o primeiro jogo dele como titular do Predators.

— Isso explica o Nick não ter falado nada dele pra mim.

Lucas aperta a nuca com a mão.

— Eu vi vocês dois conversando e, sei lá, você parecia estar rindo pra ele antes do início do segundo período. Pensei merda, desculpa. Mas isso não tem nada a ver com a gente ter perdido o jogo. Fui eu que saí da linha.

— Provavelmente eu estava mandando ele fingir que não lembrava de mim, porque eu faria o mesmo, e nunca mais falar comigo. Se servir de consolo, apesar da derrota, vocês jogaram melhor.

Ele faz que sim, abatido.

— Temos que trabalhar alguns pontos para o próximo jogo com eles daqui a três semanas. Além disso, o Nick faz falta.

— No próximo jogo eu vou com a jersey do Nick, pra deixar claro pra todo mundo que meu coração é dos dragões.

Lucas perfura meu rosto com os olhos. Fico com vontade de encolher os dedos dos pés.

— Vou tomar um banho quente pra relaxar e depois venho experimentar esse doce. — Aponta com o queixo para o brigadeiro.

— Se você conseguir parar na primeira colherada, eu lavo e dobro suas roupas por duas semanas inteiras.

— Desafio aceito, Natalie. Quem sabe eu ganho alguma coisa hoje.

7

Série da minha vida, episódio de hoje:
Será que eu vi um stalker?

Acabo de fazer um movimento com os braços e me olho no espelho enorme da sala de ensaio.

Faz quinze dias que estou no Canadá, e é impressionante como, desde o jogo, a última semana passou voando. Tenho treinado até mais tarde, inclusive aos sábados, então, apesar de hoje ser sexta-feira, amanhã não terei descanso. Não posso, preciso treinar o máximo possível. Faltam quarenta e cinco dias para o teste.

Em casa a vida segue a rotina normal: vitaminas e peitoral no café da manhã, treino e, à noite, episódios de série em trio — ou em dupla: Dante e eu, nas terças em que Lucas sai sozinho.

Alongo a perna e sinto a panturrilha doer, mesmo ainda aquecida.

Respiro fundo, aliviada, ao olhar para o relógio na parede e notar que posso fazer mais uma variação e ainda terei tempo para me trocar antes de Lucas chegar.

Ele me ofereceu uma carona mais cedo, parece que vai pegar a irmã, Maia, que é bailarina e estava treinando, e deixá-la na casa dos pais. Lucas disse que não sairia do caminho. Ele marcou comigo aqui às oito da noite.

Volto a música no celular, fecho os olhos para me concentrar e recomeço a variação. É incrível como, todas as vezes que eu calço sapatilhas, sinto que elas se ajustam aos meus pés como se fossem massa de modelar; viram uma extensão da minha essência e passam a ser a parte mais importante de mim. As sapatilhas derretem em contato com meu corpo, como se fossem gelo.

Trago minha perna de trás para um *passé*, seguido de um *développé a la seconde*, e desço controladamente até uma quarta posição para repetir de novo — uma das sequências de passos de Odette, o Cisne Branco de *O lago dos cisnes*.

Eu sempre fui igual a ela.

Sonhadora, romântica, doce.

É chocante como a vida, as decepções e as sombras que os outros projetam em cima da gente têm o poder de transformar penas brancas em pretas.

Cansei de ser Odette, boazinha e apaixonada, e aprendi a me transformar em Odile sempre que preciso, para sobreviver. O Cisne Negro. Corajosa, forte, maliciosa e determinada.

Faço mais um, dois, três giros em *piqué en dehors* enquanto a música cresce e meus batimentos aumentam na mesma escala. Repito a sequência de giros, bato as asas e voo.

Quando os acordes de Tchaikovsky diminuem, finalizo com um *chainé* e, na posição clássica, ergo os braços à direita, descansando minhas asas de olhos fechados, ofegante e com a alma transbordando. Abro os olhos e uma sombra igual à de Rothbart, o mago cruel de *O lago dos cisnes*, está me espreitando, me olhando através do vidro da porta.

O rosto está encoberto pelas sombras que o capuz preto projeta.

Fecho para uma quarta posição automática, paralisada, horrorizada e emocionada pela entrega da dança e pela presença do que parece um personagem do balé saído da penumbra, e então ele simplesmente se vira e vai embora. Como se fosse normal um homem com o rosto escondido olhar as bailarinas ensaiando através da porta.

Meu lado Cisne Branco quer correr, se esconder, se encolher, mas o lado Cisne Negro, do qual me orgulho tanto, quer enfrentar.

E é o que eu faço.

Sem ligar para o fato de estar usando o tutu de ensaio, polainas e sapatilhas de ponta, saio correndo atrás de Rothbart. Escuto os passos acelerados se afastando e grito:

— Quem está aí?

Como resposta, escuto apenas o som da porta corta-fogo da escada de incêndio batendo. Com o coração e a respiração acelerados, sei que tenho duas opções.

A primeira é entender que isso é pessoal e que esse cara estava atrás de mim, tipo um novo stalker na minha vida, ir até a segurança do balé e exigir que me mostrem a filmagem para tentar identificar quem pode ser esse cara encapuzado.

Essa hipótese é a que meu lado acuado e traumatizado mais gosta.

Ou...

O que é mais provável: esse cara é alguém que trabalha na companhia no turno da noite e coincidentemente estava próximo. Quando passou por aqui, parou para bisbilhotar e, com medo de perder o emprego depois que o flagrei, saiu correndo.

Essa hipótese parece a mais razoável, e se eu for denunciá-lo talvez ele perca o emprego por paranoia minha.

Inspiro o ar devagar para me acalmar.

Contanto que isso não se repita, não vou criar caso levada pelo meu lado Cisne Branco ferido.

Afinal, quem poderia fazer algo assim, se o intuito fosse me assustar? A única pessoa que conheço que seria capaz de fazer isso está milhas e milhas distante.

Por mais que eu queira acreditar na segunda hipótese, volto para a sala, tiro as pontas, removo o tutu, visto uma calça de moletom e as botas de aquecimento e sigo para o vestiário pelo corredor vagamente iluminado, olhando para os lados, com as mãos molhadas de suor e temendo que os episódios mais assustadores da minha vida sejam reprisados.

Calma, Natalie. Já, já o Lucas estará aqui para te dar carona. Não pira. Esquece isso e não enlouquece.

❄ ❄ ❄ ❄

Quando chegamos no carro, arregalo os olhos: é uma daquelas picapes enormes de quatro portas, preta. Uma GMC.

— Nossa, isso é um caminhão?
— Cabe o time inteiro se precisar.
Lucas carrega minha mochila, abre a porta para mim e me ajuda a afivelar o cinto.
Sabe quando um cara gato e sarado coloca o braço atrás do banco do passageiro para olhar para trás ao manobrar?
Não sei explicar por que isso faz meu feminismo evaporar, e acho que só homens gatos podem manobrar bem assim. Parece tão sexy e tão certo que fico com vontade de dizer *Isso, manobra mais, não para. Assim... não para.*
É, tenho que admitir, por menos que goste da ideia: me sinto meio atraída por Lucas More.
Agora ele está dirigindo há uns cinco minutos, já perguntou se o aquecedor do carro estava numa temperatura boa e se eu queria ouvir alguma coisa específica.
Lucas tem um gosto musical bem legal, eclético, e que coisa, senhoras e senhores: parecido com o meu. Estou repassando mentalmente os passos da minha variação ao som de "Lose Control", de Teddy Swims.
A lembrança do cara de capuz na porta da sala faz meu coração apertar.
— Podia ser um segurança, não podia?
— O quê?
Ai, meu pai. Minha mania de falar em voz alta, como se estivesse sozinha.
— O balé tem um ótimo esquema de segurança.
E isso é verdade, não tenho com que me preocupar. Vou esquecer o que aconteceu e não me estressar.
— Você está quieta, parece que engoliu uma barra de balé. Tá tudo bem?
Pisco devagar, confusa.
Lucas me olha rápido e aponta com o queixo para mim. Só então me dou conta de que estou rígida, mal encostando no banco. Respiro devagar, giro o pescoço e os ombros para relaxar e me solto mais.
— Tive um dia pesado de treino. Acho que não relaxei ainda.
O farol fica vermelho e ele me encara.
— Tem certeza de que comeu direito hoje?
Apesar de na maioria dos dias eu tentar me alimentar bem, hoje só comi uma salada de frutas e tomei uma vitamina de morango, já faz três horas,

mas não vou admitir isso para o capitão da boa alimentação. Ele vai, com razão, me encher o saco.

— Ãrram.

Ele ainda está me olhando e eu ignoro a eletricidade que corre entre a gente quando isso acontece.

— Tem barrinhas de cereal e proteína no porta-luvas. Eu pego a Maia duas vezes por semana no balé, e na maioria das vezes ela está cheia de fome; sou prevenido.

— Ah, legal.

Abro o porta-luvas e vejo uma série de barrinhas, todas de chocolate. Acho que um choque de caloria depois do susto vai cair bem.

— Chocolate e baunilha. Posso pegar uma?

— É o sabor favorito dela. Claro que pode.

— Eu gosto, mas prefiro de morango.

O farol abre, mas Lucas não dá partida com o carro e não para de me encarar, com a expressão de uma criança que está enganando os pais.

Abro a barra, dou uma mordida e depois pergunto:

— O quê?

— Você não viu, né?

Os carros de trás buzinam e ele finalmente sai do lugar.

— Vi o quê?

— Eu ia te dar em casa, mas como combinamos a carona eu resolvi fazer surpresa.

Ele acende a luz interna do carro e me encara de novo, parecendo ansioso.

— Vamos, abre e olha direito.

Coloco a barra em cima das pernas e volto a abrir o porta-luvas, com o cenho franzido de curiosidade.

Em cima das barras tem alguns papéis que se parecem com... ingressos?

Meu coração dispara e eu pego um deles.

Meu coração dispara ainda mais e dou um gritinho entusiasmado quando leio.

— Não acredito. — Bato os pés no chão. — Não acredito que você conseguiu, espera. — Dou outro gritinho eufórico. — Você conseguiu mesmo, você... Como?

— Eu tenho meus contatos.

Quero dançar, abraçar Lucas e sair para tomar um porre de champanhe. Eu sonho em ver uma apresentação da Larisa Zakarova desde que tinha doze anos. Essa é a última turnê dela antes de se aposentar. Tenho certeza de que os ingressos custaram um rim.

— Me fala quanto você pagou que eu acerto contigo. Ou então o Nick, que é cheio da grana e não vai ligar de pagar um fígado pelo meu ingresso.

— Não, nem pensar. Eu não paguei por eles.

— Como? Como? Estou tentando conseguir um desses há meses, mas em Londres foi impossível.

Ele encolhe os ombros.

— Já disse, tenho meus contatos.

— Acho que nunca fui triste, juro.

O carro para em outro semáforo e eu me viro para ele. Lucas está sorrindo, o maior sorriso que já vi ele dar. É como como se um relâmpago caísse em cima de mim e iluminasse tudo em volta.

— Você leu tudo?

Seguro o ingresso na luz e leio:

— Camarote, noite de gala, sessão especial.

Grito outra vez.

— Você está louco?

Sem pensar em nada, tiro o cinto e o abraço. No começo Lucas retesa os membros, surpreso, e estou desajeitada, toda torta por cima do câmbio, mas então ele vira o corpo, abre os braços, retribui e sou engolida por cem quilos de músculos e calor. Meus seios são esmagados pela firmeza do peito dele.

E tudo que está em contato entre nós se molda num encaixe perfeito.

Os carros buzinam atrás da gente e eu volto atordoada para o meu lugar. Tento prender o cinto, mas meus dedos estão trêmulos.

Minha garganta aperta e eu engulo em seco. As mãos ágeis dele me ajudam a afivelar o cinto e somente depois ele dá partida.

Luto para respirar devagar e noto que os dedos dele agora estão fechados no volante com tanta força que os nós estão brancos.

Não tenho a menor ideia do que Lucas está pensando, talvez *Que garota louca*. Abro a boca para falar qualquer coisa, mas ele fala antes:

— Sabe o que isso significa?

Faço que não com a cabeça, mas resolvo brincar e tentar quebrar a eletricidade que me consome. Sorrio.

— Que você é o deus dos ingressos disputados?

Lucas me olha de lado e o canto dos lábios se curva num sorriso satisfeito.

— Também, mas principalmente que você está me devendo uma.

Não tenho nem tempo de gelar com a ideia, ou de perguntar o que ele vai querer.

O carro para e Lucas avisa:

— Chegamos.

Viro para pegar minha bolsa no banco de trás e, quando volto para abrir a porta, Lucas já saiu do carro e faz isso por mim.

❀ ❀ ❀ ❀

Antes de entrarmos em casa, Lucas avisa que Dante resolveu dar uma saída.

— Deve estar com uma garota — respondo.

— Ou não aguentou de fome e foi roubar comida na república de um dos caras do time.

Lucas preparou uma lasanha para o jantar e o clima entre nós está tranquilo, confortável, como se fôssemos velhos amigos. O que não deixa de ser estranho, chocante. Mas na verdade — sorrio — ele poderia ser meu melhor amigo depois de conseguir esses ingressos, juro.

Lucas se serve de mais um pedaço e eu pergunto:

— Quem te ensinou a cozinhar assim?

— Minhas avós, uma irlandesa e outra indiana. Elas competem em tudo, inclusive na cozinha, e todos nós saímos ganhando com isso.

Olho para ele, admirada.

— Que legal. Não imagino como deve ter sido crescer numa família multiétnica assim. Deve ser incrível.

Lucas se serve de água.

— É, e é diferente também. Cresci ouvindo mantras indianos, cercado do cheiro de incenso, deuses hindus, cores e danças de um lado e, do outro, superstições místicas, trevos, catolicismo, duendes e cristais.

Passo o guardanapo nos lábios.
— Quantos irmãos você tem?
— Duas mais novas e um mais velho.
— Uau, é uma família grande.
Ele faz que sim.
— Minha mãe adora. Ela não vê a hora que todos tenham filhos e encham a casa com dezesseis pirralhos. Já minha dadi, minha avó indiana, jura que nós devemos bisnetos a ela, como uma obrigação, e que de preferência todos sejam educados na religião hindu, enquanto a Nora, a avó irlandesa, é supercatólica e briga com dadi dizendo que não vai ter bisnetos que adoram um elefante como deus.
Lucas mastiga um pedaço de lasanha e engole antes de completar:
— Resumindo, é uma família barulhenta, engraçada, briguenta, mas maravilhosa. E a sua?
Suspiro e curvo os lábios para cima. Contar sobre minha família significa aumentar a densidade de qualquer coisa em dois segundos, por isso resolvo não entrar em detalhes e falar da única pessoa de quem eu realmente sinto falta, da única pessoa da família que eu queria não ter perdido quando saí da Rússia.
— Eu não tenho irmãos, só o Nick, que, você sabe, é meu primo. Do restante da família só conheci uma avó, a mãe do meu pai, minha babushka. Apesar de ela ser uma mulher de poucas palavras, eu a amo muito. Era ela que me ajudava a ir para as aulas de balé escondida dos meus pais, e também me ajudou a sair de casa com o Nick pra Inglaterra. Ela é uma figura — minha voz fica embargada —, sempre falando mais com os gatos do que com as pessoas.
Ele franze o cenho.
— Gatos?
— Ah, sim, nós, russos, temos um amor especial pelos gatos. Achamos que eles trazem sorte. Quase todos têm um em casa.
— E você?
— Eu o quê?
Ele ergue e abaixa as sobrancelhas, sugestivo, e aponta para si mesmo.
— Ama os gatos?

Dou risada.

— Como você é bobo. Sim, eu gosto dos gatos, mas prefiro os cachorros. Na verdade, o meu sonho sempre foi ter um golden, tanto que levei a maior bronca da minha vida por causa de um deles.

E agora Lucas parece curioso.

— Jura? Por causa de um golden? Como assim?

Faço que sim com a cabeça e engulo a lasanha.

— Eu só tinha seis anos, tá?

— Tá... Conta.

— Todo dia eu pedia pra ganhar um golden, principalmente porque o meu vizinho tinha um, e de vez em quando ele entrava na minha casa e eu ficava um tempo brincando com o bichinho.

Pego a taça de vinho e dou um gole.

— O nome dele era Boyar, e eu tinha certeza que ele me amava mais do que aos donos, que ele não era feliz com a família dele, talvez porque eu... eu não era muito feliz com a minha.

Ele se inclina um pouco para trás, parecendo surpreso, e eu acrescento, rápida, para não entrar nesse assunto:

— Então, um dia, resolvi fugir de casa com a família que eu escolhi: o Boyar e o Nick. Nós pensamos em tudo: comida para uns... dois dias, brinquedos, e quem precisa de roupa, né?

Lucas dá risada.

— Com certeza ninguém com seis e oito anos.

— Aí o Nick escreveu um bilhete simulando nosso sequestro e nos trancamos os três no sótão.

Os olhos verdes se arregalam um pouco.

— O Nick simulou o sequestro de vocês?

— Sim, e fez isso tão bem que demoraram três dias pra nos achar.

Não vou contar que crescemos ouvindo sobre como sequestradores agiam, que com seis anos eu conhecia mais palavrões e termos como Koch MP5 e granada do que bonecas, que medo do escuro era algo que parecia infantil perto dos meus pesadelos.

— Apesar das palmadas que eu levei, foram três dias muito felizes no sótão.

Olho para a mesa. Também não vou contar que Nick levou um murro no rosto, como se fosse um adulto, por ter feito o que fez, e que não foram palmadas que tomei, mas cintadas.

Engulo em seco e falo parte da verdade:

— Eu tive que devolver o Boyar e fui proibida de ver ou encostar nele pra sempre. Essa foi a parte mais difícil, muito mais que ficar sem conseguir sentar por um ou dois dias.

Olho para Lucas e ele está...

— Não me olha assim. Eu posso ter um golden hoje, é só que minha vida de bailarina não deixa.

Ele está me olhando de um jeito estranho. Remexo o último pedaço de lasanha com o garfo por um tempo e mudo de assunto:

— E aí, o que vai ser? O que eu devo fazer pra te retribuir pelos ingressos?

Lucas dá uma garfada, mastiga e engole antes de responder, olhando para o prato, mas com um sorriso no canto dos lábios.

— Admitir que eu sou lindo? Ou que você ama o meu peitoral? E que está começando a gostar um pouquinho de mim?

Dou um gole no vinho que abrimos para comemorar o fato de ele ter conseguido os ingressos para o balé que eu mais quero ver na vida. Imagine o seguinte: você é uma Swiftie, assim como eu, e há dez anos quer ir a um show da Taylor, mas nunca teve a oportunidade, apesar de já ter tentado fazer isso de todas as maneiras. E, finalmente, você está com os ingressos nas mãos, e não só isso: você vai numa noite VIP, em um setor premium. Entendeu como eu me sinto?

Então, simplesmente não ligo. Lucas pode me pedir o que quiser.

— Estou feliz demais pra você fazer isso parecer uma vitória só sua.

Respiro fundo e encaro a personalidade mais periguete que consigo antes de dizer:

— Lucas, você é tão lindo. Seus olhos pareciam opacos antes, mas agora brilham de um jeito incrível, especialmente quando você sorri. E o seu peitoral? — Me abano com a mão. — Me faz ter sonhos eróticos toda noite. Você me fez a garota mais feliz que existe. Meu Deus, Lucas, eu te amo tanto.

E termino de falar rindo, porque é tudo brincadeira, não é? É óbvio que isso não é o que ele vai me pedir de verdade. Só que ele... *Ah, meu Deus,* ele não está mais sorrindo, os olhos verdes estão em chamas e abrem uma trilha de fogo na mesa até me atingirem. E a vontade louca que eu tenho é de jogar a jarra de água em mim e nele e sair desse transe. Tento manter meu sorriso na expressão "Ei, foi só uma piada", mas meus lábios tremem um pouco, porque os olhos verdes estão fixos neles.

Como se Lucas quisesse me beijar. *Mas é óbvio que ele não quer.*

E se ele quiser, Nathy, você vai corresponder?

É Wilsa quem pergunta dentro da minha cabeça.

Cala a boca, Wilsa. Isso não tem nada a ver.

Tem certeza?

Quero rir de nervoso e me internar. Quem conversa mentalmente com uma sapatilha de pelúcia e, para piorar, que está em outro cômodo da casa, como se ela fosse um tipo de entidade telepática?

Dou mais uma garfada na lasanha e resolvo deixar claro que não é bem assim. Parece que o climão do carro está dez vezes pior agora.

— Eu seria capaz de falar qualquer coisa que você pedisse depois que você conseguiu esses ingressos, mas sei que você não pediria uma coisa boba assim. Então manda ver, capitão: o que você vai querer em troca?

Lucas pisca devagar, como se precisasse fazer isso para voltar a pensar, e as bochechas assumem um tom mais vermelho. E então ele gargalha, relaxado, e pega outro pedaço de lasanha, como se tivesse acabado de vencer duas partidas de hóquei seguidas.

— Estou brincando, é claro.

Ele para de rir. E desvia os olhos dos meus, dando mais um gole no vinho. Eu também dou mais um gole no meu.

— E então...?

Ele volta a me encarar e eu repito:

— O que você vai querer de mim?

— Uma coisa que não é pra mim.

— E é pra quem?

— Pra minha irmã bailarina.

— Maia, né?

Ele faz que sim com a cabeça.

— Ela ainda não é profissional, apesar de ter dezenove anos; está terminando a formação.

O olhar dele fica distante, triste. Tão diferente do clima elétrico que estava rolando antes. Agora a temperatura parece ter caído uns cinco graus. E a expressão abatida que toma o rosto dele lembra o Lucas que conheci no passado, tão distante da expressão brincalhona, sedutora ou solar a que estou me acostumando. E isso, estranhamente, me dá um certo nervoso.

Escuto a voz dele, mais grave:

— Ela teve que parar de treinar por uns anos por causa da leucemia.

Minhas mãos gelam e eu prendo a respiração.

— Ah, meu Deus, sinto muito.

Caramba, uma irmã jovem com leucemia, que coisa mais triste e horrível. Ele está olhando para o chão, e tenho vontade de segurar a mão dele e dizer que tudo vai ficar bem. *Tudo tem que ficar bem.*

— Ela está em remissão, no meio do caminho. — E me encara outra vez.

— Vai ficar tudo bem.

Concordo com a cabeça e um bolo na minha garganta me faz dar um gole na água. Será, meu Deus? Será que esse era o problema que ele estava passando há três anos? Quero tomar a poção da Alice e ficar minúscula, não precisar olhar para isso agora, muito menos para a confusão que saber a verdade pode provocar dentro de mim.

Respiro fundo, tomo coragem e falo:

— Quando nos conhecemos, três anos atrás, era por isso que... que você tava sempre... — *Mal-humorado, preocupado, destruído?* — O Nick me falou na época que você estava passando por problemas.

— Sim — a voz dele soa rouca —, ela tinha sido diagnosticada fazia seis meses, as coisas estavam bem difíceis.

Minha nossa. Meus olhos embaçam e estou envergonhada demais por ter julgado Lucas como uma pessoa escrota e... Obviamente isso não diminui o tamanho do ego dele nem o fato de ele parecer não ter ido com a minha cara, certo? Ou diminui? Acho que sim. Merda.

— Acho que te devo um pedido de desculpa. Eu julguei você de um jeito bem errado, não sabia que você estava passando por essa barra e sempre achei que o seu problema era só comigo. — Ele arregala um pouco os olhos, parecendo surpreso, e eu prossigo, rápida: — Então é isso. Me desculpa por alguns julgamentos ruins que eu fiz sobre você...

— Só alguns?

Estreito os olhos de um jeito exagerado.

— O que você acha?

— Acho que está tudo bem agora, com ela e comigo. Mas, sabe, foi difícil pra mim sentir que você, a irmã de um dos meus melhores amigos, me desprezava.

— Me desculpa, Lucas, sério.

Ele me lança um olhar cheio de malícia.

— Especialmente quando todas as garotas ficam caidinhas por mim...

Arregalo os olhos e jogo o guardanapo de pano mirando o rosto dele, mas Lucas é ágil e o agarra no ar, dando risada.

Estreito mais os olhos.

— Você passou por uma merda gigante e eu sinto muito por isso. Estou feliz que as coisas estejam bem agora, mas você continua sendo um idiota convencido, sabia?

Ele sorri e pisca devagar, sedutor.

— Quando você está assim, irritada, suas bochechas ficam vermelhas igual aos morangos que você ama.

E meu coração sem-noção acelera com o papo galanteador que Lucas joga para todas as garotas do universo. Só não consigo evitar essas reações estranhas, por isso pigarreio e disfarço:

— Voltando ao assunto, você estava pra me pedir alguma coisa por causa dos ingressos... lembra?

Ele faz que sim e me encara por alguns segundos antes de dizer:

— Eu estava falando sobre a Maia e sobre o balé ser tudo pra ela, assim como acho que é pra você também, não é?

Suspiro devagar.

— Sim. Eu não imagino o que seria acordar num mundo onde eu não sou bailarina.

— Eu faria qualquer coisa por ela, e não tem um dia em que não me preocupo ou não penso em como posso ajudar minha família.

— Eu também faria qualquer coisa pelo Nick. Ele é minha única família.

Lucas faz que sim com a cabeça, como quem quer dizer "Eu entendo". E passa um tempo em silêncio me encarando, para somente depois continuar:

— A Maia quase desistiu do balé por causa do tratamento da leucemia, mas agora ela está de volta, só que ficou pra trás na turma, e eu tenho certeza que seria bem legal se você pudesse conversar com ela, contar sua experiência como profissional e, de repente, dar umas dicas.

Lucas é mesmo um irmão dedicado, preocupado e leal. Disfarço para não dar bandeira de que isso me toca de um jeito diferente, provavelmente bem mais complicado do que sentir atração por ele.

Ninguém é só um corpo bonito, não é mesmo? Tento, preciso me convencer disso.

Ele prossegue:

— Toda quinta nós jantamos em família na casa dos meus pais, e, como domingo é aniversário do Dante, passamos o jantar dessa semana para segunda, pra comemorar.

— Ah, legal.

Ele olha para a toalha e depois para mim.

— Então, se você puder e quiser ir comigo durante algumas semanas, seria legal. Pra falar com a Maia, é claro.

Arregalo os olhos, sem disfarçar a surpresa. Eu faria isso pela irmã dele sem que isso significasse uma troca, porque...

— Lucas, não é justo. Você consegue ingressos superdifíceis, pelos quais eu daria minhas unhas, e a única coisa que está me pedindo em troca é que eu vá jantar uma vez por semana com a sua família e converse com a sua irmã sobre balé? — Encolho os ombros. — Eu faria isso mesmo sem os ingressos.

Ele está me olhando... Que jeito é esse de olhar? Os olhos dele brilham com... admiração, gratidão? Isso faz meu coração dar um pulo. Outro pulo, droga.

Além disso, o que eu não falo e não vou admitir em voz alta nem para mim mesma é que o convite para jantar numa mesa com uma família normal acende algo morno e confortável no meu coração. Algo que eu nem lembrava mais querer ou precisar.

Wilsa, corre aqui. Falar com você não é loucura nenhuma perto da confusão que estão virando meus pensamentos e emoções.

Suspiro e resolvo ser mais objetiva. Isso com certeza vai facilitar minha vida.

— Não me olhe assim, Lucas. Sou a mesma Natalie um pouco azeda que você conheceu. Só que eu tenho um senso grande de sororidade, ainda mais quando se trata de uma bailarina e irmã do melhor amigo do meu irmão.

Ele abre um sorriso enorme.

— Então, aproveitando a sua sororidade, não sei se você reparou no carro, mas eu consegui três ingressos pra peça e pensei... será que você levaria a Maia junto? Tenho certeza que ela vai amar.

— Claro que sim. Você também não precisava nem pedir, só...

A peça é daqui a pouco mais de duas semanas, e não tenho a menor ideia de como vou chegar a Montreal. Já vi que daqui para lá são umas cinco horas de carro.

— De repente nós vamos de ônibus, ou, se os voos não estiverem muito caros, pode ser uma opção.

Os olhos dele se fixam no tampo da mesa, como se estivesse sem graça.

— Para isso é o terceiro ingresso; eu pensei em levar vocês.

— Não precisa. Eu posso me virar, imagina.

— Eu estaria dando uma carona pra minha irmã também. Além disso, tenho um amigo que mora em Montreal, nós podemos dormir na cidade e eu faço uma visita pra ele em algum momento. O que acha?

Meus lábios se curvam para cima, e não sei se estou sem graça ou feliz pelo excesso de solicitude dele.

— Só posso te agradecer mais uma vez, Lucas, de verdade.

— Ótimo. Já vou combinar tudo com ele.

— Vamos ver um Airbnb pra gente ficar, o que acha?

— Perfeito.

— Obrigada, Lucas. E agora, de verdade — sorrio de leve —, acho que estou começando a gostar um pouquinho de você.

Um sorriso nasce nos lábios dele e a conhecida expressão sedutora está de volta. Ótimo. Fique assim. Com essa expressão eu lido melhor.

— Então você ainda está me devendo uma, é isso?

Reviro os olhos de um jeito forçado.

— Ah, meu Deus, por que eu não deixei você acreditar que estávamos quites?

As mãos enormes são apoiadas sobre a mesa, uma de cada lado do prato, e os ombros se alargam, como se ele fosse o dono do mundo.

— Percebi nesses dias que você é superorganizada. Me ajudaria a arrumar meu armário?

Ah, caceta, por que eu não fiquei de boca fechada?

— Depende de como está o seu armário, ou do que eu vou encontrar lá dentro.

Ele se levanta e se aproxima com a mão estendida na minha direção.

— Vem. Vou te mostrar que você não tem por que ter medo.

A mão dele envolve a minha e eu me levanto. Acho que tenho algo a temer sim, Lucas, mas você nem desconfia do que é, e nunca vai desconfiar.

❋ ❋ ❋ ❋ ❋

— Você tem que chamar um exorcista, e não alguém pra te ajudar a arrumar isso.

Estamos os dois parados lado a lado em frente ao closet dele.

— Não exagera, vai.

Aponto para uma das prateleiras lotadas de roupas reviradas.

— É sério. Quantas espécies extintas vivem ali, por exemplo?

— A última vez que usei uma camiseta daquela pilha, eu sobrevivi.

Analiso as dez prateleiras, cinco gavetas, a arara e a sapateira e estalo os dedos, como se estivesse me aquecendo.

— Tudo bem, vamos lá. Você conseguiu os ingressos, eu posso fazer isso.

— Agora?

— Sim.

— Mas estamos bebendo, nem pensar.

Empurro o ombro dele de leve, com a ponta dos dedos.

— Pegue a garrafa de vinho, as taças, ponha uma música e vamos resolver isso logo.

Lucas me encara de lado.

— Tem certeza?

— Absoluta. Amanhã é sábado e eu só treino depois das duas. A não ser que você tenha alguma coisa melhor pra fazer.

— Nossa, não — ele diz, num tom conformado. — Não imagino um jeito melhor de passar uma sexta à noite do que dobrando cuecas.

— Ai, ai, Lucas. Já eu imagino o que você gostaria de fazer com roupas íntimas numa sexta à noite e entendo a sua frustração, mas vamos acabar logo com isso.

Ele me encara com a expressão de quem vai negar, mas deixa os ombros caírem numa postura vencida.

Duas horas depois, estamos quase terminando, sentados no chão e rodeados por panos, produtos de limpeza, taças e uma garrafa de vinho vazia. Organizei as camisetas por cor, separei todas as calças de moletom e as de hóquei, reservei uma prateleira só para os uniformes, outra para os itens de verão e mais uma para os de inverno. Desci os casacos mais pesados da última prateleira e pendurei. A sapateira foi organizada por tipos de sapato; antes era difícil casar um par. Obviamente, a gaveta de cuecas e meias ficou a cargo dele.

Abro a última gaveta e franzo o cenho ao ver algumas roupas de...

Mas o quê?

Lucas fecha a gaveta, parecendo afoito.

— Essa não precisa.

— Por quê?

— Só não precisa.

Franzo mais o cenho.

— Pareciam roupas de dança; acho que vi uma sapatilha de contemporâneo.

A expressão dele fica tensa.

— São da minha irmã.

— Quanto ela calça? Eu juro que pareciam enormes, tipo, tamanho quarenta e quatro.

Lucas desvia os olhos dos meus. Tento abrir a gaveta outra vez e ele a segura novamente.

— São de um amigo.

Eu o encaro, desconfiada.

— Por que as coisas dele estão aqui?

Lucas pega a taça de vinho e dá um gole. Vejo o movimento do pomo de adão ao engolir, e antes de responder ele arruma uma pilha de camisetas que já estão organizadas.

— Porque ninguém sabe que ele dança e a escola é aqui perto, então... — me olha — eu guardo pra ele aqui.

Aperto o braço dele num gesto cúmplice. Precisaria de duas mãos minhas para dar a volta. Pisco devagar e coloco meus hormônios de escanteio. Lembro da conversa de Dante sobre estar cansado de não poder ser quem era.

Será?

Só pode ser.

Bem que reparei que Dante tem uma postura diferente, como se conhecesse muito bem o próprio corpo, uma postura que normalmente só a dança proporciona. Além disso, qual o sentido de um amigo que não mora aqui guardar as coisas dele no armário do Lucas? Dante me disse também que a irmã mais nova, de catorze anos, vez ou outra passa um fim de semana aqui; talvez ele tenha medo que ela veja alguma coisa e conte para os pais, sei lá. E eu achando que Dante podia ser gay e não tinha coragem de sair do armário.

— É do Dante, não é? Ele me contou que a irmã vem aqui direto e adora fuçar nas coisas dele.

Se não fosse o vinho, eu não falaria isso. Estou sendo enxerida, mas a intenção é boa. Os olhos verdes ficam do tamanho de duas bolas de basquete. Ele começa a negar com a cabeça, mas eu me adianto.

— Não vou falar nada com ele, mas entendo o que é ter que fazer escondido uma coisa que a gente ama.

Os olhos de Lucas se arregalam mais, e eu prossigo, rápida:

— Apesar de a minha mãe ter sido professora de balé, ela parou de trabalhar quando se casou com meu pai.

Olho para a gaveta onde estão as peças de roupa de dança.

— Eu pude dançar até fazer doze anos, depois disso me disseram que eu devia focar nos estudos e em aprender coisas importantes para ser uma esposa adequada pelos padrões da minha família. — Dou um sorriso triste. — Dancei sem meus pais saberem por quatro anos, com o apoio da minha avó e a ajuda da diretora do corpo de balé na Rússia, Anastácia Zakarova.

E, como sempre acontece quando falo dela, e provavelmente por causa do meu emocional inflado pelo vinho, meus olhos se enchem de lágrimas.

— Ela, essa professora, foi como a mãe de que eu precisei tanto por anos...
— Você tá chorando?

Olho para baixo, disfarçando, mas continuo me abrindo com ele, afinal foi Lucas quem conseguiu os ingressos.

— A bailarina que nós vamos ver em Montreal é filha dessa minha antiga professora. Significa muito, muito pra mim ver ela dançar e, de repente, poder falar com ela.

Desde que começamos a conversar, meio que viramos de frente um para o outro.

Eu o encaro e me levanto, e ele me segue.

— Obrigada, Lucas. Você que fez isso ser possível.

Ele solta uma exalação falha e nega com a cabeça.

— Não foi nada, eu só... Vem cá, não chora. Estou querendo fazer isso desde que você me contou do golden.

E a mão enorme dele puxa meu ombro para nos abraçamos. É só um abraço de apoio, um abraço de trégua, uma possibilidade de sermos amigos. Ele se afasta um pouco. Estamos tão perto que a ponta do meu nariz quase toca o dele.

Suas pupilas estão dilatadas e correm pelo meu rosto de um jeito frenético. Lucas coloca uma mecha do meu cabelo atrás da orelha, e não era para meu estômago ser fisgado, mas é. E quando seus dedos, um pouco ásperos, não se afastam, secam uma lágrima, contornam minha bochecha e meu maxilar, me sinto derreter e ser ligada ao mesmo tempo, e me seguro para não arfar.

É só um abraço de apoio.

Nossas respirações aceleradas se misturam.

Meus olhos estão pesando e os dele estão quase fechados.

É só um abraço por estarmos ficando amigos, né?

A barba por fazer dele passeia pelo meu maxilar, e, quando meus joelhos amolecem, Lucas me segura. Ele dá um beijo na minha testa. Um beijo igual ao que deve dar nas irmãs dele, mas o carinho faz minha coluna virar um fio desencapado, que acende todas as terminações nervosas da pele.

O abraço fica mais íntimo quando a mão grande espalmada nas minhas costas me impulsiona para junto dele. Tão perto que sinto todos os músculos do peito e do abdome dele contraídos.

E um de nós, neste momento não sei qual, vence a distância e nossos lábios se tocam. A respiração quente dele entra em rajadas curtas através da minha boca entreaberta e provoca um redemoinho no meu ventre. Choques fazem meus pés se desprenderem do chão quando a mão firme sobe das minhas costas e cava meu cabelo. Os lábios macios se moldam aos meus e um som de satisfação ressoa no peito dele. Um murmúrio grave e delicioso que me faz soltar um gemido baixinho em reflexo.

— Cheguei. Vamos ver *Stranger Things*? — É a voz do Dante na sala.

Nos afastamos, como se a força da gravidade nos separasse. Nossos olhos arregalados se encontram e acompanham as respirações aceleradas. Estou muito mais chocada do que ele, tenho certeza, pelo simples fato de que tudo pareceu tão natural, tão bom e certo, como há muito tempo não parecia.

Isso não pode ter relação só com Lucas, pode? Não pode ser, porque entre nós dois não poderia rolar. Além disso, ele nem sente atração por mim, e eu não devia sentir por ele. Eu sei que estou canalizando nele toda a minha energia sexual acumulada.

Lembro das palavras da minha analista: *Sempre que você pensar em sexo, lembre das relações prazerosas que teve e tenha certeza de que o tempo, junto com o tratamento certo, é o melhor aliado para curar qualquer trauma.*

— Tem lasanha, que delícia — Dante prossegue, falando alto. — Vou comer o resto, tudo bem?

Lucas estende a mão e toca meu rosto, como uma expressão de... Ele só pode estar arrependido.

— Natalie, eu acho que...

É melhor eu falar antes:

— Não devíamos ter feito isso, eu sei.

Ele não para de me olhar e eu emendo:

— Vamos pra sala?

— Está bem — murmura, rouco. — Vai indo na frente.

— Foi o vinho — falo sem pensar. — E o tempo, e a mudança de ares — continuo, como se ele fosse entender alguma coisa, mas obviamente Lucas não entende. A ruga entre as sobrancelhas é a prova disso.

Tento me explicar sem ter que realmente me abrir.

— Nós nem sentimos atração um pelo outro, né? E isso não significou nada, significou?

Ele pisca e respira fundo, bem devagar.

— Tudo bem, foi só um selinho.

— Ótimo, então tudo vai ficar bem.

Passa as duas mãos no cabelo.

— Sim, tudo certo, podemos continuar outra hora.

Meu pulso acelera, meus olhos se arregalam e Lucas emenda:

— A dobrar camisetas.

E agora minhas bochechas estão pegando fogo. Por alguns segundos achei que ele estivesse sugerindo continuar o beijo em outro momento. E o pior? Uma parte minha pareceu amar a ideia. Estou aqui com as pernas meio bambas e Lucas parece estoico e relaxado. Quero revirar os olhos para mim mesma e me lembrar todos os dias ao acordar: o fato de ele ter motivo mais que suficiente para estar de mal com a vida há três anos não significa que tudo mudou entre nós, como num passe de mágica. Lucas continua sendo quem é, não deve gostar muito de mim e provavelmente só está sendo legal assim porque Nick pediu. *Não se esqueça disso, Natalie.*

Passo os olhos rapidamente pelos livros sem me fixar nas lombadas, respiro fundo e respondo com o ar mais indiferente que consigo:

— Sim, claro. Ainda faltam as estantes.

As mãos dele escorregam no cabelo preto de novo, e a voz do Dante volta a ecoar pelo apartamento:

— Gente, cadê vocês?

— Não se preocupe, não vou falar para o Dante que eu sei o segredo dele.

Me viro e saio do closet sem olhar para trás.

8

Série da minha vida, episódio de hoje: Todo mundo já quis, em algum momento, transformar a vida num musical

É aniversário do Dante.

E hoje à noite vamos ao bar de sempre. Dante falou que eles reservaram uma mesa para vinte pessoas; o time inteiro vai estar lá, menos Nick. Eu sei que faz pouco mais de uma semana que ele viajou, mas ficamos poucos dias juntos e não foi suficiente para matar a saudade, depois de anos de distância.

Estou sentada no balcão da cozinha, Dante ainda não saiu do quarto, Lucas está batendo minha vitamina e fazendo ovos com bacon. Eu acabei de arrumar a cafeteira e estou fingindo que o fato de ele estar sem camisa *de novo*, como se fosse um astro do rock dos anos 90, com uma calça de moletom baixa, cantando "I Wanna Be Yours", do Arctic Monkeys, não me faz fritar junto com os ovos. Parece que de algum jeito, desde antes de ontem, a fatídica noite do closet, esses músculos ficaram gravados na minha pele.

Sem falar nos olhares ainda mais intensos. Só que muito mais perturbadores, porque antes eles até mexiam comigo, mas não me ligavam numa voltagem maior que a indicada, fazendo minha pele arder, meus músculos derreterem e me enchendo de vontade de ter uma conversinha com meu corpo: *Que porcaria você está querendo com essas reações descontroladas?*

Levanto do balcão e fico olhando para o nada.

O que eu ia pegar?

Não lembro e sento outra vez.

Lucas está parado com a colher de pau na mão me olhando, óbvio. Me perturbando com esses olhos verdes. Desvio o olhar, rápida.

E volto a me levantar com a sensação de que devo pegar alguma coisa no quarto. Olho para o balcão e meu celular está aqui, já tomei minhas vitaminas, não tem nada que eu precise pegar na droga do quarto. Sento de novo.

— Você está bem? — pergunta a voz grave que não devia encher minha barriga de choques.

Alta voltagem dos infernos.

— Sim, por quê?

— Parece inquieta.

Umedeço os lábios, que neste momento estão sendo queimados pelo olhar dele.

Sem que eu possa controlar, meus olhos percorrem os músculos que desenham um V na parte baixa do abdome de Lucas. Mais alta voltagem, mais calor.

Merda.

Para de devorar ele com os olhos, Natalie.

Tenho certeza de que, quando o encarar outra vez, vou encontrar um sorrisinho prepotente e convencido na expressão que Lucas reserva para as garotas que sonham em levar ele para a cama, mas nunca vão conseguir.

Só que a expressão real que encontro me desmonta.

Lucas está sério. Com a boca entreaberta, como se precisasse fazer isso para respirar melhor.

Eu me levanto outra vez, sem saber por que, impulsiva, ridícula. Só que agora saio de trás do balcão, disfarçando. Vou até a geladeira sentindo os olhos verdes como dois sóis gigantes que marcam minha pele. Dou uma espiada pelo canto do olho e vejo que eles percorrem preguiçosos minhas meias de listras coloridas, passam pelas pernas e então através do short do pijama. As narinas dele se expandem quando ele chega à altura da blusa, que deixa à mostra um palmo de pele da minha barriga, e continua subindo devagar, até chegar aos meus lábios e depois aos olhos.

Quero morrer.

Acho que estou morrendo.

Eu me viro e passo por Lucas no espaço apertado da cozinha. Sem querer, meu braço esbarra nas costas largas, que se contraem com o toque. Minha nuca arrepia e minha garganta aperta.

Será que você pode colocar a droga de uma camiseta? Isso está me matando.

Ele para de mexer os ovos na frigideira, os ombros se alargam.

— Sim. Se isso te incomoda, vou vestir uma.

Paro com a mão na porta da geladeira.

Ah, merda. Ah, merda. Ah, merda.

Eu falei isso em voz alta?

É óbvio que sim.

Estou derretendo outra vez na poça da vergonha. Tento voltar a ter forma humana dando uma de louca.

— Do que você tá falando?

Lucas desliga o fogão e se vira para mim com os olhos estreitos.

— De você pedir pra eu vestir uma camiseta.

Oi, tudo bem? Eu sou a bailarina meio louca que conversa com uma sapatilha de pelúcia como se ela fosse o grilo falante do Pinóquio. Nada pode ser pior que isso, certo?

Com isso em mente, pego o leite da geladeira com a maior tranquilidade, fecho a porta, sorrio para ele e depois respondo:

— Ah, sobre isso? Imagina, não falei com você. Eu estava cantando.

Os olhos verdes se estreitam mais, virando duas fendas de esmeralda incandescentes.

— Cantando?

Exagero no tom da ironia:

— Sim, bobinho. Ou só você pode cantar de manhã?

Lucas faz que não e eu improviso, tirando o ritmo da gaveta mental de músicas russas que com certeza ele nunca ouviu. Fecho os olhos e canto:

— Será que você pode colocar — estalo os dedos e mexo os ombros — a droga de uma camiseta, camiseta, isso está me matando, oh oh oh.

Estalo os dedos de novo no ritmo da música.

— Sem uma camiseta, minha refrigeração não funciona, não funcionaaaa.

E termino abrindo as mãos e encolhendo os ombros.

— A música original é em russo, eu traduzi. Por isso ficou meio zoada.

Quando volto a olhar para ele, Lucas está com os olhos arregalados e a boca totalmente aberta. Parece horrorizado.

Eu volto para trás do balcão e me sento, tentando melhorar um pouco a situação ridícula em que me coloquei.

— Não falei que era uma música boa, só que era uma música.

Agora ele eleva as sobrancelhas com um risinho torto no canto dos lábios, e eu sei direitinho como tirar essa expressão descrente e maliciosa do rosto dele.

— Pare de me olhar como se o seu tímpano tivesse estourado. Eu sei cantar músicas boas também.

Respiro fundo e começo a cantar Nina Simone, "I Put a Spell on You".

E minha voz sobe na potência máxima no refrão final:

I love you, I love you
I love you, I love you anyhow
And I don't care if you don't want me
I'm yours right now
Ah, you hear me
I put a spell on you because you're mine.

A palhaçada de antes teve olhos fechados pela vergonha, mas quando canto para valer eu também fecho os olhos. É assim que sinto melhor a música.

E agora, quando abro os olhos, a expressão do Lucas faz alguma coisa estranha na minha barriga. Alguma coisa boa que não devia estar acontecendo.

Lucas engole em seco, dando alguns passos para trás, até bater com as costas na parede, como se tivesse sido flechado no peito. Mas a flecha atinge o peitoral perfeito e insuportável e volta para mim, acertando bem na boca do meu estômago.

Eu prendo o ar, Lucas umedece os lábios, minhas bochechas ardem, ele esfrega o rosto com as mãos, meu pulso acelera.

Um assobio alto ecoa atrás de mim. E palmas. Uma salva delas, firmes e vibrantes, seguidas por:

— Puta merda, Natalie. — É a voz do Dante.

Eu me viro para ele, disfarçando meu coração acelerado. Dante continua batendo palmas e elogia:

— Isso foi muito bom.

Ufa.

Salva pelas palmas.

Faço uma reverência, como uma artista em cima do palco.

— Não foi nada, eu só... é... gosto de cantar no chuveiro.

— No chuveiro? — Dante nega com a cabeça. — Não seja modesta, ruivinha. Você é uma diva.

Estalo a língua e me sinto aquecida pelo elogio.

— Ah, para.

— É sério, eu ganhei a manhã, e minha irmã ganhou a Sandy Dee na banda do aniversário dela.

— Sua irmã? — Enrugo a testa. — A Sandy?

Dante se senta ao meu lado.

— Se você topar, é claro. Daqui a três semanas vai ser aniversário dela...

Eu me levanto de uma vez e o abraço.

— É seu aniversário hoje, ah, meu Deus. Parabéns.

Ele dá uns tapinhas de leve nas minhas costas.

— Obrigado.

Volto a me sentar e escuto Dante continuar explicando:

— Como eu estava falando, os caras do time vão cantar e tocar músicas dos anos 50 e 60 no aniversário de quinze anos dela. O tema vai ser *Grease*, então se você topar... e...

Ele se vira para Lucas, que está parado na mesma posição, encostado na parede, como se estivesse grudado nela.

— E, se o Lucas lembrar como faz pra respirar, ele vai ser o vocalista da banda, e, como eu estava dizendo, iria ficar muito feliz se você topasse cantar umas músicas como a Sandy.

Lucas, que parece ter saído do transe, se aproxima com a frigideira na mão e serve ovos e bacon nos três pratos em cima do balcão.

— Vai ser o meu presente de aniversário pros dois. Aliás, parabéns de novo, cara.

Dante sorri.

— Obrigado. — E se vira para mim com os olhos cheios de expectativa. — E aí, posso falar pra minha irmã que eu encontrei a Sandy?

Sandy Dee. A protagonista de *Grease*.

Fiz teste para esse musical há dois anos.

Passei para participar do coro.

A voz do Paul dentro da minha cabeça arrepia minha nuca: *Cantar e rebolar em cima de um palco por meses? Ah, Nathy, por favor. Você quer acabar com a sua carreira no balé clássico?*

Na época, eu achei que ele estava preocupado com minha carreira de bailarina, que sempre foi minha prioridade, mas o musical, além de ser algo que sempre curti, podia render uma grana num tempo em que qualquer renda a mais era bem-vinda.

— Se é pelo dinheiro, você sabe que não precisa se preocupar com isso — dizia Paul, e eu, iludida, achava que ele estava sendo legal.

Hoje eu sei o que Paul pensava de toda artista, inclusive das bailarinas clássicas. A voz arrepiante dele volta à minha memória: *Sua puta. Pra quantos caras você abriu as pernas pra chegar aonde chegou?*

Um som agudo e penetrante me fez congelar.

Cacos de vidro se estilhaçando, seguidos pelo meu choro, eu sentada no chão tentando juntar os pedaços do que ele havia acabado de quebrar — um tesouro para mim. O sangue na minha mão, as lágrimas embaçando minha visão. Paul pedindo desculpas, me abraçando enquanto o sangue escorria, e então fazendo o curativo com a habilidade do médico talentoso que era.

Eu o desculpando mais uma vez.

Sinto um aperto no ombro e prendo o ar. A voz do Lucas me traz de volta para o presente.

— Não precisa cantar se não quiser.

Estou segurando com força a cicatriz esbranquiçada que atravessa minha mão direita.

Respiro devagar, espantando as lembranças. Lucas olha para a cicatriz na palma da minha mão e arregala um pouco os olhos, antes de voltar a falar baixinho:

— Está tudo bem?

Faço que sim com a cabeça, me viro para Dante e encontro os olhos azuis dele, enormes.

— Desculpa, Nathy, não queria te deixar desconfortável com o convite.

Sorrio, disfarçando.

— Imagina, Dante, eu só lembrei de uma coisa ruim, mas nada a ver com o seu convite. Aliás, sempre adorei cantar as músicas da Sandy em *Grease*. Vai ser um prazer cantar no aniversário da sua irmã. — Ergo as sobrancelhas e tento soar descontraída. — Mesmo dividindo o palco com o chato do Lucas.

Dante respira fundo, parecendo relaxar, e volta a comer tranquilo.

— Eu também não entendo a Megan. Minha irmã é tiete do Lucas, ela joga hóquei na escola e jura que ele é o capitão mais bonito que existe. Mas o Dean, que é o vocalista, tá de boa com a fissura dela no Lucas, então tudo certo.

Arrisco mais uma olhada para Lucas: ele está com os braços cruzados e o cenho franzido, me olhando como se, de algum jeito, tivesse assistido às minhas lembranças numa tela. As mãos grandes seguram o liquidificador e em seguida enchem meu copo com a vitamina, murmurando só para mim:

— Não precisa fazer isso.

Murmuro de volta:

— Não tem nada a ver, relaxa.

Lucas me encara por alguns segundos, acelerando um pouco mais meu coração. Quando ele se senta ao meu lado para comer, tento mais uma vez descontrair o clima que minhas lembranças fizeram pesar. Inspiro o ar devagar e começo a cantar a música-tema do *Grease*:

— *Summer loving happened so fast.*

Ele resiste um pouco, sem me olhar, mastigando com força e parecendo tenso. Eu me levanto e começo a fazer a coreografia da música, que lembro por causa dos ensaios para a audição, enquanto canto mais um trecho de "Summer Nights":

— *Met a boy cute as can be.* Vai, Danny. — Uso o nome do outro personagem principal.

Lucas encolhe os ombros e nega.

— Eu não sei inteira ainda.

Dante cutuca o amigo com o cotovelo.

— Não finge que não decorou, porque eu ouvi você cantando no chuveiro outro dia.

Tiro o elástico do pulso e prendo o cabelo num rabo de cavalo alto, igual ao usado pela Sandy nessa cena; não sei por que parece tão importante fazer isso agora. Talvez para espantar o fantasma do passado que pairou na cozinha há pouco.

Os bancos do balcão são altos e giratórios. Sem pensar muito, viro o banco em que Lucas está sentado até ele estar de frente para mim. Canto mais um trecho, olhando para ele.

As narinas dele se expandem numa respiração funda antes de Lucas completar com o trecho dele, meio desanimado. Eu me viro e, com as costas no joelho dele, me abano com as mãos e canto mais um trecho. E ele rebate com a estrofe seguinte, dessa vez bem mais ativo.

Em pouco tempo, o que acontece é inacreditável.

Dante e Lucas estão em pé em cima do balcão, como se estivessem nas arquibancadas do cenário, enquanto Lucas encarna o personagem do John Travolta com perfeição. Com trejeitos e olhares, Dante faz o coro:

— *Tell me more, tell me more, did you get very far?*

Eu já levantei, sentei, girei, fiz o coro das meninas, e eles completam com o dos garotos. No fim, no ápice da música, que é cantado por nós dois ao mesmo tempo, Lucas desce do balcão e nós colamos as costas um no outro.

Terminamos gargalhando, ofegantes.

— Nós somos muito loucos? — pergunta Lucas.

Encolho os ombros e canto:

— *Tell me more, tell me more.*

E todos rimos outra vez. Estou tão feliz que meus olhos se enchem de lágrimas.

Lucas e eu ficamos nos encarando com a respiração acelerada, sorrindo, incrédulos com o que acabamos de fazer.

— Cara — Dante desce do balcão —, vocês deviam estar na Broadway. A Megan vai pirar.

Sentamos para terminar o café, com Dante dizendo:

— Melhor manhã de aniversário da minha vida. Vocês são demais.

E agora eu sorrio, com a certeza de que acabei de colar mais um pedacinho, não da peça importante que o inominável quebrou no passado, e sim do meu coração.

O telefone do Lucas toca e a expressão dele muda de descontraída para tensa.

— Vou atender no quarto.

Quando ele sai da sala, encaro Dante com uma interrogação estampada no rosto.

— Está tudo bem com ele?

Dante olha para a porta do corredor por onde Lucas acabou de sumir e faz que sim com a cabeça.

— O pai do Lucas foi o treinador dele no colégio. Ele é técnico do time do ensino médio até hoje. — Ele mexe com o garfo no prato antes de acrescentar: — Eles se dão superbem, mas o Lucas se cobra demais. Mesmo quando está tudo certo com o time, o cara está pilhado. É sempre assim. Eu falo pra ele relaxar, mas não rola.

— Ele não quer decepcionar o pai?

— Olha, tá aí uma análise que eu nunca tinha feito, mas pode ser.

É o meu telefone que toca agora. Olho para a tela e o nome do Nick aparece.

— É o Nick. Ele está ligando pela primeira vez em quase uma semana. Aciono o viva-voz e atendo.

9

Série da minha vida, episódio de hoje:
Ele deve ser feito de cookies

Queria entender como foi que em nove horas, desde o café da manhã ao som de *Grease*, alguém conseguiu mudar do John Travolta extrovertido, bad boy e pegador, bem no estilo do nosso capitão, para o cara que ainda lança olhares perturbadores, mas tem poucas palavras ou sorrisos.

Totalmente no estilo Lucas do passado.

Um pouco preocupada no meio do dia, perguntei se estava tudo bem com a família dele, com Maia.

Lucas disse que sim, tudo ótimo, por quê?

Eu respondi que por nada, só queria saber.

Agora, estamos sentados à mesa do bar com o time inteiro de hóquei e algumas meninas.

Olho para Lucas, sentado à minha frente. Uma garota está pegando nele como se o cara fosse feito de cookies. E, de um jeito bem contraditório, considerando a forma como ele tem agido desde que se isolou no quarto para falar com o pai, ele é todo sorrisinhos e papo solto com ela.

Óbvio que isso não me incomoda, tirando o fato de que... droga, por que isso me incomoda? Nós vamos viajar juntos daqui a quinze dias, e, se o clima continuar estranho assim, vai ser muito chato. Ainda bem que a irmã dele vai conosco.

Sinto um toque no meu ombro. Viro acreditando ser Ivo, que disse que chegaria mais tarde hoje.

— Oi, tudo bem?

Pisco devagar, surpresa. É o cara da semana passada, o tal do blazer xadrez com jeito de intelectual gato.

— Oi.

Ele se abaixa um pouco para falar, mais próximo, por causa da música.

— Eu... é... peguei seu telefone com o seu amigo, mas, sinceramente, fiquei sem jeito de te ligar.

Faço uma análise rápida: alto, magro, perfume bom, voz grave e duas covinhas charmosas quando sorri. *Interessante.*

Sorrio numa demonstração de "Podia ter me ligado".

Já está na hora. Tenho mesmo que conhecer gente de fora do universo do hóquei e do balé. Tenho que dar chance às pessoas. Por isso, colo meu sorriso mais simpático no rosto enquanto respondo:

— Meu amigo me falou. Achei que você fosse me ligar.

E o sorriso dele se alarga no rosto, revelando ainda mais as covinhas.

— Estou numa mesa mais no fundo do bar, a música é mais baixa ali. Topa sentar lá comigo pra gente conversar?

Um conhecido frio na barriga me trava. Sei que estou com medo. Sei que isso faz parte da relativa fobia social (voltada ao gênero masculino) que desenvolvi nos últimos anos. Sei que tenho que lutar contra isso, que não posso ceder toda vez que essa sensação quiser me engolir. Muito mais por isso do que por estar verdadeiramente interessada, eu aceito.

— Tudo bem.

Antes de me levantar, cutuco Dante, que está sentado ao meu lado.

— Vou ali atrás com esse cara e já volto, tá?

Dante se vira e dá uma olhada rápida nele antes de se voltar para mim com uma ruga entre as sobrancelhas.

— Beleza.

Fico em pé e o cara estende a mão na minha direção.

— Meu nome é Anthony Quinn.

Aperto a mão dele.

— Eu sou a Natalie, muito prazer.

Antes de me afastar, dou uma olhada para trás e encontro Lucas. Os olhos verdes estão estreitados para mim. As sobrancelhas pretas estão arqueadas e ele pergunta, movendo os lábios: "Aonde você vai?"

Aponto para o fim do bar e me viro ao sentir um puxão de leve para que eu acompanhe minha nova tentativa de alguma coisa com o sexo oposto.

❋ ❋ ❋ ❋

Estamos conversando há quinze minutos.

Descobri que ele é um médico recém-formado que voltou para o Canadá faz pouco tempo. Esteve fora por anos enquanto cursava medicina nos Estados Unidos e mal reconhece a cidade em que nasceu e cresceu. Anthony falou também que todos os amigos de colégio dele estão casados ou se mudaram, por isso costuma sair sozinho.

Ele é simpático. Ou tenta ser, porque, desde que eu descobri que Anthony é médico, meu alarme interno disparou. Fico tentando me convencer de que nem todo médico é um psicopata abusador.

Os médicos juram salvar vidas e proteger as pessoas, e é disso que estou tentando me convencer enquanto os olhos dele caem para o meu decote repetidas vezes.

Estou usando uma calça preta justa que imita couro e uma frente única prata. Também estou olhando mais do que devia para a mesa onde estão os garotos.

— E então? — pergunta ele, com as sobrancelhas castanhas arqueadas.

— Desculpe, o que você disse?

— Perguntei se a gente pode sair amanhã.

Engulo em seco quando ele coloca a mão sobre a minha e me olha, cheio de expectativa.

— Tá tudo bem por aqui?

A voz grave não é do Anthony, mas do Lucas. Que acaba de parar colado à mesa com os braços cruzados, os olhos como duas fendas verdes e os lábios comprimidos. *Mas o quê?*

Abro as mãos no ar e pergunto:

— O quê?

— Quem é? — pergunta Anthony.

Pisco devagar, confusa.

— Esse é o Lucas, meu...

— Melhor amigo do irmão da Natalie e alguém que nem pensaria duas vezes em quebrar a cara de qualquer um que saia da linha com ela.

Ele enlouqueceu?

Dou um sorriso forçado e fuzilo Lucas com os olhos. *O que você pensa que está fazendo?*

Ele gargalha de um jeito mais forçado ainda e dá uns tapinhas no ombro do Anthony. A mão do Lucas é tão grande que parece engolir o ombro dele.

— Brincadeira, cara. — E arqueia a sobrancelha. — Você ficou pálido. — E ri mais um pouco. — Tá tudo bem.

Então se vira para mim.

— Eu vou ali no bar pegar uma bebida. Se você quiser alguma coisa...

Meus lábios se curvam num sorriso sarcástico.

— Pode deixar que eu te aviso se precisar de algo.

Lucas acena que sim com a cabeça e olha para Anthony como se quisesse esmagá-lo com a mão antes de sair.

Anthony pega um guardanapo e enxuga a testa.

— Nossa, o que foi isso?

Finjo achar graça.

— O Lucas é muito brincalhão.

— Ele é do time de hóquei da Universidade de Toronto, não é? O Dragons?

— Ãrram.

E um sorriso apreensivo surge nos lábios dele.

— Não quero confusão com esses caras. Eles têm fama de agressivos.

Coloco a mão por cima da dele.

— Tá tudo bem.

— Tem certeza?

Anthony aponta com a cabeça para a área do bar perto da mesa onde estamos. Lucas não está pegando porcaria de bebida nenhuma. Está encostado no balcão com os braços cruzados, maxilar travado, expressão de poucos amigos, olhando em nossa direção.

— Ele parece querer me bater ou... Vocês já tiveram alguma coisa?

Meu coração dispara.

— Oi? Imagina. Não, de jeito nenhum. Por quê?

— Porque parece que ele tá com ciúme.

E aí eu rio de nervoso.

— Não, nada a ver. O Lucas tem mais garotas do que a Taylor Swift tem hits. Mesmo que a gente já tivesse tido alguma coisa, ele não é do tipo que sente ciúme.

Anthony ergue os ombros.

— Então esquece. Onde a gente estava mesmo? Ah, sim — e volta a segurar minha mão —, pensei em te levar pra jantar amanhã. O que acha?

— Amanhã eu tenho um...

Impulsiva, olho para o bar, mas Lucas está de costas, agora sim pegando a porcaria da bebida que disse que ia pegar. Depois do que rolou, não vou contar que tenho um jantar com Lucas e a família dele, nem pensar.

Eu me viro para Anthony e meu pulso acelera outra vez, mas agora é só por medo de ir a um encontro com um desconhecido. Travo os dentes e quero me beliscar.

Mas que droga. Será que Paul me quebrou de um jeito irreversível?

Não.

Não.

E não.

Não posso pensar assim. Não posso me permitir ser assim.

— Amanhã eu tenho um jantar com amigos, mas pode ser outro dia.

— Depois de amanhã, o que acha?

— Sim, vai ser ótimo.

Quando sorri, Anthony se parece com alguém que pode quebrar meu jejum de um ano e meio.

❋ ❋ ❋ ❋ ❋

Digito no celular para Ivo:

Nathy

Episódio do dia: Lucas se revela um personagem muito mais complexo do que parecia. Cheio de camadas.

Envio uma figurinha de matriosca, a boneca russa que encaixa uma dentro da outra.

Saímos do bar, eu, Dante e Capitão Complexo, faz meia hora e acabamos de chegar em casa.

Ivo não conseguiu ir, então estou atualizando meu amigo sobre os acontecimentos da noite.

Ivo

O que houve depois do acesso de ciúme?

> **Nathy**
>
> Não foi um acesso de ciúme, Ivo, ele só tava bancando o irmão mais velho superprotetor e... ridículo.
>
> O coitado do Anthony ficou da cor de uma vela.
>
> E no caminho pra casa o Lucas não deu uma palavra, ligou Hozier num volume *impossível* de conversar e agora está sentado no Cheetos rindo com o Dante, como se fosse uma pessoa normal.

— O que vamos ver hoje? — pergunta Dante.

Digito rápido no celular:

> **Nathy**
>
> Vou assistir uma série. Queria algo de dança só que mais profissional, talvez um documentário. Tem dicas?

Ivo

Pode ser *Move*.

— O que você acha de vermos uma série sobre dança? — sugiro.

Olho para Lucas e as narinas dele estão expandidas. Deve ter medo que eu fale demais. Desde que descobri que Dante dança, tenho dado indiretas sutis para que ele se sinta confortável e se abra comigo. Sei que posso ajudá-lo a ter coragem de fazer o que ama e de se abrir com as pessoas e com o mundo.

Dante franze o cenho, provavelmente disfarçando.

— Dança? Tipo, pessoas dançando?

— Sim, tem um documentário que aborda todos os estilos: contemporâneo, clássico, sapateado, jazz...

Lucas faz uma expressão de tédio.

— Eu prefiro ver outra coisa.

— Deixa o Dante escolher, é aniversário dele.

— Tanto faz. — Dante se espreguiça. — Pode ser algo de dança.

Aproveito o momento de abertura, levanto e pego o presente dele na minha mochila, que está na mesinha ao lado do Cheetos. Entrego o pacote, sentando outra vez entre Lucas e ele. É uma camiseta que mandei fazer na semana passada e outro presente que comprei ontem, no balé.

— Parabéns.

Os olhos castanhos dele se arregalam, surpresos.

— Obrigado, não precisava, Nathy. Você ter topado cantar na festa da minha irmã e a nossa maluquice hoje de manhã já foram um presente.

Aponto para o pacote com o queixo.

— Espero que goste desse também.

Quando vê o que tem dentro, Dante abre o maior sorriso que já vi ele dar. É uma camiseta roxa, da cor do uniforme do time deles, com uma estampa do dragão de gelo de *Game of Thrones* e a frase "Me respeita que na arena eu sou o dragão do Rei da Noite".

Dante me abraça.

— É a roupa mais legal que alguém já meu deu, obrigado.

— Eu procurei muito uma camiseta lilás-acinzentada, como a cor do Dragons.

Com o queixo apoiado no ombro do Dante, olho para Lucas, que está me encarando daquele jeito intenso, daquele jeito que me dá vontade de prender o ar.

— Lilás-acinzentado? Como assim?

Franzo o cenho para Lucas.

— Ué, a cor da camisa do time de vocês.

Ele abre as duas mãos no ar.

— Mas é roxo.

Torço a boca numa careta de reprovação, me afasto do Dante e pesco o celular no sofá, abrindo uma cartela de cores no Google.

Mostro para Lucas.

— Esse é o roxo, esse é o lilás, e esse? É o roxo-claro-acinzentado do time de vocês.

Uma ruga de dúvida nasce entre as sobrancelhas marcantes.

— Tudo isso é roxo.

Meu lábio inferior cobre o superior e eu sopro para cima.

— Deixa pra lá. Tinha esquecido que vocês, homens, enxergam somente as cores primárias.

Dante acha graça.

— Eu sou homem e enxergo a diferença que você está falando. E, por falar em muitas cores — acaricia a barriga —, estou superpreparado pro jantar colorido e maravilhoso de amanhã.

Lucas coça a cabeça.

— Esqueci de te avisar, Nathy. O jantar de amanhã vai ser uma noite especial.

Dante dobra a camiseta. Ele parece ser um cara metódico e organizado. Adoro.

— A avó indiana do Lucas faz uma noite típica indiana por ano. Juro, eu fui uma vez e foi a melhor comida que já experimentei na vida.

— Uau, que incrível! Sério, uma noite indiana? Eu amo a cultura indiana, acho as roupas e as cores tão lindas.

Lucas faz que sim e Dante apoia a mão no meu ombro, carinhoso.

— Você vai pirar então. Se quiser ir vestida com algo típico, é como todos vão.

Lucas arregala os olhos.

— Não, não precisa.

— Sua avó me fez vestir uma bata do seu avô alguns números menor no ano passado e deixou claro que ninguém podia sentar à mesa sem roupas apropriadas.

Lucas emenda, sem graça:

— Você não é obrigada, juro.

Franzo o cenho, sem entender a resistência dele.

— Mas eu não ligo. Acho legal, na verdade.

Levanto para pegar outro embrulho e escuto Lucas murmurar para Dante:

— Ela já está indo de favor, não enche o saco, cara.

Fico tentada a dizer que não estou indo de favor, e sim porque quero ajudar a irmã dele, mas lembro que ainda estou muito brava com o comportamento de macho reptiliano dele no bar e não falo nada. Volto a me sentar entre os dois e estendo outro pacote para Dante.

— Mais um?

— Isso é uma coisa que eu sempre dou para os meus melhores amigos — pulo o termo *bailarinos* — nos aniversários, mas não sei se você vai gostar ou achar útil...

Ele já abriu e está analisando a sapatilha meia-ponta preta, parecendo intrigado, com uma ruga enorme entre as sobrancelhas.

Eu me explico:

— Nunca se sabe quando se vai precisar de uma...

— Eu adorei, Nathy — afirma e me abraça outra vez.

Os olhos verdes de Lucas analisam as sapatilhas.

— Você vai usar isso, cara?

— Claro que sim.

Dou uma risadinha vitoriosa, como quem diz em silêncio: "Relaxa, o Dante vai acabar me contando".

✽ ✽ ✽ ✽

Estamos entre um episódio e outro quando checo meu celular.

Anthony

>Chegou bem em casa? Tava pensando em você e no nosso encontro depois de amanhã.

Um friozinho na barriga, dessa vez dos bons.

Nathy

>Cheguei, sim, e estou vendo uma série de dança chamada *Move*.

Anthony

>Legal, acho que nunca assisti essa.

Nathy

>Você gosta de dança?

Anthony

>Aprendi a gostar por causa da minha mãe, que adora.

Sorrio outra vez.

Nathy

>Que demais. Podemos assistir algo ao vivo um dia.

— É o carinha do bar ? — pergunta Dante.
Viro para ele sem disfarçar a surpresa.
— Sim, como você sabe?
Ele ergue e abaixa as sobrancelhas.
— Sei lá. Você estava com um sorriso diferente. Chutei.
Lucas bufa, murmura algo indecifrável e alarga os ombros.

— Acho que vou dormir, essa série me deu sono. Vou assistir toda vez que estiver com insônia.

Ele se levanta, bufando outra vez, e eu me levanto junto. Tem um limite para fingir que os comportamentos estranhos das pessoas não te afetam.

— O que está acontecendo, Lucas?

Ele ri junto com a respiração.

— Nada, por quê?

— Porque desde o bar você está se comportando... Aliás, desde hoje cedo, depois que nós cantamos juntos, você está estranho.

— Nada a ver.

— Então o que está acontecendo?

Lucas abre as mãos no ar, parecendo não entender.

Eu explico:

— De um momento para o outro você praticamente parou de falar, ou de rir, ou de... sei lá.

Ele sopra uma risada.

— O que te deixou assim? Foi trocar mensagens com o tal cara do bar?

Aí, pronto: tudo se desprende numa onda de raiva maior do que deveria pela situação, mas não consigo evitar.

— Ah, sim, o problema sou eu, né? E não você, que parecia querer esfolar o cara vivo, sabe-se lá por quê. — Coloco as mãos na cintura. — Aliás, por que você foi até a mesa onde a gente estava, fazer gracinhas de quem tem um cérebro de réptil?

Ele enruga a testa e aquele peitoral de merda sobe e baixa numa respiração longa, antes de ele responder:

— Porque o Dante disse que você saiu da mesa com uma expressão de quem estava, sei lá, meio assustada.

— Ah, não — murmura Dante —, me deixa fora disso.

— É verdade, Dante? — pergunto, ignorando o pedido dele.

— É que você estava sim um pouco pálida. Eu só fiquei preocupado.

Eu sei por que estava um pouco pálida, mas isso não é motivo de orgulho nenhum para mim. Ao contrário, é algo que luto para não deixar transparecer. Que venho lutando para vencer no último ano e meio. Mas, pelo visto, não tenho sido muito boa nisso.

— E depois — acrescenta Lucas — você ficou olhando pra nossa mesa como se estivesse procurando ajuda, ou uma saída. Eu só quis ter certeza que estava tudo bem.

Ah, nossa. Acho também que esse "cuidado" todo é porque Nick meio que pediu isso.

Mesmo assim. Lucas não precisava ter feito o que fez.

— Sim, aí você foi lá e ameaçou o cara, como se fosse um hétero top babaca.

Mais um risinho dele.

— Era brincadeira.

— Ótimo. Então, se vocês dois se encontrarem de novo, não brinca mais assim, combinado? E se eu precisar de ajuda com alguma coisa pode deixar que me viro ou peço pra alguém.

— Como assim, encontrar ele de novo?

— Nós vamos sair na terça à noite, e quem sabe em outras noites também.

Os olhos verdes se arregalam e a boca se abre um pouco.

— Não me olhe assim. Vamos num lugar público. Eu sei que não conheço o cara, não sou maluca.

Lucas assente. Mudo. A expressão sarcástica desaparece por completo de seu rosto, e agora ele parece atingido. Como se eu tivesse ofendido os deuses da família indiana dele. E aqui está mais um olhar intenso. São vários tipos de olhares, como se ele ficasse estudando na frente do espelho jeitos diferentes de impressionar ou intrigar as pessoas. E depois sou eu que estou vendo coisas onde não existem.

E aí Lucas dá um pigarro e olha para baixo, parecendo listar mentalmente um milhão de problemas da humanidade, antes de dizer:

— Bom encontro, então.

— Vou aproveitar que vou estar sozinho — diz Dante — e assar uma torta de rim.

Eca. Na semana passada acordei com a casa inteira cheirando a xixi. Era o Dante assando uma dessas tortas, que ele jura amar. Lucas saiu do quarto e quase esganou o amigo.

— Não cozinha essa merda quando estamos em casa.

Claro! Como pude esquecer que acabei marcando de sair com Anthony no dia do encontro misterioso de terça-feira do capitão? O sexo com a reitora da faculdade, com três mulheres casadas ou com freiras que fugiram de um convento, ou com todas elas juntas.

Lucas olha para baixo, parecendo relutar, e então se volta para mim.

— Nathy, eu nunca quero te deixar desconfortável. Se você sentir que eu estou estranho, tem todo o direito de me falar. E me desculpa. É que estou com muita coisa na cabeça.

Dante olha para ele, intrigado.

— Como assim, cara?

— Nós perdemos o último jogo... e outras coisas... Deixa pra lá — e sorri de leve —, tá tudo bem.

Minha boca está um pouco aberta. Apesar de Lucas ter agido como agiu no bar, independentemente do motivo, eu não posso ser essa pessoa hipersensível que se afeta porque o carinha por quem estou me apaixonando age de um jeito estranho.

Congelo com meu último pensamento.

Que bosta foi essa, Natalie?

É claro que não estou me apaixonando pelo pegador, mulherengo e...

Não. Por mais que Lucas seja gato e exerça um efeito louco sobre o meu corpo, isso não tem nada a ver com paixão. Por mais que ele tenha se revelado um cara bem mais *interessante*, mais legal do que as minhas primeiras impressões registraram.

Não seja ridícula.

Os dedos compridos de Lucas tocam no meu braço de leve, me trazendo de volta ao presente, e eu ignoro a corrente elétrica que dispara na minúscula porção de pele em que eles encostam.

— Tá tudo bem entre a gente?

Faço que sim.

— Então eu vou dormir. Boa noite, gente.

Suspiro e me viro para Dante, que está me analisando com a expressão de um professor que pega uma aluna colando na prova.

Sorrio e disfarço a confusão de sentimentos que conviver com Lucas tem causado.

— Vamos ver mais um episódio?
— Pode ser.
Suspiro aliviada por ter um encontro depois de amanhã. Tenho que parar de ter super-reações com qualquer coisa que envolva Lucas More.

10

Lucas

Dessa vez minha dadi se superou.

Sei que é só uma vez por ano, próximo ao aniversário dela, que fazemos um jantar temático indiano, mas nada se compara ao que está rolando aqui esta noite.

Os olhos azuis da Natalie quase saltaram do rosto quando ela entrou na casa.

Dadi trouxe todo o estoque de estátuas e deuses hindus que guarda no sótão, e cada canto da sala é uma explosão de flores, cores, tons de dourado e imagens enormes.

Já reparei que Natalie é superclássica, sempre vestindo cores neutras e montada com roupas e sapatos que parecem de grife. Sei que a família do Nick era cheia da grana e que, apesar de ele ter herdado uma fortuna quando fez vinte e um anos, Nathy abriu mão de tudo ao fugir de casa para poder dançar.

Assim que chegamos, a família inteira nos cercou, como se fôssemos os noivos de um casamento indiano entrando na festa. Então Nina e Maia, minhas irmãs, pegaram Nathy pela mão e a levaram para cima, dizendo que só voltariam quando a tivessem transformado de princesa russa em princesa hindu.

— Não exagerem — pedi, começando a me arrepender de tê-la trazido na noite em que qualquer exagero parece um elogio.

Lembro do caminho até aqui, pouco antes. Natalie parecia tensa, como se eu a estivesse levando para o abatedouro. Acho que ela pode ter um pouco de fobia social. Ou simplesmente não suporta estar sozinha comigo.

E então eu lhe entreguei o sári que comprei hoje de manhã, por insistência da Maia, e ela finalmente pareceu relaxar, igual ao dia em que a peguei pela primeira vez no balé, no fim da semana passada.

Natalie sorriu espontânea, um sorriso que é raro vindo dela, ao menos para mim.

— Sempre quis usar um sári, e você ainda acertou minha cor favorita: azul.

E agora há pouco ela desceu a escada, pronta para o jantar.

Cacete.

Nunca vi uma mulher tão gata usando um sári. Está certo que até hoje só vi minha dadi, minha mãe, minhas irmãs e algumas amigas da idade da minha avó vestindo traje típico indiano em festas, mas...

— Se você não fechar a boca — Dante aponta com o queixo para Natalie —, sua dadi vai poder usar essa baba pra fazer um doce típico indiano.

Dou um sorriso forçado.

— Não estou babando, idiota. Ela é irmã do Nick e a gente meio que não gostava um do outro até pouco tempo atrás.

— *Ela* meio que não gostava de você, né?

Eu me viro para responder, mas paro quando dadi se senta perto da Natalie.

Ah, não.

Estamos todos nos acomodando à mesa de jantar, quase maior que a sala da casa. Dona Charlotte, minha mãe, fez questão de comprar essa coisa imensa anos atrás. Muitos anos atrás. Um jeito de deixar claro, sem precisar de palavras, que espera que a família cresça bastante. Sendo mais direto: ela espera netos, muitos deles.

Oliver, meu irmão três anos mais velho, aponta com o olhar para Nathy e para dadi, depois murmura:

— Você está fodido.

Faço uma expressão de quem não dá a mínima.

"Ela é só uma amiga", falo apenas mexendo os lábios.

Oliver arqueia as sobrancelhas, desdenhando.

Ele quis ser jogador de hóquei, mas é o típico advogado dono da verdade e cheio de si. Já entendi que, não importa quantas vezes eu negue que Natalie e eu temos algo, ele não vai acreditar.

Encolho os ombros com a expressão mais indiferente que consigo.

Será que eu avisei a Natalie que a única ocupação da minha dadi é tentar casar os netos dela o mais rápido que conseguir, de preferência com pretendentes de famílias indianas e hindus? Ou que se convertam ao hinduísmo? Essa é a única religião de verdade, segundo ela.

Aperto um pouco os dedos na borda da mesa.

Acho que esqueci.

Fiquei tão ansioso com a reação da Natalie ao sári e depois tão transtornado por vê-la usando a roupa que nem me passou pela cabeça. *Merda*. Esqueci de raciocinar, na verdade. Olho de relance para ela. Maia e Nina emprestaram assessórios dourados, brincos cheios de pedras azuis, um colar e pulseiras, e minha boca seca um pouco.

Tomo um gole de água.

Agora, dadi está falando algo no ouvido dela, rindo e apontando em minha direção. Natalie também ri e me olha. Um pouco envergonhada? Impressionada? Desesperada?

Eu me viro para Oliver, que murmura, achando graça:

— Não te disse? Tá fodido.

Eleanor, a esposa dele, revira os olhos para o marido e o cutuca antes de falar baixinho:

— Deixa o Lucas em paz.

Eu amo minha cunhada. Ela é a única pessoa sensata desta família.

Maia, sentada do outro lado da Natalie, faz o símbolo universal de "se lascou" com a mão, enquanto Nina mexe os ombros e cantarola a música hindu que toca nas caixas de som, sem parar de me encarar.

Não é um complô, é que normalmente sou eu quem está do outro lado da mesa, bancando o irmão ciumento e superprotetor sem nunca perder a piada. O que eu posso fazer? Só quero o melhor para elas, e a gente sempre se tratou desse jeito: uma mistura de amor, proteção e provocação, uma competição não declarada de quem consegue ser mais irritante ou mais legal.

Mas por que estou pensando nisso? Nunca quis trazer nenhuma garota para conhecer minha família porque sei o que isso significa: uma sucessão de perguntas e situações constrangedoras para um início de namoro. E como eu nunca namorei...

Bufo e dou um sorriso. *Estou ficando louco.* É óbvio que não é isso o que está acontecendo aqui, porque Natalie não é nada minha. Então eu nem devia me importar. O problema é que eu me importo, simplesmente não consigo evitar.

As travessas com uma variedade de pratos da culinária indiana são colocadas sobre a mesa e minha boca se enche de água. Esse cheiro atravessou muitos jantares da minha infância.

— *Atchá* — exclama dadi, sorrindo —, todos reunidos. Parabéns ao aniversariante de ontem, Dante, que está vestido como um príncipe indiano.

Arqueio as sobrancelhas, zombando. Enquanto todas o parabenizam pelo aniversário, eu emendo:

— Parabéns, príncipe indiano.

Dadi me escrutina com o olhar.

— Levanta, meu neto. Deixa eu ver a túnica linda que comprei pra você.

Ah, merda. Abro os braços, sem me levantar.

— Ficou ótimo, dadi, obrigado.

— Pedi para você se levantar, Lucas. E dê uma voltinha, para que eu possa ver melhor.

Risadinhas abafadas e maliciosas se espalham pela mesa.

Sei que tenho que obedecer. É assim numa família indiana, nem adianta questionar os motivos da minha dadi ao pedir isso, apesar de saber bem o porquê. Olho de relance para Natalie, "o motivo", ao me levantar enquanto dadi fala algo só para ela e bate palmas, empolgada.

— Um príncipe indiano, um verdadeiro rajá. Ele não é uma perdição, Natalie?

A túnica verde e cáqui que acaba na altura dos joelhos e a calça também cáqui que estou vestindo parecem apertadas, agora que os olhos azuis da Natalie passeiam devagar por cada brocado, até a gola alta.

Os lábios cheios se curvam num sorriso debochado e ela se abana ao dizer:

— O homem mais bonito não só das Índias, mas de toda a Terra.

Eu me sento, forçando um sorriso e sinalizando um não com a cabeça. *Você não devia alimentar isso, Natalie. Não tem ideia de quem está do seu lado e do que você vai ter que ouvir.*

Dadi abre as mãos cheias de pulseiras, que tilintam com o movimento.
— Estou muito satisfeita, todos mais bem-vestidos que em qualquer outro dia do ano. Menos você, Nora, lamentavelmente. Mas... — Dadi suspira dramática e depois acrescenta: — Não esperava nada diferente de uma pessoa que tem tão pouco requinte.

Minha avó irlandesa se senta ao lado de dadi, não sei se porque a ama e não consegue ficar longe dela, ou se porque não resiste à ideia de alfinetá-la de perto. As duas brigam como dois jogadores rabugentos, e no instante seguinte trocam juras de amor como amantes apaixonados. Elas querem controlar a família inteira, principalmente as festas que damos, as roupas que usamos, a religião que seguimos e, com mais requinte, quando vamos nos casar e dar a elas os esperados bisnetos. Por enquanto, para desgosto das minhas avós e dos meus pais, somente Oliver está casado, e Eleanor quer esperar alguns anos antes de providenciar os desejados filhos.

— Alguém aqui — Nora circula o dedo indicador no ar — tem que manter o bom senso e o bom gosto nessas ocasiões.

Dadi se serve de samosas e finge não ter escutado Nora.

— Até essa bela *firangi* está celebrando a cultura mais rica do mundo. — Ela coloca a mão sobre a de Natalie, antes de acrescentar: — Ela é uma verdadeira princesa, Lucas querido. Ganesha atendeu minhas preces.

Estou sentado na frente da Natalie, que, apesar de estar sorrindo, me encara com seus olhos azuis hipnotizantes e inquisidores. Tento neutralizar a expressão ao responder:

— Dadi, a Natalie é só uma amiga. Ela é prima e irmã de criação do Nicolau, do meu time. Lembra dele?

Minha dadi abre um sorrisinho cheio de significados que só ela entende.

— Eu fiquei amiga do seu dada antes de nos casarmos. Aí você pode falar: "Ah, mas, dadi, o seu casamento foi arranjado". Então deixa eu lembrar a você que o seu papadi e a sua mamadi eram muito amigos antes de namorarem.

E Natalie, com a expressão mais doce que consegue, joga um pavio sobre a mesa e acende um fósforo junto sem saber.

— Eu sei bem. Na minha família os casamentos são todos arranjados, e as famílias muitas vezes são amigas há gerações.

Dadi ergue os indicadores, como se estivesse agradecendo aos deuses.

— Uma jovem que conhece o valor da família apontar os melhores caminhos para uma união feliz. — E me olha, admirada. — Lucas, onde você estava escondendo esse tesouro?

Oliver gargalha, Nina me encara, vitoriosa, e Maia tenta descontrair.

— Se você não quiser sair daqui casada, Nathy, é melhor não assinar nada durante o jantar.

Dadi faz que não, suspirando.

— Não dê ouvidos às minhas netas, Natalie. Estão aí, todas com mais de dezoito anos e sem marido para cuidar delas, um pecado. Acredita que nenhum dos bons partidos que eu apresento para elas, para eles — e aponta para mim também —, é bom o bastante? E são todos de excelentes famílias.

— Não acredito, Lucas — Natalie diz, forçando admiração. — Você não quis se casar até hoje? Justo você, que parece um homem tão caseiro e sossegado.

Minhas irmãs riem com a ironia. Estreito os olhos para ela e quero que ela entenda: *Não brinque com fogo, Natalie.*

Mamãe passa para Dante uma travessa cheia.

— Dante, é o seu prato favorito. Dadi fez uma travessa bem grande, disse que é presente de aniversário.

Ele dá um sorriso enorme enquanto pega a travessa para se servir.

— Obrigado, dadi. Eu nunca fui triste.

Mamãe e vovó Nora se encaram e trocam sinais que devem treinar há anos, uma linguagem secreta das duas.

É a vez de mamãe se servir antes de perguntar:

— Natalie, você é de que parte da Rússia?

— Nasci e fui criada em Moscou.

— Eu tenho muita vontade de conhecer seu país. Deve ser um lugar lindo.

— Sou suspeita, mas acho a Rússia um país maravilhoso — Nathy diz para minha mãe, depois se vira para dadi, ateando, sem saber, mais fogo no pavio. — E eu tenho muita vontade de conhecer a Índia.

Dadi aponta para Natalie, satisfeita, antes de lançar um olhar desafiador para vó Nora.

— Uma garota de extremo bom senso.

E começam os jogos, senhoras e senhores. Natalie, desavisada — por minha culpa —, volta a sorrir toda simpática para dadi, sem saber que o assunto debandou para um campo minado entre minhas duas avós.

Dadi passa para Natalie a travessa de raita de pepino com iogurte.

— Você é vegetariana, então? As famílias de casta mais alta na Índia também são, sabia?

— Não, senhora.

Dadi sorri ainda mais.

— Tenho certeza de que você nunca ouviu falar que muitos costumes da Rússia foram herança cultural da Índia. Aliás, o povo indiano deu origem à maior parte dos povos do mundo. Somos o berço de tudo.

Os olhos azuis da Natalie se arregalam um pouco e eu tento explicar o inexplicável:

— Dadi gosta de acreditar que tudo e todos têm origem na cultura hindu ou na Índia.

— Hoje é uma noite de festa, e eu não vou te lembrar que não deve contrariar sua dadi. Até porque — ela sorri, acariciando o braço da Natalie — finalmente você trouxe uma moça para conhecer sua família. Já era hora.

Devagar, encho os pulmões de ar.

— Dadi, a Natalie é só uma amiga.

E minha avó turrona faz o quê? Sorri e encolhe os ombros, como se eu tivesse dito que estamos apaixonados e vamos nos casar em breve.

Tento mudar de assunto:

— E aí, Nina, como estão os treinos com o Rafe?

Rafe é amigo da Nina e atual parceiro dela na patinação.

— Estou com dois hematomas novos dos tombos por causa dos saltos abortados. Fora isso, tudo indo.

Engulo a samosa. Toda vez que como esse prato feito pela dadi, tenho certeza de que é o melhor do mundo.

— Puxa, ursinha, não desanima.

Ela pisca para mim.

— Nunca.

— Aliás, vocês são grudados. Cadê ele?

Nina abre as mãos no ar.

— Tinha um compromisso com a mãe, talvez passe aqui mais tarde.

Enquanto a mesa assume um clima mais descontraído, com conversas paralelas entre Nathy e Maia sobre balé; Oliver, Eleanor, Dante e meus pais falando sobre a temporada da NHL, a Liga Nacional de Hóquei; dada, meu avô, no habitual silêncio durante as refeições; vó Nora encara dadi, fazendo uma negação com a cabeça, visivelmente contrariada. Ela não esqueceu o campo minado em que estávamos há pouco; as duas nunca esquecem.

— O Lucas não contrariou você. Falar que a Índia e a Rússia têm algo a ver é a coisa mais absurda que eu já ouvi. Os russos descendem de tribos nômades eslavas, muito mais próximos do povo que formou a Irlanda do que da Índia.

Dadi abaixa os talheres no prato e sorri, meio irônica.

— Lá vem você querendo colocar o seu dedo irlandês em tudo.

— Mais sensata do que você, que acredita que tudo tem origem na Índia.

— Tudo não, Nora. Imagina se a culinária horrível do seu país tem alguma coisa a ver com a minha amada Índia.

Nora se empertiga.

— Olhe os traços dela. Quantos ruivos existem na Índia atualmente?

Dadi encolhe os ombros e se vira para Natalie, toda sorridente.

— Não sei se existem ruivos na Índia, mas sei que eu ficaria muito feliz de ter bisnetos descendentes de uma princesa russa, que veste um sári como uma nobre hindu e ainda por cima quer visitar o país que deu origem a toda a civilização.

Vó Nora finalmente parece relaxar e sorri, mais espontânea.

— Tirando a parte da origem da civilização, vou ter que concordar com você. Imaginem só, um bando de ruivinhos meio irlandeses correndo pelas montanhas de Cork?

— Imagina só, Nora? Bisnetinhos ruivos meio indianos. — E sorri ainda mais. — E aí estarão os indianos ruivos sobre os quais você perguntava.

Não é possível. Agora as duas vão tricotar como velhas amigas sobre os tais bisnetos ruivos que querem que Natalie e eu providenciemos? Esfrego os olhos, cansado, e me viro para Natalie para pedir desculpas. Ela está com as bochechas rosadas.

— Mamadi e Nora — meu pai intervém —, vocês estão deixando a convidada do Lucas sem graça.

Finalmente alguém com um pouco de juízo à mesa.

— É verdade, dadi. — Mamãe faz coro a ele e se vira para Natalie. — Não liga, elas estão assim emocionadas porque o Lucas nunca trouxe uma namorada para conhecer a família. Quer dizer, uma amiga.

Oliver se serve de vada pav.

— O Lucas jamais admitiria de primeira que trouxe a namorada para jantar em família. O telhado dele é de vidro.

Nina curva os lábios num sorriso sarcástico.

— E o seu telhado de vidro, Oliver? Você é sempre o primeiro a interrogar todos os namorados que eu e a Maia trazemos pra casa.

Maia faz que sim com a cabeça.

— Sem falar no hóquei, que eles insistem que todos os nossos namorados joguem, tipo um teste de lealdade.

Nina arqueia as sobrancelhas.

— Tá mais para teste de sobrevivência.

Vovó Nora ainda fala sobre os bisnetos ruivos que quer ter; dadi murmura algo que faz Natalie corar mais; e ela, por sua vez, tenta negar que somos namorados. Meu pai, provavelmente percebendo a tensão na mesa, fala sobre hóquei; Maia diz algo sobre a sorte que eu teria de namorar alguém tão linda e legal como Natalie; Nina apoia a ideia de Maia, enquanto dada e Dante competem para ver quem come mais e fala menos.

E Oliver mexe no próprio prato com um sorriso contido ao dizer:

— Por que, em vez de reclamar, vocês não criam um teste para as novas namoradas da família? — E aponta com os olhos para Natalie. — Eu estaria isento, porque já me casei, mas o Lucas...

Natalie suspira.

— Mas é que eu e o Lucas não somos namorados.

Nego com a cabeça, olhando para ela, murmuro um "Não adianta" e olho ameaçador para Oliver, murmurando:

— Cala a boca, ou eu vou inventar que a Eleanor está grávida, e aí é você quem vai estar fodido.

Oliver, provocador, me manda um beijinho com o dedo do meio levantado. Eu sei que, apesar de estar brincando, ele faz o sinal rápido, para ninguém além de mim. Mas, como uma aranha com oito pares de olhos, mamãe vê o gesto e eleva o tom de voz para ser ouvida mesmo com a bagunça de conversas na mesa:

— Que gesto é esse, Oliver? Faz isso só mais uma vez na minha mesa e eu prego seus dedos no quadro de dardos da Nina, entendeu?

Dou uma risada baixa, seguido por Nina e Maia.

— E agora parem de rir do irmão de vocês e de se provocarem, senão eu prego o dedo de todos. Fui clara? — Ela se vira para Natalie com a expressão suavizada e o tom de voz doce. — Natalie, querida, experimente o dahl de lentilhas. Tenho certeza que você vai amar.

Meus irmãos e eu achamos graça da típica manobra de zero a cem da nossa mãe antes de Natalie agradecer:

— Obrigada, dona Charlotte.

Dante passa o guardanapo na boca, finalmente parando de prestar atenção na comida, e olha de mim para Natalie algumas vezes, antes de perguntar no meu ouvido:

— Vocês estão namorando mesmo?

Não é possível.

— Ah, sim, claro que estamos. Você não sabia?

Meu amigo faz que não e sorri, maravilhado.

— E como é estar com uma gata como ela? Você tem muita sorte. Ela é muito especial, além de linda.

Começo a negar, mas paro ao olhar de novo para Natalie, cheio de imagens erradas na cabeça. Eu encostando a boca nos lábios cheios dela, chegando em casa e ajudando ela a tirar o sári azul que comprei numa loja aqui perto mais cedo, e então abrindo as fileiras de botões na parte de trás da blusa, desembrulhando as saias, deixando ela nua e... colocando a massa de cabelos vermelhos para o lado e beijando a nuca e então... os seios? Como eles ficariam nas minhas mãos? Meu ventre esquenta e meu pau se contrai.

Merda.

Estou com uma meia ereção na mesa de jantar com toda a minha família.

Vou matar Dante.

Me aproximo dele e murmuro:

— Você é uma besta. Qual a chance de eu estar comendo a irmãzinha do Nick? Cai na real, isso nunca vai acontecer.

— Eu não disse *comendo* — Dante sopra —, disse...
— Eu sei o que você disse.
— Nunca diga *nunca*, amigo — ele fala mais alto.

Olho de relance para Natalie. Ela está com as bochechas ainda mais vermelhas, a respiração acelerada, os lábios brilhantes, e está... porra, ela está de tirar o fôlego, como se sentisse exatamente o mesmo que eu.

11

Série da minha vida, episódio de hoje:
É coisa de cinema

É o caos. E a ordem.
    É assustador e maravilhoso.
Nunca senti tanta vergonha e ao mesmo tempo...
— Aqui. — Charlotte me mostra um pote tampado. — Vi que você repetiu o dahl e separei o que sobrou para você levar, além das sobremesas. Vou colocar tudo na mochila do Lucas, tá?
— Muito obrigada, dona Charlotte.
— Imagina. E me chame só de Charlotte, Natalie.
Nunca me senti tão cuidada, acolhida. Nunca foi tão rápido sentir que eu pertencia a um lugar. Acabamos de jantar e estamos sentados na sala da lareira. Olho pela janela e reparo que está nevando bastante.
Suspiro.
Estar nesta casa foi como entrar em um livro, daqueles que a gente tem vontade de morar dentro. A produção da série da minha vida mudou radicalmente em apenas algumas semanas, saindo de uma produção de baixo orçamento para uma megaprodução, cheia de cenários diferentes, figurinos, muitos figurantes e novos personagens de destaque.
Inalo o aroma de temperos e flores e reparo nas meias de lã penduradas na lareira, na árvore de Natal e no presépio se misturando com a decoração indiana da noite, no sofá azul-claro com almofadas coloridas de crochê, no gato cinza que ficou se esfregando nas minhas pernas embaixo da mesa do jantar.

— É minha. Ela se chama Freya — disse Nina, a irmã patinadora do Lucas.

— Nós amamos os gatos na Rússia — respondi.

Olho de relance para Maia. Lucas está abraçado a ela, que o encara como se ele fosse um herói.

Maia sorri de algo que ele falou.

E Lucas olha para ela — para as duas irmãs, na verdade — como se elas fossem a coisa mais preciosa do mundo.

Como deve ser bom se sentir amada assim por ele.

Pisco devagar. *Jura, Natalie?*

Nina se junta a eles e Eleanor cutuca Oliver, que corre para abraçá-los. Eles se amam muito. É nítido, apesar das provocações.

Nada anormal para uma família grande, imagino, mas não é só isso... É...

Olho para o lado e vejo dada, o avô paterno de poucas palavras, que me lembra o jeito calado da minha babushka, jogando xadrez com Richard, o pai deles. Dadi e vó Nora conversam sobre algo tranquilamente, dando risada vez ou outra, como se não tivessem quase estourado um cabo de guerra na mesa do jantar um pouco antes. Elas olham na minha direção e voltam a sorrir. Acho que estão falando dos tais bisnetos ruivos que desejam.

Eu acho graça.

E suspiro, encostando a cabeça no sofá, que tem cheiro de flor e incenso.

Cristais de diferentes tamanhos decoram a mesa lateral, próximo de onde dada e Richard acabam de gargalhar.

Charlotte volta para a sala com um pote cheio de biscoitos e entrega para Dante, que está quase dormindo — para variar — na poltrona ao lado do sofá.

Suspiro outra vez e meus olhos se enchem de lágrimas. Fecho os olhos e me sinto... em paz. Me sinto confortável e feliz.

A almofada ao meu lado abaixa.

— Você tá bem? — É Lucas quem pergunta.

Abro os olhos e o encaro.

— Então é assim que é ter uma família grande?

Ele franze a testa de um jeito engraçado.

— Assim como, caótico? Estranho? Você sentindo vontade de trancar algumas pessoas num quarto durante o jantar?

Dou risada.

— E ao mesmo tempo sentindo vontade de entrar nesse quarto e ficar junto deles a maior parte do tempo, por mais loucos que eles pareçam.

Os lábios dele se curvam para cima.

— É por aí. — Lucas respira devagar e segura minha mão. — Desculpa pelos momentos em que a vontade de trancar alguns foi maior que a de estar junto.

Nego com a cabeça.

— Eu amei cada segundo. — Os olhos verdes ficam surpresos, e eu brinco: — Principalmente as quentinhas com comida para um mês que a sua mãe colocou na mochila pra gente levar pra casa.

— Está nevando muito — a mãe do Lucas diz, se aproximando. — Vocês não acham melhor passar a noite aqui? Lucas e Dante, que já está dormindo, podem ficar no quarto antigo dele, e você, Natalie, pode dormir com as meninas. O que acham?

— O quê? — Dante abre os olhos. — Estou acordado, mas por mim tudo bem.

— Fiquem — Maia se junta ao coro. — Eu ia amar conversar mais com você, Natalie.

— Além disso — Nina acrescenta —, você vai conhecer o melhor café da manhã do mundo. Os pães, biscoitos e bolos da minha avó Nora são inigualáveis.

— Ouviu isso, dadi? — vó Nora cutuca. — Pare de insistir, a melhor cozinheira sou eu e ponto.

Lucas me encara com as sobrancelhas arqueadas, como quem pergunta: "E aí?"

Encolho os ombros, nem um pouco desconfortável.

— Por mim tudo bem.

— Oba! — comemora Maia, e pega minha mão. — Vamos subir. Eu te empresto um pijama e posso te mostrar vídeos da minha apresentação ano passado. Eu dancei o papel principal de *Giselle*.

Eu me levanto.

— Eu amo essa peça. E, se você quiser, depois posso te ensinar uma técnica perfeita para quebrar sapatilhas de ponta. Meus amigos me chamam de fada das sapatilhas por isso.

Maia comemora.

— Vai ser perfeito.

Antes de sair, damos boa-noite para todos. Escuto Oliver murmurar para Lucas:

— Vocês vão dormir separados mesmo?

Ele bufa.

— Cala a boca, Oliver.

Charlotte chama a atenção do filho outra vez:

— Deixe os dois em paz, meu filho.

— O quê? — Oliver se defende. — Se eles não se pegam, tá na cara que estão morrendo de vontade de fazer isso.

Meu coração acelera. Eu acho mesmo Lucas um cara atraente e sei que o peitoral dele, por mais que eu odeie admitir, vem estampando algumas das minhas fantasias. Só que é principalmente a personalidade dele que tem feito o maior estrago na minha cabeça. Mas daí a estar morrendo de vontade de pegar o cara... Não. Será? Não. *Não pense, não alimente isso, Natalie.*

Pisco devagar, ignorando a sensação de que meu estômago subiu até o coração.

Maia e eu cruzamos para fora da sala da lareira e Nina, que vem atrás da gente, fala:

— Não liga pro Oliver. Ele é um chato às vezes.

— Na maioria das vezes — Maia rebate.

Ergo os ombros.

— Estou acostumada. O Lucas é tão chato quanto.

E todas gargalhamos. Maia passa o braço por cima dos meus ombros.

— Pronto. Sensata assim, já te considero da família.

— Ah não — murmura Nina, olhando para o presépio montado junto à escada. — Dadi colocou Ganesha, Shiva e Parvati no lugar dos reis magos de novo. — E suspira. — Vão subindo. Eu vou achar onde ela escondeu os reis magos dessa vez e colocar eles de volta no lugar, antes que a vovó Nora perceba e cozinhe esses deuses com o ensopado de domingo.

Acho graça, impossível não achar. Eles são imperfeitos, como toda família perfeita deve ser.

12

Série da minha vida, episódio de hoje:
Salva por um sofá manchado

Talvez eu precise de uma benzedeira, como sugeriu Ivo, ou talvez deva comprar um livro de simpatias de amor que vi na livraria esotérica perto de casa. Ou talvez simplesmente deva desistir mesmo, pelo menos de médicos. *Nunca mais.*

Anthony me pegou às seis da tarde, me levou ao melhor restaurante de Toronto e me contou durante o jantar que reconheceu Lucas More. Parece que ele estudou com Nina.

E isso me encheu de confiança para aceitar o convite de dar uma passada no apartamento dele. Na verdade, pensei em negar e deixar para um próximo encontro, mas as imagens do Lucas fazendo um ménage com ex-freiras líderes de torcida não saíram da minha cabeça por boa parte da noite, por mais que eu tentasse, e, para não continuar me sentindo tão perturbada a troco de nada, topei.

— Sim, podemos passar no seu apartamento — eu disse. Mesmo não sentindo nada além de uma simpatia aumentada por Anthony, mas nem um arrepio ou choque de atração, nadinha.

Mandei minha localização para Ivo e pedi para ele ficar atento ao celular. Outro ponto a favor de eu ter dito sim é que a casa do meu amigo fica a cinco minutos do apartamento do Anthony. Além disso, desde que fui agredida por Paul, tenho um aplicativo de segurança que é só apertar um botão no celular e a polícia aparece.

Tudo estava indo bem. A noite podia acabar bem.

Ele baixou a luz da sala, me ofereceu um licor, colocou uma música boa, me tirou para dançar no meio da sala e eu... relaxei?

Não. Comecei a suar frio e a ter dificuldade de respirar no segundo em que ele me deu a porcaria de um selinho. Só um selinho já me fez travar e começar a tremer, como se estivesse em cima de uma moto.

Infelizmente para a protagonista da série *Dois anos sem sexo* — no caso, eu —, não foi um tremor gostoso de expectativa.

Isso faz parte do meu pacote de sair e tentar me divertir.

As coisas não têm como ficar piores, certo?

Ah, sim, é claro que têm. Foi aí que a mãe dele apareceu na sala, de roupão e touca de dormir.

— Oi, Anthony — ela disse, surpresa. — Você não me falou que traria uma... é... amiga.

— Ah, mãe, esqueci que hoje você ia dormir aqui. — Ele me olhou como se pedisse desculpas. — Minha mãe dorme três vezes por semana no meu apartamento, pra me ajudar com as coisas de casa.

Sorri, fingindo achar isso normal. Só que não. A cada cinco frases dele ao longo da noite, três incluíam a palavra *mãe*. Mas na verdade o que a audiência talvez já tenha percebido é que, em vez de me sentir frustrada pelo não sexo da noite, senti alívio por sermos interrompidos desse jeito bizarro.

Então, Anthony fez as apresentações:

— Mãe, essa é a Natalie. Ela é bailarina clássica, a sua modalidade preferida, né?

A mulher sorriu, maravilhada, e ele prosseguiu:

— Natalie, essa é a sra. Emily Quinn, a mulher que sempre será a número 1 no meu coração e cuja aprovação significa tudo.

Meu Deus, pensei, *mais um maluco para a minha lista de conquistas? Será?*

— Ah, para, filho — a sra. Quinn respondeu com um sorriso afetado e um ar vaidoso. — Vocês querem um lanchinho? Ou algo pra comer?

— Não, mãe, obrigado. A gente já jantou.

— Sendo assim — ela encolheu os ombros —, vou deixar vocês sozinhos.

Mas antes de sair ela olhou para o filho com as sobrancelhas arqueadas e disse:

— Reabasteci seu criado-mudo com camisinhas. Viu, filho? A mamãe pensa em tudo.

E foi aí que eu engasguei, minhas mãos se atrapalharam e eu derrubei a porcaria do licor de chocolate no sofá de couro caramelo.

Nunca vi um homem ficar tão transtornado por causa de um sofá.

É sério, mil vezes homens como Nick, Dante e Lucas, que deixam o sofá parecendo um capacho, do que o ataque que esse cara e a mãe dele tiveram por causa de um licor derramado.

Anthony ficou lívido e pediu desculpas para a mãe umas cinco vezes, enquanto a Senhora Camisinhas só dizia:

— Ah, meu Deus, ah, meu Deus, ah, meu Deus, o sofá do Mario Bellini, o sofá que eu te dei de presente de aniversário.

Agora, na casa do Ivo, bebendo um shot de vodca para amenizar o trauma, termino de contar a ele a novela da minha vida amorosa:

— Enquanto a mãe dele fazia drama, como se eu tivesse sentado no gato de estimação dela, o dr. Anthony voltou da cozinha com luvas de borracha, panos e produtos de limpeza, como se fosse, sei lá, exterminar uma praga. E, juro — dou mais um golinho —, eu senti que a praga era eu.

Ivo ri e também toma um gole da vodca dele. Convenci meu amigo a me acompanhar, mesmo sendo dia de semana. Me recuso a beber sozinha.

— Aí — prossigo depois de fazer uma careta — eu, supersem graça, abaixei do lado dele pra ajudar limpar o sofá, né? Só que o gato não me viu e levantou enquanto eu abaixava meio que em cima dele. E este é o resultado, amigo.

Ele deixa a mão escorregar no rosto, puxando os olhos para baixo

— Parece que você levou um soco no olho.

— Eu vi tudo preto, sério. Tive que sentar no sofá, em cima da mancha de licor, pra não cair.

Ivo reprime uma risada.

— Desculpa, amiga, mas eu tô rindo.

Abano a mão no ar, como quem diz "Não é nada".

— Daí ele, que está se formando em medicina, me examinou, pegou gelo e tal e me garantiu que aparentemente não tinha quebrado nada.

— Ainda tô sem acreditar aqui.

Tomo mais um gole de vodca.

— E eu, amigo? Resumo da noite: em vez de um orgasmo, ele me deu um frasco de analgésico e um remédio pra dormir que ele usa de vez em quando, se eu precisar por causa da dor.

Ivo coloca a mão na testa e nega com a cabeça.

— Gata, inacreditável. Pelo menos ele te trouxe aqui?

Bufo com desdém.

— Imagina. Enquanto a mãe dele estava mais preocupada com o sofá do que comigo, ele chamou um Uber e disse algo do tipo: *Nossa, você chateou muito a minha mãe, acho melhor a gente não se ver mais por um tempo. Melhoras...* Como se eu fosse querer ver aquele maluco de novo. — Suspiro. — Socorro, amigo, me ajuda.

Ivo arqueia as sobrancelhas.

— Episódio de hoje?

— Minha vida amorosa é uma piada pra audiência.

— Posso rir, então?

Dou mais um gole de vodca.

— Claro, eu só não te acompanho porque dói.

E é verdade. É tão absurdo que dá mesmo vontade de rir. Tão absurdo que tenho vontade de chorar, porque rir dói.

— Você precisa de mais alguma coisa além de vodca?

— Uma simpatia pra atrair alguém normal.

Ele coloca as mãos em prece na frente do peito.

— Você ainda vai achar seu príncipe, ou seu capitão.

— Amor, para, tá? — Viro o restante do shot. — O capitão está ocupado esta noite com um time de professoras casadas, ou líderes de torcida, ou filhas de pastores ultraconservadores, então não pira.

— E o príncipe?

— Nesse roteiro da minha vida, tá mais fácil eu mesma me resgatar da torre, ou me virar pra sapatilha servir e me beijar pra me acordar de um sono de cem anos, então nem espero mais.

Ele pega a garrafa da mesa de centro e a ergue, oferecendo mais uma dose. Eu respondo:

— Sim, por favor. Meu príncipe hoje é você e esse líquido russo que está me anestesiando.

❊ ❊ ❊ ❊

Abro a porta de casa quando já passa de uma da manhã. Todos devem estar dormindo. Entro e a sala está escura.

— Isso se o capintão Lucas já tiver terminado a orgia da noite.

Soluço.

— Ah, Wilsa, Wilsa, você sabe que eu amava um bom sexo. Só que não é mais tão simples pra mim, velha amiga. — Soluço. — Não, não estou pensando em uma orgia, não sou tão liberal como o Lucas. Um papai e mamãe básico já bastaria pra mim.

E gargalho fazendo som de porquinho, uma coisa que só acontece quando eu bebo. E gargalho mais, porque esse som me quebra.

Soluço outra vez e vou andando devagar em direção ao o quarto, tateando o chão com os pés, com medo de escorregar numa meia ou tropeçar num sapato.

— A vodca estava muito boa. Acabou toda a dor.

Soluço mais uma vez e bato numa muralha.

Duas mãos grandes se fecham na curva dos meus braços e me impedem de cair. Instintiva, coloco os dedos na muralha, que na verdade é um peitoral firme. Apoio as mãos nos ombros largos.

Uma voz rouca afirma:

— Você não respondeu as mensagens que eu mandei no grupo. Ficamos preocupados.

— Capintão Lucas? Quer dizer, capitão!

Silêncio.

Soluço.

— E aí, Natalie?

Ele ainda está segurando meus braços, eu ainda estou apoiando as mãos nos ombros dele. Meu pulso acelera, meu corpo reage à proximidade como... como eu achei que nunca mais aconteceria, não desse jeito. Quero colocar meu corpo num divã e mandar minha razão analisá-lo.

— Eu achei que tinha avisado que ia chegar mais tarde.

— Não avisou.

E, só porque tem algo de sombrio na voz dele e minha barriga gela, eu rio outra vez, mas agora é meio que de nervoso.

— A minha noite não foi exatamente — soluço — a mais comum. É meio que normal eu ter esquecido. Mesmo assim foi mau, eu não queria preocupar vocês.

Escuto uma respiração funda, depois continuo:

— Agora pode me soltar. Apesar de ter bebido, eu consigo chegar no meu quarto.

Ele afrouxa as mãos da curva dos meus braços e eu me afasto. E caio de quatro meio por cima de algo comprido e resistente. Acontece que eu não contava com levar uma rasteira de um tronco caído no meio do caminho.

— Au! — É o Dante. — O que é isso? Nathy?

Estou de quatro no chão e sinto Dante tirar as pernas de debaixo de mim. Isso é ridículo. Eu começo a gargalhar.

— Nossa, vocês estão espalhados nessa sala que nem armadilhas. Desculpa, Dante.

— Eu apaguei na poltrona, não vi você chegando. Desculpa eu e minhas pernas, que ficaram no seu caminho.

Ainda estou de quatro no chão, agora rindo como um porquinho, e rindo cada vez mais por estar rindo assim, quando escuto a voz do Lucas comandar:

— Alexa, acende a luz.

Sempre esqueço dessa porcaria de automação. Nunca morei num lugar com essa modernidade. Sento no chão, tentando me recompor para ficar em pé.

Dante se espreguiça.

— Aliás, que bom que você chegou. A gente estava preocupado.

Ele sai da poltrona onde dormia e estende a mão para me ajudar a levantar. Soluço.

— Desculpa. Esqueci de avisar, a noite não terminou como eu imaginava.

Aceito a mão estendida, ouvindo-o dizer:

— Só fui ficar preocupado depois da meia-noite, mas o Lucas nem foi transar com a reitora da faculdade. Ficou aqui, andando de um lado pro outro, sentando e levantando, bufando e murmurando coisas estranhas.

Lucas cruza os braços sobre o peito e me encara.

— Estou preocupado com coisas do time. A temporada volta daqui a pouco e a gente precisa treinar.

Dante franze o cenho.

— A gente tá treinando.

— Temos que treinar mais.

Removo o cabelo do rosto e depois abro os braços.

— Como vocês podem ver, eu cheguei inteira...

Arregalo os olhos quando percebo o exato segundo em que Lucas vê o meu rosto. *Esqueci do hematoma.*

Ele fica pálido, então vermelho, todas as veias visíveis se expandem enquanto os olhos se inflamam, antes de ele urrar entre os dentes:

— Quem fez isso com você?

Dante também está me encarando com olhos enormes.

— Ah, merda.

Lucas se aproxima e toca de leve o hematoma, pega meus braços e os analisa.

— Eu vou matar esse filho da puta.

Soluço e faço uma negação com a cabeça.

— Calma, pelo amor de Deus. Foi um acidente.

Mas ele está vidrado de raiva e surdo, porque simplesmente não registra o que estou falando.

— Onde esse filho da puta mora? Dante — chama o amigo —, vamos atrás desse merda.

— Calma. — Eu me aproximo dele e seguro o braço largo. Os músculos estão contraídos. — Ele não fez nada. Eu derrubei licor no sofá.

O cenho dele se franze mais enquanto o peito sobe e desce rápido, como se Lucas tivesse jogado oito partidas de hóquei seguidas.

— Eu vou pegar meu taco, vou atrás desse merda e vou arrebentar a cara dele, juro.

— Ela tá dizendo que foi um acidente, cara. — Dante traz a voz da razão. — Vamos ouvir a Nathy antes de fazer merda.

Ele volta a analisar meu rosto.

— Licor no sofá?

Eu me sento no Cheetos e conto por cima o que aconteceu, até a rodada de vodca na casa do Ivo.

— Aí eu voltei pra casa — termino, sentindo meu corpo afundar nas almofadas. — E é isso, um resumo da minha noite maravilhosa.

Dante está com a boca um pouco aberta, e Lucas ainda me encara com uma ruga entre as sobrancelhas.

— Você tá bem mesmo?

— Ãrram.

— Tem mais algum machucado?

— Não que eu saiba.

Ele arregala os olhos e eu me corrijo:

— Eu tô bem agora, só doeu muito e...

— Quer ir pro hospital? Pra delegacia?

Acho graça.

— Vamos fazer um B.O. acusando a loucura de uma mãe, um filho que provavelmente tem complexo de Édipo e, principalmente, um sofá.

Os lábios dele se curvam um pouco para cima antes de ele lançar um daqueles olhares intensos na minha direção. Aquele, do tipo que faz cócegas na boca do meu estômago.

— Posso fazer alguma coisa pra te deixar melhor? Uma vitamina? Lasanha? Ou assistir aquela série chata de dança?

Gargalho.

— Eu vou sobreviver, juro. — Rio mais um pouco. — Uma vitamina, lasanha e eu escolher a série que quero assistir? Jura?

Ele faz que sim.

Soluço.

— Não, obrigada, mas eu aceitaria uma massagem nos pés. Os ensaios de hoje foram bem puxados.

Lucas se senta no chão à minha frente e pega meu pé.

— Eu tô brincando, não precisa.

Ele começa a tirar minhas botas.

— Mas eu não tô brincando.

Faço que não com olhos mais arregalados quando ele me descalça, revelando minhas meias com estampa de morango.

— Não precisa, juro.

— Eu posso fazer isso.

Nego.

—Você já viu os pés de uma bailarina?

— Já, os da minha irmã, e são lindos.

Puxo as pernas e abraço os joelhos, desconfiada.

— Mentiroso.

Agora os olhos intensos parecem me virar do avesso. Lucas fica um tempo em silêncio antes de dizer:

— As cicatrizes do seus pés são como as que eu tenho por causa do hóquei.

— Quê?

Lucas nega com a cabeça.

— Nada que está morto tem cicatrizes. Elas são a prova de que você supera desafios e vive os seus sonhos.

Acho que é o efeito da vodca, mas fico encarando Lucas de boca aberta. Dante bate palmas, admirado.

— Tá filósofo hoje, Lucas. — E boceja antes de acrescentar: — Mas eu vou deixar vocês e ir dormir. Tudo bem, Nathy?

— Claro — soluço baixinho —, eu tô ótima, juro. Boa noite.

— E eu? — Lucas se levanta. — Vou fazer um escalda-pés pra você, igual aos que faço pras minhas irmãs, e depois massagem. Combinado?

Ah, pelo amor, que bailarina resiste a uma oferta de spa para os pés?

— Se você insiste — soluço —, quem sou eu pra negar?

❋ ❋ ❋ ❋ ❋

Já estou com os pés dentro da bacia com água morna e sal.

Lucas está voltando da cozinha com um pote nas mãos, e, de algum jeito, parece que a vodca está fazendo mais efeito, agora que encostei a cabeça no sofá, do que enquanto estava em pé. Eu me sinto um pouco tonta, leve, estranha.

Ele se abaixa, encaixando entre as pernas a bacia onde estão meus pés, e em seguida vira o pote dentro da água.

— Toque final. O escalda-pés perfeito pra você.

Dou risada e soluço.

— Você é louco. Meus pés não comem morangos.

— Só as frutas que estavam mais feinhas. Não vou desperdiçar seus morangos. Eu gosto muito de conservar...

— O quê? Meu bom humor?

Lucas encolhe os ombros.

— Também. É que eu lembro da semana passada, quando o Dante jogou uma caixa dos seus morangos no lixo sem querer, e você ameaçou capá-lo se ficasse sem morango de manhã.

Soluço outra vez.

— Sou viciada, o que eu posso fazer?

— E eu? Como eu gosto de ser o *capintão* do time, pretendo manter tudo em ordem aqui embaixo.

Tapo a boca com a mão e começo a rir.

— Te chamei de capintão, né? Desculpa, é só que eu às vezes crio apelidos e... já te falaram que você parece aquele ator, o Henry Cavill, só que uma versão mais bronzeada dele?

Ele estreita os olhos, desconfiado.

— Só uma vez. Você precisa descansar, já vou fazer sua massagem.

— Mas por que eu falei isso? Seu ego vai me matar.

Lucas nega e sorri enquanto eu gargalho de novo, e dessa vez o som de porquinho sai mais alto.

E eu rio de novo, e, outra vez, mais um som de porquinho.

Lucas também gargalha.

— Que fofo — brinca ele. — Lady moranguinho na verdade é uma porquinha.

Gargalho ainda mais, e o som se repete, arrancando outras gargalhadas nossas. E se repete mais uma vez e mais outra, e é um ciclo sem fim. Socorro, estou com dor na barriga de tanto rir.

— Você fica ainda mais linda rindo, moranguinho. É assim que eu queria te ver sempre.

— Pera — abro os olhos, maravilhada, e nem reparo no elogio —, você me chamou de moranguinho?

Lucas encolhe os ombros.

— Achei que ser chamado de capintão me daria certas regalias. Agora, se lady moranguinho permite, vou massagear os seus pés lindos de bailarina.

Levanto a cabeça do encosto e volto a apoiá-la quando tudo gira. Estou me sentindo cada vez mais leve e estranha.

— Você está sendo muito legal.

— Quanto você bebeu na casa do Ivo?

Aproximo o dedão e o indicador.

— Um pouquinho. Mas eu não estava assim quando o Ivo me acompanhou no Uber pra cá. Acho que é sono, só pode ser. Nós, russos, estamos acostumados — soluço —, nascemos tomando vodca.

— Vou fazer sua massagem, depois te dar alguma coisa calórica pra comer e te colocar pra dormir.

— Tá, brigada. Voc-c-cê tá sendo um capintão bem legal.

— E voc-c-cê tá sendo uma moranguinho nocauteada e bêbada muito engraçada.

Gargalho outra vez e ele me acompanha quando o som de porquinho acontece.

E então, quando as mãos dele encostam nos meus pés, eu paro de rir. Qual foi a última vez que um homem me tratou assim, com tanto cuidado e carinho? Não lembrava que estar com um homem podia ser algo leve e bom. Não que esteja conhecendo Lucas nesse sentido, é só que...

E, quando sinto meu pulso acelerar conforme as mãos dele alcançam os calcanhares, algo bem maluco acontece: meus olhos se enchem de lágrimas e eu tento engolir tudo, mas não consigo, me sinto sem controle de nada. Soluço e cubro o rosto com as mãos. Estou chorando.

Lucas solta meus pés com cuidado dentro da bacia.

— Desculpa. Nathy, eu te machuquei? Me desculpa.

— Não, estava uma delícia. É só que... — Soluço. — Você fez um escalda-pés de morango e ninguém nunca colocou morangos pra mim desse jeito.

Ele começa a catar os morangos da água, aflito.

— Eu não faço mais, eu...

— Não, eu adorei. Estou chorando porque eu adorei, e porque...

Lucas apoia as mãos nos meus joelhos e um choque percorre minhas pernas.

— Por quê?

Soluço mais uma vez e descubro meu rosto.

— O Paul, meu ex, tinha nojo dos meus pés. Ele pedia pra eu nunca tirar as meias. Mas você — arquejo —, você acha eles lindos.

Os olhos verdes se arregalam.

— É por isso que você tá chorando?

— Não. Sim. Minha vida amorosa é um desastre completo. Não que eu ligue. Estou ficando casca-grossa, acho que nem ligo mais. — As lágrimas continuam escorrendo. — E antes, antes de tudo, eu era uma garota que só queria se divertir, mas que no fundo sonhava em ser a princesa de alguém num conto de fadas bem clichê.

Ele se senta ao meu lado e tira uma mecha de cabelo do meu rosto.

— Então é por isso que você tá chorando?

— Acho que s-sim, ou por causa da bebida, ou porque eu não gosto do meu quarto aqui.

Viro e cheiro a almofada, fazendo uma careta.

— E esse sofá que eu amo tem cheiro de chulé e cerveja. Eu chamo ele de Cheetos, sabia?

Lucas sorri de leve antes de também fazer uma careta.

— Tem mesmo. Mas, se for isso que tá te fazendo chorar, posso resolver agora mesmo.

— Não é isso.

— Ah, sim, tem o seu quarto, né? Qual o problema com ele?

Ergo os ombros.

— Ele não tem a minha cara ainda. É legal, mas não tem nada meu ali. As minhas coisas chegaram e estão no depósito lá embaixo, mas no fundo eu tenho medo de abrir essas caixas e ser tipo abrir a caixa de Pandora, soltando tudo de ruim do meu passado.

Lucas segura minhas mãos com tanto carinho.

— O que eu posso fazer pra te ajudar, moranguinho?

E isso me dá vontade de chorar mais. Ele está sendo tão legal, mas tão legal, que tenho vontade de... É confuso. Estou confusa pra caramba.

Limpo as lágrimas e choro mais um pouco antes de confessar:

— Mas não é s-só por isso que eu estou assim.

Tenho certeza de que a vodca que bebi está dando loopings no meu sangue quando eu admito:

— Eu só atraio boy lixo, e eu amo sexo, sempre amei. Voc-cê ama sexo também, né?

As narinas dele se expandem e ele solta minhas mãos, como se queimassem.

— Sim, mas acho que vou te ajudar a ir pro quarto agora.

Após alguns segundos, ele coloca aquele braço enorme nas minhas costas, me impulsionando a levantar. Eu me viro e forço o braço dele para baixo.

— Pera, xiu, eu tô falando. S-s-sabe qual o problema de amar sexo?

Lucas faz que não com a cabeça e eu admito:

— Meu corpo tá de greve, e, por mais que eu queira, não consigo. Eu travo. É horrível.

Apoio a cabeça no sofá e me sinto afundar nele, como se eu fosse a Alice no País das Maravilhas sendo engolida por uma realidade paralela e surreal.

— Tá tudo duplicado.

Sinto o braço dele passar pelas minhas costas e o outro na curva das minhas pernas. Ele me ergue no colo.

Dou um soco de leve no peito firme.

— Me deixa falar e me deixa no Cheetos. Ele tava me engolindo.

— Vou te levar pro quarto e fazer um chocolate quente pra você, tá?

— Eu travo. Sabe como é?

Lucas nega com os olhos enormes, olhos de oceano que me engolem.

— Seus olhos são tipo ondas imensas.

— Sei.

— Imagina o seguinte: seu capintão pronto pra ativa, aí algo acontece no meu corpo e eu simplesmente surto — soluço —, fico tensa pra caramba e nada acontece. Nada nunca mais aconteceu desde que eu terminei com ele. É uma merda.

Entramos no meu quarto, fecho os olhos e suspiro.

— Eu não era assim, mas aí eu quebrei. O Paul me quebrou. — Soluço. — É tão complexo. E depois? — Soluço de novo. — Eu só encontro canalhas e malucos que não sabem nada sobre mulheres. Eles nem querem ter o trabalho de tentar de verdade, e eu preciso de um taco de hóquei pra quebrar na cabeça deles. Machos da Shopee.

Ele se abaixa sobre minha cama e eu não solto seus ombros.

— Voc-cê tem um cheiro tão bom de montanha com coisas masculinas. — Escuto uma risada baixinha e franzo o cenho ao dizer: — Não fique se achando, tá?

Lucas me cobre.

— Vou pegar seu chocolate quente, um analgésico e uns cookies.

— Eu já tomei um analgésico. Dois, na verdade.

❄ ❄ ❄ ❄

Meu despertador toca e eu sinto vontade de arremessar o celular contra a parede.

Minha cabeça está latejando.

Puta merda.

Foi o nocaute por causa do sofá.

Estou enjoada e um pouco tonta.

Mas... se a pancada no rosto está causando tudo isso, tenho que ir para o hospital agora. Um pouco tensa, toco devagar embaixo do olho e suspiro aliviada, porque não sinto doer muito.

Não pode ser isso.

Então por que estou tão mal assim?

Desde quando dois shots de vodca causam esse estrago?

Passo as mãos no meu corpo.

Como eu vim parar na minha cama?

Estou com o conjunto de lingerie que usei ontem para sair, calcinha e sutiã de renda preta, e não me lembro de quando...

Sento de uma vez na cama.

As lembranças começam a desfilar na minha mente, uma atrás da outra, como um filme de terror.

Eu tomando um analgésico no Uber na volta da casa do Ivo.

Chegando em casa.

Não!

Eu chamando Lucas de capintão.

Ah, não.

Contei para ele que eu travo na hora do sexo, como se estivesse pedindo ajuda para resolver?

NÃÃÃOOO.

Minha respiração acelera.

Ele voltou para o meu quarto depois de me carregar para cá ou eu sonhei? *Por favor que seja um sonho, por favor que seja um sonho.* Olho para a mesinha de cabeceira e encontro a caneca de chocolate quente e...

— Puta que pariu.

— *Senta aqui, Lucas, eu tive uma ideia maravilhosa.*

Ele se sentou sem me olhar, rígido, como se tivesse engolido os tacos de hóquei do time inteiro.

E eu? *Cacete.*

Coloquei para fora todo o meu lado Cisne Negro.

— Lucas, é perfeito. — Lembro de outra frase minha. — Você nunca namorou e não quer namorar, né?

Ele fez que não com a cabeça.

— Eu também não quero nada sério com ninguém, não até virar bailarina principal, até encontrar um cara que eu ame de verdade. Mas nós dois gostamos de sexo, quer dizer, eu sempre amei, e você — apontei para ele —, você é o capintão, e é de confiança. Você não empalha gatos, né?

Os olhos verde se arregalaram.

— Não, como assim?

Os punhos dele estavam fechados, a expressão contorcida numa careta de dor, como se eu estivesse arrancando os dedos dos seus pés.

Olho para minha sapatilha cor-de-rosa de pelúcia em cima da poltrona.

— Wilsa, por que você me deixou fazer isso, sua vaca?

Queria não lembrar de nada, mas tudo está voltando num turbilhão, como uma sessão de tortura sem fim. Igual a quando acordamos sem lembrar do sonho e aí as memórias começam a vir conforme as puxamos pelas teias da consciência.

— Lucas, é perfeito! — eu disse. — A gente transa, quer dizer, tenta transar, eu não vou ficar nervosa porque é você, e você não é um cara qualquer que eu conheci e tenho medo de ser empalhada depois. E pra você pode ser só mais um sexo bom. Você pode se divertir. Nós dois podemos.

Olho para Wilsa de novo.

Hoje seria um bom dia pra morrer, Nathy?, pergunta ela dentro da minha cabeça.

— Quero gritar — murmuro.

Quando lembro do que eu fiz depois... Depois que Lucas falou que seria melhor a gente ter essa conversa quando eu estivesse sóbria.

— Eu vou pro meu quarto — disse ele.

Aí eu segurei seu braço com força.

— É porque você não sente atração por mim? Isso pode ser um problema, mas pera, você nunca me viu de verdade.

Então...

Começo a gargalhar de nervoso. E acho que vou chorar também, nem lembro mais que estava passando mal agora há pouco.

Então eu simplesmente tirei a roupa.

Fiquei assim, como acordei, de calcinha e sutiã de renda preta.

E eu parei por aí? Não, porque afinal de contas ontem eu era Odile, o perfeito Cisne Negro de *O lago dos cisnes*, sedutora e inconsequente.

Ele estava sentadinho no canto da cama, encolhido e rígido, como se eu fosse a bruxa de Blair. Eu? Montei em cima dele.

As lembranças me atingem como um soco.

O cheiro dele, a sensação eletrizante das mãos enormes e quentes envolvendo minha cintura. A respiração incerta se misturando com a minha. A voz grave no meu ouvido.

— Porra, Natalie. Não faz isso, eu não vou aguentar.

E não sei se é fantasia minha ou se meu corpo registrou tudo como se eu tivesse sido marcada a fogo. Mas eu lembro da sensação do pau duro dele entre minhas pernas, e de não ter surtado. Lembro de, na verdade, estar louca, eletrizada, desesperada para que Lucas continuasse.

Então, as mãos dele na minha cintura me ergueram como se eu pesasse o mesmo que um pacote de pão, e ele me colocou deitada na cama, com um dos olhares mais intensos que já deu, e me cobriu rápido, como se eu fosse dissolver se ele não fizesse isso.

Merda.

Acho que vou vomitar de vergonha.

Uma das últimas coisas que falei volta à minha memória:

— Você tá indo pegar camisinha? Eu tenho aqui em algum lugar... acho.

E me sentei, abrindo a gaveta da mesa de cabeceira. Comecei a mexer loucamente ali dentro, até ouvir a voz rouca dele:

— Amanhã a gente conversa, moranguinho. Boa noite.

Parei com o pacote de camisinha na mão.

— Você vai me deixar aqui? — perguntei, indignada. — Seu capintinho.

Acho que ouvi uma risada dele.

E devo ter apagado, porque não lembro de mais nada.

Olho para Wilsa.

— Espero de verdade que eu tenha apagado, e não corrido atrás dele de calcinha e sutiã pela casa.

Cubro o rosto com as mãos outra vez e minha cabeça dói.

Vou matar Ivo. Tenho que culpar alguém, e isso tudo, essas reações loucas, só podem ter sido por algo que ele me deu para beber.

Pego o celular, rápida, e ligo para ele.

— Oi, bom dia — ele diz, com voz de sono. — Como tá o olho?

— Bom dia. Quantas doses de vodca você me deixou beber?

— Eu te servi duas doses pequenas, gata.

Levanto e viro o ângulo do rosto, me olhando no espelho da parede.

— Não ficou muito roxo e está só um pouco inchado. Vai dar pra cobrir com a base.

— Que bom.

Penteio o cabelo com os dedos.

— Você batizou minhas doses?

Ivo boceja.

— Quê, gata? Tá maluca?

Vou até a gaveta da cômoda e pego minha nécessaire de maquiagem.

— Eu tomei mais alguma coisa, absinto ou sei lá?

— Que eu tenha visto, só dois analgésicos no Uber, quase chegando na sua casa.

— Sim, eu lembro. Os remédios que o Senhor Mamma's Boy me deu.

Corro até minha bolsa e pego o frasco de plástico quando uma possibilidade cruza minha mente. Lembro de o Anthony ter escrito num papel para que servia cada um dos compridos. Alcanço o papel, desdobro e leio:

Comprimido azul: analgésico

Comprimido branco: remédio para dormir. Tomar um por vez e <u>não ingerir após ter bebido álcool</u>

Olho o frasco e conto os comprimidos. Ele disse que ia me dar três de cada, *para durar alguns dias*.

Arregalo os olhos, minha testa molhada de suor.

— Ivo, eu misturei remédio pra dormir com bebida. Caramba, tá tudo explicado.

— Tudo o quê?

Suspiro, mortificada.

— Amigo, tudo bem se eu for morar aí? Vou queimar nas chamas da vergonha eterna se eu encontrar com ele outra vez.

— Claro, eu vou amar, mas o que você fez? Ele quem?

— Não tenho certeza se fiz mesmo ou se foi sonho, ou se fiz só algumas coisas e outras não, ou se eu fiz até mais coisas. As lembranças são estranhas, tipo flashes confusos e, espero, exagerados.

— Desembucha. O que houve, ou o que você acha que houve?

Me sento na cama e conto tudo o que eu lembro. Quando termino de falar, Ivo está morrendo de rir, *o descarado*.

— Você chamou o Lucas de capintinho?

— Acho que sim. Ou foi tudo um sonho, Deus queira. Pera.

Afobada, abro a gaveta da mesinha de cabeceira, onde sei que tem algumas camisinhas da época em que eu ainda transava. Isso se elas não fossilizaram. Devo ter guardado para lembrar que um dia pode voltar a acontecer.

— Se elas ainda estiverem na gaveta, pode significar que eu sonhei...

Ivo ri outra vez.

— Elas quem?

— Duas chinchilas que eu peguei ontem na rua. As camisinhas, né?

Ele gargalha.

— Será que você transou com ele e não lembra?

Faço que não com a cabeça, horrorizada.

— Isso seria o cúmulo do absurdo, né? Estar na seca e travada há dois anos e esquecer de tudo depois que acontece.

Mesmo sabendo que isso é bem improvável, dou uma olhada no lixo ao lado da mesa de cabeceira, procurando vestígios, e volto a vasculhar a gaveta.

— Droga — bufo —, não estão aqui. A não ser que...

Mexo nas cobertas da cama e acho. Minha vergonha tem formato de pênis encapsulado por um papel preto e dourado.

— Amigo, elas estão em cima da cama.

— Usadas?

— Não, claro que não. Ele foi um cavalheiro, ainda bem. Ou talvez realmente não tenha a menor atração por mim.

— Ele é o melhor amigo do seu irmão, Nathy. E, pelo que você fala dele, podia estar explodindo de tesão que jamais relaria em você bêbada.

Escuto o barulho do liquidificador sendo ligado.

— O Lucas e o Dante devem estar na cozinha. Não quero lidar com isso hoje, acho que vou...

— Fugir pela escada de incêndio outra vez?

— Isso mesmo, ótima ideia. Depois mando uma mensagem dizendo que saí mais cedo ou sei lá.

Ele boceja.

— Quer que eu busque você?

— Sim, obrigada. Te amo. Vou ficar esperando na frente do café-livraria.

— Combinado. E, Nathy... — Ivo fala com um tom mais sério — se tudo o que você contou aconteceu mesmo, não tem que ter vergonha. Você está se reapoderando da sua sexualidade. E isso, gata, é maravilhoso. Mamãe Madonna estaria superorgulhosa.

Ivo é fã da Madonna, do Kiss, do The Cure e de várias outras bandas dos anos 80. Teve uma época em que, antes das baladas, ele me fazia ouvir tudo isso. Eu até que aprendi a gostar de algumas músicas dela.

— Tá, engraçadinho, tô fingindo que eu concordo. É igual à superstição de que quem pisa em cocô vai ganhar dinheiro: temos que acreditar que vai vir algo de bom, senão é só uma merda mesmo.

— Pode ser.

— Até daqui a pouco. Vou me arrumar pro treino.

— Eu também. Beijos.

❋ ❋ ❋ ❋

Acho que não demorei nem dez minutos para me trocar e pegar tudo de que vou precisar. Visto o casaco de neve — deve estar um frio de menos dez graus lá fora —, as luvas, cachecol e coturnos, já que minhas botas de neve estão na sapateira perto da porta de entrada. Verifico se não esqueci nada: nécessaire de maquiagem, spray de pimenta no bolso sem fecho da frente, escova de cabelo e uma troca de roupa. Vou treinar até mais tarde hoje, de novo. Respiro fundo para reunir a coragem de andar quinhentos metros nesse gelo.

Geralmente a esta hora da manhã está começando a clarear, mas, como é inverno, ainda está bem escuro. As ruas devem estar vazias. Será que o cara de capuz que apareceu no balé é alguém que sabe onde eu moro e...

Para, Natalie, não pira.

Este bairro é superseguro.

Abro a janela, coloco os fones de ouvido e ligo a música.

Madonna, em homenagem ao Ivo.

"Like a Virgin."

Saio e fecho a janela por fora.

Pego o celular para avisar no grupo que já saí. Encosto junto ao corrimão da escada e começo a digitar:

Nathy
Oi, gente, tive que sair...

Paro de digitar e apago.
Tento outra vez:

> **Nathy**
> Oi, gente, saí mais cedo. Obrigada por tudo ontem.
>
> Vou ensaiar até mais tarde, não me esperem pra jantar. Nos vemos amanhã.

Apago a última e digito:

> **Nathy**
> Vou ensaiar até mais tarde. Vamos pensar numa série nova pra ver juntos?

É isso, vou ter que encarar Lucas novamente hoje. Além do mais, Maia me chamou para dormir na casa dela outra vez, e Lucas se ofereceu para me pegar no balé e me levar até lá amanhã à noite. Melhor arrancar o band-aid de uma vez. Só não agora, porque... porque acabei de acordar e eu sempre lido melhor com as coisas depois do meio-dia, e depois de dançar por algumas horas.

Clico em enviar, guardo o celular no bolso da frente e sinto um aperto no ombro. Dou um grito, apavorada.

A mão pressiona mais meu ombro e os dedos se enfiam na altura do meu rosto. Dou uma cotovelada para trás e acho que consigo acertar quem quer que seja. Grito por socorro.

Infelizmente, minha tentativa de golpe não surte efeito. Ele enfia mais a mão em direção ao meu pescoço.

Vou ser morta ao som de "Like a Virgin".

— Socorro! — grito outra vez.

E agora minha boca é tapada.

Não, não vou morrer antes de dançar *O lago dos cisnes* como bailarina principal, entendeu? Agarro o spray de pimenta e me desvencilho com facilidade.

Giro o corpo e a primeira coisa que vejo é um capuz preto. O rosto dele está encoberto pela pouca luz da rua e pela sombra do capuz. Só pode ser o cara do balé. *Meu Deus.* Aperto o spray e um dos fones cai da minha orelha.

— Ahhhh — ele urra, cobrindo o rosto com as mãos.

O corpo enorme se dobra um pouco e eu penso em entrar de novo no apartamento, mas ele está bem na frente da minha janela. Resolvo descer correndo e chamar a polícia, ou ligar para os garotos fazerem isso.

— Porra, que dor, Natalie. O que é isso?

Essa voz eu conheço.

Giro outra vez e vejo o capuz caído, ele sentado no patamar da escada, esfregando os olhos. Mas que droga...

É o Lucas.

— Ah, meu Deus, Lucas, me desculpa! Não, não esfrega que piora. Espera, me desculpa.

E tiro de dentro da bolsa um frasco de soro fisiológico, que uso por causa das lentes de contato.

— Eu tô cego. Você me cegou?

Se não fosse um absurdo, se eu não tivesse acabado de espirrar spray de pimenta nos olhos dele, estaria com vontade de rir.

— Não — respondo e me abaixo. — Tira a mão dos olhos.

Ele começa a tirar e volta a colocar.

— Não dá, porra, tá doendo muito. Você jogou ácido em mim?

Removo os dedos dele da frente dos olhos e aperto o frasco de soro.

— O que é isso?

— Soro fisiológico.

— Joga mais, é bom.

Despejo mais, e depois mais um pouco.

— Que merda foi essa que você espirrou em mim?

— Spray de pimenta. Agora...

— Joga mais soro, me ajuda.

Despejo mais um pouco. Ele agarra o frasco da minha mão e aperta tudo em cima do rosto.

— Você se deu um banho de soro na testa. Isso não vai ajudar em nada.

Lucas pisca várias vezes, tentando me ver, e volta a fechar os olhos.

— Você me cega e a culpa é minha?

— Isso não cega. Só... dói... muito.

— Jura? — pergunta, irônico. — Parece que meus olhos estão derretendo.

— Desculpa. Mas que porcaria você estava fazendo aqui fora? Apertando o meu ombro e tapando a minha boca como se fosse um sequestrador ou coisa pior?

— Eu te vi da janela da sala e vim correndo. Queria te dar uma coisa e conversar antes de você sair. Porra, tá doendo demais. Eu te chamei, você não se mexeu.

— Eu estava de fone.

— Aí eu apertei seu ombro e você gritou pra vizinhança inteira ouvir. Eu te chamei de novo e tentei tirar seu fone, você me deu uma cotovelada e gritou por socorro. Antes que alguém chamasse a polícia, eu tapei sua boca e... ai. Tem certeza que os meus olhos estão no lugar?

As pálpebras dele estão inchadas e vermelhas. Meu coração aperta.

— Desculpa, eu achei que você era... Esquece, Vamos entrar e lavar bem esses olhos. É o único jeito de passar a dor. Além do tempo, claro.

A expressão dele se contrai.

— Quanto tempo?

Encolho os ombros.

— Uns vinte minutos.

— Ah, merda, eu vou morrer.

Tadinho.

— Não, não vai. Agora seja um escoteiro corajoso e levanta. Vou te ajudar a passar pela janela. Vem.

❋ ❋ ❋ ❋

Ter um atleta de hóquei nu da cintura para cima, sarado, gemendo na cama parece um sonho.

Só que não quando o motivo de ele estar gemendo é você ter atacado o cara com spray de pimenta. Coitado.

Não sei se tenho mais pena dele ou de mim. Parece que o único jeito de ter um homem seminu gemendo na minha cama atualmente é agredindo ele, mesmo sem querer.

Faz uns dez minutos que Lucas está deitado, com compressas nos olhos, resmungando. Assim que entramos, contei para Dante o que aconteceu, enquanto Lucas lavava o rosto na torneira da cozinha.

— Ele pode ter sequelas? — perguntou Dante, parecendo preocupado.

— Não. Só os vinte minutos mais desconfortáveis da vida dele.

E aí ele gargalhou, me fazendo relaxar um pouco.

— Se eu ouvir você rir de novo, Dante, te empalo com meu taco, e não do jeito que você poderia gostar.

Dei risada baixinho, acompanhada de Dante.

Agora estamos somente Lucas e eu em casa. Dante precisou levar a irmã numa costureira, parece que para a prova da fantasia que ela vai usar na festa de aniversário dela.

— Não vou poder ajudar — ele disse antes de sair. — Você acha que dá conta sozinha?

— Sim, já avisei o Ivo que vou chegar mais tarde no ensaio.

Dante pegou a chave do carro.

— Ah, eu falei pra minha irmã que você vai ser a Sandy Dee no palco da festa e ela surtou. Pediu pra te agradecer um monte.

— Que fofa. Manda um beijo pra ela.

— Vocês podem parar de fofocar e me ajudar aqui? Acho que alaguei a cozinha.

Corri até Lucas e o encontrei encharcado em cima de uma poça d'água, ainda sem conseguir abrir os olhos direito.

Pego o soro fisiológico que pedimos na farmácia pouco antes e molho algumas gazes. Removo as antigas e dou uma olhada no aspecto das pálpebras.

— Parece que tá um pouco melhor, estão menos inchadas. Quer tentar abrir os olhos?

Ele faz que sim e pisca devagar.

— Pelo menos eu voltei a enxergar. Mas ainda está doendo pra caramba.

Jogo as gazes usadas no lixinho ao lado da cama.

— Quer um analgésico? Um relaxante muscular ou um calmante? Ganhei uma coleção ontem do dr. Anthony.

Cubro os olhos dele com as gazes outra vez e um sorriso fraco curva seus lábios para cima.

— Quero o mesmo que você tomou ontem. Você estava engraçada.

Minhas bochechas ardem com os flashes do que fiz e falei na noite passada, e eu agradeço por ele estar praticamente vendado.

— Você acredita que eu tomei a porcaria do remédio errado? Ele dá um efeito rebote com bebida e provoca uns comportamentos estranhos.

Lucas ri um pouco mais.

— Acredito.

E para de rir. As veias do pescoço saltam de leve. Ele remove as gazes e me encara com os olhos verdes cor de sangue.

— Você me contou umas coisas ontem, lembra?

Pigarreio e começo a arrumar as gazes, disfarçando.

— Não lembro de muita coisa.

Lucas cobre os olhos outra vez.

— Do que você lembra?

O ambiente seguro de ontem foi a sala. Depois que fomos para o meu quarto, as coisas saíram de controle.

— Lembro da sala, mas não sei como cheguei na cama. Depois eu dormi, né?

Ele passa os dedos nos músculos do abdome, como se precisasse memorizá-los. Lucas tem um corpo lindo de doer, que parece ter ficado gravado a ferro e fogo no meu desde ontem. Eu me viro para pegar mais um par de gazes úmidas.

— Mais ou menos — murmura ele. — Eu te levei chocolate quente, e você ainda estava... é... acordada.

Me atrapalho e derrubo o soro no chão.

— Está tudo bem — me adianto. — Já salvei o soro aqui.

Coloco o frasco em cima da mesa de cabeceira e tento mudar de assunto.

— Você disse que queria falar comigo e me dar uma coisa, e que por isso foi até a escada de incêndio?

Lucas faz que sim com a cabeça e tira a gaze dos olhos, voltando a me encarar.

— Uma barra de proteína de morango, pra você não sair de casa sem comer nada.

Meu coração acelera. Ele saiu correndo para me dar uma barra de proteína, preocupado comigo, e eu o ataquei.

— Bem que você podia ter saído pra me pedir pra dobrar suas meias ou lavar suas cuecas, né? Tô me sentindo superbem agora, obrigada.

Lucas sorri de leve, eu pego as gazes novas e cubro os olhos dele. Mas antes de me afastar ele segura o meu pulso.

— Você me contou uma coisa ontem e me disse que só a sua terapeuta e a Nicole, sua melhor amiga, sabiam.

Prendo o ar e minha boca seca. Esse assunto não, Lucas. Finge que eu não te falei nada, vai? Finge que eu não montei em cima de você e pedi por sexo.

— Eu tava bêbada e sedada, quase morrendo de overdose, como uma cantora dos anos 70 rebelde e deprimida.

Com a mão que não está segurando meu pulso, ele remove as gazes dos olhos e eu continuo acelerada.

— Você não devia ficar tiran...

— Tô melhor, juro. É que eu quero te contar uma coisa que quase ninguém sabe sobre mim também. Acho que é um jeito legal da gente ficar empatado, e de você não precisar fugir pela escada de incêndio antes do café da manhã.

Você sabe muito bem que eu não estava fugindo por ter te contado sobre a minha trava com os homens, como se estivesse pedindo ajuda para tentar resolver. O problema foi realmente ter pedido ajuda depois.

Disfarçando, estreito os olhos e brinco, contando parte da verdade:

— Agora entendo você não estar com frio.

Lucas franze o cenho, confuso.

— Não estar com frio?

— É porque você está coberto de razão. Eu estava mesmo tentando te evitar agora há pouco. Acontece que o meu cérebro não funciona muito bem de manhã.

Ele gargalha. E eu estou começando a gostar do jeito que ele faz isso, do som dessa risada.

— Eu achar graça das suas piadinhas infames ganha pontos com você?
— Depende. Pra que seriam os pontos?
E aí Lucas me olha, sério.
— Pra você perceber que pode confiar em mim.

Alguns segundos se passam, meu pulso acelera, estamos nos encarando com tanta intensidade que parecemos dois fios desencapados — ao menos eu pareço. Eu me viro para arrumar a bagunça de gaze, com a respiração acelerada, e escuto:

— E talvez... pra você admitir que acha os músculos do meu peitoral lindos?

Que bom, Lucas está tentando descontrair o clima. Porque, no que se refere a confiar nele, eu não saberia o que dizer. E o problema não é especificamente com ele, como tentei me convencer milhares de vezes; antes fosse. O problema é com todos os homens em idade reprodutiva do planeta. Como os homens ficam em idade reprodutiva até os noventa anos... Vocês me entenderam. Eu me viro de volta para ele.

— Você está sempre exibindo seus músculos. Já estou tão acostumada que nem reparo mais.

— Sobre o meu segredo...

Pego as gazes que Lucas descartou em cima da cama e molho outra vez no soro.

— Não precisa me contar nada, sério.

Ele segura minha mão outra vez, antes de eu colocar as gazes sobre seus olhos. Meu pulso acelera.

— Mas eu quero te contar.
— Tá.
— Quer dizer, eu quero te mostrar, não vou conseguir contar.

Meu pulso acelera mais quando ele continua:

— Na terça-feira que vem, à noite, você vai comigo e eu te mostro. E aí conto tudo.

Agora meu queixo parece quebrar em dez pedaços ao atingir o chão. Pisco várias vezes, incrédula.

— Você quer me levar pra assistir o que exatamente?

Dessa vez é Lucas quem estreita os olhos vermelhos.

— Não, Natalie, eu garanto que não tem nada a ver com sexo.
— Seus amigos não acham isso.
Ele desvia os olhos dos meus antes de dizer:
— Seu conceito sobre mim continua sendo esse, mesmo depois de tudo e de ontem?

O que tem ontem, fora a minha vergonha? Quero perguntar, mas aí eu me ligo: Lucas fez um escalda-pés, fez chocolate quente, me levou para a cama e não transou comigo, mesmo eu tendo montado em cima dele só de calcinha, porque eu estava bêbada. Ele foi um cara bem legal ontem. Bem legal mesmo.

— Sim... Não. — Suspiro. — Lucas, eu... Tá certo, me desculpa.
— Tudo bem, moranguinho. Temos um encontro na terça, então?

Disfarço meu estômago congelado por causa do apelido carinhoso da noite anterior.

— Marcado, capitão.
— Confia em mim, você vai adorar.

Suspiro novamente, sem querer pensar em como conhecer Lucas de verdade tem me desorientado, como se eu fosse um peão e a personalidade dele ficasse me fazendo girar e girar.

13

**Série da minha vida, episódio de hoje:
O balé era para ser o meu lugar seguro**

*F*az um dia que Lucas sobreviveu ao spray de pimenta.
E eu sobrevivi à vergonha.

Ou eu sonhei com aquela loucura toda, ou ele fez a gentileza de não tocar no assunto. Prefiro acreditar na primeira opção, apesar de ter quase certeza de que foi a segunda que realmente aconteceu.

Visto o roupão e enrolo a toalha de rosto na cabeça. Acabei de fazer sauna e tomar um banho. Nada como autocuidado depois de horas de treino.

Escuto o barulho da porta do corredor e prendo a respiração. Duas bailarinas que fizeram aula comigo se trocam, usando de apoio o banco às minhas costas.

Movimento o pescoço para a esquerda e depois para a direita, alongando.

Mexo os dedos dos pés para ter certeza de que eles sobreviveram ao treino do solo de Odile.

Muitos *fouettés* seguidos, um dos passos mais difíceis do balé clássico, e nesse solo específico ele é repetido trinta e duas vezes sobre pontas. Em três horas, eu fiz essa variação algumas vezes.

Nunca esqueço a primeira vez que assisti *O lago dos cisnes*. Nunca esqueci a emoção que foi ver minha antiga professora, Anastácia Zakarova, fazer a sequência dos trinta e dois *fouettés* como se estivesse flutuando ou deslizando perfeitamente sobre o gelo. Naquela noite, ao lado dos meus pais, com apenas nove anos, tive certeza de que era isso que eu queria fazer para sempre.

Tiro a toalha do cabelo, secando-o com movimentos firmes, em seguida abro a mochila para pegar a roupa que vou usar na minha noite de meninas com a Maia.

Paro.

O que é isso?

Um vento que parece vindo da Sibéria invade o vestiário e faz meu sangue gelar.

Pego o bilhete de dentro da bolsa com um nó na barriga.

Uma pena que o cisne, depois que perde o parceiro, nunca mais nade ao lado de outro cisne.

Cubro os lábios com os dedos, deixando o bilhete cair.

Um gosto ruim invade minha boca.

Não é possível.

Olho para os lados, meio desesperada.

Minha respiração acelera e as pernas perdem a sustentação quando olho dentro da mochila e encontro uma pena branca, enorme, linda.

A pena de um cisne.

Eu me sento no banco e, apesar de escutar as bailarinas atrás de mim conversando, me sinto sozinha, apavorada.

Ainda sem conseguir respirar direito, agarro o celular e ligo para Lucas.

Ele atende no terceiro toque.

— Oi, moranguinho, acabei de te mandar uma mensagem. Estou aqui na frente. Tá pronta?

Combinei com Lucas às 19h40 na frente do balé para ele me levar até a casa dos pais dele.

Respiro fundo para me acalmar.

— Oi, Lucas. Você pode me encontrar na saída dos vestiários?

A voz dele muda de animada para tensa:

— Você está bem?

— Não, quer dizer, sim. Mas eu... eu... é... preciso que...

— Estou indo aí.

— Vou desligar pra terminar de me vestir.

— Estou entrando no balé.

— Tá, obrigada. Você vai passar o saguão principal e descer... Espera, essa área é restrita, você não vai conseguir vir até aqui. Merda.

— Eu dou um jeito.

Esfrego os olhos, tentando me recompor.

— Me espera no saguão, tá? Eu já vou. — E desligo.

Respiro devagar mais uma vez. *Vamos, Natalie, você já passou por coisa muito mais intimidadora do que um bilhete escrito com letras recortadas de revista e uma pena de cisne deixada na sua mochila.* Fecho os olhos e inspiro o ar lentamente, lembrando de todas as vezes que tive que sair de casa, enquanto morava na Rússia, cercada de seguranças, armas, carros blindados.

E uma fase específica volta à minha memória; era um inverno ainda mais rigoroso, e o atrito entre as famílias da Bratva, a máfia russa, estava no auge. Eu tinha doze e Nick catorze anos, nós dormíamos em quartos separados, mas vizinhos, e sempre escutávamos os gritos, as brigas do meu pai com os funcionários, a movimentação, em algumas madrugadas, de pessoas feridas e até mesmo tiros.

Uma noite eu entrei no quarto após as aulas de balé e encontrei meu coelho de pelúcia estraçalhado em cima da cama, junto a um bilhete com ameaças. Na noite seguinte, uma pedra envolta num pano em chamas foi atirada na janela do meu quarto. Eu acordava apavorada e dormia tremendo de medo.

Nessa fase mais difícil, Nick passou a dormir no meu quarto todas as noites. Isso se repetiu por anos, até eu sair de casa, abandonar o mundo dos cassinos clandestinos, das roupas de alta-costura, das compras exorbitantes e dos palácios cobertos de ouro na Rússia para morar num quarto e sala, trabalhar depois das aulas de balé fazendo bicos de garçonete a babá e dormir, algumas vezes, com o aquecedor desligado no inverno para economizar na conta de gás.

Enfrentei a fúria do meu pai, a rejeição da minha mãe, a distância da minha avó, somente para calçar os sapatos dos meus sonhos, muito mais valiosos que qualquer Louboutin que eu tivesse no meu armário em Moscou: minhas sapatilhas de ponta.

E é por isso que estou aqui hoje, para continuar calçando meus sapatos vermelhos e mágicos da Dorothy, que sempre foram capazes de me levar de volta para casa.

— Então, só pra deixar claro, não vou me desequilibrar, seja qual for sua intenção, entendeu? — afirmo para o nada.

As bailarinas atrás de mim pegam suas mochilas e, ao passar ao meu lado, perguntam, parecendo intrigadas:

— Você está bem?

— Estou. Só um pouco zonza, obrigada.

Uma delas franze o cenho, provavelmente sem acreditar, e as duas saem olhando vez ou outra para trás. Visto a calça jeans, a malha e em seguida penteio o cabelo com mais força que a necessária para desembaraçá-lo.

Olho para o bilhete e a pena em cima do banco e aperto os dentes enquanto vejo a senhorinha da limpeza entrar no vestiário.

— Não sei quem fez isso, mas sei de uma coisa: não vou deixar isso me assustar assim.

Miro de relance a senhora, que me encara através do espelho com o cenho franzido.

— Boa noite, senhorita — diz ela. — Está tudo bem?

Faço que sim com a cabeça e estico o braço, pegando o bilhete, a pena e guardando dentro da bolsa com a nécessaire. Em seguida, fecho o zíper de uma vez.

Respiro contando até três e solto o ar devagar. Me sentindo um pouco mais calma, me arrependo de ter ligado para Lucas. Ele vai querer saber o que aconteceu, e não sei se é uma boa ideia contar. Não tenho certeza de como ele reagiria. Eu sei que, se Nick soubesse, perderia o pouco de equilíbrio que foi buscar no retiro.

Lucas talvez se preocupe demais, como o amigo e companheiro de time.

Já Ivo provavelmente me faria ir na polícia.

Só de lembrar dos meses de depoimentos e exames de corpo de delito e do processo desgastante até conseguir a ordem de restrição contra Paul, sinto um embrulho no estômago.

Além do mais, não sei qual seria a reação dos diretores da companhia se eu chamasse a polícia antes de recorrer à segurança interna deles.

Respiro fundo, decidida. Amanhã vou contar o que aconteceu e pedir para olhar as imagens das câmeras de segurança. Manter o assunto apenas aqui, internamente.

— Isso não vai me intimidar — falo me olhando no espelho e cruzo para fora do vestiário.

❄ ❄ ❄ ❄

Há dez minutos, encontrei Lucas ameaçando processar o segurança e chamar a polícia se o homem não o deixasse entrar na área restrita aos funcionários e bailarinos. Ele estava prestes a passar por cima das catracas, entrar na marra e correr até os vestiários. E depois, muito provavelmente, ser preso por causa disso.

Intenso demais.

Imagina se ele soubesse que encontrei na minha bolsa um bilhete em tom de ameaça.

Perceber seu estado reforça ainda mais minha certeza de que contar sobre o bilhete não é uma boa ideia.

— Você está bem?

— Sim — dei um sorriso desconfortável —, estou, é só que... fiquei um pouco zonza, acho que tive uma crise de hipoglicemia.

Ele me olhou, sem acreditar.

— Tem as barrinhas da Maia no carro.

— Ah, obrigada, isso vai me ajudar — respondi.

E agora estamos no carro há cinco minutos, a caminho da casa dos pais dele, e Lucas continua me olhando com desconfiança: uma ruga entre as sobrancelhas, os lábios um pouco comprimidos e os olhos verdes analisando cada um dos meus movimentos.

— Você parecia assustada ao telefone.

— Imagina, eu só estava um pouco tonta, mas estou melhor.

— A sua boca.

Arregalo os olhos, surpresa.

— O que tem?

— Ela repuxa um pouco pra baixo quando você mente.

Toco no canto dos lábios e sinto a testa enrugar. Não é possível que Lucas tenha reparado nisso. Somente Nick, que me conhece desde sempre, sabe que meu corpo sinaliza quanto eu odeio mentir. É impossível inventar ou omitir alguma coisa para Nick sem que ele perceba, mesmo que seja algo que entendo ser para o bem dele.

— O Nick te contou, né?

Ele faz que não com a cabeça e vira o volante para a direita.

— Eu reparei no dia em que você me falou que não tinha ouvido a nossa conversa enquanto estava no banheiro. E depois, quando você disse que não estava fugindo pela escada de incêndio pra não me encontrar, e aí quando falou que não lembrava o que tinha acontecido antes de ontem à noite...

Meu coração acelera, bombeando sangue para as bochechas.

— Tá, entendi. Eu odeio mentir, apesar de ter feito isso com mais frequência do que gostaria nos últimos dias.

E você é um enxerido, ultraobservador, irritante.

Lucas para o carro no sinal vermelho e me encara, esperando eu contar a verdade. Olho para o lado e tento soar evasiva:

— Eu recebi um bilhete. Deve ser de um admirador do meu trabalho ou algo assim.

— Natalie...

— Tudo bem. O bilhete tinha um tom esquisito, mas de repente eu tive uma reação exagerada.

Olho para ele. A luz dos postes joga uma aura dourada no seu rosto com o maxilar retido.

Prossigo, meio atropelando as palavras:

— Quem poderia ter alguma coisa contra mim? Eu acabei de mudar pra cá, e com certeza não foi nada de mais.

O sinal abre e Lucas sai com o carro, mas logo para no acostamento.

— Por que você parou?

— Posso ver o bilhete?

Engulo em seco.

— Pra quê?

Os nós dos dedos dele ficam brancos, apertando o volante.

— Você parece assustada de novo. Eu só quero ver, por favor.
Droga.
Merda.
— A Maia já deve estar me esperando...
— Nathy, a gente só vai sair daqui quando você me mostrar o bilhete, tá bom? Ou podemos ir pra delegacia e você mostra direto pra eles.

Respiro devagar e travo o maxilar, nervosa. Pego a mochila aos meus pés e abro com movimentos firmes. Quero disfarçar minhas mãos um pouco trêmulas ao encontrar o papel.

— Aqui está.

Lucas acende a luz interna do carro e agarra o papel.

O rosto dele perde um tom e as pupilas verdes se deslocam da folha para mim e de novo para o papel. O maxilar trava tanto que parece que ele está mordendo um pedaço de madeira.

— Isto aqui não é bilhete de admirador.
— Eu... É que... Não conta pro Nick, ele vai surtar.

Lucas faz que sim com a cabeça e os olhos escurecem. Achei que tinha visto ele bravo no dia em que Anthony me deu a cabeçada no olho, mas nada se compara com a expressão de raiva que sombreia o rosto dele agora.

— É a primeira vez que isso acontece?

Olho para a frente e encolho os ombros.

— Sim, só no fim da semana passada que... Não foi nada de mais. — Hesito outra vez e Lucas me encara, intenso, como quem pede: "Me conta tudo, porra". — Eu achei ter visto um cara de capuz preto quando estava dançando sozinha, me espiando pelo vidro da porta, e quando eu fui atrás ele saiu correndo.

Vejo o movimento da garganta dele ao engolir, e as mãos apertam mais o volante.

— Por isso você estava tão assustada ontem, por isso jogou spray de pimenta na minha cara.

Não é uma pergunta, mesmo assim eu faço um movimento afirmativo com a cabeça.

— Por que você não quer procurar a polícia?
— Porque não.

Os olhos verdes estão semicerrados, e eu inspiro devagar.

— Não sem antes falar com a segurança interna do balé. Vou fazer isso amanhã.

— Eu posso ir com você.

— Não precisa, é sério. Não deve ser nada de mais.

— Consegue pensar em alguém aqui que poderia querer te assustar?

— Se o meu ex morasse no Canadá, eu suspeitaria dele. Isso é algo que ele poderia fazer. Na verdade, o Paul fez coisas piores quando a gente terminou.

Sinto um gosto ruim na boca.

A mão quente do Lucas cobre a minha em um gesto de apoio. Eu me mexo no banco, desconfortável.

— Mas aqui não consigo pensar em ninguém. A não ser...

Paro quando uma ideia cruza minha cabeça, uma hipótese horrível, absurda, mas nem por isso descartável.

— A não ser...?

— Alguns bailarinos são capazes de tudo pra desestruturar os concorrentes. Pode ser isso, alguém que queira a vaga de bailarina principal. Uma pessoa maquiavélica, capaz de tudo pra eliminar a concorrência.

Lucas arregala os olhos.

— Você acha que uma bailarina da sua companhia correria o risco de ser descoberta fazendo esse tipo de coisa pra aumentar a chance de uma promoção?

Solto o ar devagar e fecho os olhos, lembrando de uma das piores coisas que aconteceram no meio do balé clássico na Rússia.

— Uma vez, um bailarino na Rússia quebrou a perna da parceira de palco dele. Ele deixou a mulher cair num ensaio e foi horrível, uma fratura exposta grave. Você deve estar pensando o que todo mundo pensou a princípio: foi um acidente. Mas na verdade ele fez isso pra que a namorada dele na época, que também era bailarina, assumisse o posto da outra, que era o mais alto da companhia.

— E eles foram descobertos?

Estalo os dedos, aflita com a lembrança.

— Todo mundo sabe que foi de propósito, mas a vítima nunca conseguiu provar nada.

— Que horror.

— Ela nunca mais vai poder dançar.

— Minha nossa. — Ele cola as costas no banco, tenso. — E eu achava que o hóquei fosse violento.

Lembro do cara de capuz na porta da sala, da frase no bilhete, da pena. Quem quer que tenha escrito aquilo sabe que eu vou dançar *O lago dos cisnes*, ou que esse é o meu sonho.

— Se for alguém da companhia, e se for uma mulher, ela está sendo ajudada por um homem que tem acesso ao prédio.

Lucas fica um tempo em silêncio. Noto as narinas se dilatarem com o ar.

— Faz sentido.

— Não vou deixar isso mexer com meu equilíbrio.

Ele assente.

— Mesmo assim, vou ficar mais tranquilo se levar e buscar você todo dia na companhia, pode ser?

Meu estômago gela e eu sinalizo que não.

— Lucas, não precisa. O Ivo pode fazer isso. Além do mais, não é como se você tivesse tempo de sobra pra bancar meu motorista.

— O Ivo gritou e saiu correndo por causa de uma barata outro dia. Ele não te defenderia contra uma pessoa ruim o suficiente pra agir assim, acho.

Eu me viro para encará-lo e repetir que não precisa, que nem sabemos quem queremos intimidar. Mas Lucas fala antes:

— Você deixa a minha entrada autorizada e eu posso assistir alguns ensaios, aparecer de vez em quando pra gente almoçar junto, deixar claro que você não está sozinha aqui em Toronto. O que acha?

Estreito os olhos.

— E olhar pra todo mundo com cara de mau?

Ele abre as mãos no ar, como se isso fosse natural.

— É só eu imaginar que qualquer um ali pode ser o filho da puta que está querendo te assustar e isso não vai ser sacrifício nenhum.

Já eu preciso de algum sacrifício aqui para disfarçar como essa versão Lucas superprotetor está mexendo ainda mais comigo.

— Adianta eu falar que não precisa, que eu consigo me virar sozinha?

— Eu sei que consegue, Nathy, mas eu posso te ajudar. — Abro a boca para argumentar e fecho quando ele acrescenta: — Vamos fazer isso por um tempo, até ter certeza que vai ficar tudo bem.

Suspiro lentamente, conformada.

— Está bem.

A mão dele volta a cobrir, a engolir a minha.

— Agora, você quer cancelar com a Maia e eu te levo pra casa?

— Não, de jeito nenhum. Ficar com ela e fazer coisas de menina vai me distrair.

— Eu posso fazer coisas de menina com você, se preferir ir pra casa. E ainda obrigo o Dante e fazer junto com a gente.

Dou risada.

— Então combinado: hoje eu vou ficar com a sua irmã, que eu já considero uma amiga, e depois de amanhã a gente senta no sofá com máscaras de beleza e depila as pernas, pode ser?

Ele faz que sim, sério.

E eu gargalho, cutucando-o com a ponta dos dedos.

— Você está sendo tão legal. Pode falar, vai: o que espera conseguir em troca? Meias dobradas em cima da sua cama? Que eu coloque os seus uniformes pra lavar depois dos jogos? Ou que eu arrume seu armário toda semana?

Lucas ri baixo.

— Não me atacar com spray de pimenta de manhã já está de bom tamanho.

— Combinado. — Tiro uma poeira inexistente das unhas. — Você não tapa mais minha boca como um stalker e eu não uso mais o spray de pimenta em você. Temos um acordo. Pode voltar a ser o chato de sempre, que só me suporta porque eu sou irmã do seu melhor amigo.

Lucas me encara, sério, parecendo atingido, e eu abro a boca para falar que estou brincando, mas seu celular toca e ele atende no viva-voz:

— Oi, Maia — diz, olhando para mim. — Estamos chegando em cinco minutos.

14

**Série da minha vida, episódio de hoje:
Cada floco é único**

A noite com Maia está uma delícia. Fizemos chocolate quente com marshmallow e vimos duas comédias românticas bem clichê. Enrolamos o cabelo e emplastamos o rosto com máscaras azuis de tratamento.

Agora, com o cabelo solto e o rosto lavado, acabamos de ver alguns trechos das nossas peças de balé favoritas e estamos deitadas na cama de casal do quarto dela.

Olho de lado para Maia, que está digitando no celular.

Ela tem o cabelo bem preto e os olhos castanho-claros. A pele branca e rosada é herança da parte irlandesa da família — a avó Nora e a mãe. Nina, que tem a pele marrom-clara, puxou mais a parte indiana (Pelo que Maia me contou, hoje ela está na casa do Rafe.) Já Lucas é uma mistura dos dois.

Entra uma mensagem do Ivo no meu celular.

Ivo

E aí, como está a noite?

Nathy

Divertida. Estava com saudade de ter uma noite de meninas.

E tb de ver as comédias românticas que sempre amei sem ter vontade de cortar os pulsos.

Maia apoia o celular na colcha de patchwork azul e rosa.
— Estava falando com a Nina. Ela teve uma entrevista de emprego hoje.
— E ela foi bem?
— Já vai começar esse fim de semana. Vai cuidar de duas crianças numa mansão com fama de mal-assombrada.
— Nossa. — Repuxo os lábios para baixo. — Você teria medo?
— Acho que sim, mas a Nina sempre ia até lá patinar. Ela e o Rafe têm uma fissurinha em histórias de fantasmas. Além disso, ela sempre foi mais corajosa. A Nina parou de patinar por três anos pra ficar do meu lado durante o tratamento.

Olho de relance para ela. Maia agora está fitando o teto, os flocos de neve adesivos que brilham no escuro. Suas faces e os lábios cheios são rosados, ela parece uma fada de tão linda. É triste imaginar o desafio de enfrentar uma doença tão grave. A angústia que a família inteira deve ter passado. Mas ao mesmo tempo é emocionante saber que ela venceu.

— Minha babushka, a minha avó russa, era uma mulher de pouquíssimas palavras, mas uma vez ela me falou uma coisa que eu nunca esqueci.

Maia se vira e me encara enquanto eu conto:
— Eu tinha acabado de cair e feito um corte feio no joelho. Ela limpou o machucado e, quando eu parei de chorar, apontou para o céu e disse: "Quando esse corte sarar, vai virar uma cicatriz, e então você pode transformar essa cicatriz numa estrela de neve". — Dou uma risada triste. — Nunca entendi direito o que ela quis dizer com isso, mas achei tão lindo.

Os olhos castanhos dela se arregalam.
— Que coincidência. A cada sessão de químio que eu vencia, a cada uma das vitórias durante o processo, mesmo enquanto eu estava nos Estados Unidos fazendo um tratamento experimental, o Lucas vinha aqui no meu quarto para colar um floco de neve no teto.

Maia suspira devagar.
— Ele dizia que, assim como os flocos de neve, nossas cicatrizes são lindas e singulares e nos lembram que somos capazes de resistir e nos curar, mesmo diante das adversidades mais duras. São marcas que nos tornam únicos, especiais e nos fazem recordar que, como os flocos de neve, somos belos e fortes mesmo nas situações mais gélidas e desafiadoras da vida.

Eu me sinto meio boba quando meus olhos se enchem de lágrimas e toco a cicatriz na palma da minha mão. Viro de barriga para cima na cama para disfarçar.

O telefone dela toca.

— Por falar no diabo — diz Maia, rindo. — É o meu irmão. — Ela atende. — Oi. Estamos deitadas já... Sim, tudo bem.

Uma pausa antes de revirar os olhos e responder:

— Sim, já jantamos. Sim, a mamãe lembrou que a Nathy é vegetariana e fez um prato especial pra ela.

Mais uma pausa e Maia olha para mim.

— A gente se divertiu. Ela está bem, Lucas, eu já disse. Quer falar com ela?

Meu coração acelera e começo a negar por instinto, como uma adolescente envergonhada. Maia ignora e me passa o telefone.

Meu pulso dispara mais.

— Oi — digo.

— Você está bem?

Franzo um pouco o cenho.

— Estou. Por quê?

— Pelo que aconteceu hoje.

E meu coração dá uma cambalhota.

— Ah... verdade, tinha até esquecido.

— Que bom. — Uma pausa seguida de uma exalação. — Boa noite, então, moranguinho. É... a gente se vê amanhã.

— Lucas — chamo, impulsiva, sem saber direito o que falar, como se um lado meu não quisesse desligar.

— Oi?

O que eu falo? O que eu falo? Olho para o teto, para os flocos de neve brilhando como estrelas.

— A Maia me falou das estrelas de neve. Achei muito bonito o que você fez.

Sinto um toque no meu braço e Maia pede:

— Coloca no viva-voz.

Faço o que ela pediu.

— Lucas, você acredita que, quando a Nathy era criança, a babushka falava pra ela que as cicatrizes são como estrelas de neve?

Uma risada baixa dele.

— A avó de poucas palavras, mas que conversava com gatos?

Ele lembra. Não sei por que isso amolece um pouco minhas mãos.

— Sim, ela mesma. Como ela falava pouco, eu nunca entendi direito o que quis dizer com isso, mas aí a Maia me contou o que você explicava e isso deu um significado todo especial à frase da minha babushka. Então... obrigada.

— Legal. Eu... é... assisti com o Dante mais um capítulo de *Move*. É uma série muito legal, você estava certa.

Meus lábios se curvam para cima.

— E o Dante, está gostando?

— Ele dormiu, pra variar.

Sorrio ainda mais.

— Você assistiu sozinho?

— Já que a gente vai ver a apresentação de balé em Montreal semana que vem, achei que eu devia começar a entender mais...

Maia boceja.

— Legal, mano, mas deixa a Nathy ser só minha esta noite. A gente vai dormir daqui a pouco.

— Eu também já vou pra cama.

— Boa noite — falo.

Maia boceja outra vez.

— Boa noite. Te amo.

— Boa noite — Lucas responde. — Amo vocês. — E desliga.

Meus olhos quase saltam do rosto e minha respiração fica presa na garganta. Sorrio sem graça para Maia, que está me olhando entre admirada e surpresa.

— Ele disse que te ama?

Faço que não com a cabeça.

— Ele se confundiu, ou, sei lá, falou que me ama como irmã do melhor amigo.

Ela fica me encarando por um tempo, como se tentasse decifrar algo que nem eu mesma entendo direito.

— Só sei que o Lucas está diferente desde que você se mudou pro Canadá.

E agora as borboletas no meu estômago voltam a aparecer com força total.

— Diferente como?

— Não sei dizer, mas durante a temporada de jogos ele costuma ficar muito focado, estressado, e o meu pai, apesar de ter boas intenções, não ajuda muito. Eles acabam brigando quase sempre. Isso não está acontecendo agora.

— O Lucas me disse outro dia que estava estressado com os jogos.

— Não é só isso... Não sei te dizer exatamente, mas juro que ele parece diferente.

Dou uma risada nervosa e tento disfarçar meu coração acelerado.

— Acho que não tem relação comigo. Provavelmente ele só me suporta porque eu sou irmã do Nick.

Maia apaga o abajur.

— O jeito como ele te olha não tem nada a ver com alguém que não te suporta. — Ela boceja outra vez. — Estou morrendo de sono. Vamos dormir?

— Sim. Boa noite.

— Boa noite. Estou amando ter você aqui comigo.

— Eu também. A sua companhia é bem melhor que a do chato do seu irmão.

As coisas seriam bem mais fáceis se eu continuasse achando Lucas um chato de verdade.

Ela dá uma risadinha e, antes de se virar de lado para dormir, murmura:

— É claro que é.

❋ ❋ ❋ ❋ ❋

A manhã ensolarada de sexta começa com Lucas aparecendo "de surpresa" para tomar café da manhã com a gente e depois me levar no balé, como combinamos. Tinha esquecido completamente que agora tenho um jogador de hóquei na minha cola, que vai bancar o amigo superprotetor possessivo, além de detetive e segurança.

Ele chegou antes das seis. Quando Maia e eu descemos, às seis e meia, o encontramos cochilando no sofá.

Agora estamos sentados eu, ele, Maia, vó Nora, Charlotte, Richard, Nina e um amigo dela, Rafe, um patinador artístico que me ganhou na terceira frase, quando fomos apresentados, há pouco:

— Oi, tudo bem? Prazer, sou o Rafe e não vejo a hora de a gente ficar amigo. A Maia me disse que assistiu uns vídeos seus e que você é a bailarina mais talentosa que ela já viu dançar. Eu AMO balé clássico, quando crescer quero ser igual a você.

Não posso mais chamar Lucas de garoto matutino exagerado; se a minha família fizesse um café da manhã desses, eu arrumaria qualquer desculpa para aparecer na casa deles todos os dias.

Coloco na boca uma fatia de brioche recém-assado com manteiga e me seguro para não gemer de satisfação.

Maia me cutuca com o cotovelo.

— É uma delícia, né?

Acho que gemi alto mesmo. Olho de lado para Lucas, que está me encarando sem piscar. Engulo outra mordida, dessa vez meio a seco. Desvio os olhos dele e me volto para Charlotte, que nos analisa sem perder nada, com um sorriso no canto dos lábios. Minhas bochechas esquentam antes de Lucas falar:

— Estava pensando em te levar pra conhecer um dos meus lugares favoritos de Toronto amanhã. Kensington Market.

Maia passa geleia num pedaço de brioche.

— É o máximo, um bairro supereclético e cheio de arte. Pena que eu tenho... é... aula de ponta. Não vou poder ir.

— E eu — diz Nina, após tomar um gole de chá — vou estar no meu emprego novo no Château Bourne, cuidando de duas crianças lindas.

Lucas corta um pedaço de bolo.

— Quer ir com a gente, Rafe?

Ele sorri, todo simpático.

— Vou amar, eu ado... Ai! — E dá um pulinho na cadeira, olhando assustado para Nina, ao lado dele. — Quer dizer, eu adoraria, mas combinei de... é... de...

— Sair com o pessoal da patinação — Nina completa por ele.

— Isso, claro.

Vó Nora pega o bule de café.

— E eu vou ter que achar os reis magos que a dadi escondeu outra vez. Fico pensando, Charlotte, acho que a única ocupação daquela senhora é me atormentar.

Charlotte sorri, conformada, e balança uma negação com a cabeça.

— Olhe no gaveteiro da sala da lareira. Acho que eles podem estar lá.

Então ela se vira para Lucas e acrescenta, com um sorriso malicioso e pouco discreto:

— Pelo visto vão ser só vocês dois no passeio amanhã.

Enquanto Lucas analisa minha reação, sugiro, sem graça:

— Posso falar com o Ivo.

— Boa ideia.

E a mesa inteira mergulha no silêncio. Vez ou outra todos os pares de olhos pairam em cima de mim e do Lucas, como se estivéssemos escondendo os números premiados da loteria.

Richard More pigarreia e cruza os dedos sobre a mesa, na postura de um técnico exigente.

— Como estão os treinos para o primeiro jogo depois do recesso?

— Tudo bem — responde Lucas.

Seu pai dá um gole na bebida quente e depois pergunta:

— O Nicolau já vai ter voltado do tal retiro?

Lucas olha rápido para mim.

— Se ele não tiver voltado, eu já decidi com o técnico quem vamos escalar no lugar dele.

— O Joseph?

Lucas assente para o pai, que insiste:

— Você passou para o seu técnico a minha ideia de formação para a defesa, então?

— Como você mesmo acabou de dizer, ele é meu técnico, e eu vou esperar até ter certeza que o Nicolau não vai voltar a tempo para o primeiro jogo antes de sugerir qualquer coisa.

Pisco devagar, confusa.

— Mas o primeiro jogo não é só daqui a dez dias?

Lucas faz que sim e eu sorrio, relaxada.

— Ele volta a tempo, então.

Os olhos verdes do Lucas recaem sobre o pai e então para o chão antes de me responder.

— O Nick me mandou uma mensagem essa semana falando que talvez precise de mais uns dias por lá.

Aperto um pouco os dedos na borda da mesa.

— Mas ele está bem?

— Ele disse que, se precisar ficar mais, vai te ligar na semana que vem, não se preocupe.

A mãe do Lucas, que havia se levantado há pouco, volta com uma jarra cheia de...

— Vitamina de morango — ela diz, sorrindo. — O Lucas me contou que você não fica sem no café da manhã.

— Ah, muito obrigada, não precisava. — Então me viro para ele. — Foi dar trabalho pra sua mãe?

— Trabalho nenhum — responde Charlotte. — Venha dormir aqui quantas vezes quiser. É um prazer ter você aqui conosco, Nathy.

Apesar de ter ficado um pouco decepcionada com a possibilidade de o Nick ter que passar mais tempo que o previsto no retiro, ser acolhida assim por essa família aquece meu coração e me preenche com a sensação de que tudo está bem.

Maia me serve e coloca um pouco no copo dela também.

— Vou aproveitar pra experimentar essa delícia.

Lucas termina seu suco de laranja em três goles.

— Maia ou Nina, uma de vocês pode emprestar uma roupa impermeável pra Natalie?

Arregalo um pouco os olhos.

— Por quê?

— Eu empresto — Maia se prontifica. — Ele deve estar com a moto do Dante, não é isso?

— Levei o carro pra revisão ontem assim que saí daqui, por causa da nossa viagem na semana que vem, e o Dante me emprestou a moto e as roupas que ele usa no inverno.

Maia se levanta.

— Você vai congelar de moto nas ruas de Toronto, Nathy. Vem, vou tentar achar uma roupa que não deixe isso acontecer.

Eu me levanto para ir atrás dela e me detenho ao escutar Lucas perguntando:

— Você não tem medo?

Começo a fazer que não, mas paro.

— Não sei. Nunca andei de moto, na verdade.

Vó Nora apoia a xícara no pires, fazendo a porcelana tilintar.

— Pague um Uber para a menina, Lucas.

— Vó, o balé dela é a dez minutos daqui, e o rinque fica a quinze minutos do balé. Além disso, a temperatura hoje está mais amena.

Nina ri.

— Ah, sim, um grau.

— Mais amena. — Lucas me encara com as sobrancelhas pretas arqueadas. — Prefere ir de Uber?

— Não, vai ser legal ir de moto pro balé. Acho.

❋ ❋ ❋ ❋ ❋

Quando eu disse "Vai ser legal ir de moto pro balé", estava pensando na sensação de liberdade, e não que eu teria que ficar agarrada ao corpo quente e cheio de músculos do Lucas.

Muito menos que as roupas que Maia me emprestou me deixariam parecida com um bonecão de posto de gasolina rosa-neon. Já o Lucas, senhoras e senhores... Com um traje preto impermeável, ajustado ao corpo e cheio de zíperes, compartimentos, ombreiras e joelheiras, ele parece um soldado do futuro sexy e gostoso.

Com o capacete na cabeça, Lucas ergueu a viseira espelhada para dizer:

— Sobe e cola o máximo possível em mim. Se precisar de alguma coisa, é só falar normal. Os capacetes têm intercomunicadores.

— Tá aí uma coisa que eu nunca imaginei que existiria.

Ele sorriu, aquele sorriso torto e lindo e irritante.

— Dá até pra ouvir música.

Vesti então o capacete, montei na garupa e tentei me segurar mantendo uma distância mínima.

— Cola mais — ele pediu no intercomunicador, a voz grave parecendo vibrar nos meus tímpanos.

Agora estamos deslizando pelas ruas de Toronto como dois espaguetes enrolados, todo o meu corpo agarrado no dele. E estou tremendo.

Mas acho que não é só de frio.
É também porque ele acabou de dizer:
— Aperta bem as pernas em volta de mim que eu vou mais rápido.
Que porcaria de frase mais cheia de duplo sentido. Murmurada como uma promessa, nessa voz grave de locutor de filme pornô.
Eu devia ter dito: *Pague um maldito Uber pra mim, Lucas.*
Paramos no sinal e ele pergunta:
— Está com frio?
— Não.
— Você tá tremendo. Tá com medo?
— Não, Lucas, tá tudo bem.
— Pera.
E aí ele encosta a moto junto ao meio-fio e se movimenta um pouco.
— Tira as luvas e coloca as mãos por baixo da minha jaqueta.
— O quê? Não.
— Nathy, a minha jaqueta tem aquecimento, acabei de aumentar a temperatura dela. Você vai ficar mais confortável.
Nem ferrando.
— Não pre...
— Vamos ficar parados aqui até você fazer o que estou te pedindo. Vai logo.
Bufo e tiro as luvas grossas, guardando-as na mochila. Em seguida, coloco as mãos por baixo do casaco dele e...
— Nossa, por isso você está tão quentinho. Isso é gostoso.
Escuto o sopro de uma risada e minha nuca arrepia.
Você é gostoso.
As luvas mais finas, que eu continuo usando, e a segunda pele que ele usa me deixam sentir todas as cadeias de músculos que se contraem conforme ele se movimenta. Tento acalmar a respiração, porque sei que ele está escutando.
Começa a tocar "Riptide", do Vance Joy. Fecho os olhos e deixo o movimento da moto, a sensação do vento, as contrações dos músculos dele guiarem os movimentos do meu corpo.
— Parece uma dança.
— Sempre senti isso — responde ele.

Encosto a cabeça em suas costas e me deixo levar. E a tensão que se acumulava antes pela proximidade se desfaz numa sensação de conforto, de calor, de acolhimento pelo encaixe dos nossos corpos. É uma sensação boa. É como voltar para casa.

Não, não vou pirar tentando achar um milhão de significados para esse pensamento louco; só vou aproveitar o momento.

— A vida seria bem mais fácil se a gente vivesse o presente de verdade.

Ele respira fundo, e eu escuto como se ele estivesse com a boca na minha orelha. Isso faz um arrepio bom cruzar minha nuca outra vez.

— Andar de moto sempre me dá essa sensação.

Sinto o movimento diminuir até parar. Agora que estou aquecida e curtindo ficar grudada nele sem neurotizar minhas reações, não queria que a viagem tivesse acabado.

— Chegamos — murmura ele.

Tem um lado meu, um lado iludido e bobinho, que gosta de pensar que ele também não queria.

❋ ❋ ❋ ❋ ❋

Lucas não deu espaço para eu argumentar que iria sozinha até a central de segurança do balé, e agora estamos sentados na frente do chefe do setor, o sr. Davis.

Ele é fã número 1 do hóquei canadense e pai de um candidato a atacante do esporte que, por acaso, é admirador de Lucas More, o famoso capitão do time da Universidade de Toronto.

Dou um gole no café morno que Davis nos serviu há pouco, enquanto falava, maravilhado:

— Meu filho está tentando uma bolsa, o sonho dele é jogar no Dragons. Eu não acredito, ele vai pirar! Você é o ídolo dele.

Lucas, com seu sorriso magnético e todo solícito, se ofereceu para dar dicas e ajudar o filho do sr. Davis *no que fosse preciso*. O homem loiro e um pouco calvo só faltou beijar as bochechas do Lucas de tanta gratidão. E perguntou diversas vezes o que podia fazer pela gente.

Só então Lucas deu o bote:

— Tenho certeza que o senhor vai se sensibilizar com o problema que a minha namorada está passando aqui.

E eu quase caí da cadeira. *Ah, sim, é óbvio*. Lucas segurou minha mão e me lançou um olhar do tipo "confia em mim", mas isso não diminuiu o frio na minha barriga nem reduziu a velocidade das batidas do meu coração.

Acabamos de contar tudo o que aconteceu, com detalhes como datas e horários. Depois de anotar, o sr. Davis se levantou e disse:

— Normalmente esse processo é um pouco burocrático. Vocês teriam que fazer um boletim de ocorrência pra ter acesso às câmeras de segurança, mas — e sorriu para Lucas outra vez — vou ver o que eu posso fazer.

Lucas deu um beijo demorado na palma da minha mão.

— Obrigado, sr. Davis, não vou esquecer disso. Essa garota é tudo pra mim.

Agora estamos os dois fechados na salinha envidraçada. Apesar de ter tirado todos os casacos e roupas pesadas e estar somente com o collant de mangas compridas e uma calça leve, estou suando como se estivesse fazendo uma variação de balé em cima do sol.

Olho para nossas mãos entrelaçadas sobre a mesa e para o rosto dele, que parece relaxado e satisfeito.

— O que foi isso?

— Isso?

Abaixo bem o tom de voz:

— Eu e você, namorados?

Lucas encolhe os ombros, tira a mão de cima da minha e contorna meu rosto com a ponta dos dedos, fazendo uma onda de arrepio subir da base da minha coluna até a nuca.

— Eles estão olhando pra cá pelo vidro da porta.

E acaricia a lateral do meu rosto, me encarando sem piscar. A voz rouca dele dispara outras reações exageradas no meu corpo.

— Se eles pensarem que estou apaixonado por você, que eu seria capaz de qualquer coisa pra te ver bem, que eu seria capaz de quebrar esse balé inteiro, o mundo inteiro se alguém encostar um maldito dedo em você, tenho certeza que o sr. Davis vai fazer o impossível pra nos ajudar, como já parece estar fazendo. Entendeu?

Faço que sim com a cabeça, incapaz de falar, de pensar, de respirar.
A porta se abre e Lucas dá um beijo na minha testa.

— Vai ficar tudo bem, moranguinho, eu prometo.

Alguém avisa para o tarado do meu coração que isso é só uma encenação para conseguir uma ajuda extra da segurança? Que todo esse cuidado e trabalho têm um nome: Nicolau Pavlov? E que a amizade dos dois não tem nada a ver comigo?

— As notícias não são muito animadoras — o sr. Davis fala, se sentando à nossa frente outra vez. — Nós olhamos as câmeras de segurança nos dias e horários que vocês apontaram e não aparece nada de anormal.

Minha boca seca de nervoso.

— Nem ontem à noite, próximo aos vestiários?

— Calma, baby. — Lucas toca de novo no meu rosto. — O sr. Davis é um segurança competente e tenho certeza que vai fazer o possível pra entender o que está acontecendo aqui e pra que você se sinta segura.

Baby. Quatro letrinhas. Organizadas de um jeito sonoro e simples e que não significam nada para quem as disse. Então me explique como essas quatro coisinhas podem ter feito meu coração virar do avesso?! Faço que sim com a cabeça. E, pelo visto, essas letrinhas também têm o poder de me deixar sem palavras.

Lucas franze o cenho para o sr. Davis, pedindo sua confirmação:

— Não é verdade?

A barriga, um pouco pronunciada no uniforme azul, sobe e desce numa respiração longa, antes de Davis inclinar o corpo sobre a mesa e falar mais baixo:

— Se o que eu vou falar agora sair daqui de algum jeito, vocês não ouviram de mim, tudo bem?

Nós dois acenamos que sim e Davis olha para os lados.

— O fato de as imagens de segurança não mostrarem nada não quer dizer que você não tenha visto alguém estranho, como me informou, circulando pela companhia. O problema é que existem algumas áreas do balé que têm pontos cegos na cobertura das imagens.

Lucas aperta um pouco minha mão, num gesto de apoio.

— E isso quer dizer...?

— Mesmo que os relatórios de segurança não apontem nada, se alguém que conheça os pontos que as câmeras não alcançam quiser circular sem ser visto, provavelmente vai conseguir.

— Ah, meu Deus — murmuro.

Lucas passa o braço por cima dos meus ombros e puxa minha cadeira como se estivesse mexendo uma peça de um tabuleiro, me aproximando mais dele.

— Nós podemos ir na polícia, baby.

Davis se recosta no espaldar alto da poltrona de couro.

— Sim, vocês podem, mas sem as provas das câmeras de segurança eles não vão ter como fazer nada. Mesmo assim, pelo teor do bilhete que a senhorita recebeu, aconselho que faça o registro dessa ocorrência.

Começo a bater o pé, agitada, embaixo da mesa. Voltam à minha memória imagens dos exames de corpo delito, as horas intermináveis de depoimentos, a expressão de julgamento e até mesmo condenação de alguns policiais da época em que fui perseguida e agredida pelo meu ex, como se eu tivesse pedido para ser vítima de violência doméstica. Eu sei que são coisas totalmente diferentes, mas tudo que eu não quero é ter que levar outro caso para a polícia, ainda mais com tão poucas evidências.

Lucas parece sentir meu desconforto e coloca a mão sobre a minha coxa inquieta, fazendo carinho e uma pressão com os dedos.

— E se ela não quiser ir à polícia agora, o que você pode fazer pra ela se sentir mais segura aqui dentro?

Olho de relance para Lucas, que diz apenas mexendo os lábios: "Estou aqui, baby. Estou com você".

Sinto uma vontade incoerente de chorar. Eu sei que posso me virar sozinha, sei que sou forte o bastante para lidar com merdas assim, ou até maiores, sem precisar de alguém ao meu lado, mas, nossa, como é bom ter uma pessoa que parece se importar, mesmo que não seja diretamente por minha causa.

O sr. Davis olha de mim para Lucas e dá um gole na xícara de café, pensativo, antes de responder:

— Sempre que a senhorita quiser ficar ensaiando além do horário, me avise. Vou disponibilizar um segurança extra para ficar por perto.

Nós dois respiramos aliviados no mesmo instante enquanto Davis escreve num pedaço de papel e em seguida o entrega para mim.

— Esse é o meu celular. Se alguma coisa acontecer, me ligue.

A palma do Lucas deixa minha coxa e está sobre minha mão outra vez, em cima da mesa.

— O senhor pode liberar a minha entrada no prédio? Quero estar mais perto dela nesse período.

— Com certeza.

— Ótimo — diz Lucas, me olhando. — Vou estar sempre por aqui também, baby. Sempre.

Frio na barriga, pulso acelerado e outras reações que só deveriam acontecer quando se está junto de um namorado de verdade. *Que droga*. Deixamos a sala do sr. Davis com Lucas pegando o número do filho dele e prometendo mais uma vez ajudar no que for preciso, cruzamos a porta de mãos dadas e continuamos assim até a saída do balé. Lucas, como um bom namorado de mentira, me abraça, aperta a ponta do meu nariz, todo carinhoso, e depois fala perto da minha orelha:

— Se acontecer alguma coisa a mais por aqui, eu trago a porra do meu time inteiro pra correr atrás do desgraçado. Ouviu?

E eu?

Como uma namorada falsa não deveria reagir, agradeço com as bochechas coradas e a sensação de que meus pés estão fora do chão, mesmo sem estar usando sapatilhas de ponta.

15

Série da minha vida, episódio de hoje:
Muito engraçado, Lucas!

Lucas se esforça como um atleta de alta performance para cumprir o que prometeu a Nick.

De manhã, visitamos o aquário e a torre de Toronto, e só no início da tarde passeamos por Kensington Market, o tal lugar favorito dele. Como Maia falou, é um bairro vibrante, eclético e com casas vitorianas coloridas.

Finalmente entendi o que Ivo quis dizer com "Toronto é uma Londres mais nova e menor". Cosmopolita, cheia de gente do mundo inteiro, com partes cinza e outras coloridas, num cenário cultural rico e diverso.

Entramos há pouco numa loja para experimentar fantasias para a festa da Megan, a irmã do Dante. Depois que separei o look de Sandy Dee, não resisti e peguei a fantasia de noiva zumbi, igual à que a Cady usa na festa de Halloween no filme *Meninas malvadas*.

A loja enorme separa as fantasias por temas, épocas e filmes, mas parece que a especialidade da casa são fantasias de monstros e filmes de terror. Com bolas eletromagnéticas, máscaras monstruosas, réplicas de esqueletos e ambientes iluminados somente com luz negra, estou me sentindo na área sombria do Beco Diagonal. Tenho a nítida impressão de que os provadores escondem entradas para o submundo.

Me olho no espelho e dou risada com o resultado assustador da fantasia icônica. Dou uma ajeitada na peruca descabelada, sorrio com meus dentes horríveis e me viro para encontrar Lucas.

❋ ❋ ❋ ❋

Lucas

Com certeza eu não preciso pagar cem dólares para alugar uma camiseta branca, uma calça jeans justa e um casaco de couro preto, por mais que a fantasia que eles tenham me dado imite com perfeição o visual do Danny, o personagem de *Grease* que Dante me pediu — me chantageou — para eu bancar no aniversário da irmã dele. Já decorei algumas músicas e assisti a uns trechos do musical para pegar o jeito, mas — dou uma olhada na minha bunda modelada pelo jeans no espelho — não vou me vestir assim.

Nem fodendo.

Me olho no espelho outra vez, checando com mais atenção o jeans escuro, justo como uma legging de patinação, que entra na bunda como um instrumento de tortura medieval. A camiseta termina quase no umbigo. Coisa mais esquisita. Se eu pegar uma calça e uma blusa das minhas irmãs, talvez funcione. Será que os homens usavam essa merda apertada e curta assim mesmo?

— Oi, serviu? — o vendedor pergunta.

— Não sei.

— Quer sair pra eu dar uma olhada?

Estou dentro do provador, isolado pela cortina preta.

— Já saio.

Estico o braço, abro a cortina e saio para o corredor.

Sinto um toque no meu ombro esquerdo e...

— Buuu.

Arregalo os olhos e dou uns passos para trás, assustado. Olho outra vez para o que parece Natalie usando um vestido de noiva sujo e rasgado, uma peruca desgrenhada e dentes gigantes e disformes.

— Que merda é essa, Nathy?

Ela estica os braços feito um zumbi e grunhe.

— Vim comer o seu cérebro e adquirir, hum, dois neurônios a mais.

Dou risada da piadinha e franzo o cenho.

— Essa é a roupa da Sandy?

Nathy ri com os dentes horríveis e tira a dentadura.

— Não, imagina a Sandy assim.

— Ainda bem. As crianças da festa iriam chorar de medo.

Ela revira os olhos.

— Os adolescentes iriam amar. Essa fantasia é da Cady de *Meninas malvadas*, sabe?

Faço que sim e abro as mãos no ar, apontando para as aranhas e teias espalhadas pelos cantos.

— Combinou com o clima da loja. Parece que já estamos no Halloween.

— Você não viu lá em cima. É ainda mais escuro, com focos de luz negra e...

Ela para de falar e só então me analisa de cima a baixo, gargalhando.

— Como você conseguiu entrar nisso aí? A calça é uns dois números menor, e a blusa parece um cropped.

Me olho no espelho de relance.

— Eu sabia que tinha alguma coisa errada aqui.

O vendedor finalmente se manifesta:

— Posso pegar um número maior.

Encolho os ombros.

— Obrigado, não sei se vou levar. Acho que consigo improvisar em casa.

Natalie tira a peruca.

— Eu vou subir e me trocar. Já experimentei a fantasia da Sandy, ficou legal, mas também acho que posso montar alguma coisa parecida em casa.

O vendedor fecha a cara e pega da mão da Natalie a peruca descartada.

— Vou guardar isso.

Tiro a jaqueta de couro e respiro fundo, aliviado.

— Quem terminar de se trocar antes espera na entrada da loja, tá?

Ela faz que sim e se vira para sair.

— Nathy — chamo e ela para de andar, me olhando sobre o ombro —, só pra avisar: o susto vai ter troco.

Os lábios dela se curvam num sorriso amplo e brilhante, um sorriso que a deixa linda e faz meu coração acelerar.

❄ ❄ ❄

Natalie

As caixas de som tocam "Take my Breath Away", do Berlin, e eu perco um pouco o fôlego lembrando do corpo perfeito do Lucas à mostra na fantasia minúscula e ridícula dos anos 50, o Danny de *Grease* à la go-go boy.

Disfarço a garganta seca e foco na música que começa agora: "Total Eclipse of the Heart", da Bonnie Tyler. Ivo iria amar a trilha sonora anos 80 dessa loja.

Canto o refrão fazendo um microfone com a mão. Essa música sempre me faz lembrar da Nicole e da surpresa que Daniel fez para ela anos atrás.

Pego o celular e digito:

> **Nathy**
> Está tocando "Total Eclipse of the Heart".
> Estou com tanta saudade que até cantaria de novo naquela montagem brega de que o Daniel me obrigou a participar, se isso trouxesse você pra cá.

Abro o zíper do vestido e a vendedora pergunta:
— Precisa de ajuda? Vai levar alguma peça?
— Não, hoje não, obrigada.
— Vou atender uma cliente na outra sala, você consegue tirar sozinha?
— Sim, tudo certo, obrigada.

Ouço entrar uma mensagem.

> **Nicole**
> Mta saudade, Nathy.
> Quem sabe aparecemos por aí um dia desses?

> **Nathy**
> Eu ia amar.

Nicole

Te amo.

Nathy

Amo mais.

Guardo o celular na bolsa e coloco minha roupa: meias térmicas, calça e malha de lã, casaco de neve tipo militar. Pego a escova na bolsa e penteio o cabelo, guardo de volta e reaplico a manteiga de cacau.

Começa a tocar "Thriller", do Michael Jackson.

Saio do provador e dou um gritinho. Minha barriga gela e meu coração pula até a boca.

— Muito engraçado, Lucas.

Uma sombra se projeta de um dos cantos escuros da sala. Uma capa coberta de penas pretas e com um capuz também preto sombreia toda a expressão dele.

Dou uma risadinha nervosa ao me aproximar.

— Sério? Você pesquisou a fantasia do feiticeiro de *O lago dos cisnes*? Que ardiloso.

Ele continua sem falar nada e meu coração dispara um pouco mais.

— Eu te dei um susto quase infantil perto da produção e do requinte desse. Pode esperar revanche, viu? — E me aproximo mais, arriscando um sorriso tenso. — Qual é? Não vai falar nada?

Ele dá um passo para a frente, diminuindo um pouco mais a distância. Consigo ver a sombra de uma máscara preta com bico de pássaro, parecida com a de um médico da Idade Média, e a boca do meu estômago aperta.

— Vou descer e esperar você se trocar pra gente ir embora.

Minha respiração acelera quando a mão enluvada quase encosta no meu ombro. Com um passo para trás, ele volta a se camuflar nas sombras, entre outras fantasias, capas e cartolas.

Me sentindo meio boba, porque Lucas vai gargalhar da minha cara de pavor daqui a pouco, acelero o passo e alcanço a porta que isola esta sala, mas paro antes de sair somente para dizer:

— Não sabia que você tinha esse lado meio sádico. Te espero lá embaixo, seu idiota.

Cruzo o corredor ainda apertando o passo, quase correndo, me sentindo cada vez mais infantil conforme a iluminação se torna mais forte e as sombras se desfazem, revelando roupas coloridas, penas, máscaras e manequins fantasiados. Alcanço a escada e desço, ainda sem conseguir me desligar da adrenalina do susto recente.

Vou matar o Lucas. Ele me paga.

Quando estou nos últimos degraus, eu congelo. Completamente. Meu sangue se petrifica e um vento frio se espalha ao redor, fazendo o tempo parar com a minha respiração.

Lucas sai de trás de uma coluna próximo a uma das araras, vestindo um chapéu de pirata com plumas e um colete. Ao me ver, ele abre os braços e faz uma reverência.

— Srta. Pavlova — força a voz como se estivesse bêbado igual ao Jack Sparrow —, bem-vinda ao *Pérola Negra*.

Reúno o que consigo de força e coragem para descer os últimos degraus e me aproximo dele. Quando falo, minha voz sai quebrada:

— O que você está fazendo aqui embaixo?

O sorriso sedutor no canto dos lábios cheios fica mais fraco.

— Como assim, moranguinho?

— Você n-não seria tão rápido e invisível. Ninguém s-seria.

E o que restava de sangue nas minhas bochechas vira gelo, junto com o resto do meu corpo. Lucas tira o chapéu e o colete, deixando-os cair no chão, e segura a curva dos meus braços.

— O que aconteceu?

— E-Eu achei que era você lá em cima fantasiado de Rothbart, revidando o susto que eu te dei.

As narinas dele se expandem e as pupilas escurecem conforme varrem meu rosto.

— Ele encostou em você?

Faço que não e uma ideia apavorante cruza minha cabeça.

— Será que é o cara do balé?

Um músculo pula no maxilar dele.

— Espere aqui perto do balcão. Eu já venho.

E sobe as escadas como se estivesse sendo perseguido por um tornado.

❊ ❊ ❊ ❊

Não tinha ninguém no andar de cima, tirando as vendedoras e duas clientes, que quase chamaram a polícia quando Lucas entrou na área dos provadores, segundo ele, abrindo todas as cabines e fazendo ameaças.

Então ele desceu correndo, me fez sentar, beber água, comer uns biscoitos da sorte, enquanto falávamos com o gerente, o sr. Wang, um chinês baixinho que se expressava em inglês com alguma dificuldade.

Wang nos disse que no piso superior tem uma saída de incêndio. Quando pedimos para ver as câmeras de segurança, ele respondeu que estavam desativadas fazia alguns dias para manutenção, e que a área dos provadores não é coberta para garantir a privacidade dos clientes.

Quando perguntei sobre a fantasia de Rothbart, o mago de *O lago dos cisnes*, Wang não entendeu e chamou um vendedor para nos ajudar. O mesmo que havia atendido Lucas pouco tempo antes.

— Nós temos dezenas de modelos de capas pretas e mascaras de pássaro. A loja é bastante movimentada, entra muita gente todo dia.

Agora estamos voltando para casa, com Lucas no modo superprotetor máster ativado. Ele não soltou minha mão, me pergunta a cada dois minutos se estou precisando de alguma coisa, quis ir na polícia de todo jeito para prestar queixa e só desistiu quando o fiz cair na real:

— Vamos até a polícia falar o quê? Que tinha um homem fantasiado dentro da loja de fantasias?

Ele fechou a expressão, pensativo.

— É, tudo bem, mas segunda-feira vamos fazer o boletim de ocorrência sobre o bilhete.

A moto desacelera até estacionar na vaga do nosso apartamento. Ele me pega pela mão para irmos até os elevadores, como se eu fosse uma criança de três anos e pudesse me perder.

— O que foi?

Lucas bate o pé diversas vezes no piso de granito do elevador.

— O quê? Nada, por quê?

— Você está com cara de um garoto que foi pego espiando a vizinha adolescente trocar de roupa.

Ele nega e ri, um riso charmoso e atraente, como se fosse feito de chocolate e morangos. Como se quisesse seduzir a tal vizinha.

— Nada.

— O que está acontecendo?

— Você vai ver.

O elevador para e nós saímos no hall.

— O que você está aprontando?

Lucas não responde enquanto destranca a porta. Assim que entramos no apartamento, pisco várias vezes, surpresa, ao encontrar cartazes e balões azuis espalhados entre...

Maia, Rafe, Ivo, Dante, Dean, Joseph — e conto mais um, dois, três... oito jogadores do Dragons espalhados pela casa.

Leio alguns dos cartazes:

TORONTO TE RECEBE DE BRAÇOS ABERTOS.

A SUA CASA É ONDE O SEU CORAÇÃO MORA.

NÓS SOMOS SUA FAMÍLIA, NATHY.

Não tenho tempo de reagir. Lucas me entrega o celular dele numa videochamada. Nick aparece sorrindo na tela.

— Oi, Rubin. Que saudade.

— Oi, Nick. Eu também.

Ele aponta para os lados.

— O Lucas me pediu autorização pra fazer algumas mudanças no apartamento, pra você se sentir em casa, e eu nem perguntei o que esse maluco queria fazer. Você mal chegou e eu tive que viajar, estou me sentindo culpado.

Analiso o espaço ao redor e reconheço meu abajur de murano azul na mesa lateral do sofá. A bailarina de bronze que foi presente da Nicole e é uma das peças que eu mais amava do meu apartamento em Londres, e o vaso de cristal preto com flores frescas dentro.

Levo as mãos aos lábios.

— Vocês trocaram o Cheetos?

— Não — Lucas responde ao meu lado —, só lavamos.

— Ele é cinza-claro e não escuro?
Nick sorri.
— Sim.
— E agora não tem mais cheiro de chulé — Lucas murmura. — A Maia comprou um negócio com cheiro bom.
Ela encosta no meu ombro.
— Baunilha, gengibre e noz-moscada. Um dos meus aromatizadores preferidos, presente pra você.
Eu a abraço.
— Muito obrigada. Vou lembrar de você toda vez que afundar a cara no sofá e não sentir um embrulho no estômago com o cheiro.
— Mas não está nem perto de acabar.
Vejo Ivo abrir a porta do meu quarto, imitando um mordomo e me fazendo rir. Quase corro até lá.

A primeira coisa que vejo é a cama de casal e a cabeceira de bronze, igual à que tenho no meu quadro de recortes e visualizações. Quadro esse que está apoiado na penteadeira nova. Uma colcha de crochê azul-clara, almofadas com capa de jeans e de seda em tons diferentes de azul.

A voz de Dante às minhas costas me faz virar para ele:
— A almofada com DIVA escrito foi presente meu.
Suspiro de maneira entrecortada e aperto o braço dele.
— Obrigada, grandão.
Eu me viro para continuar observando tudo o que eles fizeram. As luzes em cima das prateleiras que ficavam sobre minha antiga cama. O tapete de lã de ovelha, os quadros de balé que Paul me fez tirar das paredes porque eram "bregas" e que nunca mais recoloquei no lugar. Nem sei por quê. A parede pintada de azul-claro atrás da cama. E então meus olhos recaem sobre os fragmentos de cristal dentro da caixa de vidro que mandei fazer, colocada estrategicamente na estante de cima da penteadeira, com um foco de luz acima dela.

Engulo o bolo na garganta.

Depois reparo no quadro com o retrato da minha professora, Anastácia Zakarova, dançando no papel de Cisne Branco, poderosa, perfeita, no American Ballet Theatre.

— Vocês abriram as caixas — afirmo, emocionada. — Obrigada.

Nick, na tela do celular, encolhe os ombros.

— Eu não fiz nada. Agradeça ao Lucas, que escalou o time quase inteiro pra deixar tudo pronto antes que vocês voltassem pra casa.

Estreito os olhos cheios de lágrimas para Lucas.

— Por isso você me manteve ocupada o dia inteiro.

E ergue e abaixa aqueles ombros largos e sorri, orgulhoso.

— Eu só tive a ideia. O trabalho foi todo do time, da Maia, do Rafe e do Ivo, que foi quem passou os detalhes do que você gostava e de onde as coisas deviam ficar.

Mas foi Lucas quem orquestrou tudo. Foi ele quem colocou o time inteiro para trabalhar num sábado, como um general do exército da salvação. Volto para a sala, sentindo as lágrimas escorrerem pelo rosto.

— Gente, vocês são demais. Nem sei o que falar.

Um coro masculino de frases ditas quase ao mesmo tempo me responde:

— Imagina, não foi nada.

— Seja bem-vinda.

— Ainda bem que a gente lavou esse sofá, o apartamento está bem mais legal agora.

— Joseph, tira essa bunda suja das almofadas.

Olho para Nick.

— Obrigada por deixar isso acontecer. Eu sei como você é minimalista e cheio de não me toques com as suas coisas.

Lucas aparece atrás de mim.

— Você precisa ver o que a gente fez no seu quarto, cara.

Nick arregala os olhos.

— Vocês não seriam loucos.

Agora Dante também está atrás de mim.

— A parede branca ficou muito melhor depois que a gente pintou de amarelo. E a gente ainda colou aquele monte de pôster de mulher pelada que você esconde.

Nick bufa.

— Vão se foder. Vocês não ousariam fazer nada desse tipo escondido. Mesmo assim, daqui a uma semana eu vou estar aí e chuto a bunda de vocês até o Alasca se tiverem relado no meu quarto.

Lucas e Dante riem, saindo para falar com o restante do time.

— Então você volta semana que vem mesmo? O Lucas disse que talvez você precisasse de mais uns dias.

Ele faz que não com a cabeça.

— Tudo resolvido por aqui, Rubin. Vou estar aí na segunda, antes do jogo.

— Que bom. Eu tinha ficado preocupada.

— Deixa eu dar um oi pros caras do time.

Viro a câmera em direção ao grupo reunido perto do ex-Cheetos.

— Gente, o Nick quer dar um oi.

E mais uma vez um coro masculino regido por um maestro louco dispara:

— Oi!

— Oi, cara!

— E aí, Nick?

Ele dá um sorriso cumprimentando os amigos, mas, quando Maia aparece do meu lado, fecha a expressão e alarga os ombros.

— Ah, oi, Nick. Nossa, tinha até esquecido que este apartamento é seu — diz ela, olhando para a tela do celular com uma ruga entre as sobrancelhas.

Ele não responde.

Franzo a testa. Maia e Nick estão se olhando sérios, de maneira até meio rude. Ela revira os olhos para ele antes de falar:

— Vem, Nathy, quero te mostrar o presente que a dadi, a vó Nora e a mamãe compraram pra você.

— Jura?

— Sim, acho que você vai amar.

E sai andando rápido para o meu quarto.

Nick olha para os lados, prendendo os lábios. Conheço tão bem essa expressão; ele está desconfortável.

— O que foi isso que acabou de acontecer? — lanço.

— Nada. Por quê?

— Sei lá, você nem cumprimentou a Maia. Parece que vocês não gostam um do outro.

— Nada a ver.

— Nicolau, eu te conheço...

— É complicado, Rubin. Esquece isso, tá? Além do mais, eu tenho que ir agora.
— Tudo bem. *Ya lyublyu tebya.*
— Eu também te amo — responde ele, e desliga.

Começo a andar para o quarto atrás da Maia, mas paro assustada quando sinto algo peludo e morno se esfregar entre minhas pernas.

— Lucas, acho que a gata da sua irmã está aqui... Freya, é você?

Ele se afasta um pouco do grupo de amigos.

— Esqueci de falar que eu pedi a gata da Nina emprestada por uns dias.

Eu me curvo para fazer carinho nela.

— Como assim?

— Ué, eu li que faz parte da cultura russa se mudar pra uma casa nova com um gato pra dar sorte.

Dou risada.

— Você pediu a Freya emprestada, mas eu me mudei pra cá já faz....

— Eu sei, mas vamos considerar que o seu novo quarto marca a sua mudança oficial.

Sorrio, sem acreditar que ele pensou em tudo.

— Obrigada, Lucas, de verdade.

E ficamos nos encarando por um tempo em silêncio, a sensação de cumplicidade aumentando a cada respiração.

— Ei, você não vem? — Maia me chama da porta do meu quarto. — O Ivo está configurando sua nova Alexa e lotando seu Spotify de músicas dos anos 80.

— Não acredito! Esse é o presente, uma Alexa?

Ela faz que sim e eu olho outra vez para Lucas, murmurando:

— Obrigada por tudo.

— De nada, moranguinho.

Meu pulso dispara, e a certeza de que estou começando a amar cada pessoa dessa família aumenta. O problema é que meu coração anda querendo amar um pouquinho mais uma delas. Uma que provavelmente não quer ser amada, não desse jeito.

16

Série da minha vida, episódio de hoje:
Uma explosão estelar

Nem em um milhão de anos.
Nem se tivesse mil tentativas para chutar o que aconteceria aqui eu acertaria.
E olha que os sinais estavam presentes desde o começo. Mas acho que uma parte do meu mecanismo que lê as pessoas está quebrada.
Acordei com Lucas batendo minha vitamina ao som de "I Know?", do Travis Scott. A caminhonete dele ficou pronta ontem, e hoje nós fomos de carro até o balé.
Tudo estava normal. Lucas entrou de mãos dadas comigo no prédio da companhia, o polegar acariciando meu pulso de leve e fazendo coisas loucas com a minha barriga. Ele esperou eu me trocar e subiu comigo até a sala de ensaio.
— É muito cedo ainda, meu treino hoje é depois das nove. Tudo bem eu assistir sua primeira aula?
Hesitei, com a expressão surpresa, e ele explicou:
— Vai ser bom os outros bailarinos te verem comigo aqui dentro.
Disfarcei meu coração acelerado e respondi, tentando parecer imparcial:
— Claro.
Daí as coisas começaram a sair do controle. É como se os olhos do Lucas em mim, enquanto eu dançava, tivessem ligado outros sentidos, que nunca participam das minhas manhãs de ensaio: arrepios na nuca, frio na barriga, coração ainda mais acelerado. E, quando ele levantou do canto onde o

deixaram ficar para assistir a aula, batendo palmas e dizendo alto "Minha garota é a melhor"? Minhas pernas amoleceram de um jeito incoerente e meu sangue ferveu quando Lucas veio até mim com os olhos de um felino, enlaçou minha cintura e me trouxe para junto daquele peitoral tão amado por ele, dizendo, com a testa colada na minha:

— Que coisa mais perfeita e emocionante foi assistir isso. Obrigado por me deixar ficar, baby.

Como se fosse de verdade.

Então, antes de se despedir, ele me lembrou do que havíamos combinado na semana passada — e eu já tinha esquecido, ou bloqueado da mente por completo:

— Hoje eu te pego às seis e meia e nós vamos direto pro lugar que eu quero te mostrar. Pode ser?

Fiz que sim, abalada com a encenação de namorado perfeito apaixonado, e tentei esquecer de tudo pelo resto do dia.

Mas agora?

Caramba. Eu nem sei mais o que pensar, o que sentir, ou o que eu devia estar sentindo.

Entramos faz um tempo num prédio preto e moderno a vinte minutos da companhia de balé onde treino. Cruzamos as portas duplas acústicas e entramos em uma sala de aula toda espelhada. Minhas células, meus músculos, meus ossos conhecem o ambiente, os cheiros, as barras na lateral, as pessoas descalças, com roupas e cabelos desconstruídos que se espalham pelo ambiente. Eu fiz aulas num lugar como este durante alguns anos — é uma sala de balé contemporâneo.

— Você me trouxe para ver o Dante dançar? — perguntei pouco antes, esquecendo totalmente que quem sai toda terça à noite para um compromisso misterioso é ele mesmo, nosso lindo capitão. Não tinha como me surpreender mais. Estou literalmente de boca aberta faz uns quinze minutos.

Lucas acabou de dançar com um trio de alunos ao som de "Chemtrails over the Country Club", da Lana Del Rey, sem tirar os olhos dos meus. E eu só quero conseguir colocar o cérebro na cabeça e meu coração de volta no peito.

Ah, sim, e quero conseguir fechar a boca.

Ele senta no chão ao meu lado, ofegante, apoiando as mãos nos joelhos dobrados. Eu o encaro, atordoada.

— Isso acabou mesmo de acontecer?

O sorriso torto mais charmoso que existe no mundo aparece em seus lábios.

— Eu faço isso há dez anos. A dança é minha terapia.

Estreito os olhos.

— Você... Você dança muito bem. É praticamente um bailarino profissional.

— Não exagera.

Estreito mais os olhos.

— Você me deixou acreditar que era o Dante que dançava.

Ele pega a garrafinha de água da mochila e dá alguns goles antes de responder:

— Eu nunca te disse que era ele que dançava.

— Por isso que você ri da minha cara toda vez que o Dante aparece usando as sapatilhas que eu dei pra ele como chinelos de dormir. E eu achando que ele estava amaciando elas. — Dou um tapinha no braço dele. — Seu dissimulado.

E aí Lucas se vira um pouco para me encarar, sério.

— Eu não podia te contar, moranguinho. Na verdade, só quem sabe disso é a Maia, e mesmo assim ela não sabe de tudo.

— Nem os seus pais?

— Não.

E então um bolo se forma na minha garganta, quando finalmente entendo parte de alguma coisa aqui.

— Você dança escondido.

Ele desvia os olhos verdes para o chão emborrachado.

— Sim.

— Obviamente você não pode contar por causa da imbecilidade do machismo, por causa do hóquei, né? Porque você ama fazer isso, está na cara que sim. Talvez... Talvez até mais do que ama jogar.

Lucas respira fundo.

— Em parte, sim.

Fico olhando para ele, confusa, emocionada e surpresa.

— Ninguém deveria ter que fazer escondido uma coisa que ama, Lucas. Ninguém.

Lucas segura minha mão e dá um beijo demorado nela.

— Está tudo bem, moranguinho. Eu também amo jogar e nunca parei de dançar.

Solto um suspiro e fecho os olhos quando a ponta dos dedos dele secam uma lágrima no meu rosto. Nem percebi que estava sensibilizada a esse ponto.

Abro a boca para falar alguma coisa, qualquer coisa que faça meu coração voltar a bater normalmente, mas a voz do professor me detém:

— Que tal vocês dançarem juntos agora? Algo improvisado, de casal.

Começo a negar, mas ele insiste:

— O Lucas me disse que ia trazer uma das melhores bailarinas do mundo pra assistir a minha aula. Vamos, não posso perder a oportunidade de te ver dançar.

Lucas me olha com intensidade.

— Só se você quiser, baby.

Nem sei o que mais mexe comigo: o fato de eu fazer que sim com a cabeça de maneira impulsiva — vou dançar com Lucas More — ou ele ter me chamado de baby de forma espontânea, como se fosse real.

Nos levantamos e ele segura minha mão, me conduzindo para o centro da sala, ao som dos aplausos entusiasmados dos outros bailarinos.

— Que música vocês querem? — É o professor quem pergunta.

Lucas fecha as mãos em volta da minha cintura.

— A música tema de *Interestelar*, pode ser?

— Sim.

E me olha do jeito mais intenso que já olhou. Eu nem sabia que isso era possível.

— Confia em mim. Se entrega pra mim, tá?

Com a respiração acelerada, eu concordo.

Encostamos nossas testas e a música se inicia.

✳ ✲ ✳ ✲ ✳

Começamos ajoelhados e nos movemos devagar, como uma onda, para a frente e para trás, as testas ainda em contato. Lentamente, como se estivesse crescendo ao meu redor, os braços dele me trazem para junto do seu corpo. Eu olho para o contato entre nossas peles e me movimento, travando uma luta interna entre ceder ao desejo e sucumbir ao medo. Continuamos a nos mover como se nossa respiração fosse uma dança, um fluxo pronunciado e interligado aos nossos corpos.

Em seguida, faço que não com a cabeça. Lucas se afasta com a expressão desolada e eu me curvo, passo a mão pelo seu rosto, puxando-o para baixo, e convulsiono num choro que para mim representa o medo de ser amada. Enquanto isso, ele gira ao meu redor, giros perfeitos e rápidos, como o Sol se movendo em volta da Terra, como um amante embriagado, rejeitado.

Ainda como se fosse o Sol, perdendo a batalha e dando lugar à noite, Lucas se ajoelha à minha frente, dobrando as costas em trancos. Ao mesmo tempo, eu me ergo atrás dele e o envolvo com os braços e as pernas numa sincronia perfeita de ar, sangue, músculos e intenções. Eu quero, mas não consigo. Ele quer, mas dizem que é errado.

Quando o peito dele está próximo ao chão, escorrego por cima dele, fluida, e as mãos na minha cintura antecipam meus movimentos, me ajudando a parar entre as pernas potentes, que agora me envolvem, como uma montanha crescendo ao meu redor.

Olho para os lados, assustada, e faço que não. O amor machuca, pode matar. Estou tremendo de verdade. Meus olhos se enchem de lágrimas, uma cortina do passado refletida nos olhos verdes, que são pura entrega. A pressão dos dedos em minhas costelas me faz levantar com ele, enquanto dobro as costas e ergo uma perna bem alto para trás. Falamos em silêncio, através dos nossos olhos, mergulhados no interior um do outro.

Giramos vigorosamente, nos afastando, e em seguida voltamos a nos aproximar com piruetas, levando as mãos ao peito, ao rosto, esticando os braços como se não pudéssemos nos tocar, apesar de precisarmos disso. Algo diz que é proibido, enquanto algo maior diz que é libertador.

Nós nos encontrarmos frente a frente, testa com testa outra vez. Nossas respirações ofegantes se misturam e as mãos dele me sustentam. Sou lançada no ar e Lucas me pega em um *arabesque* com a perna de baixo dobrada e as costas numa curva sinuosa. Nossas expressões e movimentos contam uma história com a música, um enredo que nossos corpos conhecem antes da mente. Um enredo que meu coração me contou diversas vezes.

Eu me afasto, mas ele me puxa. Volto girando até os braços dele e faço uma série de piruetas, que ganham velocidade pelo impulso das mãos em minha cintura. Em seguida, Lucas se afasta e eu corro em meia-ponta, pulando para ele e o envolvendo com as pernas e braços. Ele gira algumas vezes e me coloca em pé. Eu desmonto num espacate frontal, para ser levantada por baixo dos braços e devolvida ao chão.

Terminamos os dois abraçados, num novelo de pernas e braços. Nossas respirações se unem num passo da dança, e, ainda seguindo os acordes de tudo que é abraçado pela arte, nossos lábios se tocam. O amor venceu o medo e eu sou levada para um lugar somente nosso.

Um lugar que criamos ao dançar assim.

Abro os olhos; os meus refletem os dele, mais verdes, mais vivos, mais líquidos.

Dançar, que sempre foi mágico para mim, acabou de ser elevado à escala do improvável, uma daquelas coisas milagrosas que, achamos, são impossíveis de alcançar.

Lucas sorri, eu o acompanho e a sala explode em aplausos e gritos entusiasmados.

— O que foi isso? — pergunta ele, surpreso, em êxtase.

Entrega, sincronia, química, cura?

— Não sei, só sei que foi...

Ele dá risada.

— Uma explosão estelar.

Acho graça do exagero emocionado dele, e continuamos nos encarando, ofegantes, sem parar de sorrir. Lucas e essa dança acabam de colar mais um pedaço do meu coração, um que eu nem sabia mais onde encontrar.

17

Série da minha vida, episódio de hoje:
Você ficaria mais um pouco?

Voltamos para casa num silêncio confortável, como se precisássemos absorver a corrente magnética que dançar juntos criou. Entramos no apartamento rindo de uma piada que Lucas fez sobre Dante estar usando a sapatilha como pantufa.

Agora estou deitada na minha cama nova, lendo *É assim que acaba*. Sim, estou fazendo isso apesar dos gatilhos que esse livro dispara em mim. Estou meio viciada na leitura. Freya, minha hóspede favorita, está enrolada entre minhas pernas.

Escuto duas batidas firmes na porta e a voz grave do Lucas soa abafada:

— Oi, posso entrar?

Eu me levanto e destranco a porta do quarto, uma mania estranha que dormir com o inimigo por anos provocou.

Dou espaço e ele entra segurando algo vermelho e peludo.

— Meu presente pra você, pro seu quarto novo.

Meu coração dispara.

— Um morango de pelúcia?

Ele faz que sim e sorri.

— Só chegou hoje de manhã. É... uma companhia pra Wilsa, que estava muito sozinha.

— Ah, que fofo. Obrigada, mas... espera. — Franzo a testa. — Como você sabe o nome secreto da minha sapatilha de pelúcia?

O sorriso se amplia no rosto perfeito.

— Na noite em que aquele imbecil te machucou, você me deu uma bronca por ter sentado em cima da Wilsa.

Merda, aquela noite.

— Ah, meu Deus, o que mais eu te contei?

— Você disse alguma coisa do tipo "Eu converso com ela às vezes. Ei, não me julgue, passei muito tempo sozinha". Achei engraçado. Mas pensei, como você não está mais sozinha e talvez pare de falar com ela, acho que uma companhia pra Wilsa pode cair bem.

Dou um abraço espontâneo nele, como se dançar juntos tivesse derrubado muitas barreiras entre nós. Sinto seus músculos enrijecerem e me afasto, com o pulso mais acelerado.

— Obrigada, Lucas. Principalmente por não me achar louca demais.

Ele me olha com uma expressão maliciosa.

— Quem disse que eu não acho?

Mostro a língua para ele e brinco:

— Não liguem pra esse chato, Wilsa e Merida. Ele não sabe o que diz.

— Merida?

— Sim, o morango acabou de ser batizado com o nome da minha ruiva favorita da Disney.

— E você é a minha ruiva favorita, moranguinho.

Disfarço o iceberg que acaba de atravessar meu estômago.

— Bom, eu...

Lucas limpa a garganta.

— Já vou indo. Você deve estar cansada.

Ele anda até a porta e para quando eu falo sem pensar:

— Você ficaria mais um pouco aqui comigo?

Lucas se vira para mim com os olhos arregalados. Nem tenho tempo de me arrepender do pedido, porque ele responde rápido:

— Eu fico.

❈ ❈ ❈ ❈ ❈

Deitados de lado na cama, de frente um para o outro, Lucas apoia a cabeça na mão sobre o braço dobrado. Já falamos sobre nossa família, nossa infância, e há pouco eu confessei algo que quase ninguém sabe:

— Minha família faz parte da máfia russa. Foi também por isso que eu rompi relações com eles.

— Eu sei. — Ele acariciou a lateral do meu rosto com as costas dos dedos. — O Nick me contou faz uns anos. Sinto muito.

Não preciso reafirmar para ninguém como esse tipo de toque tem fisgado a boca do meu estômago, contraído meu ventre e acelerado meu coração.

Agora estamos falando sobre filmes favoritos. Alongo as panturrilhas, movimentando os pés, e conto:

— Minha religião sempre foi a comédia, as românticas principalmente. Mas, nos últimos tempos, ando meio viciada em filmes de suspense.

— Em casa era uma briga: eu e a Nina querendo ver filmes de terror e fantasia e a Maia insistindo nas comédias românticas.

— Nós combinamos de assistir juntas à minha favorita.
— Que é?
— *Uma linda mulher*.
— Entendi, um *Cinderela* contemporâneo.

Faço que não com a cabeça.

— Uma mulher que, mesmo tendo consciência de que a vida real pode ser dura, muitas vezes uma verdadeira vilã, não aceita qualquer coisa, porque sabe que toda garota pode se virar sozinha. Mas, principalmente, ela sabe que não deve aceitar menos do que ser tratada como uma princesa.

O oceano verde sem fim dos olhos dele engole meu estômago.

— Você está certa.

E Lucas continua me devorando com os olhos. Umedeço os lábios e mudo de assunto:

— Mas o que eu sempre amei, mais que tudo, são os desenhos antigos, apesar de não assistir faz tempo. Eram um dos meus passatempos preferidos quando cheguei em Londres.

Os lábios dele sobem num sorriso fraco.

— Não acredito.
— O quê?
— Eu também amo desenhos.
— Nem pensar, não combina com você.

Ele força o cenho franzido numa expressão indignada.

— *Pernalonga, Bob Esponja, Scooby-Doo*. Além de todos os desenhos da Disney que as minhas irmãs me faziam assistir repetidas vezes e eu aprendi a curtir.

Abro bem a boca, exagerada.

— Estou impressionada. Você ganhou alguns pontos no placar. Ninguém que gosta de desenho pode ser muito chato.

Ele dá risada.

— E você, me diz quais são seus favoritos?

— Na sua lista eu acrescentaria *As meninas superpoderosas*, e da Disney meu favorito é...

— *A pequena sereia* — ele responde por mim.

— Só porque a Ariel é ruiva?

Lucas me encara como se estivesse contando minhas sardas.

— E você parece com ela.

Mais uma fisgadinha no estômago.

— O meu favorito é *Monstros S.A.*, e, seguindo a sua lógica, o seu favorito teria que ser *A pequena sereia* também.

Ele beija o próprio bíceps com um ar convencido.

— Porque eu pareço com o príncipe gato?

— Porque você parece com o Sabidão.

Ele ergue só uma sobrancelha.

— Que é?

— A gaivota louca.

Um suspiro pesaroso escapa entre seus lábios.

— E eu achando que se fosse o príncipe, pelo menos no desenho, a gente seria um casal de verdade.

— Ha-ha, como você é engraçado.

Lucas não responde; no lugar, me lança um olhar penetrante, que joga um anzol da boca do meu estômago até os dedos dos pés. Quero voltar a respirar, não aguento mais essa tensão sexual entre nós, que parece ter ficado ainda mais intensa depois que descobri que ele dança, depois que dançamos juntos. Talvez aquela minha ideia de quando estava dopada, do sexo sem compromisso com ele, não seja assim tão ruim.

Sigo sendo encarada, e agora sua respiração está um pouco acelerada. Falo a primeira coisa que me vem à cabeça:

— Você gosta de balé clássico ou só do contemporâneo?

— Gosto de jazz. Já fiz aulas de sapateado e aprendi a gostar de balé clássico por causa da Maia.

— Tem alguma peça favorita no clássico?

— *O lago dos cisnes*, acho, igual a você.

Meu coração bate forte com as imagens dele dançando comigo como príncipe Siegfried. *Se concentra, Natalie, ou simplesmente pega ele de uma vez, cacete.*

Respiro devagar e depois digo:

— Sim, é minha favorita. Sempre foi.

Lucas ainda está me olhando, sem piscar.

— Posso te perguntar uma coisa?

Meu coração desafia as leis da física e entra na velocidade da luz.

— Sim.

— Se não quiser responder, tudo bem.

— Pergunta.

Ele fita a caixa de vidro com os cacos de cristal que são um tesouro para mim.

— O que é isso?

E eu achando que seria alguma coisa sobre essa eletricidade que nos chicoteia há tanto tempo. Mas não; é um assunto difícil, denso e triste.

— Ah... isso.

— Imagino que seja algo importante que quebrou. E que... — Ele segura minha mão direita e toca na cicatriz, arrepiando meu braço. — ... e que talvez tenha a ver com essa cicatriz.

Faço que sim, pasma. Respiro fundo e falo com a voz fraca:

— Quando eu tinha quinze anos, o prêmio mais importante do balé da Rússia levava o nome da minha professora, Zakarova. Foi a mãe dela quem criou esse concurso, e minha professora na época era a coordenadora da premiação.

Olho para os cacos iluminados pelo foco de luz.

— Aquela época foi muito difícil pra mim. Minha família não sabia que eu dançava e eu não ia me inscrever no concurso, não sem o apoio deles, mas a Zakarova me convenceu. Ela pagou tudo o que eu precisaria: taxa de inscrição, figurino, salas para ensaios extras, como se... como se fosse minha mãe.

Sorrio com os lábios trêmulos e a mão do Lucas envolve a minha com força.

— Então eu treinei por horas, durante meses a fio, dentro de casa, escondida no sótão, na companhia de balé, inventava compromissos com...

— Faço que não e uma sensação de repulsa curva meus lábios para baixo.

— Eu estava no começo do namoro com o Alexei.

— O atacante novo do Predators. Não dá pra acreditar nessa coincidência.

— Não mesmo... O fato é que a minha família era amiga da família dele, e nem preciso dizer que eles apoiavam o meu namoro. Então eu inventava que ia sair com ele e na verdade ia fazer aulas de balé.

Um sorriso fraco curva os lábios do Lucas.

— Eu te entendo.

— Eu ganhei o concurso.

— É claro que sim.

Olho para a caixa e engulo o choro.

— Esses pedaços de cristal são do troféu.

— Nossa... sinto muito.

Uma tristeza conformada me faz sorrir.

— Era um globo de neve com a base de bronze. A base ainda está intacta, claro. Lembro da voz da minha professora quando me entregou. Ela estava com lágrimas nos olhos e disse: "Só duas alunas minhas ganharam esse prêmio até hoje. Que orgulho, Natalie, eu sempre soube que você iria muito longe". Agradeci, toda emocionada, e dei um abraço nela. Ela tocou o prêmio com a ponta dos dedos, como se ele fosse mágico... Bom, pra mim era mesmo. E falou: "Sabe por que tem uma sapatilha imitando gelo dentro do globo? A minha mãe dizia que só as melhores bailarinas, aquelas que alcançam as nuvens quando dançam, é que podem calçar sapatilhas de gelo". E nisso ela sorriu segurando a curva dos meus braços, nós duas olhando para o prêmio. "Imagine como uma bailarina tem que ser talentosa pra calçar sapatilhas assim? Elas podem quebrar, podem te fazer escorregar, mas... a bailarina capaz de usar essas sapatilhas desliza pelos palcos com leveza e graça. E você, minha querida, nasceu para usar sapatilhas de gelo."

Meus olhos desviam dos cacos do globo de neve para os olhos verdes do Lucas, e somente depois eu continuo:

— Durante anos eu carreguei esse prêmio como o maior tesouro da minha vida, como se ele fosse a força de que eu precisava pra continuar acreditando nos meus sonhos. En-então...

Minha voz falha. Lucas faz que não, como quem diz em silêncio "Não precisa continuar". Só que eu quero, preciso ir até o fim.

— O meu ex sabia quanto esse prêmio significava pra mim. Ele sabia que esse troféu era como o meu amuleto da sorte e parte do meu coração. E um dia, numa das brigas que a gente teve, ele jogou o globo no chão e falou alguma coisa como "Você não mereceu isso. Só conseguiu chegar aonde chegou porque provavelmente abriu as pernas pros diretores da companhia".

Esfrego os olhos, enxugando as lágrimas.

— Sabe o que é o mais difícil num relacionamento abusivo?

Lucas faz que não.

— Ele não é feito só de momentos ruins, então você se apega aos momentos bons como se eles fossem sua salvação. E assim, de algum jeito louco, você aceita os pedidos de desculpas que vêm depois das merdas, e, quanto mais você aguenta e perdoa, mais você sente que tem que continuar acreditando que está certa em perdoar porque, afinal, vocês se amam. E você vai ficando mais fraca. E de repente você se apaga tanto que começa, de um jeito doente, a achar que tem culpa pelas explosões, pelas brigas, pelo que deu errado. — Olho para a colcha azul. — Nem sei por que eu guardo esses cacos. Acho que é pra lembrar que a gente pode ser quebrado, mas é forte o bastante pra se reerguer, se reinventar e, de algum jeito, continuar.

Quando volto a olhar para Lucas, esta está com o maxilar travado e um músculo pulsa na mandíbula. Quando fala, sua voz sai mais grave:

— Posso te abraçar?

Faço que sim. E ele me abraça forte, inteiro, como se quisesse juntar meus pedaços. E é só aí que me permito chorar.

— Desculpa estar tão emotiva. É que fazia muito tempo que eu não contava essa história.

— Posso matar seu ex?

Eu me afasto um pouco e o encaro. Lucas continua, com a voz rouca, mas calma, como se falasse de coisas suaves:

— É sério, eu compro uma passagem pra Inglaterra, encontro esse cara, resolvo tudo rápido e...

— Vai preso.

— Não preciso matar ele de verdade, só dar uma surra bem dada.

Dou risada, enxugando as lágrimas.

— No começo eu não entendi como o Nick podia ser seu amigo, mas agora eu entendo. Vocês são tipo opostos mas iguais.

Ele sorri só com os lábios.

— Vou considerar isso um elogio.

— E é, Lucas. Pra mim é o maior dos elogios.

E ele volta a me abraçar com firmeza.

— Você gosta de cafuné?

— Amo.

— Então, princesa Moranguinho, considere-se uma garota de sorte.

E começa a acariciar meu cabelo e minha cabeça com movimentos viciantes e hipnóticos. Em pouco tempo eu apago.

❈ ❈ ❈ ❈

Acordo com minha barriga sendo amassada. Estico o braço e acendo o abajur. O relógio ao lado da cama diz que é 1h16 da manhã.

— Oi, Freya — murmuro para a gatinha cinza que está afofando meu abdome para deitar em cima.

Olho para os lados e vejo que estou sozinha. Lembro que dormi nos braços do Lucas. Depois de chorar também nos braços dele. Depois de dançar nos braços dele.

Reviro os olhos e me viro para o morango de pelúcia ao lado da Wilsa.

— Oi, Merida. O cara que comprou você anda fazendo uma bagunça comigo. E o pior é que eu acho que a gente pode ter ficado amigo, mas ele tem sido legal assim e está quase sempre ao meu lado só por causa do Nick.

Fecho os olhos e inspiro com força. *Objetivo novo ativado: parar de imaginar coisas.* Sou irmã do Nick, Lucas jamais... Só que o jeito como ele tem me olhado e me tocado... sei lá.

Tiro Freya com cuidado de cima de mim.

— Desculpa, peluda. Acho que não vou conseguir dormir de novo. Preciso de um beijo na boca. De um chá pra me acalmar. — Eu me espreguiço e levanto. Freya sai andando atrás de mim. — Vamos pegar alguma coisa pra comer, que não seja o Lucas?

Ela faz um ronrom preguiçoso. Provavelmente a gatinha cinza está dando risada.

❀ ❀ ❀ ❀ ❀

Pego os morangos e o leite da geladeira. Estou decidida a tentar entender como Lucas faz minha vitamina ser a melhor que já experimentei.

Olho para as prateleiras.

— O que será que ele põe a mais?

— Precisa pegar a geleia de moran...

Dou um grito e me viro para ele, assustada. E acontece tanta coisa ao mesmo tempo que é quase impossível entender: Lucas provavelmente também se assusta e deixa o celular cair. Eu derrubo os morangos tentando salvar o celular dele. Freya se assusta com o baque do celular, que cai do lado dela, e dá um pulo, grudando no peitoral do Lucas, que solta um grunhido de dor.

— Ai, porra.

Ele luta para tirar as unhas da gatinha da sua camiseta e é arranhado com mais força.

— Merda.

Envolvo a barriga peluda falando com a gata com a voz que uso para falar com bichos e crianças. Quase todo mundo tem uma voz assim, não adianta fingir que não.

— Freya, meu amor, está tudo bem. Pode soltar o Lucas, está tudo bem.

Ela retrai as unhas e eu a devolvo para o chão, pegando o celular do Lucas no processo. Quando fico de pé, reparo no estrago que as unhas dela fizeram: pequenas manchas de sangue se espalham pela camiseta branca, e um arranhão fundo marca a base do pescoço.

— Ai — murmuro.

Uma careta de dor franze o rosto dele.

— Eu nem sabia que os gatos tinham tantas unhas.

— Dezoito.

— Sim, estou percebendo. Ela me esquartejou.

Arqueio as sobrancelhas diante do exagero, mas sei como os homens se comportam quando sentem dor. Até os que aparentemente são mais resistentes por causa do hóquei.

— Vai sentar no ex-Cheetos que, depois de arrumar essa bagunça, eu pego meu kit de primeiros socorros pra te ajudar.

Lucas puxa a gola da camiseta, revelando outros arranhões, esses bem mais feios. Devo fazer uma careta também, porque ele diz, todo sentido:

— Não falei?

— Vai lá sentar antes que os seus braços caiam.

Ele estreita os olhos, mas a curva discreta de um sorriso marca seus lábios. Então se vira e sai da cozinha.

❄ ❄ ❄ ❄ ❄

Eu me ajoelho entre as pernas dele, prendo o cabelo com o elástico que está no meu pulso e me curvo um pouco para pegar a caixa com os remédios que acabei de colocar no chão.

Só percebo que fiz os gestos universais de *vou fazer um boquete* quando me viro para o Lucas. Seus olhos estão mais escuros, a boca entreaberta, as veias do pescoço saltadas, e ele engole em seco quando eu peço:

— Tira a calça.

As pernas dele se contraem e os olhos se arregalam antes de eu me corrigir:

— A camiseta. — *Merda.* — Tira a camiseta.

Lucas faz que sim, com as narinas expandidas, e puxa a camiseta, revelando os músculos do abdome e o peitoral. É impossível se acostumar com isso, mesmo vendo toda manhã, mesmo tendo esse corpo quase gravado na retina. Ainda mais agora que estou no meio das pernas dele. Tão perto que é só me inclinar poucos centímetros e... — minha boca se enche de água — e literalmente cair de boca.

Sinto as bochechas esquentarem, pego o spray antisséptico e pigarreio.

— Você disse geleia de morango?

Espirro o produto em cima dos arranhões no peito.

— O quê? — ele pergunta, rouco.

Eu o encaro. Nunca vi os olhos dele tão escuros e brilhantes.

Minha garganta aperta e eu me obrigo a repetir:

— Na vitamina de morango. É geleia que você usa?

Lucas faz que sim e eu disparo sem controlar a voz, que sai parecendo um miado cheio de manha da Freya:

— Nossa, você revelou seu segredo de chef. Estou te devendo uma.

E meus olhos param no meio das pernas dele. Como se eu estivesse sugerindo que estou devendo uma punheta para ele.

— Calor, né? Acho que depois vou... diminuir o aquecedor.

— Sim. — E essa é a voz mais grave e rouca que já ouvi.

Termino de borrifar o antisséptico, vendo as cadeias de músculos se contraírem. Imagens desses músculos retesados enquanto ele sente prazer, dá prazer, invadem minha mente. E eu me pego mordendo a pontinha do lábio. *Ah, não, Natalie. Bancar a Anastasia Steele de* Cinquenta tons *não, né? Tudo tem limite.*

Sem olhar para Lucas, agarro a pomada antibiótica, meleco o dedo e começo a espalhar na pele quente, na pele fervendo, na pele dele, que se arrepia com meu toque. Será que está...

— Está doendo?

— Não.

Todos os arranhões estão besuntados e eu começo a afastar a mão. Sou impedida por dedos longos, firmes e uma mão cheia de veias marcadas.

Subo os olhos, seguindo as veias dilatadas pelo antebraço, pelo bíceps, pelo maxilar coberto por uma barba rala. Lucas está me encarando daquele jeito intenso e... perco o fôlego quando ele leva minha mão aos lábios sem tirar os olhos do meu rosto, da minha boca.

— Obrigado — murmura.

E aí beija o dorso da minha mão, como um cavalheiro dos romances da Jane Austen. Meu estômago está na Sibéria.

— Obrigado — murmura novamente, e dessa vez o beijo é mais demorado e arrepia todo o meu braço.

Então Lucas fecha os olhos, vira minha mão para cima e beija meu pulso, de um jeito lento, molhado e quente. Eu estremeço e não consigo segurar um gemido baixo. Surpresa com minhas reações, pergunto:

— O q-que você tá fazendo?

Ele se afasta um pouco e me encara, parecendo confuso, antes de arregalar os olhos e cobrir o rosto com as mãos, o peito descendo e subindo rápido com a respiração.

— Desculpa, Nathy.

Não! Tenho vontade de gritar: *Por que você parou? Não quero que você pare.* Pela primeira vez em muito tempo não quero que um homem pare de me tocar, mas ele jamais avançaria por eu ser quem eu sou, e por não saber que eu também estou a fim. Eu sei que Lucas nunca namorou, e imagino que seja por causa do foco na carreira. Sexo casual com a irmã do melhor amigo deve estar fora de cogitação, a não ser que ele saiba que eu também quero. Que podemos fazer isso, nem que seja por uma noite.

Toco no ombro largo, Lucas ergue o rosto e olha para o ponto que meus dedos acariciam de leve, fazendo uma careta de dor.

— Merda — diz, rouco. — Se você puder me dar uns minutos... Eu... Eu preciso voltar a pensar direito.

Só então eu reparo que as pernas dele me prendem como se eu fosse uma ratinha numa armadilha, ou um morango envolto num filme plástico gigante. Dou risada do meu pensamento louco e apoio as mãos nas coxas dele, que se retesam.

— Acabei de pensar que eu era um morango e suas pernas um filme plástico gigante que me envolviam.

Lucas não ri da minha imagem mental absurda. No lugar, afrouxa as pernas e se recosta no sofá, respirando ainda mais acelerado. Fecha os olhos e volta a pedir, entre os dentes:

— Me dá um espaço agora?

Inclino o corpo para trás, perplexa com a intensidade dele. Talvez eu tenha interpretado errado, talvez ele não queira nada aqui, ou talvez...

Meus olhos param no membro inchado debaixo da calça de moletom. *Ou talvez ele queira.* O ar ferve e eu me sinto derreter por dentro, tudo fica lento e macio como massa de bolo antes de assar, menos o meu ventre, que se contrai, deixando os músculos da barriga rígidos como pedra, e isso faz meu sexo se contrair também.

Oi, desejo. Há quanto tempo eu não te via. Bem-vindo de volta.

Não vou deixar isso escapar. Por isso volto a me aproximar, apoio novamente as mãos nas coxas potentes e tensionadas e disparo:

— Eu topo sexo casual. Na verdade é isso que eu quero no momento. Não se preocupe com o Nick, eu tenho vinte e dois anos e sou responsável pelas minhas escolhas.

Ele abre os olhos e me encara, lindo, com as bochechas rosadas. Minha boca seca e eu prossigo de um jeito acelerado:

— Eu lembro o que te contei na noite em que estava dopada, e só quero que você saiba que as coisas têm funcionado diferente. Apesar de eu ter custado muito a admitir e ter lutado bastante contra isso, eu me sinto... eu me sinto atraída por você.

Lucas respira fundo, ao mesmo tempo em que pega a camiseta de cima do sofá e a veste. Abro bem os olhos. *O que está acontecendo aqui?* Vou ser rejeitada de novo?

Forço uma risada relaxada.

— Ah, tudo bem, entendi. Você não tem interesse.

E começo a me afastar, mas ele me detém, passando as mãos embaixo dos meus braços, e me põe em pé como um guindaste movendo uma caixa de frutas. As mãos enormes e quentes envolvem meu rosto, como as sapatilhas envolvem os pés das bailarinas.

— Você acha que eu não tenho interesse? — pergunta, colando o nariz no meu, e sopra o ar pela boca numa risada baixa. — Meu Deus, Natalie, você não faz a menor ideia.

Minha barriga se aquece com a possibilidade da conquista. Com as possibilidades que isso traz.

— Pode ser só por esta noite também. E é melhor que ninguém saiba o que aconteceu. Acho que vai ser mais fácil assim.

Lucas franze um pouco o cenho, como se estivesse contrariado, e em seguida concorda com a cabeça. Uma mão dele cava meu cabelo por cima da nuca e a outra cobre metade do meu rosto.

— Se a gente vai mesmo cair nessa, eu preciso ter certeza que nós estamos em sintonia.

Ah, meu Deus, isso vai mesmo acontecer.

Ele desliza os lábios pelo meu rosto, fazendo um buraco se abrir embaixo dos meus pés e eu ter a sensação de que despenquei dez metros.

— Tudo bem.

A mão que está na minha bochecha desce até minha cintura e me traz para junto dele, o corpo enorme me pressiona contra o painel da TV um pouco frio. Poderia ser desconfortável, mas a firmeza do peito quente contra o meu é uma delícia. O tecido da calça de moletom dele e o do meu baby-doll não são barreira para o membro duro e quente roçando minha barriga. Lucas aproxima os lábios da minha orelha para dizer:

— Eu preciso saber o que você espera disso.

Fico meio zonza.

— Como assim?

— Quero saber tudo, Natalie: o que você gosta, o que não gosta, como você goza, o que te dá mais prazer, o que você quer que eu faça.

Ninguém me pergunta isso há anos, aliás nenhum homem com quem eu transei já me perguntou isso, então não sei direito o que dizer. Talvez "Faça o que você faz de melhor", ou "Me faça gozar até eu ver estrelas". Mas quero agilizar as coisas. Lucas está me fazendo fritar, e dessa vez não é de vergonha, por isso digo, afoita:

— Tudo o que você quiser.

Uma risada é soprada pelos lábios úmidos dele, enquanto os olhos escurecem ainda mais.

— Baby, é melhor você ser mais específica, porque você respira perto de mim e o meu sangue ferve, você fala e eu crio fantasias absurdas só por causa da sua voz, você encosta em mim e a minha vontade é fazer com você tudo o que um homem e uma mulher podem fazer juntos.

Os lábios na minha orelha e a voz grave tão perto dela fisgam meu ventre, que se contrai, meu sexo fervendo de antecipação. Isso me derrete por completo, e eu quero tudo o que ele acabou de me prometer.

Imagens desse *tudo* o que um homem e uma mulher podem fazer juntos invadem minha cabeça, e, sem que eu controle, o homem que aparece é o meu ex e o que ele fez comigo. Minha respiração acelera mais, seguida pelo meu pulso, mas dessa vez não por causa do Lucas. Apertos os olhos com força e meus músculos se retesam. Ah, merda, estava bom demais para ser verdade. *Não faz isso. Está tudo bem, você está segura.*

As mãos dele em concha envolvem meu rosto com carinho. Abro os olhos e encontro os verdes dele investigativos, aflitos.

— Fica aqui comigo, baby. Está tudo bem. Fica aqui comigo pelo tempo que precisar.

Ele percebeu, claro que percebeu. Provavelmente vai se arrepender de estar me tocando, vai inventar uma desculpa e pular fora. Homem nenhum curte sexo casual com uma garota-problema.

Para minha surpresa, Lucas continua acariciando meu rosto com as costas dos dedos. E então sugere:

— A gente pode sentar no sofá e assistir desenho até amanhã.

Meus lábios se curvam num sorriso fraco e admirado, e eu respondo por impulso:

— Seria incrível.

Lucas segura minha mão, parecendo que vai me levar para o ex-Cheetos. Fecho os olhos de novo e falo o que realmente desejo, antes de ele se mover:

— Eu quero muito isso... não os desenhos, nós dois. Só não me deixa pensar, Lucas. Tire os pensamentos da minha cabeça. É como eu acho que vai funcionar pra mim.

O dedão dele impulsiona meu rosto para cima.

— Abra os olhos, moranguinho.

Eu obedeço. Ele inclina o pescoço para trás e me encara, o peito tão colado nos meus seios que respiramos num movimento ritmado.

— Esta noite é inteira pra você. Faça o que tiver vontade comigo, comande o que deseja. Deixa eu ser um vibrador musculoso, gigante e exclusivo. Faça o que quiser comigo.

Consigo achar graça e relaxar um pouco.

— Um vibrador gigante?

Lucas faz que sim, sorrindo.

— E ele vem com esse peitoral lindo de adorno?

— O peitoral é um bônus.

Dou risada mais uma vez, lembrando que as últimas vezes que transei eu não fui beijada, e eu adorava ser beijada antes, durante e depois do sexo. Nem sei mais o que é isso. Respiro fundo e digo:

— Uma das coisas que eu mais gosto é de ser beijada.

— Podemos passar a noite só assim. Aliás, eu quero tanto te beijar que isso seria perfeito.

E ele me envolve entre os braços. Sei que já fui abraçada pelo Lucas algumas vezes, mas não assim. Nunca assim. É como se os braços dele quisessem me moldar nele, e, sério, ele faz exatamente isso, encaixando cada curva dos nossos corpos, como se tivéssemos sido feitos no mesmo molde. Nossos narizes se tocam, a respiração quente invade minha boca.

— Natalie, eu vou te beijar agora.

E minha capacidade de raciocinar congela, como o suor em contato com a neve.

— Tipo um selinho?

— Não — murmura —, tipo o beijo de um homem sedento por uma mulher há anos.

Faço que sim e recebo como resposta um rosnado baixo que arrebata algo fundo em mim, e a boca do Lucas encosta na minha, deixando beijos breves e rápidos, cada um deles me dando um novo prumo. Em seguida, a língua passeia pelos meus lábios, até que eu os abro e me sinto fraca, mole e acesa ao mesmo tempo, sem nenhum pensamento coerente.

Ele me beija com força e depois devagar, então aprofunda o beijo, como que me possuindo com a boca. E é como se Lucas realmente precisasse disso, como se desejasse isso há anos. Algo em meu ventre derrete e se contrai quando os lábios dele tocam meu pescoço, quando gemo baixinho e em resposta ele geme rouco, alto, quando uma mão dele sobe pela lateral da minha cintura e segura um seio.

— Você gosta disso?

Gemo em resposta e Lucas envolve meu seio com mais firmeza, escorregando os dedos até fechá-los em volta do mamilo. Gemo mais alto e dou graças aos céus que estamos sozinhos em casa. Dante foi dormir na república com Dean e os outros caras do time.

— E disso? — pergunta, tão rouco que mal reconheço sua voz.

— Sim.

Ele volta a me beijar enquanto estimula meus seios, um, depois o outro. Passo as mãos por baixo da camiseta dele, nas costas e no abdome, sentindo os músculos que se contraem ao meu toque e ouvindo sons guturais de prazer. Sons que me deixam entregue. Sons que me acendem. Eu me esfrego nele de todas as maneiras, buscando mais contato. Lucas entende e me beija mais fundo, me toca nas costas e no cabelo, antes de mudar a posição do beijo.

— Eu quero mais, quero tudo — peço.

A testa dele está colada na minha.

— Porra, Natalie. Sim, o que você quiser.

Lucas desce a boca pelo meu pescoço e meu colo e continua deixando beijos longos e molhados, até abocanhar um mamilo e o chupar, deixando a blusa do baby-doll molhada e colada nos seios.

E eu já não penso em mais nada. Minha mente está totalmente em branco. Lucas sente a mudança no meu corpo e assume o controle. A mão quente e um pouco áspera sobe por dentro da minha coxa macia. Ele se afasta, arfando como se tivesse jogado dez partidas de hóquei, e me encara, medindo minhas reações.

Eu arquejo:

— S-Sim.

Lucas sobe mais um pouco os dedos, tocando o elástico da minha calcinha de renda rosa. Ainda bem que foi essa que eu pesquei na gaveta, e não uma bege gigante.

— Sim, não para.

E ele me atende, comandando as reações do meu corpo. Invade minha calcinha, alcançando minha abertura e tocando-a com o dedo do meio, circulando-a. *Há quanto tempo isso não acontece aqui embaixo?* Quero gritar de euforia e solto um gemido longo quando sou penetrada por um dedo; Lucas grunhe junto. Nós dois ficamos um tempo paralisados, nos encarando, surpresos. Até que ele começa a mexer o dedo devagar. Eu estremeço quando Lucas atinge o ponto certo.

— Cacete, baby, eu amo como você está molhada.

E me beija, enfiando a língua na minha boca, ao mesmo tempo em que outro dedo desliza para dentro de mim lentamente, antes de parar.

— Você gosta dos meus dedos te preenchendo? Gosta que eu meta rápido ou devagar?

Eu gemo, e gemo outra vez, e me agarro no que consigo, nos ombros largos. Sinto que estou afundando quando peço, com a voz falha:

— Faz com força.

Um rosnado sai do fundo da garganta dele, e Lucas começa a colocar e tirar os dedos de dentro de mim, bem fundo e rápido. Quando circula meu clitóris com o dedão ao mesmo tempo, estremeço por inteiro e me agarro nele para não cair. Eu preciso, desesperadamente, tocar nele.

— Tira a camiseta — peço.

Lucas arfa:

— Não, baby, eu não vou aguentar. Hoje a noite é só pra você.

— Achei que todo desejo meu seria uma ordem.

Sem hesitar, ele tira os dedos de dentro de mim, me deixando vazia e trêmula, e arranca a camiseta num movimento único. Umedeço os lábios e beijo o peitoral dele, que realmente é o mais gostoso do mundo. Lucas pode até se achar, eu não ligo, contanto que esteja na minha boca, sem falar nos sons graves de prazer e nas contrações de todos os músculos do seu corpo. *Todos*. Deixo a palma da mão escorregar na calça dele, por cima da ereção.

— Baby — pede, com a voz falha —, para, é muito cedo, ainda não.

Não sei o que ele quer dizer com isso, talvez queira prolongar a noite. Não tenho nada contra essa ideia, então afasto a mão e subo com os lábios pelo peito, pelo pescoço, e quando alcanço a boca recebo uma mordida leve no lábio inferior.

Lucas cola a testa na minha outra vez.

— Você está me enlouquecendo, apertou tanto os meus dedos antes. Acho que eu nunca vou parar de sonhar com o que você pode fazer com o meu pau.

Meus lábios são beijados novamente antes de ele passar os braços por baixo da minha bunda, me erguendo no ar.

— Pro piano?

Estou tão atordoada que nem questiono. Deve ser um fetiche.

— Qualquer coisa. Só me leva pra um lugar onde eu não precise das minhas pernas.

— Sim.

São poucos passos até lá, e Lucas me carrega, beijando meus ombros e o vale entre meus seios. Meus pés não tocam o chão, porque ele me coloca sentada em cima da tampa, sobre as teclas do piano, e se encaixa entre minhas pernas, se inclinando sobre mim até eu apoiar as costas na parte mais alta do instrumento.

Os beijos voltam mais ardentes, menos afoitos, mais profundos e menos selvagens — e muito mais quentes. Sinto o pau dele deslizar sobre a renda da minha calcinha e entre as dobras do meu sexo, estimulando meu clitóris.

Mas eu preciso de mais, então agarro sua bunda firme para trazê-lo para mais perto conforme Lucas ondula o quadril, e a fricção dessa vez é mais dura e longa. Um choque de prazer aperta meu ventre e sobe pela minha coluna. Arqueio as costas e nós gememos juntos na boca um do outro.

Ele se afasta um pouco para falar e eu murmuro um protesto, tentando alcançá-lo.

— Quero muito fazer uma coisa, baby, muito mesmo.

As luzes da sala estão apagadas, mas pela iluminação da rua é possível enxergar os cabelos que meus dedos bagunçaram, a boca entreaberta, o peito subindo e descendo com a respiração acelerada, os ombros largos e o contorno dos músculos. *Ele é lindo.*

— O quê?

Vejo o movimento da garganta dele engolindo.

— Quero te fazer gozar.

Minha barriga ferve e meu sexo pulsa. *Sim, sim e sim.*

— É tudo que eu quero.

— Me diz como você quer.

Eu me sinto vazia, a ponto de buscar alívio com meus dedos. Não consigo nem contrair as pernas para me acalmar, porque Lucas está em pé entre elas.

— Sei lá, qualquer coisa.

— Dedos — e ele circula algumas vezes meu clitóris por cima da calcinha, me dando um alívio ilusório —, boca — acrescenta depois de me beijar. — O que você quer?

Lucas esfrega o pau na minha boceta de novo, minha calcinha molhada faz a fricção ser mais fluida e intensa, e eu me contraio em torno de nada. A sensação de vazio é quase insuportável. Ergo um pouco o corpo com os olhos estreitos, e pontinhos brancos de prazer reprimido tingem minha visão. Acho que posso ter um treco.

— Faz qualquer coisa, usa o que quiser, seu pau, seus dedos, sua boca, qualquer coisa.

Ele espalma a mão enorme na minha barriga, refreando os movimentos involuntários dos meus quadris.

— Eu vou te dar tudo de mim, baby, mas hoje eu não vou te comer.

Nem consigo pensar com clareza sobre o que Lucas acabou de dizer. Ele se ajoelha e coloca meus joelhos sobre os ombros. Volto a encostar parte do tronco e da cabeça no tampo do piano, perdendo a voz quando minha calcinha é puxada para baixo. Fecho os olhos e as mãos conforme uma onda de tensão ameaça aparecer, se avolumar, acelerando minha respiração.

Tudo some quando a língua dele encosta no meu clitóris e em seguida na minha entrada, e novamente circula meu clitóris e as dobras internas. Cada gemido meu faz eco com um som de prazer dele.

— Tão perfeita — diz, e o ar da sua boca acaricia meu sexo.

— Lucas... — Seu nome escapa entre meus lábios. — Lucas, não para.

E um dedo escorrega para dentro de mim, depois sinto outro entrar mais fundo enquanto ele chupa meu clitóris. Minhas pernas começam a tremer em volta dele e eu percebo pelos movimentos da mão livre que Lucas está bombeando o pau.

Isso faz meu prazer se elevar até a última galáxia do universo. Quero tocá-lo, quero chupá-lo também, quero senti-lo em volta de mim. Ele mexe os dedos, acelerando o ritmo da língua em sincronia, como se estivesse dançando com meu corpo. Até que um lugar específico é tocado, deve ser meu ponto G. Só pode ser. Meu ventre e meu canal se apertam vigorosamente, fazendo meu corpo inteiro enrijecer. Envergo a coluna e a sensação aumenta. Preciso segurar em alguma coisa antes de cair; agarro os ombros dele com força, cavalgando seus dedos como consigo.

Lucas percebe que estou prestes a gozar e solta um grunhido alto, que dispara ondas de choque pelo meu corpo, me fazendo cravar os calcanhares com força nas costas dele. Eu sei que nada nunca foi parecido, e eu devia, como Lucas, querer prolongar isso ao máximo, segurar o momento entre os dedos, com o corpo inteiro, antes que se acabe. Mas não sou capaz.

Lucas ainda bombeia o pau para cima e para baixo, e eu só quero participar, só quero que ele me penetre e...

— Lucas, me com...

Não consigo terminar a palavra. Sou invadida por espasmos que me fazem contrair ainda mais ao redor dele, em volta dos dedos que continuam entrando e saindo, rápidos. Grito com a sensação que domina todos os meus sentidos, e tudo em volta desaparece por alguns segundos.

Quando abro os olhos, Lucas está em pé entre as minhas pernas, se tocando vigorosamente.

— Que coisa mais linda — murmura com assombro na voz. Parece que ele viu algo místico.

Está escuro, mas consigo ver o contorno, e, apesar de já ter tido um vislumbre, ele é maior e mais grosso do que eu acreditava ser possível. Sorrio e começo a me erguer para tocar nele, pedir que vá até o fim, falar qualquer coisa que envolva eu e o pau dele, mas paro quando Lucas chupa os dedos que estavam dentro de mim, geme e os coloca sobre o meu clitóris, massageando-o outra vez.

Apesar de eu estar vestida com o baby-doll, apenas um pouco enrolado na altura das pernas, exatamente como estava quando nos esbarramos na cozinha, sei que estou totalmente diferente: meus lábios devem estar inchados dos beijos que trocamos, a parte de cima do pijama ainda está um pouco molhada, marcando meus mamilos, e minhas bochechas estão rosadas. Sinto o suor escorrer pelas têmporas.

Os olhos dele escorregam lentamente por todo o meu corpo, como se estivessem me vendo pela primeira vez.

— Você é a coisa mais linda que eu já vi na vida.

Ele pressiona meu clitóris, ao mesmo tempo segurando seu pau e movendo a mão firmemente fechada para cima e para baixo. Não sei que feitiçaria Lucas faz com os dedos enquanto se masturba sem piscar, como se eu fosse uma deusa, mas em segundos estou acesa e excitada de novo.

Ambos gememos.

— Sabe quantas vezes eu fiz isso pensando em você?

Faço que não e aperto minhas pernas, sentindo um choque de prazer.

— Muitas, porra. Eu voltei a ter catorze anos.

E isso tira o restinho de controle que eu ainda tinha. Só consigo tremer, gemer e falar coisas sem sentido:

— Deixa, mete, faz rápido e com força, me beija.

E ele me atende sem me obedecer, porque eu só queria senti-lo dentro de mim, me preenchendo, se mexendo enquanto me beija, mergulhando em mim para nunca mais sair, se misturando comigo como o balé se mistura com a música.

Lucas se inclina sobre meu corpo, me beijando fundo enquanto bombeia a ereção mais rápido e forte. Com o outro braço esticado, me toca desenhando círculos rápidos e longos. Nossas respirações aceleram, ele se afasta um pouco e eu quero que ele faça tudo. Quero que ele me coma. Mas minha capacidade de elaborar frases inteiras e coerentes evaporou.

— Goza em mim. — É o que consigo pedir.

Lucas aumenta ainda mais a velocidade com que me toca e se toca. Consigo enfiar o braço entre nossos ventres e circulo com o polegar a cabeça do pau dele.

— Merda, que loucura — ele grunhe de satisfação, arqueando o pescoço para trás.

É tão quente e grosso, e é tão gostoso ouvir o gemido alto e grave que sai do fundo do peito dele com meu toque, que isso dispara um choque de prazer por todo o meu corpo. Preciso me segurar em seus braços, que parecem feitos de pedra e enrijecem ainda mais quando tremores e espasmos dominam seu corpo.

— Porra, baby. — Ele sufoca mais um gemido rouco.

Sinto o jato quente do gozo no meu ventre para, em seguida, Lucas se abaixar, segurando o pau. Abro mais as pernas, achando que ele vai me penetrar, mas o que acontece me deixa alucinada. Lucas guia a cabeça do pau e circula meu clitóris com ele. Cravo as unhas com força em seus bíceps, sentindo outro jato quente enquanto ele arfa, geme rouco e se esfrega mais rápido em mim, gozando, gozando e gozando.

— Porra, Natalie...

A segunda onda de prazer é ainda mais avassaladora que a primeira. Todo o meu corpo entra em espasmos seguidos, que parecem convulsões de tão fortes. É algo grande demais para caber dentro de mim, para caber no mundo, e eu preciso me contorcer e me arquear, gemer e gritar enquanto o envolvo com os braços, para não perder a sensação do pau dele acariciando meu clitóris. Mais um jorro de prazer aperta meu ventre e me inunda quando todo o meu corpo se entrega à melhor coisa que já senti na vida.

A voz do Lucas é como uma âncora me trazendo de volta para ele.

— Meu Deus, me deixa fazer isso pra sempre. O tempo inteiro.

Não absorvo as palavras; ainda estou flutuando no prazer que dividimos quando ele me beija na testa e nas bochechas, antes de segurar meu rosto entre as mãos e arregalar um pouco os olhos.

— Você está chorando?

Toco meu rosto e sinto a ponta dos dedos molharem. *Nem percebi.*

— É de prazer. Foi muito, muito bom, e fazia tanto tempo. Eu... acabei sentindo de todos os jeitos possíveis.

Olho para baixo, tendo a sensação de que Lucas vai me abraçar, dar um beijo na minha têmpora e me agradecer pela noite — que combinamos que seria a única —, depois vai me dar um boa-noite carinhoso enquanto pensa: *Nossa, que garota mais emocionada.* E eu vou seguir pelo resto da vida fingindo que essa noite não me marcou para sempre.

É o certo a fazer. Ele não quer compromisso, eu não sei se estou pronta para isso agora, nós não podemos. No entanto, Lucas me surpreende outra vez quando me encara por longos segundos e me deixa mergulhar numa imensidão verde que parece não ter fim antes de dizer:

— Foi a melhor noite da minha vida. A melhor.

E então minha cintura é envolvida, sou levada para junto dele e beijada nos lábios várias vezes, com uma ternura que me desmonta. Lucas continua me deixando meio zonza e sem palavras quando me carrega para o banheiro, dando espaço para eu me lavar primeiro. Depois que saio, ele entra e eu instintivamente o espero. Ainda em silêncio, Lucas me pega no colo outra vez e me leva para o quarto, para minha cama.

Meu corpo afunda no colchão e eu percebo o olhar dele para Freya. Ela dorme tranquilamente como um novelo cinza na poltrona.

Lucas sorri, murmurando:

— Obrigado, Freya. Vou te agradecer pra sempre.

Isso faz meu coração bater mais forte, ainda mais quando ele se inclina e beija minha testa antes de perguntar:

— Posso dormir aqui com você?

Estou surpresa e minha expressão não disfarça, porque ele se explica:

— Eu sei que é melhor ninguém saber o que rolou entre a gente. Mesmo o Dante não estando em casa, eu saio antes de amanhecer pra não arriscar. Tenho certeza que ele vai aparecer aqui só pra filar o café da manhã.

Faço que sim e suspiro. Ele deita de lado e eu viro de frente para ele. O sorriso de Lucas me atinge, me contagia, e eu respondo com a mesma expressão: um sorriso sincero e incrédulo pelo que fizemos.

— Alexa, apaga a luz — dou o comando e o quarto escurece.

— Vou fazer cafuné até você dormir.

— Vou ficar mal-acostumada.

Os lábios dele tocam minha testa e minha boca.

— Essa é a intenção, moranguinho.

— Boa noite, capitão.

Não, Natalie, você não está apaixonada por ele, entendeu? Que isso fique bem claro, antes de você surtar, fugir, se armar e se fechar para o que está acontecendo.

Vou aproveitar o momento e viver um dia de cada vez.

18

**Série da minha vida, episódio de hoje:
Do céu ao inferno em segundos**

Café da manhã normal na casa Pavlova.
Lucas cozinhando ovos com bacon enquanto canta "Say Something", do A Great Big World, e me olha cheio de sorrisos. Sorrisos que fazem meu coração disparar.

Está certo, isso não é nada convencional. Não o lance do coração disparado por causa do Lucas, mas os sorrisos ao cantar uma música de amor como se fosse uma declaração, e meus sorrisos de volta para ele. Além do fato de ele não estar sem camiseta. O que é bastante surpreendente.

Quando acordei, Lucas já tinha saído do quarto. Pisquei e respirei fundo para espantar a pontada de decepção por ele ter cumprido o que tínhamos combinado. Quando vim para a sala, Dante havia acabado de chegar e entrar no banho, antes do café.

Assim que me viu, Lucas deu a volta no balcão da cozinha, abriu um sorriso que estendeu um raio de sol até meu coração, segurou meu rosto entre as mãos, olhou por cima do meu ombro para ver se Dante não estava vindo e deixou um selinho nos meus lábios.

Um selinho que colou o raio de sol do sorriso dele na minha boca.

E agora Dante acabou de sair do quarto e sentar do meu lado.

— Bom dia, gente.

Lucas e eu respondemos quase juntos:

— Bom dia.

— Está de camiseta, como se fosse pra um baile? O que aconteceu, a sra. Steel apareceu aqui de surpresa logo de manhã?

— A sua sorte é que nada vai estragar o meu bom humor hoje.

Dante assobia baixinho ao ver Lucas tirar uma assadeira do forno.

— Uau, assando pão. Me conta, vai, quem tá no seu quarto?

Quase engasgo enquanto Lucas ignora Dante e assobia no ritmo da música que cantava há pouco, cortando fatias generosas do pão recém-assado, cujo cheiro faz minha boca encher de água. Ele coloca os pratos na nossa frente e depois senta ao meu lado. Bem próximo, nossos braços roçando um no outro e meu coração batendo forte.

Os olhos verdes indicam bem-humorados os pés do amigo. Rimos juntos da sapatilha que Dante usa todas as manhãs como pantufa.

— O quê? — pergunta Dante, com o cenho franzido.

Lucas nega.

— Nada.

— Fico feliz de ver que você amou o presente que eu te dei.

— Nossa, gostei tanto que quero saber onde você comprou pra presentear uns amigos...

A campainha toca. Olhamos uns para os outros, arqueando as sobrancelhas.

— Quem será? — pergunto.

Dante pula do banco.

— Eu abro.

No espaço de tempo enquanto Dante alcança a porta, os dedos compridos do Lucas alcançam minha mão e seu polegar desenha círculos rápidos no meu pulso. Minha respiração acelera quando sua boca cola na minha orelha.

— Quero muito te beijar.

Solto o ar numa rajada. Achei que fôssemos fazer isso só por uma noite.

— Para, aqui não. Ficou louco?

Os olhos verdes se firmam nos meus.

— Me encontra na escada de incêndio daqui a dez minutos. A gente pula pra dentro de um dos quartos e... — Ele faz uma pressão sugestiva com o polegar no meu pulso. — Não estou aguentando.

Bem, talvez façamos isso mais uma ou duas vezes. Faço que sim. Lucas solta uma exalação longa e entrecortada olhando para os meus lábios.

A porta se abre e a voz do Nick reverbera pela sala:

— Quem foi o filho da puta que mudou o código de segurança da porta?

Em seguida Dante responde:

— O Lucas está meio neurótico com esse lance de segurança e quer alterar o código toda semana. Mas a gente colocou no grupo, você não viu?

— Não. — A voz dele soa mais baixa. — Consegui adiantar minha volta, só que estou morto e a viagem foi uma merda.

Abro um sorriso espontâneo antes de levantar e correr para a sala. Lucas vem atrás de mim.

Abraços e cumprimentos entusiasmados depois, estamos sentados no sofá, nós quatro. Nick segura minha mão com carinho.

— Você ficou esse tempo todo aqui sozinha com esses chatos. Eles te trataram bem?

Nossa, Nick, Lucas me tratou muito bem. Você não tem ideia. Quero rir, mas disfarço e olho de relance para Lucas. Ele parece absorto em pensamentos e mantém uma distância mínima de um metro desde que Nick chegou. Bem, no fim das contas, talvez tenha sido coisa de uma noite só mesmo. Não sei como vai ser agora que Nick chegou.

— Trataram superbem — respondo. — Tão bem que corre o risco de eu querer continuar sendo tratada assim por ele... por *eles*, mesmo que você tenha voltado.

Só percebo o duplo sentido das minhas palavras quando Lucas me encara com as narinas expandidas.

— Obrigado — Nick diz, dando uns tapas firmes no ombro do Lucas, que está sentado entre ele e Dante. — Fico devendo uma pra vocês.

Os olhos azuis do Nick se fixam num ponto no chão antes de ele gargalhar.

— Por que você está usando sapatilhas de balé, Dante?

— Imagina. Isso é aquele sapato de ficar em casa, não é?

Não seguro a risada, e a gargalhada rouca do Lucas faz minha nuca arrepiar. A voz do Nick se sobrepõe às risadas:

— Eu cresci rodeado por sapatilhas, sei identificar uma quando vejo.

Dante me encara encolhendo os ombros.

— De qualquer jeito eu adorei, não faz diferença.

Nick gargalha, debochado.

— Faz um *plié*, Dante.

Ele se levanta, ergue os braços acima da cabeça e gira, no que deve ser uma quinta posição, parecendo um tronco. Todos rimos. Como pude achar em algum momento que Dante tinha postura de bailarino?

— Vou me trocar. — Dante boceja. — Daqui a pouco a gente tem treino e ainda preciso passar num dos fornecedores da festa da minha irmã. Aliás, gente — ele olha para Lucas e depois para mim —, vocês estão ensaiando? A festa é daqui a duas semanas.

— Mais ou menos — respondemos em coro.

As sobrancelhas loiro-escuras do Nick se unem.

— Ensaiando?

— Você acredita que o Dante me convenceu a cantar com o seu time na festa de quinze anos da irmã dele? — conto.

— Acredito. — Nick bufa, rindo. — Esse filho da puta sabe ser persuasivo.

Dante curva os lábios para cima, recebendo o comentário como um elogio.

— Vou me trocar e... — A campainha toca de novo. — Que manhã movimentada, mas dessa vez eu não vou abrir.

Eu me levanto num pulo.

— Eu abro.

Em uma corrida rápida, estou em frente à porta, destravo e... uma garota linda de cabelo preto, superbronzeada, sorri para mim.

— Oi — diz ela, simpática. — O Lucas está aí?

Meu queixo só não cai no chão porque está grudado no rosto.

Será que era por isso que ele estava todo arrumado logo de manhã?

Ele disse que queria me encontrar na escada de incêndio, não disse?

Será que interpretei errado os sinais?

Será que... A sensação que tenho é de que minha cabeça entrou em curto-circuito. E tudo o que consigo fazer é o que aprendi de melhor nesses últimos anos: fingir que não me importo.

— Oi. — Tento imprimir uma expressão imparcial no rosto. — Entra, ele está bem ali. — E aponto com o polegar para trás.

A garota entra, fecho a porta e começo a andar para o meu quarto, sem olhar para ele. O que eu esperava de um cara como Lucas More? Inspiro devagar, me conformando com o que sempre foi a realidade: por mais que ele tenha provado ser um cara legal, Lucas continua sendo o melhor amigo do meu irmão e... Minha barriga se contrai. Será que foi por isso que ele não quis me comer ontem? Para apaziguar a própria consciência de um jeito hipócrita?

Escuto os dois se cumprimentando.

— Oi, Louise — diz Lucas. — Nossa, que dia é hoje?

— Pela sua cara, você esqueceu completamente que a gente marcou, né?

— Oi, Louise — cumprimenta Nick. — Essa é a minha irmã, Natalie.

Ah, não. Vai rolar apresentação para a outra. Respiro fundo e busco dentro de mim o sorriso mais vazio enquanto viro de frente para ela.

— Muito prazer.

E, sem controlar, meus olhos param no Lucas. Ele está com as bochechas rosadas e o maxilar travado e faz que não com a cabeça para mim, como se quisesse dizer... o quê? "Não, Natalie, nós não temos nada"? "Não fique assim, sexo casual não envolve exclusividade"?

Ou...

— Prazer — responde ela.

— Bom, eu vou me trocar. Preciso ir pro balé.

— Eu te levo — diz Lucas, afoito.

Nick está com a testa enrugada e olha de mim para Lucas, provavelmente aguardando uma explicação.

— O Lucas tem me dado carona pro balé, por causa do... é... do frio, mas hoje não precisa se incomodar, Lucas. — Olho de relance para ele e improviso: — O Ivo vem me buscar.

Nick acena para o amigo.

— Obrigado.

Eu me viro para sair, mas a voz do Lucas me detém:

— Natalie, espera. Eu preciso falar com você sobre a viagem. Deixa só me despedir da Louise e eu te chamo, pode ser?

Nick abre as mãos no ar.

— Que viagem?

— Eu coloquei no grupo, você não viu?

As sobrancelhas do meu irmão se arqueiam de leve.

— Ah, sim, lembrei. O balé com a filha da Anastácia Zakarova em Montreal. Vão você e a Maia, né?

Faço que sim.

— Vamos amanhã cedo. O Lucas vai levar a gente.

— Ah, cara, desculpa. Eu até poderia levar as duas e poupar você, mas estou quebrado da viagem e quero ver se consigo descansar até o jogo da semana que vem.

A dúvida que sinto faz minha testa enrugar.

— Achei que você tivesse descansado no retiro.

Nick mira as próprias mãos, parecendo sem graça.

— Como eu quis chegar antes e fazer uma surpresa, não tinha voo e eu acabei... é... vindo de carona uma parte do caminho.

— Ah, nossa. — Franzo mais o cenho, achando estranho. — É muito longe, que maluquice. Vai descansar então.

Louise, toda íntima, toca no ombro do Lucas.

— Eu trouxe a sua jersey que ficou comigo.

Meu sangue ferve, minha pele pinica e começo a sentir os espinhos que me habituei a usar para fora do corpo despontarem na pele. Faço menção de sair da sala.

— Nathy — Lucas me chama outra vez —, me espera pra gente combinar sobre amanhã, tá? Antes de ir pro balé.

Inspiro o ar devagar e depois respondo, tentando manter a linha:

— É que... eu tô com muita pressa. Mas faz o seguinte: manda no grupo o que você quer falar. Assim que eu tiver um tempinho te respondo.

Quase escuto a lâmina das minhas palavras afiadas cortando o ar. Eu me viro e saio rápido, sem esperar a resposta dele. Sem conseguir evitar, escuto a voz de Louise antes de fechar a porta:

— Estava com saudade.

Fecho a porta de uma vez, com mais força do que era preciso. Encosto no armário, sentindo um bolo na garganta, e engulo firme. Estou com o maxilar travado e a respiração instável. Minha vontade é agir como se eu tivesse onze anos e contar para o Nick o que Lucas e eu fizemos ontem, pegar um balde de pipoca e assistir enquanto ele soca a cara do amigo. Enfiar o taco de hóquei dele no...

Meu Deus, estou morrendo de ciúme.

Sento na cama e dou uma risada ácida de mim mesma. Morrendo de ciúme de um cara rodado como Lucas More? Sorrio melancólica, me olhando no espelho.

Sinto meus espinhos saírem todos para fora.

19

Série da minha vida, episódio de hoje:
Contatinhos

Desde ontem, depois da visita da Louise, depois de eu perceber que estava fervendo de ciúme de Lucas More, tentei ficar na minha, me afastar e colocar a cabeça no lugar. Saí do balé e fui dormir na casa da Maia. Mesmo morrendo de saudade do Nick, que acabou de voltar de viagem, inventei uma desculpa esfarrapada: *Preciso ajudar a Maia a arrumar a mala dela.*

Eu me senti aliviada com a ilusão de que a viagem, a mudança de cenário, a companhia da Maia e o balé que há anos eu sonho em assistir seriam o suficiente para me manter ocupada, para que eu conseguisse voltar a agir normalmente.

Lucas nunca me prometeu nada nem eu a ele; fui eu que sugeri que nosso lance fosse casual. Então... qual é o meu problema?

Maia, que era para estar sentada ao lado do irmão neste carro durante a viagem, sendo uma companhia agradável para aliviar o clima tenso e elétrico entre mim e Lucas, está a quilômetros de distância, em Toronto.

Recosto a cabeça no banco e fecho os olhos, lembrando que mais cedo acordamos, tomamos café e Lucas chegou para nos buscar, me olhando de um jeito inquisitivo. Com certeza foi porque eu resolvi que seria supermadura (contém altos níveis de ironia), ignorei as oito mensagens que ele me mandou e fugi da presença dele de todas as maneiras possíveis, mesmo sabendo que teríamos uma viagem juntos hoje.

Estávamos quase saindo da casa dos pais dele quando Maia recebeu uma mensagem no celular, arregalou bem os olhos e disse que tinha acabado de ser chamada para fazer uma participação especial numa peça este fim de semana, na Academia de Balé de Toronto. Óbvio que eu vibrei por ela, mesmo querendo arrancar os cabelos com a ideia de viajar sozinha com Lucas por alguns dias. De que eu teria que arrumar sozinha a bagunça do que estava sentindo — ou, pior, com ele. Eu tentei evitar que isso acontecesse, acreditem.

Mandei mensagem para Ivo, mas lembrei que finalmente ele tomou coragem e neste fim de semana tem um encontro com o professor por quem é apaixonado há meses.

Impulsiva, sugeri a última saída em voz alta:

— Posso tentar vender o ingresso no grupo do corpo de balé e ver se alguém quer ir no lugar da Maia.

Lucas estreitou os olhos para mim.

— Não vamos viajar com um estranho que pode ser quem está fazendo você sabe o quê.

— Tem razão.

E aí se acabaram as alternativas para termos companhia, por isso estamos aqui, eu e ele, há alguns minutos isolados do mundo, como um casal de namorados.

Olho pela janela do passageiro, vendo os prédios mais altos de Toronto ficarem para trás. Finjo que Lucas não está batucando os dedos no volante de um jeito inquieto e que eu não estou meio que de costas para ele, como se estivéssemos de mal.

— Você vai voltar a falar comigo — Lucas diz num tom de voz baixo — ou nós vamos passar três dias em silêncio na companhia um do outro?

Dou mais uma olhada na vista através da janela. Preciso parar de me importar tanto assim por estarmos sozinhos, ou por ter sentido ciúme dele, e começar a agir com inteligência emocional aqui. Abro a boca, disposta a conversar, mas paro quando entra uma mensagem no celular dele e consigo ler o nome na tela: Ava.

Uma mulher. Outra mulher, é claro.

O ciúme é uma emoção horrível. Ele nos emburrece e nos deixa agindo feito uma criança de oito anos birrenta e mal-humorada.

É uma porcaria, mas não consigo evitar.

Me forço a inspirar o ar devagar e respondo:

— Claro que vamos nos falar, é só que agora eu estou ocupada lendo um... livro.

Ele respira com força e eu me viro, encontrando um maxilar travado e um par de olhos verdes inflamados.

❄ ❄ ❄ ❄ ❄

Faz mais de duas horas que as músicas da playlist dele e o ruído do aquecedor são os únicos sons no interior do carro. Isso e, claro, o som que espeta um alfinete na minha bunda e que não para de se repetir desde que saímos de Toronto. Foi eu resolver abrir a boca para conversar e o celular do Lucas, que está no porta-treco entre os bancos, começou a sinalizar sem parar a entrada de novas mensagens. Meus olhos desviam automaticamente do meu Kindle para a tela do telefone.

Praticamente só mulheres. *Não é possível*.

Há pouco nós paramos em um posto de gasolina e Lucas ficou em pé ao lado do carro, enquanto abastecia, respondendo todos os contatinhos.

Que ódio.

Esta é a viagem mais insuportável que eu já fiz na vida.

Acaba de entrar outra mensagem, da tal de Ava. Das mais de trinta mensagens que chegaram, umas dez eram dela. Dessa vez meus olhos demoram um pouco mais na tela e eu consigo ler as primeiras palavras.

Ava

Diz que me ama...

Ah, pelo amor de Deus, Lucas.

O carro para no encostamento. Ele pega o celular e me olha ao explicar:

— Tenho que responder.

Como é que é? Não acredito nisso. Eu sei que não temos nada, sei que não queremos ter, sei que minhas reações até agora foram desproporcionais e infantis, movidas pelo ciúme, mas isso? É até falta de respeito comigo, não é?

Lucas sabe que estou sem transar, sem ter nada com ninguém, há anos. Nós ficamos amigos. Eu me abri e confiei nele como não fazia há... nem me lembro há quanto tempo.

Ele sorri satisfeito enquanto digita a resposta e eu explodo:

— Vai tomar no cu, Lucas.

Os olhos verdes se arregalam tanto que parece que vão saltar do rosto.

— O quê?

— Quantos contatinhos você tem nessa merda de celular?

Ele pisca algumas vezes sem responder, e eu continuo, como um rio que estava represado antes de as comportas se abrirem:

— Eu sei que não devia olhar pro seu celular, mas não deu pra evitar. Cada vez que tocava o som de uma mensagem, eu pensava: *Não, não pode ser outra mulher, pode?* Michelle, Ava, Lilly, Sophia, Avery, Scarlet, Penelope. É um absurdo, você é absurdo, e de verdade eu me arrepen...

Ele gargalha, rouco, jogando o pescoço para trás.

Meu rosto está fervendo. Lucas encosta os dedos no meu ombro e eu escuto na minha cabeça: *Tssss.* Como se eu fosse uma chapa no fogo.

— Está com ciúme, moranguinho?

Filho da puta.

— Vai à merda, Lucas.

E ele ri de novo. E toca mais uma vez no meu ombro. *Tssss.*

— Sabe de uma coisa? — Coloco a mão na maçaneta. — Eu não sou obrigada.

Abro a porta e saio andando rápido. Meus pés afundam na neve a cada passo que dou. Escuto a porta dele abrir também.

— Aonde você vai? — pergunta, com uma risada na voz atrás de mim.

— Nós acabamos de passar por um posto. Vou andar até lá e pedir um Uber pra Montreal. Pode voltar pra casa, ou ir pro quinto dos infernos se quiser.

Lucas dá outra risada e coloca as mãos enormes nos meus ombros, me detendo.

— Espera — pede —, deixa eu falar.

Volto a andar, dessa vez mais rápido.

— Não perca seu tempo. Vai responder as trinta mensagens de mulheres diferentes que você recebeu.

Ele toma a dianteira e para na minha frente. Tento desviar, mas Lucas encarna o jogador de hóquei talentoso que é e age como se eu estivesse no ataque do time adversário.

— A Louise — começa ele —, ela é...
— Não quero saber.
— Ela é uma amiga.
— Todas são, né, Lucas? Inclusive eu.

Ele segura meus ombros mais uma vez.

— Me escuta, poxa.

Eu paro com as mãos na cintura, nossas respirações aceleradas criando uma nuvem entre nossos rostos.

— A Louise é chefe das líderes de torcida do Dragons. Ela tinha marcado de mostrar pra mim os novos gritos que elas criaram pra animar a torcida, além das novas faixas que vão distribuir para os torcedores. Era por isso que ela estava com uma jersey minha, pra ter o tom certo das cores. E disso você entende, né?

Cruzo os braços quando uma rajada de vento gelado nos atinge.

— As outras mulheres das mensagens são amigas da Ava, que...

Fecho os olhos, respirando devagar.

— Lucas, você não precisa me dar satisfação de nada, e também não precisa continuar fingindo que se importa comigo. O Nick voltou e...
— É isso que você acha? — Ele dá um sorriso triste, parecendo atingido.
— Você acha que eu fingi alguma coisa?

Ah, merda. Merda de situação. De ciúme. De tudo. Engulo em seco, respiro fundo outra vez e resolvo tentar ser sincera.

— Eu sei que você mal me aturava antes, mas...
— Como assim?
— Mas a gente ficou amigo, e juro, Lucas, eu sempre vou te agradecer por tudo, pelo ingresso, pela outra noite. É que agora eu não estou sabendo lidar com o fato de você ter mil contatos, um monte de peguetes, enquanto eu sou o oposto. Minha vida social se resumia a zero antes de eu chegar no Canadá. Talvez se fosse em outro momento eu nem ligasse, mas agora? — Nego e respondo minha própria pergunta: — Não sei lidar. Acho que eu só preciso de um tempo, por isso estou tentando te evitar.

As mãos dele, que se deslocaram dos meus ombros para a curva dos meus braços, me apertam de leve.

— Agora você pode me ouvir? Depois você decide se quer que eu te deixe em Montreal e desapareça por um tempo ou se vai mudar de ideia.

Faço que sim.

— A Louise é só minha amiga, de verdade, nós nunca tivemos nada. Ela nem gosta de homem. A Ava é a mulher do meu amigo de Montreal. As outras são amigas dela que estão tentando ajudar a gente.

— Ajudar a gente?

Ele solta o ar com força pela boca e uma nuvem de fumaça condensada se forma na frente dos seus lábios.

— Eu não ia te falar nada pra não te preocupar, mas teve um problema com a nossa reserva do Airbnb.

Arregalo os olhos, surpresa.

— Jura?

— Eles simplesmente cancelaram faz três dias e estornaram o pagamento, alegando um problema com o lugar. Desde então estou tentando reservar outro apartamento, só que parece que não tem um maldito quarto disponível em Montreal, por causa de um festival de jazz enorme que está acontecendo na cidade.

— E agora — me encolho um pouco —, nós vamos dormir no carro?

— A Ava trabalha na área hoteleira, ela vem fazendo o possível pra conseguir um lugar pra gente ficar.

Droga.

— Ah.

— Todas as outras mulheres que você viu o nome nas mensagens provavelmente são amigas e funcionárias dela, ou pessoas que trabalham em hotéis e pousadas da região com quem eu entrei em contato nos últimos dias.

— Você podia ter me falado, eu te ajudava a encontrar um lugar.

Lucas coça a nuca.

— Eu queria que essa viagem fosse perfeita pra você.

E a surpresa tira minha voz outra vez.

— Ah.

— A Ava acabou de mandar uma mensagem.

Ele pega o celular no bolso do casaco e lê:

— "Diz que me ama, Lucas, eu consegui dois quartos pra vocês a vinte minutos de Montreal. A pousada é um casarão antigo, um lugar incrível, está no roteiro de charme do Canadá. Vocês vão amar."

E recoloca o celular no bolso.

— Não vamos precisar dormir no carro. Mas, como vamos chegar em cima da hora para o balé, vamos precisar nos arrumar na casa da Ava e do meu amigo, o Noah. Tudo bem?

Faço que sim e olho para os meus pés. *Ah, meu Deus, Natalie.* Ele na correria todos esses dias para organizar nossa viagem, sem querer me preocupar, e eu xingando o cara de todos os nomes possíveis, mentalmente e agora há pouco em voz alta também.

— Me desculpa, Lucas. Estou muito envergonhada.

Ele segura meu rosto entre o polegar e o indicador e o ergue, até nossos olhos se encontrarem.

— Sabe aquilo que eu te falei no bar? Sobre eu ser um cara muito diferente do que as pessoas veem?

Faço que sim com a cabeça.

— Eu não estava brincando, como te fiz acreditar. Tenho um pouco de culpa pela minha fama, porque vesti tanto o papel de ser só um corpo e pontos no placar, e aquela história de amar meu peitoral, das garotas não resistirem a mim...

— É ridículo de um jeito... engraçado.

Os lábios dele se curvam num sorriso autodepreciativo.

— Não sou cego, eu sei que tenho um corpo dentro dos padrões, mas muito dessa maneira de agir faz parte do personagem que criei pra esconder quem eu sou de verdade. Principalmente as minhas inseguranças.

Franzo um pouco o cenho, descrente.

— Você, inseguro?

Ele respira fundo.

— Sim, acho que durante anos eu me senti uma fraude, alguém que precisa sair escondido dos amigos pra fazer algo que ama, como se estivesse comendo uma mulher casada. Mas principalmente com você.

— Comigo?

— Eu nunca deixei ninguém me ver como você me viu naquela sala de dança.

Minha boca seca. Não sei o que estou sentindo, não sei o que responder. *Obrigada? Eu amei te ver de verdade? Você é lindo? Eu morri de ciúme de você?*

— Eu, é... Lucas, eu...

— Agora mesmo, estou aqui, com o coração disparado e as pernas um pouco bambas, morrendo de medo de você se assustar com o que estou falando ou não acreditar em mim e se afastar de novo.

Lucas pega minha mão e enfia dentro do casaco dele, levando-a para o peito, onde seu coração está batendo descontrolado. Ficamos nos encarando por um tempo, a vergonha que eu senti dando lugar a sentimentos muito mais intensos, brilhantes e talvez assustadores. Tudo que ele acabou de falar me atinge em cheio, e eu só consigo murmurar:

— Me desculpa, Lucas. Me desculpa, sério.

— Me desculpa também. Eu me fechei na estrada sem saber como agir. Podia ter te contado tudo antes.

Os braços dele me trazem para junto do corpo quente e firme, as mãos nas minhas costas fazem um movimento de vaivém, e nem parece que está um frio de cinco graus negativos aqui fora.

— Vamos voltar pro carro — murmura ele. — Temos muito chão pela frente até Montreal.

E simples assim, como se não tivesse acabado de virar o meu mundo do avesso com essa conversa, Lucas segura minha mão e voltamos em silêncio para o carro.

20

**Série da minha vida, episódio de hoje:
Comédia romântica ou vida real?**

Faz duas horas que chegamos e fomos direto para o apartamento dos amigos do Lucas nos arrumar. Ava e Noah nos receberam tão bem e são tão simpáticos que eu quase pedi desculpa por ter tido ciúme dela. Eles se conheceram quando Maia teve leucemia, e Ava estava fazendo um tratamento para a mesma doença. O casal morava em Toronto nessa época e frequentou por anos o mesmo grupo de apoio que a família do Lucas.

— Os seres humanos se unem por dois motivos: pela dor ou pelo amor.

Eu a abracei e disse:

— Que bom que você está curada.

Quando saí do quarto do casal, Lucas já estava arrumado, sentado no sofá com as pernas compridas meio abertas, relaxado. Assim que me viu, arregalou os olhos verdes, alargou ainda mais os ombros (ridículo, eu sei) e se levantou, deixando os olhos escorregaram devagar pelo meu corpo.

— Dá uma voltinha — pediu Ava. — Ela é uma deusa ruiva usando um ícone da comédia romântica.

Meu vestido é uma cópia fiel do que a Kate Hudson usa em *Como perder um homem em dez dias* — só que, em vez de amarelo, é azul-marinho. Noah me fez rir quando empurrou o queixo do Lucas para cima.

— Fecha a boca, amigo.

Mas na verdade eu é que tinha que fechar a minha. E ainda tenho. Quem já viu o Superman de smoking e não babou que atire a primeira pedra.

Se já achei Lucas um homem bonito antes? Não me lembro. Porque o que é isso, senhoras e senhores? O que é esse homem de um metro e noventa e cinco, todo potência e músculos, vestido com um smoking de veludo preto, camisa branca e gravata-borboleta?

Agora, estacionamos na frente do Les Grands Ballets e Lucas pediu cinco minutos para o manobrista antes de entregar o carro. Está tocando "Pretty Woman", de Roy Orbison. Ele acaba de pegar um estojo de veludo preto na lateral da porta. Os olhos verdes focam ansiosos meu rosto quando me oferece o estojo como se fosse uma bandeja repleta de iguarias.

Meu pulso acelera.

— O que é isso?

— É um empréstimo, combinei de devolver amanhã na hora do almoço. Eu pedi para o Noah. Ele é dono de uma joalheria e... Como ele disse mesmo quando te viu? Ah, sim: "Vai ser um prazer emprestar uma joia da minha coleção especial para uma linda mulher".

E abre o estojo, revelando um colar de brilhantes com uma pedra azul em formato de gota no meio. Meu coração bate forte e eu acho engraçado estar tocando justo essa música no rádio.

— Não posso usar isso.

— Pode sim, baby. Deve.

Sorrio, um pouco maravilhada, e estico os dedos para tocar nesse que é um dos colares mais lindos que eu já vi, chamativo sem ser ostensivo. Quando avanço um pouco mais com a mão sobre o colar, Lucas fecha o estojo nos meus dedos e eu dou um pulinho de susto.

E aí eu gargalho.

— Você está reproduzindo a cena de propósito.

Ele arregala os olhos, como se eu estivesse falando grego.

— Que cena?

— De *Uma linda mulher*.

— A música me inspirou, hum... a noite... a mulher... — E acaricia a lateral do meu rosto. — Com certeza a mulher.

Ficamos nos olhando pelo que parece uma hora inteira antes de ele falar:

— Vira de costas pra eu prender o colar no seu pescoço.

Pouco depois nós entramos de mãos dadas no saguão luxuoso do teatro. Ele tira o cachecol de lã preta e me ajuda a tirar o casaco de pele fake antes de entregar tudo na chapelaria. Subimos a escada em caracol. E eu? Não tenho a menor ideia de para onde tudo isso que estou sentindo vai me levar. Acho que não preciso saber.

Olho para cima, para o teto decorado com afrescos de anjos e nuvens, e murmuro baixinho:

— Nota mil, produção. Nota um milhão.

❄ ❅ ❄ ❅ ❄

Sentamos num camarote debruçado sobre o palco. Meu coração está tão acelerado que mal consigo respirar. Apoio as mãos um pouco trêmulas no guarda-corpo.

Lucas provavelmente percebe minha ansiedade e o nível pré-colapso que a emoção provoca em meu sistema, porque se aproxima da minha orelha e murmura:

— Onde eu pego cerveja?

Franzo o cenho.

— Devem servir alguma coisa no intervalo, no restaurante ou no bar, mas você não pode entrar com cerveja aqui.

Ele ri baixo.

— Eu sei. Relaxa, moranguinho, vai ser lindo.

Engulo em seco e meus braços se arrepiam.

— Acho que eu quis tanto ver a Larisa Zakarova dançar que parece que sou eu que vou me apresentar ali no palco, e que tem mil pares de olhos em cima de mim.

Os sinais tocam e o teatro mergulha na penumbra parcial e no silêncio. O farfalhar de plástico sendo aberto me faz olhar para o lado. O sem-noção está lutando para abrir um pacote de bala ou amendoim, o que seja. A senhora ao lado dele me lança um olhar ácido e faz uma negativa com a cabeça.

Reprimo uma risada nervosa.

— Baby, não estamos num jogo de hóquei. Você vai acabar sendo expulso.

Lucas abaixa o pacotinho e os olhos verdes se arregalam.

— Do que você me chamou? — pergunta num tom de voz normal, mas alto para um teatro em total silêncio.

Shhhh, xiu, psiu ecoam de várias direções do nosso camarote.

Meu estômago gruda nas costelas. Acabei de chamá-lo de baby. De um jeito totalmente espontâneo. Não consigo responder nada. As luzes se apagam, a cortina se abre e o palco se acende para o primeiro ato. Ele pega minha mão, leva até os lábios e deixa um beijo lento, que aperta meu peito e me faz soltar o ar numa lufada.

Os bailarinos entram em cena e o resto do mundo perde a importância. Corpos, música e emoção. Tudo se resume ao meu coração acelerado e à Julieta magnífica, ao talento de Larisa Zakarova, que se parece tanto com a mãe dela dançando. É como assistir a uma versão mais atual do que ajudou a lapidar meu balé ao longo dos anos. As memórias enchem minha alma de cor, movimento e certezas. Eu sei que, enquanto tiver a dança, nunca estarei totalmente sozinha, e sei que ninguém pode tirar essa parte de mim e...

Minha barriga gela quando a luz em cena aumenta um pouco e meus olhos param num ponto específico do camarote vizinho. Meu coração dispara e minha respiração paralisa ao encontrar um par de olhos castanhos. Olhos que não piscam quando me encaram. Cabelo loiro, nariz reto, maxilar marcante e, na boca, o mesmo sorriso frio e sem emoção que aprendi a amar, depois a temer e então a odiar.

Não pode ser.

Minhas mãos ficam molhadas de suor e meu coração acelera e acelera. Pisco devagar para enxergar melhor, só que o palco escurece e consigo ver apenas os contornos do rosto. Aperto com força as mãos trêmulas no guarda-corpo e fecho os olhos, tentando acalmar a respiração.

A voz dele volta à minha cabeça:

Se você me largar, vai se arrepender.

Você não serve pra nada.

E depois das explosões, das brigas, das ofensas, o choro, as juras vazias:

Eu te amo.

Nunca mais vou agir assim.

Não te xinguei desse jeito, você está louca.

Foi você que me magoou.

Me perdoa.
— Natalie. — A voz do Lucas soa distante. — Baby, está tudo bem? O toque dele no meu rosto me traz de volta.
— Baby, olha pra mim. Eu estou aqui. Está tudo bem.

Um abraço firme e aconchegante me envolve e eu encosto a testa no ombro dele, sentindo o veludo do paletó tocar minha pele. Tento acalmar a respiração.

Lucas aproxima a boca da minha orelha:
— Aconteceu alguma coisa?

Inspiro o ar de maneira trêmula, ergo o rosto e encontro os olhos verdes aflitos, preocupados. Não quero falar em voz alta; seria como invocar um pesadelo do passado, trazê-lo para o presente. Respiro fundo mais algumas vezes. Eu sei que preciso ser forte e, se for mesmo ele, enfrentar.

— E-Eu acho que o Paul, meu ex abusador, está aqui.

Ele estica a coluna, como se tivesse engolido uma lança.
— Onde, baby?

Aponto com a cabeça para o camarote vizinho.
— O homem sentado na mesma fileira que a gente, na ponta à esquerda?

Faço que sim.
— Ele estava olhando pra mim. Meu Deus — arfo —, não pode ser. Deve ser alguém muito parecido.

Lucas beija minha fronte e, quando fala, faz isso entre os dentes:
— Eu adoraria ir até lá confirmar se é o filho da puta e depois jogar ele aqui de cima pra conhecer o palco, mas não te deixo sozinha agora por nada neste mundo. Nem pra surrar o desgraçado.

Tento sorrir, mas não consigo.
— Se for o Paul, o que ele está fazendo aqui?

Os lábios do Lucas estão na minha testa outra vez. As mãos nas minhas costas, fazendo um movimento calmante. E a cada toque dele consigo respirar um pouco melhor.

— Não sei, baby, mas juro que vou descobrir. — Outro beijo. — Quer ir embora?

Faço que não. Quero ter certeza de que é ele. Preciso ter certeza, senão vou enlouquecer. Faltam poucos minutos para o intervalo entre os atos, e até lá eu continuo lutando para enxergar melhor, acalmar a respiração e organizar os pensamentos.

Tenho uma ordem de restrição contra ele. Paul nunca mais apareceu; ouvi dizer que se mudou para Dubai há uns meses. Se for ele — tento enxergar, mas o possível Paul virou o corpo, dando as costas para mim —, posso acionar a polícia ou...

Ele se levanta alguns segundos antes do fim do primeiro ato. Lucas, que provavelmente não descolou os olhos dele, fica em pé em um pulo.

— Não sai daqui — diz e corre para fora do camarote, sendo xingado em inglês e francês. Eu me levanto também, pedindo licença, e sou só um pouco menos xingada.

Vou atrás dele com passadas largas. Saio do camarote e arregalo os olhos ao ver Lucas correndo atrás do cara. Começo a correr atrás deles. Agora que o susto de rever Paul aqui no Canadá deu lugar à adrenalina — se for mesmo ele —, vou dar um murro naquele nariz plastificado e só depois chamar a polícia.

Estou quase alcançando os dois quando escuto os aplausos, as luzes ficam mais fortes e um mar de pessoas começa a sair dos camarotes. Assisto Lucas prensar o suposto Paul contra a parede e continuo correndo, desviando do fluxo contrário do público que sai em direção ao restaurante. Chego perto de onde Lucas o levanta pela gola da camisa.

— Meu Deus — umas garotas se aproximam —, dois caras gatos de smoking brigando, parece um filme.

Paro e estico o pescoço para enxergar além das pessoas.

— Por que você estava correndo?

Ando para o lado e consigo ver com clareza. Solto todo o ar dos pulmões de uma vez.

Não é Paul. Parece muito, muito mesmo, mas não é.

— Lucas — grito —, não é ele.

Mas ele está virado numa massa de ira e não me escuta.

— Responde, seu filho da puta. Se eu te pegar perto da Natalie de novo, eu te mato.

Eu me aproximo mais.

— Lucas, esse não é o Paul — repito, incisiva.

Como se caísse em si devagar, as mãos grandes libertam o cara aos poucos. Ele me olha, ainda sem soltar por completo o sósia do meu ex.

— Tem certeza?

Olho de novo para o rosto lívido do sujeito. Ele se parece tanto com Paul que chega a me dar calafrios.

— Absoluta. Parece muito, mas não é ele.

Os dedos do Lucas arrumam o paletó todo amassado do homem, por onde ele o levantava há pouco dois palmos acima do chão, antes de perguntar:

— E por que você correu quando eu vim atrás de você?

O rosto do cara adquire um tom de vermelho vivo.

— Porque eu olhei pra trás e vi você correndo atrás de mim. Foi instinto, sei lá.

Lucas coça a nuca e torce a boca para baixo, desamassando um pouco mais o smoking do sujeito.

— Foi mal. Desculpa mesmo.

O homem se empertiga, olhando para cima a fim de encarar Lucas, vira as costas e sai pisando firme. Um, dois, três, quatro seguranças vêm em nossa direção. Lucas segura meus ombros.

— E você, está bem?

Aponto para os seguranças com a cabeça.

— Sim, mas acho que vamos ser expulsos mesmo, e não por causa de um saquinho de amendoim.

Lucas se vira para os quatro brutamontes que se aproximam, arregala os olhos e me encara, atordoado. É incrível, mas conseguimos gargalhar.

❋ ❋ ❋ ❋ ❋

Não vemos o segundo ato de *Romeu e Julieta*, só que, diante de tudo o que aconteceu, de verdade, eu nem ligo. Queria ter assistido à peça inteira? É claro que sim. Mas, quando entendi que os seguranças estavam dispostos a chamar a polícia e que a insistência do Lucas para eles nos deixarem ficar não estava ajudando a convencê-los do contrário, o fato de não acabarmos a noite numa delegacia passou a ser bom o bastante.

Quando saímos do Les Grands Ballets, Lucas tentou criar uma estratégia para entrarmos sem ser vistos pelo acesso de funcionários, e só sossegou quando segurei o rosto dele entre as mãos e disse, enfática:

— Está tudo bem, de verdade. Estou muito, muito feliz de ter conseguido assistir ao primeiro ato inteiro, que é o meu favorito. Você realizou um sonho que eu tinha há anos, e eu vou ser grata pra sempre.

E agora estamos na frente do teatro esperando o manobrista trazer o carro dele. Os flocos de neve caem lentamente, como se o vento os tivesse tirado para dançar.

— O pobre do homem. — Semicerro os olhos, brincalhona. — Você não tem vergonha? Ele batia embaixo do seu queixo, e o único erro que cometeu foi parecer com o Paul.

— Eu estava louco. Se não fosse você chegar, sério, acho que... — Ele se vira de frente para mim e sorri, tenso. — Não sei o que eu teria feito.

Os flocos de neve continuam flutuando ao nosso redor, suspensos por fios invisíveis. Mas os olhos verdes do Lucas, meu Deus... fazem tudo pegar fogo dentro de mim. Minha respiração falha quando ele captura com o indicador um floco que acabou de pousar nos meus lábios e leva o que restou para a própria boca, murmurando:

— Floco sortudo.

Dou um passo em sua direção e ele dá outro na minha, nossos peitos se juntam antes de nos tocarmos.

— Natalie, se eu não...

— Senhor, seu carro. — A voz do manobrista nos detém.

— Merda — murmura ele baixinho, mas eu escuto.

21

Série da minha vida, episódio de hoje:
Muito mais do que uma noite

Um mal-entendido com a nossa reserva nos garantiu uma megassuíte luxuosa pelo preço de dois quartos single, e aqui estamos, eu e um jogador de hóquei gostoso tendo que dividir uma cama. Mais um clichê romântico para a coleção deste fim de semana.

Assim que entramos no quarto, Lucas se ofereceu para dormir na sala.

— Se você preferir, posso dormir no sofá.

Apesar da tensão sexual que não foi resolvida com uma noite de sexo, ainda não conversamos sobre isso, e, por mais que eu esteja a fim, a pergunta dele me deixa em dúvida se estamos na mesma sintonia.

Acabamos de jantar faz um tempo e Lucas sugeriu:

— Uma sessão de desenho animado pra descontrair?

— Claro.

Ele pediu morangos com champanhe de sobremesa. Melhor não pensar em quanto tudo isso tem me deixado acesa: estamos descalços, sentados no chão acarpetado com as costas apoiadas no sofá, vestindo as roupas de gala meio desmontadas. Lucas sem a gravata, com os primeiros botões da camisa abertos, a barra para fora da calça e as mangas dobradas até os cotovelos.

Acabei de abocanhar um morango e dou um gole no champanhe, rindo da ironia do Pernalonga. Dessa vez ele não ri comigo e eu olho de esguelha. Lucas está me olhando fixo, sem piscar. Meu coração acelera e meu celular toca.

Eu o pego no chão ao meu lado e franzo o cenho.

— É um número desconhecido.

Rejeito a ligação e chego a colocar o celular no chão de novo, mas ele volta a tocar.

— Melhor ver quem é — digo.

Lucas faz que sim e eu atendo.

— Natalie, tudo bem? — pergunta a voz masculina do outro lado da linha.

— Tudo.

— Desculpa te ligar assim, é o Alexei.

Meu coração acelera. Apoio o celular entre o ombro e a orelha e olho para Lucas antes de responder.

— Oi, Alexei, como você tem o meu telefone?

— Desculpa, eu... é... pedi pra uma pessoa do balé onde você dança.

O maxilar do Lucas está travado, e eu abro a mão no ar para ele, como quem diz em silêncio: "Não estou entendendo essa ligação".

— Nossa, que coisa mais sem noção.

— Desculpa — pede ele de novo —, eu precisava. Queria falar com você.

Os olhos do Lucas se inflamam. Faço uma negativa com a cabeça, querendo que ele entenda: "Não precisa ficar bravo, já vou dispensar esse maluco folgado". Mas acho que Lucas interpreta errado, porque se levanta e sai da sala. Vou atrás dele enquanto falo:

— Olha, Alexei, achei que tinha sido clara aquele dia: não tenho nada pra falar com você.

— Espera, eu sei que agi como um babaca no passado, mas queria te convidar pra sair e...

Lucas está sentado na cama enorme, com a cabeça meio baixa. Me ajoelho na frente dele e, quando toco sua perna, ele me encara.

— Alexei, eu não tenho nada pra falar com você. Apaga o meu número, por favor.

— Por que — ele soa mais exaltado —, você está com alguém?

— Não é da sua conta, mas, sim, eu estou com alguém.

Alexei ri, ácido, parecendo um louco.

— Você não devia fazer isso, Natalie. Mas você que sabe, né?

É minha vez de rir com ironia.

— Vai à merda, Alexei.

Desligo com raiva e me levanto, bloqueando o número dele com força, como se teclar com violência pudesse transmitir como estou furiosa. Onde já se viu? Quem ele acha que é para falar assim comigo? *Meu Deus, eu só atraio malucos, socorro.* É um pior que o outro, menos...

Lucas acabou de se levantar e está me encarando, o peito subindo e descendo rápido.

— Esse filho da puta — murmuro. — Você acredita que ele teve a ousadia de pedir meu telefone pra alguém da companhia, e depois... Meu Deus, eu disse que estava com uma pessoa e o desgraçado falou: "Você não devia fazer isso". Quem ele pensa que é?

As mãos grandes seguram meu rosto, e isso ajuda minha respiração a se acalmar um pouco.

— Eu vou acabar com ele, mas primeiro preciso ter certeza que ele é quem eu penso que é.

Prendo o ar.

— Como assim?

O polegar do Lucas acaricia meu maxilar.

— Eu não te falei nada pra não te deixar ainda mais bolada, mas vi esse filho da puta com uma das bailarinas da sua companhia outro dia, quando saí de lá depois de te deixar.

— Você acha q-que é ele quem está fazendo tudo aquilo comigo?

Ele faz que sim, tira o celular do bolso, tecla e depois me mostra a tela.

— Eu tirei umas fotos dos dois sem ser visto. Vê se você reconhece a garota.

— Ah, meu Deus — arfo —, é a Jade Veja. Ela é uma das garotas que estão bem cotadas pra vaga que eu estou disputando... Lucas, eu acho que pode ser ele mesmo que está tentando me assustar.

— Eu também acho, só que antes de agir a gente precisa ter certeza.

— Mas como?

As mãos dele descem do meu rosto e envolvem meus ombros. Lucas solta o ar pela boca com força.

— Eu não ia te falar nada este fim de semana, porra, queria que tudo fosse perfeito, não queria encher sua cabeça com essa merda. — Então fecha os olhos e diz, relutante: — Uma das mensagens com nome de mulher que você viu no meu celular era da Penelope Fontaine. Ela é uma das melhores detetives particulares do Canadá e...

Os olhos verdes miram o chão, como se estivesse sem graça, e voltam a me encarar antes de ele concluir:

— Eu contratei ela pra ficar na cola do desgraçado.

— Lucas, você não devia ter feito isso.

— Desculpa — pede ele —, eu ia te contar quando a gente fosse embora daqui.

Meu coração está tão acelerado que minha voz sai falha:

— Custa muito caro contratar um detetive. O Nick sabe?

— Não, eu não quis preocupar ele. — Sorri, tímido. — Eu ganho meu salário como jogador universitário e faz um tempo que tenho umas economias.

Pisco várias vezes, me sentindo meio atordoada. Eu sei que eles ganham um salário razoável como seniores na liga universitária, mas estou imaginando o custo dos serviços de uma investigadora de renome.

— Eu posso te ajudar a pagar.

Ele faz que não e a mão direita sobe do meu ombro para minha nuca.

— Não, baby, já está pago.

— Por quê, Lucas? — Minha garganta aperta. — Por que você está fazendo tudo isso? É pelo Nick?

As pupilas dele dilatam. Vejo o movimento de sua garganta engolindo em seco quando os olhos se fixam nos meus lábios. Lucas dá uma risada suave e curta.

— Ainda não ficou claro — a outra mão desce pela lateral do meu corpo, até envolver minha cintura de um jeito firme — que eu sou completamente louco por você desde que coloquei os olhos nos seus naquele bar, há mais de três anos?

Tenho que respirar fundo mais de uma vez para manter o prumo, e mesmo assim arquejo quando os lábios macios e quentes deixam um beijo na minha testa.

— E-Eu achei que você não me suportasse.

Outra risada autodepreciativa dele, seguida por mais um beijo lento e quente nas minhas bochechas. Um depois o outro.

— No começo eu tentei me convencer de que estava viajando, de que você era só uma garota mimada que podia atrapalhar a carreira do Nick. Eu quis de verdade me manter distante. Quis acreditar que a antipatia que você demonstrava por mim era recíproca.

Meu coração acelera mais e mais, e respirar fica mais difícil.

— Você me convenceu — digo.

A ponta do nariz dele toca o meu.

— E então, quando eu soube que você ia morar aqui, só conseguia pensar: *Que merda, tô fodido*, vou ter que continuar mantendo distância, fingindo ser o atleta vazio e mulherengo que você parecia desprezar tanto. E quando o Nick me pediu para bancar seu guia turístico...

— Você disse que eu era rabugenta, mas que faria um esforço pelo time.

A respiração dele está irregular, e as mãos na minha cintura e nuca, um pouco trêmulas.

— Sim, eu menti. Era a desculpa perfeita pro Nick não desconfiar de como eu me sentia de verdade.

Minha cabeça gira e meu estômago está dentro de uma geleira. Ao mesmo tempo, meu sangue ferve, é tudo muito intenso e paradoxal e eu não consigo pensar com clareza, por isso falo a primeira loucura que me vem à mente:

— Mas você não quer transar comigo.

E aí Lucas ri alto de um jeito rouco, sem parar de beijar meu rosto inteiro.

— Como é, moranguinho?

Inclino um pouco o pescoço para trás a fim de encará-lo.

— Na noite em que eu estava bêbada até entendi, mas depois, quando a gente se tocou antes de ontem, eu pedi e...

— Eu só estava tentando ir devagar, não queria ir até o fim sem você saber o que isso significa pra mim.

— E... o quê? — Minha boca seca. — O que significa?

— É a coisa que eu mais quero na vida. — Ele cola a boca na minha orelha. — Posso?

Estou quase hiperventilando de expectativa; as palavras dele entraram no meu sistema e mal consigo pensar. Quando sua língua contorna minha orelha, depois minha clavícula, então todo o meu pescoço e em seguida os lábios encostam nos meus, eu gemo baixinho, entregue:

— Sim. Deve.

E ele me beija grunhindo de pura satisfação. O som atinge todos os meus nervos, contraindo meu sexo, eriçando minha pele e me deixando mais uma vez rendida, entregue, sem forças para me manter de pé. O beijo se torna mais intenso, e, apesar de não ter conseguido falar nada sobre como também me sinto atraída por ele, provavelmente há muito mais tempo do que admiti para mim mesma até hoje, sinto que estamos nos comunicando com esse beijo e que estou dizendo a ele: *Eu te desejo, você é muito importante pra mim, eu quero tudo o que você pode me dar. Eu quero ser sua e quero que você seja meu esta noite.*

Lucas parece entender, porque me carrega até a beirada da cama e, quando me coloca no chão, mexe um pouco no zíper do meu vestido antes de abri-lo devagar, analisando minhas reações.

Sacudo os ombros e ondulo os quadris, deixando o vestido escorregar pelo meu corpo.

— Puta merda, Natalie.

Minha mão para no elástico da calcinha de renda fina caramelo. Eu o assisto medir cada linha, cada curva do meu corpo e engolir com força enquanto abre os botões da camisa, afoito. Todos os músculos contraídos do abdome aparecem e ele se livra da peça branca, descartando-a no chão.

Seu pau inchado marca a calça preta. Começo a puxar a calcinha para baixo, o coração batendo cada vez mais rápido. *Vai acontecer, vai mesmo acontecer.* Com Lucas, com esse deus, com esse gostoso. Os olhos dele escurecem tanto que não parecem mais verdes.

— Baby — ele pede, urgente —, preciso falar uma coisa antes.

Ah, não, Lucas, tenho vontade de dizer. *Só quero que você não me deixe pensar. Não me deixe esperar.*

Ele volta a se aproximar e me beija. Apalpo seu peito enquanto suas mãos deslizam pelas laterais dos meus seios e apertam de leve os mamilos, até eu gemer o nome dele dentro das nossas bocas. *Sim, sim, sim.* Sem conversa.

Lucas se afasta um pouco e eu protesto, tentando voltar a beijá-lo.

— Uma noite só — ele sopra sobre meus lábios — não vai ser suficiente, nem de perto.

— Tá. — É a enormidade da resposta que consigo elaborar.

Ele franze o cenho e eu aumento o número de palavras:

— Sim, mais de uma noite.

E volto a passar os dedos no peito firme, sentindo os músculos quentes se contraírem com meu toque.

— Baby, é sério. Muito mais de uma noite.

Tenho certeza de que podemos fazer isso repetidas vezes, sem o menor problema.

— Tudo bem.

E agora Lucas me beija com tanta ternura, depois de um jeito tão quente, que sou capaz de chorar. Podemos fazer isso amanhã e depois e por muitos dias, e quando voltarmos para Toronto e... Inclino um pouco a cabeça para trás.

— É melhor ninguém saber de nada até... — gemo quando seus dedos passeiam pelo elástico da minha calcinha — até a gente achar o momento certo de contar para o Nick.

Ele me encara sério, com uma ruga entre as sobrancelhas.

— Por mim eu contaria tudo assim que a gente chegar.

Nick é superprotetor de um jeito exagerado, não sei se ele reagiria bem ao saber que o melhor amigo com fama de galinha pegou a irmã dele. Ainda mais porque, até então, Nick achava que eu odiava esse amigo. Eu achava isso até pouco tempo atrás.

Abro a boca para argumentar, porém Lucas me beija antes de murmurar, rouco:

— Mas, se você prefere assim, por mim tudo bem.

E o beijo que ele me dá me nocauteia e tira outra vez minha capacidade de pensar. Em seguida dá um passo para trás, se livrando da calça. Tiro a calcinha e coloco as mãos atrás do pescoço para abrir o fecho do colar.

— Deixa.

O pedido na voz grave, meio que em tom de ordem, faz meu corpo estremecer. Imaginar que Lucas me quer só com o colar é um fetiche quente que me deixa ainda mais acesa. Quando me levanto, ele está nu. Lindo, ofegante, o cabelo meio bagunçado, os olhos ainda mais escuros e brilhantes, que percorrem todo o meu corpo. É um filho da puta lindo de morrer.

— Puta merda. — Ele tira as palavras da minha boca.

O pau dele tem a cabeça meio rosada, veias dilatadas e é...

— Você é enorme.

Eu já tinha visto, mas não assim, com a luz acesa e tão de perto. Contraio as coxas em busca de alívio, em busca dele. Lucas me pega no colo e me deita na cama, abre minhas pernas com os quadris e eu estremeço com a expectativa de senti-lo inteiro em mim, todos os músculos encaixados, o peso quente me apertando contra o colchão de um jeito bom.

Ele está respirando tão acelerado comigo, nossos peitos em sintonia conforme puxamos o ar para os pulmões. Lucas prende minha cabeça entre os antebraços, direciona o membro para minha entrada, em busca da minha umidade, e o desliza duro e quente sobre o meu clitóris.

— Porra — arfa e repete o movimento.

Cravo as unhas em seus ombros. Ele me beija, ondulando o quadril e se esfregando no meu sexo de novo, antes de perguntar:

— Como você quer?

Estou pulsando e estremecendo, quase explodindo de prazer, então respondo o óbvio:

— Quero o seu pau de qualquer jeito.

Eu o sinto soprar uma risada em cima dos meus lábios e se mover outra vez, antecipando os movimentos do sexo, só que sem me penetrar. Estou a ponto de morrer. Arqueio o pescoço para trás e gemo mais alto. Não estou nem um pouco preocupada que Lucas perceba o meu desespero.

— Vou dizer o que eu quero — ele murmura, rouco — e depois você me diz o que quer.

Só consigo concordar com a cabeça, porque a cada frase dele o membro quente roça por inteiro no meu sexo.

A voz grave no meu ouvido me faz contrair todos os músculos do corpo:

— Eu adoraria te chupar e sentir você gozar na minha boca de novo, e aí te comer até você gritar meu nome, primeiro devagar e depois de lado — grunhe —, abrindo uma das suas pernas ao máximo enquanto o meu dedo te masturba, e então eu quero você por cima, com as pernas enroladas nos meus quadris.

E nisso ele já está com o pau encharcado da minha própria umidade e continua a esfregá-lo entre as dobras e no meu clitóris. E eu? Sou uma bagunça de contrações, gemidos e tremores. Estou quase gozando quando ele fala:

— De verdade, tanto faz a posição. Eu quero te beijar o tempo inteiro.

Minhas pernas começam a tremer, mas Lucas para de se mover, esperando que eu fale o que quero. Sou o puro suco do caos, sentindo um vazio quase doloroso que precisa ser preenchido, me apertando e me esfregando desesperadamente em busca de alívio. Não estou nem enxergando mais.

E ele? Parou de se mexer. *Por quê?*

Eu explodo:

— Só me come, seu filho da mãe.

Sinto outro sorriso dele sobre a minha bochecha. Então os lábios em minha testa, minhas pálpebras e na minha boca dizem, num tom resfolegado:

— Isso. — Ele me beija. — É assim que eu te quero, tão louca por mim quanto estou por você.

Eu o sinto direcionar o pau para minha entrada, vejo pontos escuros e sei que não suporto esperar nem um segundo mais.

Ele prossegue com a voz instável:

— Eu faço teste a cada dois meses por causa do hóquei — respira de forma audível —, e acabei de repetir agora.

— Eu também — abro bem as pernas para recebê-lo —, por causa do balé, e tomo pílula. Sem camisinha, então.

Lucas arqueja e começa a me preencher, me alargando aos poucos, ao mesmo tempo em que solta um som gutural de prazer dentro da minha boca, dentro do beijo. Seguro nos bíceps dele, que estão tremendo como se ele tivesse levantado trezentos quilos. Ele entra inteiro e eu agarro sua bunda firme e o puxo mais para mim.

Preciso de mais.

Ele começa a se mover devagar e depois mais fundo, mais rápido, ondulando o quadril, intercalando os movimentos com perguntas e frases:

— Está tudo bem?

— Sim.

Então aprofunda as estocadas, até nossas pelves se tocarem.

— Você gosta assim?

— Gosto, demais.

— Como você é perfeita.

O orgasmo vem como uma avalanche, e eu me agarro a ele como posso. Lucas sopra um "Puta que pariu" conforme me aperto em volta dele.

Ele para de se mover e começa a me tocar de outros jeitos. Beija meus seios e os chupa, e então minha boca, a mão escorrega entre nossos ventres e o polegar circula meu clitóris. Em pouco tempo, estou ávida e excitada outra vez. Não reconheço minhas reações nem minha voz quando peço:

— Não para.

Mudamos de posição e, quando dou por mim, estou montada nele.

— Aperta meus quadris com as pernas — Lucas sussurra.

Suas mãos na minha bunda me abrem e impulsionam para cima e para baixo, e ele me beija sem parar enquanto me cavalga de baixo para cima. Lucas vem mais fundo, mudando os ângulos, e atinge um ritmo forte e lento, depois curto e firme. Os movimentos ganham velocidade quando sinto que ele está perdendo o controle, o membro pulsando dentro de mim. Começo a ondular os quadris e minhas pernas tremem tanto que fazem meu corpo todo vibrar. Eu grito, explodindo em um milhão de pedaços, e o sinto jorrar quente, convulsionando dentro de mim.

Estou ofegante, sorrindo de olhos fechados, desmontada sobre ele. Nada nunca foi assim. Eu nem sequer lembrei que faz um ano e meio que fui quebrada, que não conseguia mais sentir, que travava de medo. Nem lembro onde estou e qual o meu nome. Lucas me faz sentir de um jeito diferente, como se tivéssemos nascido para fazer isso, como se... sei lá, nossos corpos tivessem sido moldados da mesma massa quente estelar. Não vou pirar sobre o que isso significa nem aonde pode nos levar. Não agora; agora eu só quero aproveitar.

— Nathy — ele diz, com a boca sobre a minha. — Abre os olhos, moranguinho.

Ele ainda está dentro de mim quando obedeço.

— Sim, baby, nós fomos feitos da mesma massa quente estelar. E eu também nunca senti nada parecido.

Dou uma risada descrente.

— Óbvio que eu falei em voz alta.

Lucas faz que sim e os braços potentes me abraçam com força, acalmam minha respiração, porém são as palavras dele que desmontam toda a resistência que eu ainda poderia ter ao que estamos vivendo:

— Mas foi o seu sorriso ao dizer isso que me fez ter certeza que eu sou o cara mais sortudo do mundo.

Série da minha vida, episódio de hoje: É amor ou uma estrela cadente?

Duas semanas se passam como um meteoro cruzando o céu. Lucas é uma massa estelar formando novos universos ao meu redor e dentro de mim, todos os dias. Meu hobby de estudar cosmologia tem servido de bandeja metáforas mentais para a série de romance que estou vivendo. Entre ensaios puxados, jogos de hóquei, jantares em família, com direito ao anúncio do noivado-surpresa da Nina na última semana, minha vida parece ter virado uma comédia romântica clichê. Com exceção da parte do suspense.

Faz quinze dias também, desde a ligação de Alexei, que nada acontece; meu stalker está sossegado. Conversei três vezes com a detetive que Lucas contratou e, pelo que entendi, ela está investigando a vida inteira do Alexei, mas ainda sem provas contra ele. Antes de ontem eu autorizei que meu celular fosse grampeado. Vai que o cara liga de novo?

Fora isso, os ensaios seguem a mil, a temporada de jogos voltou e, como combinamos, Lucas e eu temos mantido nossos encontros em segredo. Minha rotina não poderia estar melhor.

Beijos roubados no café da manhã quando ninguém está olhando, pegação no estacionamento antes de eu entrar no balé, batidas no vidro no meio da noite e ele pulando minha janela pela escada de incêndio, antes de colocarmos fogo no mundo. Antes de Lucas me colocar para dormir com cafunés intermináveis e viciantes.

A festa da irmã do Dante é amanhã e eu me sinto como uma adolescente dos anos 50 vivendo um romance secreto.

Dante e Nick têm encontros e foram dormir fora. Lucas fingiu que vai sair também e eu disse que Ivo e Maia viriam para cá. Olho para o livro na mesa de cabeceira que Ivo tem usado com o namorado dele, o professor de balé, e fez questão de me dar jurando que as dicas provocam loucuras. Meu amigo é a única pessoa que sabe que Lucas e eu estamos juntos, e ficou tão feliz por eu estar, segundo ele, "voltando à vida" que montou um enxoval e me deu.

Todo tipo de brinquedos e acessórios para o sexo, além do tal livro com título explícito: *Masturbação e prazer anal: como prolongar o orgasmo*.

— Não, baby, a gente não precisa ler um livro antes de transar.

Estamos no quarto dele, deitados na cama. Eu montada nele só de calcinha e camiseta de baby-doll branca, e Lucas sem roupa. Ah, sim, este é o meu novo hobby favorito: tirar a roupa dele em tempo recorde.

Luz de velas, taças e um balde de gelo com uma garrafa de champanhe estão ao lado dos vibradores e outros acessórios.

Abro o livro e leio, me esfregando na ereção dele, provocativa:

— "Usar o anel peniano pode retardar a ejaculação em até trinta minutos." — Ele grunhe e agarra minha bunda quando me esfrego mais e continuo a leitura: — "A dupla penetração tem o poder de causar orgasmos múltiplos, por estimular diferentes zonas erógenas e..."

As mãos dele, uma em cada lado do meu traseiro, me erguem enquanto os dedos ágeis escorregam e puxam minha calcinha para o lado.

— Esquece o que eu falei. Deixa eu te comer enquanto você lê isso ou *Vinte mil léguas submarinas*, tanto faz. Só não para de falar.

— Oi, gente. — É a voz do Dante ecoando pelo apartamento. — Estou entrando.

Regra número 1 quando se divide apartamento: toda vez que você se compromete a passar a noite fora e volta antes do combinado, entre fazendo alarde.

Arregalamos os olhos ao mesmo tempo e o escutamos prosseguir:

— Lucas, já saiu?

Prendo a respiração e pergunto:

— Você trancou a porta?

Ele nega com os olhos mais abertos. Não tenho tempo de revirar os olhos para ele e o repreender. *Sério? De novo, Lucas?*

A voz do Dante dessa vez soa bem próxima:

— Esqueci a calça que você me emprestou pra usar amanhã na festa, vim pegar.

Pulo para fora da cama e entro no closet, encostando a porta. E escuto Dante entrar no quarto.

❋ ❋ ❋ ❋

Lucas

Merda.

Dante empata-foda.

Vejo Natalie sumir dentro do closet a tempo de não sermos pegos no flagra. Ela deixa o livro em cima da cama, eu me cubro com o lençol e, num impulso, disfarço abrindo o livro.

Ele entra no quarto de uma vez.

— Ah. — Para assim que cruza para dentro. — Achei que você já tinha saído.

Viro uma página.

— Vou daqui a pouco.

Dante coloca a mão na porta do closet.

— Não! — quase grito.

Os olhos do meu amigo se abrem, enormes, e eu prossigo rápido:

— A calça pra amanhã, né?

Dante faz que sim.

— Está em cima da cômoda.

Ele relaxa a expressão e sorri, autodepreciativo.

— Quase esqueci e... — Só então para, analisando o ambiente.

Seu olhar corre pelas velas, pelo champanhe. Ah, merda, os brinquedos sexuais. Ele arregala os olhos para a capa da bosta do livro que eu peguei para fingir estar lendo e que ainda seguro aberto na frente do peito. Eu sei que ele leu o título: *Masturbação e prazer anal: como prolongar o orgasmo*.

Dante arregala mais os olhos.

— Desculpa, cara, não sabia... não queria atrapalhar.

Largo o livro e passo a mão aberta da testa até o queixo.

— Não é o que você está pensando.

— Não estou pensando nada — ele se apressa em dizer, andando para trás. — Cada um com as suas coisas. Fica tranquilo.

Abro a boca para tentar explicar o que não tem nenhuma outra explicação senão o que realmente aparenta e desisto, dando um sorriso amarelo e abrindo as mãos no ar.

— Bom — conclui ele, já fora do quarto —, aproveita aí então, acho, e... e... até amanhã.

E sai do quarto, me deixando — na percepção dele — sozinho com um livro sobre prazer anal e uma gama de vibradores e plugues anais que dariam inveja a uma sex shop.

Pouco depois, Natalie sai do closet segurando a risada. Estreito os olhos e brinco:

— Não ria.

Ela começa a gargalhar e eu gargalho junto.

— Dá pra acreditar? Talvez de agora em diante ele ache que os meus encontros misteriosos das terças são com o sr. Steel.

Natalie anda balançando os quadris enquanto ri, sobe na cama e senta em cima de mim outra vez. Solto o ar pela boca numa lufada e meu ventre não demora a voltar a se contrair.

— Talvez ele agora se abra com você.

Arqueio as sobrancelhas.

— Como assim?

Ela encolhe os ombros.

— Eu tenho quase certeza que ele é gay.

— O Dante?

— Sim, eu acho. E o Ivo também acha.

Enrugo a testa, em dúvida.

— Como eu nunca percebi? Ele é meu amigo desde criança.

Ela revira os olhos e respira. É o suficiente para meu pau voltar a acordar.

— Homens héteros nunca percebem.

As coxas dela apertam um pouco meus quadris, eu passo as mãos nelas e pronto: ereção a plena bomba outra vez.

— Se ele for mesmo gay, quero que ele me conte. Nós somos amigos.

— Ou quem sabe ele se anime com o que viu aqui hoje e chegue em você com uma proposta em mente.

Aperto os indicadores na cintura fina dela, fazendo cócegas.

— Engraçadinha. Ele é meu irmão.

Ela gargalha e se sacode em cima de mim, em cima do meu pau. Eu arfo.

— É brincadeira — diz e tira a blusa, revelando os seios empinados e os mamilos acesos.

Minha garganta aperta e ela volta a se mexer em cima de mim, provocativa, até que agarra o livro outa vez.

— Onde a gente parou mesmo?

E eu? Porra, estou no paraíso.

✿ ❄ ✿ ❄ ✿

Natalie

Estou envolta por mais de dois metros de pernas musculosas, por água e espuma na banheira. Saímos há pouco do quarto e acabamos de ensaiar uma das músicas que vamos cantar amanhã na festa. A caixa de som ecoa os últimos acordes de "You're the One that I Want", da trilha sonora de *Grease*.

Fizemos um ensaio geral ontem, no palco da festa, e, meu Deus, quando Dante me disse que a família dele tinha dinheiro, acho que esqueceu de mencionar que é mais do que tem o rei da Inglaterra. E também esqueceu de dizer que a festa temática de *Grease* é na verdade "colegial dos anos 50 assombrado". Bem no clima da loja onde experimentamos as fantasias. Um arrepio percorre minha nuca com a lembrança daquele dia. E eu suspiro, me dando conta de que faz dias que não temos novas aparições. Espero que as coisas continuem assim.

Sinto a esponja ser esfregada nas minhas costas. Lucas terminou de lavar meu cabelo e agora me ensaboa.

Fecho os olhos, soltando o ar pela boca devagar.

— Vou ficar mal-acostumada, Lucas.

Sinto um beijo na minha cabeça.

— Essa é a ideia, baby. — E desliza a esponja até a base dos meus quadris. — Beijos ilimitados, orgasmo pelo menos três vezes ao dia, cafés da manhã de hotel cinco estrelas, banhos demorados e dança a dois toda terça.

Suspiro de um jeito ruidoso, exagerado.

— Se as garotas que você pega são tratadas assim, entendo você ter um fã-clube.

— Não todas, moranguinho.

— Ah... só algumas.

O barulho da água antecede a sensação da esponja em minhas costas.

— Só uma bailarina russa que acha que é um pouco azeda, mas na verdade é capaz de iluminar tudo ao seu redor.

Acredito que ele esteja brincando, então dou uma risada sonora para disfarçar. Mas meu coração, que não enxerga limites, não sabe disso. Ele está surrando minhas costelas, gritando para que eu fuja para as montanhas com esse homem. Lucas termina de ensaboar minhas costas e pede com um falso sotaque francês, como se fosse um mordomo afetado:

— Vire de frente, mademoiselle, para eu ensaboar a outra metade.

Eu me remexo na água e viro para ele. Vejo sua mãozona pegar a esponja e encher de sabão e pergunto:

— Você já teve vontade de dançar profissionalmente?

Lucas encolhe os ombros e desvia os olhos dos meus.

— Eu amo o hóquei.

Coloco uma mecha do cabelo preto atrás da sua orelha.

— Eu não disse que não ama, eu...

— Sim — e me encara —, já tive.

A esponja toca meu ombro e desliza por ele.

— E o que houve?

— Eu tinha acabado de entrar na faculdade — ele respira fundo —, consegui bolsa pelo hóquei, mas estava decidido a cursar alguma coisa mais ligada a artes corporais, musical, dança... Eu sentia que estava na hora de enfrentar meus pais, que, de certa maneira, sempre sonharam em ter um filho astro do hóquei, e apostar tudo na dança.

A esponja está parada sobre meu ombro e seus olhos estão nela agora, como se ele estivesse em transe. Fico em silêncio, abrindo espaço para Lucas falar.

— Aí a minha irmã ficou doente, meus pais tiveram que hipotecar a casa pra bancar o tratamento experimental dela nos Estados Unidos. E ali eu entendi que a coisa que eu mais queria, que eu mais quero, é ser o melhor jogador da NHL e ganhar rios de dinheiro pra aposentar meus pais e nunca mais ver a minha família passar por alguma dificuldade.

Tenho certeza de que é minha TPM agindo aqui, porque meus olhos se enchem de lágrimas e eu disfarço olhando para baixo. Lucas percebe. Ele segura meu queixo, levanta meu rosto e me encara, um pouco surpreso.

— Está chorando, moranguinho?

Faço que não.

— Baby, não fica assim. Eu entendi com o tempo que posso ter o melhor dos dois mundos. Nunca vou deixar de dançar, mas também amo muito a adrenalina do jogo, não preciso deixar um pra ter o outro.

Isso entra em minha consciência e resgata lembranças de um tempo em que eu cogitei voltar a dançar escondida.

— Um dos motivos que me fizeram terminar com o Paul é que, pouco depois que ficamos noivos, ele me pediu para deixar o balé. — Dou uma risada triste. — Na época eu estava tão fragilizada que pensei em fingir obedecer, mas continuar dançando sem que ele soubesse, só não profissionalmente.

Os dedos molhados do Lucas contornam meu maxilar.

— Sinto muito.

— Isso que você acabou de falar faz todo o sentido: a gente não precisa abrir mão de algo que ama para ter ou fazer outra coisa que a gente também ama.

Ele acaricia meu rosto novamente antes de eu acrescentar:

— Você não devia esconder a sua dança das pessoas com quem se importa, não por causa do hóquei, que você também ama.

Ficamos nos encarando por um tempo em silêncio, até os dedos dele puxarem minha nuca, e o beijo que começa suave em poucos segundos se aprofunda e me conta sem palavras que Lucas concorda comigo.

23

Série da minha vida, episódio de hoje:
Uma assombração de carne e osso

Uau. É a expressão que escapa da minha boca assim que entramos no salão. O que parecia pronto antes de ontem virou um espetáculo visual. Nada muito aterrorizante, e sim um clima de mansão mal-assombrada da Disney no tema "Colegial dos anos 50 e *Grease*". Salas de aula se intercalam com ginásio, refeitório, cemitério, arquibancadas e pista de corrida. Na entrada, dois carros da época cheios de teias de aranha são cenários para fotos. Na pista, que fica de frente para o palco onde o show vai rolar, alguns fantasmas holográficos dançam coreografias típicas dos anos 50.

É o máximo.

Lucas e eu ajustamos nossas fantasias com a maquiagem. Tenho uma mordida de vampiro no pescoço e pintei a boca bem vermelha, no estilo vampira recém-transformada. Lucas está com o cabelo cheio de brilhantina penteado para trás, olheiras marcadas e um rastro de sangue falso no canto da boca, como se tivesse acabado de me morder.

Cantamos três músicas e o DJ assume a pista. Vamos voltar para o palco daqui a meia hora para mais duas. Estou na pista de dança com Nick, Dante, Dean, Lucas e outros caras do time, além de umas dez garotas.

Começa a tocar uma música mais lenta e Lucas me tira para dançar. Finjo surpresa e nos abraçamos ao som de "I Only Have Eyes for You", do The Flamingos. Ele sussurra na minha orelha:

— Quero tanto te beijar.

Não é exagero. Tente namorar escondido um cara que mora com você. Passar parte do dia um com o outro sem poder nos tocar é angustiante e eletrizante. Vai gerando e acumulando uma tensão sexual que nos faz ter vontade de aproveitar qualquer segundo juntos.

— Eu também quero — respondo e olho para os lados.

Ele me gira e me pega antes de voltarmos a nos movimentar.

O quarterback zumbi, um garoto de dezoito anos que foi bem abusado comigo agora há pouco, se aproxima com uma bebida na mão, respondendo direitinho à enquadrada que eu dei nele antes.

— Aqui, senhorita — diz —, precisa de mais alguma coisa?

Pego a taça de champanhe e abro a boca para responder que não, obrigada, mas Lucas responde antes:

— Ela precisa que você vaze daqui.

— Sim, senhor — ele murmura e sai praticamente correndo.

Toco a ponta dos dedos no peito dele.

— Que malvado.

— O cara quase pegou na sua bunda dançando com você aquela hora.

Sacudo os ombros e faço uma expressão de inocência.

— Tá com ciúme, Danny?

Ele nega, sorrindo.

— Talvez, mas também com a cabeça cheia de fantasias desde que te vi vestida desse jeito.

Lucas se refere à calça de lycra preta e ao top justo da mesma cor, o look da Sandy no final de *Grease*.

Dançamos mais um pouco.

— No seu quarto ou no meu hoje? — provoco.

— Tanto faz.

— No meu, então — respondo por ele.

❄ ❄ ❄ ❄ ❄

Em cima do palco, Lucas e eu cantamos "You're the One that I Want" e fazemos alguns passos da coreografia. É uma música de amor, que toca quando o casal do filme se declara na frente de todo mundo, então cantamos nos tocando um pouco e sem desgrudar os olhos um do outro.

Meu coração está acelerado como se realmente eu estivesse me declarando para ele em um microfone, para uma pista lotada, em uma festa que deve ter mais de trezentos convidados fantasiados. Fazemos uma reverência, agradecendo os aplausos, e encerramos nossa participação.

Megan, a irmã do Dante, sobe no palco e abraça, empolgada, todos os integrantes da banda, deixando Lucas e eu por último. Quando termina de falar com os outros, ela se aproxima de mim.

— Obrigada por cantar na minha festa. — E me dá um abraço apertado.

Ela é fofa.

— Foi um prazer. Parabéns!

Quando me solta, a menina meio que pula em cima do Lucas, abraçando-o de um jeito muito mais entusiasmado e tirando uma casquinha, apesar de ele quase não a tocar e me olhar meio horrorizado. Cubro uma risada com os dedos e me viro de frente para a pista.

Começam a tocar os primeiros acordes da abertura de *O fantasma da ópera* e a pista vibra com a música assustadora. Estou rindo porque Megan ainda fala alguma coisa para Lucas, tocando nos bíceps dele. Quando olho de relance outra vez para a pista, entre os convidados, um vulto todo de preto faz meu sangue congelar. Capa com penas, máscara de pássaro e luvas. Apesar de estar no meio de outras trezentas pessoas, eu sei que é ele, e sei que está me encarando.

Lucas vem rápido até mim, provavelmente percebendo que estou paralisada, sem cor nenhuma no rosto. Minhas mãos estão molhadas de suor.

— O que foi? — pergunta acima da música alta.

Aponto com o indicador para onde Rothbart ainda está me encarando, bem no meio do cemitério fictício.

— Ali, no cemitério.

Os ombros do Lucas se alargam.

— Filho da puta. Fica no palco. — Então se apressa e puxa Dante pelo braço. — Vem comigo.

Dante reage correndo atrás do amigo.

— Pra onde?

— Só vem, atrás de um desgraçado.

Os dois descem a escada e se misturam com os convidados da festa na direção do cemitério. Rothbart me encara por um tempo a mais, antes de se virar e sair correndo. Minha respiração acelera.

É Alexei, o canalha do meu primeiro namorado.

É um bosta, um ser humano normal, não um ser sobrenatural.

É só Alexei, tento me convencer.

Um dos garçons, vestido como mordomo da Família Addams, chega junto de mim em cima do palco e me entrega um ramalhete de flores, dizendo:

— Pediram para entregar, senhorita.

Recebo as rosas-brancas sem reação. No meio delas, uma única rosa preta se sobressai, e há um cartão. Viro atordoada para a pista; por sorte Nick está distraído com uma garota e nem olha para cá.

Pego o envelope com dedos incertos e abro o bilhete para encontrar mais uma vez as letras recortadas de revista:

Cuidado com o precipício.
Pare de dançar com outro cisne, Odette.

Odette, o Cisne Branco, morre se atirando de um precipício. Se o outro bilhete tinha uma ameaça velada, este tem uma ameaça descarada. Olho para os caras do time, que ainda conversam em cima do palco e riem, como se nada estivesse acontecendo. Na verdade, a questão é:

O que de fato está acontecendo e por quê?

❄ ❄ ❄ ❄ ❄

Lucas

Corro com toda a força que tenho no corpo. O salão é enorme, e tive que desviar de muita gente, o que me atrasou bastante. Dante está logo atrás de mim quando chegamos à área do cemitério.

O filho da puta desapareceu.

— Por que a gente tá correndo? — pergunta Dante, esbaforido.

Esfrego o rosto com as mãos.
— Estamos atrás de um filho da puta.
— Quem?
— Um homem fantasiado de preto.
— Ah, sim, agora ficou mais fácil.

Continuo olhando ao redor, meio desesperado. Dante me cutuca antes de falar com a voz tensa, assustada:

— Por que o seu nome está numa lápide?

Pisco devagar e olho confuso para onde Dante aponta. Minha boca seca um pouco quando leio meu nome completo na lápide falsa. Foi escrito com tinta preta e, pelo aspecto, é recente.

— Porque, pelo visto — respondo, soturno —, ele não está ameaçando só a Natalie.

Dante empalidece um pouco.

— Como assim? Ele quem?

— Vamos ver como a Nathy está e eu te conto tudo quando a gente chegar em casa. É melhor que o Nick não saiba de nada, acho.

Aponto com o queixo para a lápide.

— Só não conta nada dessa merda aqui pra Natalie.

— Tá bom.

✽ ✽ ✽ ✽ ✽

Natalie

Estamos no meu quarto, eu, Lucas e Dante, que já sabe de tudo o que vem acontecendo com relação ao stalker.

Eu queria ter jogado as flores no lixo depois de pisoteá-las e picado o cartão em mil pedaços. Mas Penelope, a detetive, nos instruiu a guardar tudo e levar para a polícia amanhã. Deixamos o buquê no carro do Lucas.

— Sra. Fontaine — Lucas prossegue na videochamada —, a senhora acha que agora vamos conseguir provas contra o Alexei?

— Eu acho — diz a mulher com cabelo loiro bem curto — que, seja ele quem for, foi muito corajoso de aparecer numa festa para trezentas pessoas. O boletim de ocorrência se torna imprescindível diante das ameaças, e as aparições públicas sugerem a personalidade de alguém que talvez esteja disposto a ir mais longe.

Minhas mãos ficam molhadas. E, mesmo entendendo a que ela se refere, pergunto:

— Ir mais longe como?

— Machucando alguém, Natalie, infelizmente.

Lucas segura minha mão.

— Só que — prossegue Penelope, mais resoluta — isso também nos dá uma boa chance de pegá-lo. Quanto mais ousado ele for, mais difícil fica continuar se escondendo.

O polegar do Lucas desenha círculos calmantes na minha mão.

— Tudo bem, sra. Fontaine, muito obrigado. Voltamos a nos falar amanhã, assim que sairmos da delegacia.

— Boa noite e se cuidem — diz ela e desliga.

Ficamos os três nos olhando em silêncio, até Dante se aproximar e me dar um abraço.

— Vai dar tudo certo, viu? Nós estamos com você.

— Obrigada, Dante.

Lucas aproveita a deixa e me abraça forte, dando vários beijos na minha testa.

— Nós vamos pegar esse cara, moranguinho.

— Eu sei.

Batidas firmes na porta chamam nossa atenção.

— Rubin, está tudo bem? — É o Nick.

E a cena que se desenrola seria engraçada se eu não estivesse tão tensa: nós três nos encaramos com expressões aflitas e nos movemos sem saber como fingir normalidade.

— Sim — respondo, me afastando do Lucas e pegando um livro.

Dante senta na poltrona e Lucas na beira da cama.

— Pode entrar — digo por fim.

Nick entra e nos analisa com o cenho franzido.

— Por que vocês estão tão esquisitos depois dessa merda de festa?

Respondo primeiro:

— Imagina, impressão sua.

— Nada — diz Dante —, tudo bem.

Lucas respira fundo e disfarça:

— Eu não ia falar nada, mas a garota que você pegou na festa é amiga da Maia.

Nick franze o cenho, parecendo confuso.

— Da Maia? Sua irmã?

— Sim.

À menção de Maia, Nick alarga os ombros, daquele jeito estranho da outra vez, e faz uma expressão... Que expressão é essa? As bochechas dele ficam mais rosadas, nunca vi Nick corar por nada na vida. E ele pergunta:

— E daí?

— Parece que a garota sabe que você é meu amigo e mandou pra Maia uma foto de vocês dois, toda empolgada. E a minha irmã pediu pra te dizer que se você zoar com a amiga ela te mata.

E aí Nick, ainda agindo de um jeito bem estranho, dá uma risada irônica.

— Lucas, com todo o respeito, fala pra sua irmãzinha cuidar da vida dela.

Lucas abre as mãos no ar, encolhe os ombros e me olha, falando apenas com o movimento dos lábios: "Consegui mudar de assunto".

— Rubin — Nick me chama —, vamos passar o dia juntos amanhã, só nós dois, como a gente fazia quando era criança? Podemos ir num restaurante e depois pegar um cinema ou patinar, o que acha?

Eu me levanto e o abraço. Odeio mentir para Nick, mas sei que ele é a última pessoa que pode saber o que vem acontecendo, por isso invento:

— Vamos, claro, vou amar. Só que tem que ser no começo da tarde, porque de manhã eu vou... é... — *na polícia* — ... visitar a Maia. Pode ser?

— Pode, sem problemas.

Lucas dá passagem para Dante e Nick saírem antes e me olha angustiado, segurando a porta.

— Volto em cinco minutos pela janela.

— Que bom. Não quero ficar sozinha.

E o olhar que ele lança me diz em silêncio: "Nunca vou te deixar sozinha quando você precisar de mim".

Série da minha vida, episódio de hoje:
Nem tudo que parece ruim poderia ser melhor

A manhã na polícia me faz reviver um pesadelo. Um pesadelo com nome e sobrenome.
Paul Lambert.
Foi como abrir uma gaveta e tirar de dentro memórias que estavam trancadas, esquecidas, empoeiradas. Foram três horas de depoimento e provas coletadas. Mas o pior? O pior é que eles reabriram o caso do Paul, me fizeram contar coisas que eu não queria nunca mais falar em voz alta, me questionaram sem trégua se eu tinha algum indício de que Paul poderia ser o suspeito. E falaram diversas vezes:

— Perseguidores como Paul Lambert às vezes mantêm o foco na vítima durante anos. O padrão de sumir por um tempo e voltar a reaparecer não é incomum. Ele tem os recursos e a influência para conseguir agir assim, não tem?

— Sim.

A família do Paul é uma das mais influentes e ricas do Reino Unido.

— Então a senhorita acha que pode ser ele?

E eu respondi todas as vezes:

— Não sei, acho que não, mas não tenho certeza.

Espero que não, rezo que não, não pode ser. Tem que ser Alexei. Paul não poderia, ele nem lembra que eu existo.

— Deve ser o Alexei — respondi incansavelmente todas as vezes que repetiam a pergunta, porque no fundo, se for Paul, isso significa que eu estou vulnerável. Ele tem todos os recursos do mundo para me perseguir para sempre se quiser. E eu? Só tenho meu spray de pimenta, minhas sapatilhas e os dois anos de aulas de autodefesa.

Olho para o lado.

Não, não é verdade. Eu tenho esse cara corajoso e protetor que não parou de segurar minha mão e me confortar, me abraçar e me beijar nas mãos, na cabeça, nos ombros. Esse cara que brigou com o policial quando eu fiquei muito tensa com as perguntas e que correu o risco de ser preso por desacato à autoridade, só para me poupar. Esse cara lindo que mudou meu mundo cinza e o encheu de cor, que parece o Henry Cavill de *Superman* e que de certa maneira se acha invencível.

Mas o que tirou meu chão é que, se a polícia estiver certa, se os instintos que tentei ignorar até hoje estiverem certos, se for mesmo Paul que está por trás disso tudo, Lucas não é invencível. Paul também não é, mas tem a mídia inteira da Inglaterra na mão e bilhões de dólares para fazer o que quiser. E o principal: eu sei do que ele é capaz.

Estamos voltando para casa. Lucas parou para comprar vitamina de morango, cupcakes de morango, morangos frescos e vem repetindo o mesmo discurso, que está dando loopings na minha cabeça desde que saímos da delegacia: vai ficar tudo bem, a polícia e a sra. Fontaine vão pegar Alexei, esse pesadelo vai acabar.

Paramos num semáforo e ele acaricia minha mão.

— Vou parar pra comprar geleia de morango.

Olho para as cinco caixas de morango no meu colo, para o copo de vitamina, que tomei até a metade, para os três cupcakes na sacola.

— Vamos ter morango por três anos em casa?

Ele respira fundo.

— Você tá rindo, pronto, resolvido. Vou comprar todo o estoque de morango do Canadá se isso te fizer sorrir mais.

E eu sorrio mais uma vez.

Quem me faz sorrir é você, Lucas, é o que abro a boca para dizer, mas ele me beija com ternura antes. Com tanta ternura que eu acredito de verdade que tudo vai ficar bem.

✵ ✵ ✵ ✵ ✵

Lucas

Deixei Natalie em casa e vim para a academia da universidade. Estou socando a porra de um saco de areia como se pudesse acabar com todos os problemas do mundo.

A voz do puto insensível do policial na delegacia volta à minha cabeça:

— Estou vendo na sua ficha que Paul Lambert foi acusado de violência física contra a senhorita, certo?

Soco. Soco. Soco.

— Sim.

— Mais de uma queixa?

— Não.

Soco. Soco. Soco.

— Violência sexual? — o policial prosseguiu.

Eu a senti encolher ao meu lado, sua mão molhada de suor antes de ela me encarar com os olhos cheios de lágrimas e responder:

— Sim.

E eu tive que usar todo o meu autocontrole para não urrar e quebrar alguma coisa naquela delegacia. Eu desconfiava, pelo que ela tinha me contado, mas ouvir a confirmação foi como se algo se rasgasse dentro de mim.

Soco. Mais forte. Soco.

— Depois do término ou antes?

— Antes.

— A senhorita fez exame de corpo de delito na época da acusação de violência sexual?

Soco. Soco. Soco.

— Não, eu... É complicado.

Soco. Soco. Soco.

O policial coçou o cavanhaque.

— Entendo, sinto muito. Mas deve ter sido por isso que ele não foi preso.

A mão dela começou a tremer na minha e eu explodi:

— Merda, será que o senhor não está vendo que ela não tá bem? Para de pressioná-la, porra.

O policial respirou fundo e me encarou, seco.

— Vou dar cinco minutos para o senhor se acalmar. — E suavizou a expressão. — Quanto à senhorita, precisa que eu chame a psicóloga, quer voltar outro dia ou podemos prosseguir daqui a pouco?

— Não, tudo bem, podemos prosseguir.

Apertei a mão dela. E aí Natalie me encarou forte, firme como uma montanha, com as lágrimas reluzindo nos olhos.

— Ele dizia que o lance do estupro era uma fantasia, então eu cedi uma vez, mas... ele continuou fazendo, mesmo quando passei a chorar e dizer que não queria mais. Demorei um tempo pra entender que tinha sido violentada, e mais alguns meses de terapia depois do término pra entender que eu não tive culpa, que eu não fui fraca.

— Caralho, merda. — Eu a abracei. — Não, baby, você é a mulher mais forte que eu conheço.

E é verdade. Ela já superou tanta merda na vida, morou sozinha depois de ter sido perseguida, abusada e agredida por um louco. Mesmo com todo mundo falando que podia ajudá-la, Natalie seguiu em frente e se reergueu sozinha, sem nunca recorrer ao poder e ao dinheiro dos pais, para não se sentir vendida, para não se vender. Ela é a mulher mais foda que eu já conheci.

Soco. Soco. Soco.

Meu celular toca em cima da bancada.

É a detetive. Eu atendo.

— Conseguimos um mandado de busca contra o Alexei.

Respiro fundo, tentando acalmar a respiração. Finalmente uma boa notícia.

25

Série da minha vida, episódio de hoje:
Cão de guarda

Saio com Nick o resto do dia. Vamos almoçar no restaurante favorito dele em Toronto e depois patinar no gelo, para resgatar memórias boas de infância.

— Ainda bem que chegamos — diz Nick ao voltarmos para o apartamento. — Eu não aguentava mais o chato do Lucas me infernizando pra saber quando a gente ia voltar.

Franzo o cenho ao olhar para a sala vazia. Nick aponta com o queixo a porta do meu quarto.

— Parece que ele quer te dar um presente de boas-vindas atrasado. — E me analisa, sugestivo. — Pelo visto vocês ficaram amigos, né?

Faço que sim, me odiando por omitir coisas ao Nick. Lucas vem insistindo para contarmos tudo, eu é que ainda não sei se é o momento certo, ou até onde tudo isso vai nos levar.

Ele continua me olhando, desconfiado.

— O Lucas foi folgado com você, aprontou alguma coisa?

Não, Nick, eu que aprontei.

— Não.

— Bom, vou tomar banho e daqui a pouco te chamo pra gente assistir alguma coisa juntos.

Corro até o quarto com o coração um pouco acelerado, abro a porta e quase caio para trás ao ver Lucas deitado na minha cama ao lado de...

— Não acredito, não acredito.

O filhote de golden que estava dormindo ao lado dele se levanta e vem abanando o rabo na minha direção. Lucas acorda e pega o cachorro no colo. O filhote está usando uma camiseta preta com a palavra SEGURANÇA em amarelo nas costas.

— Surpresa.

— Eu não acredito que você fez isso — digo, pegando o bebê no colo enquanto sou lambida várias vezes, e começo a chorar.

Lambidas.

Soluço.

Lambidas.

— Ah, meu Deus, Lucas. O Nick vai te matar.

Lambidas.

— Ele sabe e deixou. Falou que se a filhote mijar no sofá ele me coloca na rua junto com ela, mas eu convenci o Nick falando que ia te deixar muito feliz.

Choro mais, sendo lambida sem parar.

— E me deixou, muito, muito feliz. Obrigada. — Soluço. — Ela tem um cheirinho tão bom de filhote.

Olho para a carinha mais fofa do mundo e Lucas se aproxima, fazendo cafuné na cabeça caramelo.

— O nome dela vai ser Sol — digo. — Sempre que eu olhar pra ela vou me lembrar de você, que encheu minhas manhãs de música, vitaminas de morango e, a partir de agora, pelos e lambidas.

— E ela vai te proteger quando eu não estiver por perto.

Encaro Lucas, sorrindo tanto que meu maxilar dói. Sol, a melhor cadela de guarda que alguém poderia ter. Sorrio mais um pouco e os dedos compridos e quentes tocam meu rosto, os olhos brilhantes se fixam nos meus lábios, fico na ponta dos pés e o beijo de leve. Mas, como é o Lucas e são os lábios dele acariciando os meus, em dois segundos Sol é colocada no chão e em meio segundo o beijo não é mais leve — é um beijo de apoio, um beijo de entrega, um beijo que conta que os finais felizes estão na chance que damos a nós mesmos para recomeçar depois da tempestade.

— Que merda é essa que está acontecendo aqui? — A voz do Nick nos faz interromper o beijo, olhar para ele parado na porta do quarto e arregalar os olhos.

Ah, não.

E é em momentos como este que deveria entrar o corte do episódio para que a protagonista tenha tempo de respirar.

Mas o que acontece é:

— Eu ia te contar — diz Lucas.

Eu me adianto, um pouco nervosa, sem saber qual vai ser a reação do Nick.

— Fui eu que pedi pra ele não falar nada.

Nick dá um passo na nossa direção, parecendo puto. *Merda.*

Lucas olha para mim, tentando manter a calma.

— Baby, dá um tempo aqui pra eu conversar com o seu irmão.

Pego Sol no colo. Ela está pulando e latindo, querendo atenção, como qualquer filhote.

Protesto:

— De jeito nenhum. O Lucas não fez nada sozinho, Nick, para de ser um babaca machista.

— Eu ia te contar, cara, juro. Esconder isso de você estava me fazendo mal.

Os dois estão próximos, com os olhos grudados um no outro. Lucas toca no ombro do Nick de um jeito amigável. Nick, por sua vez, lança um olhar ácido para o ponto em que acontece o contato.

— Você está se sentindo mal por estar comendo a minha irmã, é isso?

— Nick — me exalto —, para com isso.

— Eu não estou comendo a sua irmã desse jeito chulo que você falou.

Nick arqueia as sobrancelhas, desafiador.

— Ah, não? Não é assim que você fica com todas as garotas da sua vida, desse jeito chulo?

As mãos grandes do Lucas esfregam o rosto com força.

— Não, porra, a Natalie... ela não é uma garota qualquer.

— E ela é o que então, posso saber?

E aí ele olha para mim, dá alguns passos na minha direção, parece hesitar antes de segurar meu rosto entre as mãos e murmura, como se estivéssemos sozinhos:

— Ela é a coisa mais preciosa que eu já toquei. Ela é... Eu sou apaixonado por você, Natalie, desde que te vi pela primeira vez.

Meu coração está tão disparado que mal consigo respirar. Em Montreal ele falou com essa intensidade? Acho que não, acho que ele falou algo como "Eu te desejo há três anos". É a mesma coisa?

Estou olhando para Lucas quase sem piscar quando ele acrescenta:

— É você, baby, sempre foi você.

Nick gargalha e bate no ombro do amigo, quebrando a bolha que nos envolve.

— Finalmente você admitiu, porra.

Olhamos os dois para o meu irmão. Lucas parece mais surpreso do que eu ao perguntar:

— Você sabia, Nick?

— Claro. Por que você acha que eu te pedi pra levar a Natalie pra passear por Toronto?

— O quê? — perguntamos juntos, incrédulos.

Observo meio sem reação enquanto Nick pega Sol no colo.

— Agora, Lucas, trate de fazer a minha Rubin muito feliz. Senão a nossa conversa vai ser bem diferente.

E, sem parar de me encarar, de fazer meu coração disparar, Lucas murmura:

— É só o que eu quero.

Meu irmão está cruzando a porta do quarto quando diz:

— Acho que vocês devem querer um pouco de privacidade agora, né?

❄ ❄ ❄ ❄ ❄

Alguns dizem que, quando nos apaixonamos, quando encontramos a pessoa certa, sabemos no ato. Se Lucas percebeu, assim que me olhou, algo mágico e explosivo acontecendo entre nós, eu demorei mais de três anos para me dar conta. Ele teve todo esse tempo para digerir essa avalanche de emoções que está me engolindo viva agora, em quinze segundos. Estou com vontade de chorar e de gargalhar, estou morrendo de medo e nunca senti tanta vontade de fazer coisas impensadas. Estou uma bagunça completa e ele percebe, porque me abraça forte por um tempo e somente depois fala:

— Está tudo bem, baby. Não era pra eu ter dito essas coisas assim, do nada. Eu queria ter nos dado mais tempo, queria ter te levado pra um chalé nas montanhas e te contado como eu me sinto em frente à lareira, ou embaixo de um céu estrelado. Não desse jeito, na frente do Nick, enquanto a gente passa por um furacão.

Eu me inclino um pouco para trás a fim de encará-lo por alguns segundos e resolvo ser sincera.

— Eu nunca me senti tão feliz e confusa, e ao mesmo tempo estou morrendo de medo.

Ele beija minha testa e meus lábios de leve.

— Eu sei, também estou.

Mas acho que Lucas está pensando no medo do que vai acontecer se nos permitirmos viver isso juntos. O problema é que eu tenho outros medos também, medos bem maiores do que esse. Medos muito mais palpáveis.

— E se for o Paul, Lucas? E se ele não quiser só me assustar, mas também... — Minha voz falha. — Os bilhetes eram claros, ele não quer me ver com ninguém.

— Não pensa nisso.

Aperto seus ombros com força, pedindo ajuda em silêncio.

— Se for ele, de algum jeito o Paul sabe que a gente está junto e... meu Deus!

As mãos do Lucas emolduram meu rosto com carinho outra vez.

— A sra. Fontaine me disse hoje de manhã que conseguiu um mandado de busca na república do Alexei. Esse pesadelo vai acabar.

— Mas e se for o Paul? — repito.

— Se for o merda do seu ex, eu não vou deixar ele encostar um dedo em você, nunca.

Sinto necessidade de apertar os ombros dele com mais firmeza.

— Eu não tenho medo por mim.

— Você tem medo por mim?

Faço que sim e assisto Lucas sorrir de leve, enquanto uma tensão discreta faz o maxilar dele pulsar. Será que finalmente ele está se dando conta de que também pode ser prejudicado?

— O Paul não vai fazer nada contra mim. — Ele beija minhas bochechas, uma, depois a outra. — Esse pesadelo vai acabar, baby, eu prometo.

Fecho os olhos e respiro de maneira falha, ouvindo-o continuar:

— E, sobre nós, não precisamos prometer nada um ao outro agora, se você ficar mais tranquila assim. Vamos deixar rolar. Você tem o seu teste daqui a um mês e meio, e em poucos meses eu tenho o Draft. É um ano superconturbado, eu sei.

Abro os olhos e o encaro.

— Sim.

Então ele sorri de um jeito torto e lindo, de um jeito que acelera meu coração.

— Mas como eu te disse aquele dia, a gente nem sempre precisa abrir mão de algo que ama pra acomodar outra coisa que a gente também ama. Podemos ficar juntos e fazer disso uma soma para os nossos sonhos, e não uma subtração.

Inspiro e expiro longamente e tento nos distrair com uma brincadeira.

— Já te disseram que você é muito bom de lábios?

— Deixa eu te beijar, moranguinho, e aí você me diz se eu sou bom de lábios mesmo.

— Eu quis dizer de lábia.

Mal consigo terminar a palavra e Lucas me prova que é muito melhor de lábios do que de lábia.

26

Série da minha vida, episódio de hoje:
Romance de cinema

Imagine como eu fiquei eufórica ao receber, há uns dias, um convite do American Ballet Theatre para um fim de semana de intercâmbio de técnicas de dança e um tour pelas instalações da companhia em Nova York! *Um fim de semana de lua de mel com Lucas*, com direito a passeios de mãos dadas e fotos de casal no Empire State, no Central Park e na Estátua da Liberdade.

Mas, principalmente, a chance de conhecer o lugar onde minha professora se consagrou como uma das maiores profissionais do mundo da dança e, por isso, o balé de que eu sempre sonhei em fazer parte, ao lado desse cara que parece ser só um jogador de hóquei bruto e raso, mas na verdade é um bailarino talentoso e um homem cheio de camadas surpreendentes e viciantes, como um chocolate com recheios imprevisíveis e deliciosos.

Agora Lucas, eu e outras cinco bailarinas convidadas, mais seus acompanhantes, estamos andando pelos corredores e salas enormes do prédio; já visitamos o estoque fenomenal de sapatilhas, as principais salas de ensaio e passamos pela galeria da fama.

Eu me sinto como uma criança deslumbrada conhecendo a Disney. Para mim, é um sonho se realizando. Lucas parece tão ou mais feliz do que eu, só por me ver feliz. Ele sabe como é importante para mim estar aqui, e perceber isso só faz o momento ficar ainda melhor.

Aponto para um quadro com a foto de uma apresentação de *O lago dos cisnes*. É uma cena em que Rothbart está no palco. Meu coração dá um pulo e meu peito aperta um pouco, de um jeito desconfortável.

— Eu conheço o bailarino que dançou como Rothbart nessa montagem. Ele é fenomenal.

Lucas sabe do que estou me lembrando e me puxa pela cintura para mais perto dele. Tudo está tranquilo desde a festa, nenhum bilhete bizarro, nenhuma aparição de Rothbart para me assustar fora dos palcos, nenhuma outra ameaça. A busca feita pela polícia no quarto do Alexei resultou na confirmação de que era ele quem estava bancando o feiticeiro cruel de *O lago dos cisnes* e me ameaçando — e na consequente fuga dele. Alexei está desaparecido desde então.

No quarto dele foram encontrados, além de uma fantasia igual à capturada pelas câmeras de segurança no dia da festa, outros bilhetes com letras recortadas no mesmo teor dos dois primeiros, um cartão de acesso para a área interna do prédio do Balé de Toronto, além de uma arma sem registro e comprimidos de sedativos do tipo "boa noite, Cinderela".

A namorada dele foi interrogada e alegou não saber de nada, mas é claro que ela pode estar mentindo. De qualquer modo, o fato de Alexei estar foragido é um alívio, como um remédio que alivia a dor mas não cura a doença. Lucas sabe que isso ainda mexe comigo, então se aproxima mais e murmura:

— A polícia ainda está atrás dele.

— Eu sei.

E me viro para beijá-lo de leve. Hoje, aqui, não vou deixar nada me assombrar nem tirar a magia deste fim de semana. Meu coração acelera de um jeito bom quando passamos por alguns quadros das bailarinas principais do ABT e eu reconheço Anastácia Zakarova.

— Olha — aponto para a foto, entusiasmada —, é a minha professora.

Os dedos do Lucas se entrelaçam nos meus.

— Ela era linda.

— Ela era perfeita.

— Natalie Pavlova, que prazer enorme ter você aqui.

Eu me viro na direção da voz com sotaque russo e encontro...

— Meu Deus, Larisa Zakarova.

A filha de Anastácia sorri para mim e dá uns tapinhas amigáveis no meu ombro.

— Fico feliz que você tenha aceitado meu convite para conhecer as instalações do ABT.

Pisco devagar, confusa.

— Seu convite?

— Não sei se você sabe, mas eu me aposentei dos palcos há pouco e fui convidada para me juntar ao conselho de diretores do ABT.

— Eu sabia que você havia se aposentado dos palcos, mas não que estava no ABT.

Ela me lança um olhar cheio de... admiração?

— Eu assisti a uma apresentação sua no ano passado, em Londres. Fiquei impressionada com a forma como enxerguei minha mãe, quer dizer, como enxerguei a maneira dela de dançar em você: a mesma técnica precisa, a leveza de movimentos, a impulsão dos seus saltos. — E acaricia meu ombro, onde a mão dela ainda descansa. — Você foi uma das únicas alunas dela a ganhar o Prêmio Zakarova.

Meu coração está acelerado, e o bolo na garganta me faz engolir com força. Abro a boca para falar que ela é uma das bailarinas que mais admiro e...

— A Natalie é uma das bailarinas mais talentosas que eu conheço — Lucas fala antes de mim.

— Ah, meu Deus — diz Larisa, se virando para ele. — Desculpe, eu nem cumprimentei você.

— Eu que peço desculpas por não ter apresentado vocês. — Aponto para ela. — Lucas, essa é Larisa Zakarova, a bailarina que fomos ver em Montreal. Larisa, esse é Lucas More, meu... é...

— Namorado — ele completa por mim.

Há quinze dias não somos mais um casal secreto para a maioria das pessoas, e mesmo assim ainda não me acostumei totalmente com o "título". Toda vez que Lucas se refere a mim como namorada ou "minha garota", a ficha cai mais um pouco. O fato de eu nunca ter me sentido tão feliz, de não estar surtando com a ideia de embarcar num novo relacionamento, é só mais uma prova de que estou envolvida de verdade.

A voz de Larisa chama minha atenção de volta para a sala do ABT.

— Lucas More, seu nome não me é estranho.

Os olhos verdes dele se desviam dos dela antes de ele responder, parecendo sem graça:

— Acho que é porque eu te enviei alguns e-mails pedindo ingressos para a sua apresentação em Montreal.

— Ah, Lucas! — repreendo-o, surpresa. — Quantos e-mails você enviou?

— Alguns — responde Larisa.

— Uns trinta — ele fala junto com ela.

— Trinta?! Desculpe, Larisa.

— Desculpe a insistência — diz Lucas. — Era bem importante pra Nathy ver a sua apresentação. Aliás, obrigado mais uma vez por ter conseguido os ingressos.

Ela abana a mão no ar, como quem diz: "Não foi nada".

— Não se preocupe, sr. More. Na verdade, eu que agradeço. Graças ao seu contato fui atrás da Natalie e estamos reunidos hoje e... — ela se vira para mim — e eu posso falar com você pessoalmente.

Larisa se lembra de mim. Ela me convidou para estar aqui. Minha boca seca. *Ela quer falar comigo.* Estou tendo um treco. Lucas percebe e segura minha mão com firmeza, me trazendo de volta ao momento, sendo minha âncora, o apoio fundamental que tem sido nos últimos tempos.

— Obrigada, Larisa.

Ela sorri e faz um gesto para nos afastarmos um pouco do grupo.

— Eu sei que você está concorrendo ao posto de bailarina principal no Balé de Toronto. Se não der certo por lá, saiba que o ABT está de portas abertas para recebê-la e conversar sobre uma proposta à altura do seu talento.

E aí eu desmaio. Não, mentira. Mas juro que sinto a alma sair do corpo e voltar em segundos. Viro para Lucas; ele está sorrindo tanto para mim que parece que ganhou o campeonato mundial de hóquei.

E eu...? Simplesmente não sei o que responder, por isso falo apenas:

— Obrigada. Fico muito honrada, de verdade.

— Pense com calma e me procure quando quiser.

✣ ✣ ✣ ✣

— Eu não queria que acabasse.

Lucas beija minha testa.

— Nem eu, baby, mas podemos voltar logo pra cá.

Amanhã cedo voaremos de volta para Toronto, para a correria dos dias normais. Para os jogos de hóquei e os ensaios intermináveis. Acabamos de jantar e estou sentada no colo dele, na varanda fechada e aquecida do nosso Airbnb, conversando e ouvindo música.

— Ainda não acredito que Larisa Zakarova se aposentou dos palcos pra virar diretora do ABT.

Ele passa as costas dos dedos no meu rosto, analisando minha expressão quando diz:

— Você devia aceitar a proposta, Nathy. Esse é o seu sonho, sempre foi.

Eu me reteso um pouco. Sim, é o meu sonho e, não, nunca imaginei que, ao ouvir o que Larisa me falou hoje mais cedo, ficaria tão dividida. Tão sem reação. Tão propensa a dizer não.

— Eu só não quero ficar com a sensação de que você não está indo atrás disso por...

Ele não completa a frase e olha para nossas mãos, entrelaçadas com força.

— Eu estou feliz em Toronto e ainda tenho boas chances de ser promovida lá.

Ele respira fundo e volta a me encarar. Prossigo me explicando, tentando convencê-lo e, ao mesmo tempo, tentando convencer a mim mesma:

— Eu sei, Lucas, só não quero ter que passar por outra mudança, voltar a morar sozinha tão cedo. Além disso, estou muito feliz junto do Nick, do Ivo e...

Os olhos verdes estão colados nas nossas mãos. Dou um beijo em seus lábios e acrescento:

— Claro que a gente conta, mas não é só isso.

— Você sabe que, aonde quer que a vida nos leve, eu vou dar um jeito de a gente ficar junto, não sabe?

É a minha vez de olhar para baixo. Daqui a alguns meses, independentemente do resultado da seleção no Balé de Toronto, Lucas vai passar pelo Draft, que é um sistema de escolha no qual as equipes da NHL dão lances pelos jogadores. Lucas acredita que tem muita chance de ser draftado pelo Leafs, o time de Toronto, mas isso é imprevisível; ele pode ir parar num time da Flórida ou de Vancouver, por exemplo. E, uma vez que o jogador aceita participar desse leilão, recusar a oferta do time que o escolheu pode trazer sérias consequências para sua carreira. É assim que funciona, não há o que fazer.

Suspiro devagar. Esse é um abismo que talvez tenhamos que enfrentar muito em breve.

— Baby — ele toca no meu rosto e eu ergo o olhar —, eu nunca vou desistir de estar com você. Nunca, entendeu?

São palavras loucas e intensas demais para ser ditas em tão pouco tempo desde que estamos juntos. Só que, por mais improvável que pareça, ouvir isso não me assusta, não me deixa nervosa ou pilhada; ao contrário, suas palavras me trazem segurança, me levam para um lugar confortável e me deixam em paz.

Estar com ele me deixa em paz, e eu não lembro se já me senti assim com alguém. *Acho que não.*

Lucas parece sentir o mesmo que eu. Ele me pega no colo em silêncio e me carrega até a cama. Sem deixar de me olhar, tira minha roupa como se estivesse decorando todas as minhas curvas e me beija como se quisesse gravá-las com os lábios. Então tira a própria roupa, sem nunca parar de me tocar, de me beijar, de me olhar.

Começa a tocar "Lover", da Taylor Swift, quando a boca dele encontra meu sexo. Ele me beija com a mesma paixão com que beijava minha boca. O orgasmo me atinge em cheio em pouco tempo, e em menos de meio segundo ele está dentro de mim, prolongando as sensações do meu prazer.

Ele me penetra no ritmo da música, no ritmo em que nossos corações batem acelerados, e intercala beijos apaixonados com olhares intensos, cheios de significado. Misturando nossos segredos, desfazendo medos e entregando muito mais que prazer.

Sinto que ele está quase gozando quando os músculos potentes das costas e dos braços se contraem, mas ele para de arremeter, como se pudesse se agarrar ao momento, como se precisasse disso, enquanto suas mãos seguram meu rosto e as palavras que saem de seus lábios mantêm o mundo no eixo que formamos juntos — ou terminam de virar meu mundo de cabeça para baixo, mas de um jeito bom.

— Uma vez você me disse que tinha sido quebrada em muitos pedaços. Ele não me dá tempo de responder ou de pensar e me beija antes de voltar a se mover dentro de mim. Sinto o pau dele tocar toda a extensão do meu canal e me contraio à sua volta com o prazer crescente, minhas pernas começando a tremer.

— Eu amo todos os seus pedaços, Nathy. — E me beija. — Cada um deles.

Não sei se são as palavras ditas pela primeira vez ou se é a intensidade de ter o segundo orgasmo no momento em que sou preenchida pelo calor do gozo dele. Não sei se é a maneira como ele acabou de me amar e de falar isso pulsando dentro de mim, mas sinto meus olhos se ensoparem e respondo arquejando enquanto me desfaço em uma explosão de música, coisas quebradas que são coladas dentro de mim, dança e prazer:

— Eu te amo, Lucas.

❋ ❈ ❋ ❈ ❋

Cutuco o braço dele.

— Vamos ter que voltar aqui no fim de semana que vem pra assistir *Wicked*.

Estamos sentados na sala de embarque do Aeroporto JFK, em Nova York, esperando nosso voo de volta para casa. Lucas ergue os olhos da tela do celular e me encara.

— Prefiro *Hamilton*.

— Imagina, você faz ideia do que... — Paro de falar quando o celular dele toca.

Lucas franze o cenho, me olha e murmura antes de atender:

— É de fora do Canadá. Pode ser algum agente ou alguma coisa sobre o Draft. — E atende. — Sim, sou eu.

Um segundo depois, ele está todo retesado: os ombros se alargam, um músculo pula no maxilar e as coxas se contraem.

Três segundos depois, o rosto perde parte da cor e o maxilar trava ainda mais.

Coloco a mão sobre a dele e pergunto baixinho:

— Está tudo bem?

Ele faz que sim e se levanta, tampando o microfone do celular.

— Um minuto, baby.

E anda na direção das janelas enormes que dão vista para as pistas. Reparo pela postura corporal que Lucas não está bem: ele segura o celular com força, e a outra mão está fechada em punho ao lado do corpo. Ele se vira para mim e dá um sorriso que parece tenso, então olha para os lados, como se procurasse alguém. Depois que desliga, fica uns cinco minutos olhando para a pista, os aviões em movimento e o celular na mão dele. Estou a ponto de levantar e ir até ele, mas Lucas vira de frente agora, e a expressão torturada se suaviza ao olhar para mim. Seus lábios ensaiam um sorriso contido.

— O que houve? — pergunto quando ele volta a sentar ao meu lado.

— Hum? — murmura, tentando manter a expressão neutra. — Por quê?

— Como assim? Parecia que você ia esmagar alguns aviões com as mãos enquanto estava no telefone.

Lucas coça a nuca.

— Ah... Era um filho da puta de um... de um agente que eu já dispensei. Franzo o cenho.

— Nossa, o que ele fez? Xingou a sua mãe?

Ele sorri, dessa vez mais espontâneo. Só que percebo uma veia pulsar em sua testa.

— Não, ele fez uma proposta absurda. Eu já tinha negado e ele não para de insistir. Está me enchendo o saco.

Suspiro fazendo que sim e tento me convencer de que não tem por que Lucas inventar uma história, contar algo que não é verdade... tem?

— Quer ir no Starbucks pegar um frappuccino pra esfriar a cabeça?

Lucas respira fundo e faz que sim, segura meus ombros e me vira de frente para ele, encostando nossos lábios. Ele me beija até meus dedos dos pés encolherem, até alguém que está sentado ao nosso lado pigarrear, desconfortável, até os aviões todos decolarem das pistas levando meu coração para o céu. De algum jeito meio irracional, tento me convencer de que tudo está bem.

27

Série da minha vida, episódio de hoje:
Está tudo bem, né?

Hoje é dia de jogo na casa do Dragons, aqui em Toronto. Faz um mês que vivemos um romance de cinema, uma comédia romântica de altíssimo orçamento. Nos dias de jogos, como a família do Lucas assiste, damos uma segurada nas demonstrações entusiasmadas de carinho. Com exceção de Maia, que sabe sobre nós dois, seguimos esperando um pouco para contar aos More. O que pode ser meio bobo — tenho certeza de que a torcida inteira do Dragons sabe que estamos juntos, então não deve ser diferente com a família dele. Talvez eles finjam que não sabem para nos poupar da organização do casamento que as avós certamente vão querer começar quando assumirmos o namoro na mesa do jantar.

Ivo enche a mão de pipoca e me cutuca com o cotovelo antes de cochichar:

— Eu ainda não acredito que você vem sendo ameaçada há tempos, com requintes de uma boa série de suspense, e não me falou nada.

Contei tudo para Ivo quando voltei de Nova York, há quase um mês, e mesmo assim meu amigo não esquece o fato de eu ter demorado tanto a me abrir.

Aperto o ombro dele num gesto amigável.

— Eu não quis te preocupar. Além disso, eu *estava* sendo ameaçada. No passado. Faz mais de quarenta dias que o Alexei está sumido.

— Eu sei, gata. É só que, apesar de você ter o melhor boy do mundo, eu ainda sou seu amigo, lembra?

Pego um pouco de pipoca e encho os pulmões. Sim, Lucas é o namorado perfeito: atencioso, carinhoso, engraçado, *o melhor, o melhor, eu juro, o melhor* amante do mundo, como afirmou a garota com quem ele estava no dia em que cheguei em Toronto. Intenso, me mima de todas as maneiras, apaixonado, enfim — suspiro — maravilhoso. Nunca me senti tão protegida, feliz e amada na vida. Não tenho nenhuma queixa a fazer com a produtora da série da minha vida no momento.

Mesmo assim, ando tendo uma sensação estranha que não consigo evitar, como se algo muito ruim fosse acontecer em breve. Para piorar, Lucas tem dormido mal, anda meio abatido, não canta mais todas as manhãs — o que pode ser um sinal de que ele está mais estressado — e, nos jogos do último mês, vem tendo um desempenho médio, abaixo do padrão dele dentro dos rinques, o que levou o time a perder algumas partidas. Cheguei a desconfiar de que pudesse ser algo com Maia, mas ela está ótima, graças a Deus.

Olho para ela, sentada entre Ivo e Nina. As duas conversam sobre patinação. Na frente delas, o restante da família do Lucas está reunido, falando alto sobre todos os assuntos possíveis.

Vó Nora se vira em minha direção.

— Leve a Sol com vocês no jantar desta semana. Eu tricotei uma roupinha para ela.

Dadi, que estava conversando com Charlotte e parece ter oito pares de ouvidos quando se trata de discutir com vó Nora, se manifesta:

— Enquanto você, Nora, está perdendo tempo tricotando roupa para um cachorro, eu já fiz o enxoval completo dos meus bisnetos ruivos. — E se volta para mim com um sorriso inocente. — Vou te entregar algumas peças na quinta-feira.

E é por isso que estamos esperando um pouco para assumir o namoro perante a família dele. Na verdade, foi Lucas que preferiu esperar, com receio de as avós me atormentarem muito nos encontros familiares. O que eu devo responder para dadi? *Bisnetos? Enxoval? Obrigada?* Abro a boca para falar, mas Maia responde no meu lugar:

— Dadi, deixe para negociar com o Lucas os bisnetos que ele vai te dar.

E Nina emenda, piscando para mim:

— Fale de bisnetos comigo, que estou praticamente casada.

Reparo pelo canto do olho quando Elyan, o marido de Nina, alarga um pouco os ombros ao lado dela, parecendo desconfortável.

Charlotte murmura um pedido de desculpas para mim.

— Tudo bem — murmuro em resposta.

Só que não tenho certeza se está tudo bem de fato. Ontem mesmo perguntei de novo e Lucas disse que está preocupado com o hóquei, para eu não esquentar a cabeça. Eu me lembro da conversa que tive com Maia sobre o irmão dela ficar muito tenso durante o campeonato. Deve ser isso. Só pode ser.

Começa a tocar "Paper Rings", da Taylor Swift, e a música chama minha atenção para a arena outra vez. Eu me viro para Ivo.

— E o seu professor gato, está te fazendo feliz?

Ele pisca devagar e os lábios sobem num sorriso apaixonado.

— Sim. — E aponta com o queixo para a pista de gelo. — Por falar em namorados gatos, o seu está vindo aí.

Arregalo os olhos, admirada. Pela primeira vez na vida Ivo fez um paralelo que faz sentido. O público reage às imagens no telão conforme o capitão do time da casa entra no intervalo com um microfone na mão e para no meio do rinque.

Meu coração acelera quando a música abaixa e Lucas começa a falar:

— Oi, boa noite, gente.

E um coro volumoso de torcedores responde, entre gritos de boa noite e assobios.

— Acho que a maioria de vocês sabe que eu tenho duas paixões na vida: o hóquei e, mais recentemente, a minha garota.

Ah, meu Deus. Ele acaba de contar para a família toda que estamos juntos. Para o mundo todo.

Prendo o ar quando o telão mostra meu rosto, minha boca aberta e meus olhos surpresos. O público ovaciona o capitão deles mais uma vez. Nina solta um "Eu sabia!". As avós dele se viram para mim dando parabéns, como se estivéssemos grávidos. Ivo aperta minha coxa e murmura no meu ouvido:

— Ele é maravilhoso.

Dou risada, entre nervosa e emocionada, e ouço Lucas continuar:

— Mas o que vocês não sabem é que, graças a ela, à força e à coragem dessa mulher incrível, eu entendi que não devemos esconder quem somos por medo da desaprovação e da opinião dos outros. Entendi que aquilo que amamos fazer deve nos encher de coragem e alegria, nunca de medo ou vergonha. Eu amo jogar hóquei com todo o meu coração, imaginem se fizesse isso em segredo e nunca jogasse em um time, para o público ver?

Meu coração está cada vez mais acelerado conforme os torcedores vão ficando em total silêncio, aguardando-o concluir.

— Antes do jogo começar, eu contei uma coisa para o meu time e para o meu treinador e eles me incentivaram a falar para todos vocês. Então, pai, mãe, Nina, meus avós, que estão aqui nas arquibancadas, desculpem por não ter confiado no meu taco o bastante para admitir isso antes. Eu não queria desapontar vocês, mas acabei desapontando a mim mesmo ao esconder isso.

Os torcedores gritam entusiasmados, pedindo que ele conte logo. Lucas volta a falar, sem tirar os olhos de mim.

— Acontece que há anos eu faço algo toda semana, algo que amo tanto quanto jogar. Eu cheguei a pensar em desistir do hóquei por causa disso. Faz anos que eu danço numa escola de balé contemporâneo e não vou parar nunca, assim como não vou parar de jogar com toda a força de vontade e todo o meu coração. Dançar não me faz menos jogador, não me faz menos corajoso, muito pelo contrário. Dançar e contar pra vocês que eu amo isso tanto quanto amo o hóquei me enche de garra para dar o meu melhor sempre.

Busco Maia com o olhar e ela está chorando, eu estou chorando. O telão mostra minha imagem e a dele o tempo inteiro, enquanto Lucas patina em minha direção. Os murmúrios a princípio abafados da torcida, surpresa com a confissão, explodem em gritos de incentivo ao capitão do Dragons. E ficam ainda mais altos quando, apreensivo, ele se aproxima do pai, que fala algo como: "Eu só quero que você seja feliz, meu filho".

Lucas abraça a mãe e as irmãs. Quando se aproxima de mim e me beija, a torcida explode em gritos e assobios ainda mais empolgados.

E não é nada mais, nada menos do que um beijo de cinema.

— Que orgulho eu tenho de você — murmuro.

— Esta noite foi sobre eu contar algo que me atormentava manter em segredo, mas daqui a pouco tempo vai ser um dia muito importante pra você. Até lá — ele se aproxima da minha orelha — vai ser somente sobre você. Vou cuidar pra que tudo seja perfeito e você esteja relaxada e confiante de que é a melhor bailarina que existe.

O sinal toca indicando o início da partida e Lucas sopra um "Eu te amo" antes de deslizar para o rinque. Pouco depois uma mensagem faz meu celular vibrar dentro do bolso. Pego o aparelho e leio:

Nicole

Estou indo pro o Canadá com o Daniel. Chegamos amanhã pra passar alguns dias e assistir sua apresentação. Te amo, amiga.

Passo o celular para Ivo com surpresa estampada no rosto outra vez. Ele sorri de leve e responde:

— Eu já sabia.

— Ah, é? E também sabia que o Lucas dançava? — brinco.

— Não, gata. E confesso que fiquei secretamente apaixonado por ele.

Rimos juntos antes de os times voltarem para o jogo. O Dragons ganha a partida de cinco a dois. Lucas arrasa dentro do rinque, como se contar que ele ama dançar o tivesse libertado por completo.

Saímos todos para comemorar depois do jogo, inclusive a família dele, que provou ser ainda mais unida do que eu já tinha percebido. Tenho certeza de que tudo está bem.

28

Série da minha vida, episódio de hoje:
O cisne

Se a perfeição tem um preço, eu sempre estive disposta a pagar. As dores, as contusões, as bolhas e os calos são centavos perto da emoção de usar sapatilhas mágicas, sapatilhas de gelo. Em cima do palco, vestindo plumas e penas, tendo asas no lugar dos braços, deixo a música derreter minha alma, se fundir com meu sangue, vibrar na minha pele, cobrir todo o meu corpo enquanto me transformo em um cisne, preto ou branco. Aqui o preço que a perfeição cobra não é nada.

Fouettés, fouettés, fouettés, trinta e duas vezes girando, girando e voando, trinta e duas piruetas que terminam no ápice da música e me fazem esquecer quem sou, me fazem ser maior que um corpo e que a música. Quando eu voo assim, sou ilimitada. E então, alguns passos depois, tudo termina em palmas, assobios e mais palmas.

Com a respiração ofegante e os olhos vermelhos como os do cisne que eu represento, busco Lucas. Ele está aplaudindo de pé, antes de vibrar junto de Dante, Nick, Maia, Ivo e Nicole. Maia está sorrindo para mim, para o meu coração, que transborda o êxtase da apresentação, e Lucas faz o número 1 com o dedo, como quem diz: a melhor de todas.

Recebo os aplausos sem deixar de voar e saio correndo do palco para o camarim, onde vou me transformar outra vez no Cisne Branco para dançar o último ato.

O ato da morte.

O ato em que o amor perde para a crueldade, para as ameaças e mentiras. O príncipe foi enganado, mas o coração dele nunca traiu Odette. Mesmo assim, ele vai morrer com ela, por amor. É triste, duro, trágico e poético.

Entro no camarim e vejo sobre a bancada as flores que recebi de Maia, a caixa de bombons — meus favoritos — com que Nicole e Ivo me presentearam, o estojo com a correntinha que Lucas me deu: uma sapatilha de cristal presa num colar de ouro.

— Uma nova sapatilha de gelo para a bailarina perfeita — disse ele, pouco antes do início da peça.

Começo a remover o tutu preto e a desabotoar o corpete, mas paro com as mãos nas costas ao ver uma caixa branca num dos cantos da penteadeira.

Sorrio ao lembrar do que Lucas confessou mais cedo:

— Tenho uma surpresa pra você, mas só vou contar no momento certo.

Sorrio mais e começo a soltar a fita de gorgorão.

O que será que ele aprontou?

Removo a tampa e encontro um pequeno envelope preto sobre o papel de seda que cobre o que quer que esteja aqui dentro. Pego o bilhete sem deixar de sorrir e abro para ler.

Como se ainda estivesse dançando, tudo ao meu redor se apaga e se desfaz quando as letras tomam forma em minha consciência: horrendas, recortadas de revistas e jornais, elas gritam como se tivessem voz, como se estivessem dentro do meu tímpano:

E logo mais, Natalie, você morrerá.

Meus dedos tremem quando percebo um borrão de sangue manchando a caixa, o bilhete, o papel. Sem conseguir raciocinar nem respirar, removo a seda que cobre o conteúdo, revelando...

Horror.

Morte.

Sangue, muito mais sangue.

Penas, um bico e meus olhos borrados.

Asas encolhidas, asas quebradas e meu rosto manchado de maquiagem preta.

Alguém me entregou um corpo inerte, sem vida, sem nada além do terror que enche meu peito, sobe pela garganta e explode num grito.

É uma ave que já voou como Odette, mas agora está presa dentro da caixa, cercada pela finitude das coisas e pela maldade humana. Embrulhada para presente e entregue como uma surpresa.

Minhas pernas tremem e uma ânsia ardida envolve minha boca. Só tenho tempo de me abaixar, me curvando em direção à lixeira que está bem embaixo de onde um cisne branco majestoso, que nunca mais voará, descansa.

❄ ❄ ❄ ❄ ❄

Lucas

Algo não está bem. Natalie volta ao palco para o último ato e eu sei que algo não está bem. Ela dança com os movimentos perfeitos, os passos impecáveis da bailarina bem treinada que é, mas tenho certeza de que tem alguma coisa acontecendo.

Os olhos dela buscam os meus com mais frequência do que antes, muito mais.

Mesmo vestida de Cisne Branco, a maquiagem pesada do Cisne Negro que borrava seus olhos não foi completamente removida. Estou ao lado de Ivo, Nick, Maia, Dante e Nicole, a amiga bailarina dela que veio para o Canadá com o marido só para estar aqui esta noite. E é Nicole quem confirma que a minha sensação sobre Nathy não estar normal faz sentido:

— A Natalie está tensa. Ela voltou diferente do camarim.

Faço que sim, concordando, e minhas mãos ficam molhadas de suor quando acredito enxergar lágrimas molhando o rosto dela. As ameaças das últimas semanas voltam com força à minha cabeça, como se estampassem meus nervos.

Os acordes tão conhecidos e apoteóticos de Tchaikovsky parecem ganhar uma proporção diferente dentro de mim e explodem junto com meu coração acelerado.

Natalie, como Cisne Branco, pula do príncipe para Rothbart. Este não é só o momento mais agoniante da peça, é um dos mais angustiantes que eu já vivi, porque ela está olhando para mim quando erra um passo e, em vez de pular para o príncipe, cai sentada, o peito curvado, descendo e subindo rápido. Ela está com a cabeça baixa, olhando para o chão, prostrada, como se estivesse a um passo de ser abatida.

— Levanta — sopra Nicole ao meu lado. — Levanta, amiga.
— O que houve? — murmura Dante. — Isso faz parte da peça?
Nick se retesa.
— Ela se machucou?
Ivo aperta meu braço, agoniado.
— Por que ela não levanta?
Maia está com os dedos sobre os lábios ao dizer:
— Ah, meu Deus.

A entrada de duas mensagens faz meu celular vibrar dentro do bolso do paletó. Pego o aparelho, meu rosto desbloqueia a tela e abro as fotos que foram enviadas com o sistema de visualização única.

Natalie no camarim, fotografada pelo reflexo do espelho: ela está abaixada no chão, curvada sobre o que parece ser uma lixeira. O celular que tirou a foto é segurado por um homem inteiro de preto, escondido atrás de um biombo.

Merda.

A segunda foto tira o chão sob meus pés.

É uma imagem do quarto da Natalie. Ela está dormindo, vulnerável, eu estou dormindo abraçado com ela, com a camiseta que usei ontem, e Sol está olhando para quem quer que tenha invadido o quarto.

Meus olhos aflitos voltam para o palco, onde Natalie estremece num choro emudecido pela orquestra e pelos murmúrios e lamentos da plateia, que enfim percebe que algo não está bem com ela.

Natalie se levanta, mas, antes de voltar para o papel, olha para mim. Mal consigo respirar, quero gritar, quero pular no palco e ver se ela está bem, se ela está ferida.

Todos ao redor parecem respirar aliviados quando ela recomeça a dançar; a plateia se comove e a incentiva com aplausos. Todos voltam a respirar, menos eu.

Em um pulo, saio do meu lugar na plateia e murmuro para ela, para mim, para todos os deuses:

— Se alguma coisa acontecer com você, eu nunca vou me perdoar.
— Aonde você vai? — pergunta Nick.
— Ao banheiro — minto.

E saio correndo em direção ao palco, para o mais perto que consigo estar dela agora, mesmo sabendo que devia fazer exatamente o contrário.

29

Série da minha vida, episódio de hoje:
Amigos

Ivo e Nicole deitam um de cada lado do meu corpo, fazendo um sanduíche. Estamos na cama do Ivo, que está nas minhas costas, acariciando meu cabelo, enquanto Nicole me encara com aqueles olhos castanhos lindos que eu amo e que estavam me fazendo tanta falta.

— Tem certeza que é melhor o Nick não saber de nada? — É Nicole quem me pergunta.

Acabei de contar tudo para ela, desde a primeira aparição do stalker até o horror de hoje.

— Tenho, Ni. Você conhece o meu irmão. Ele iria surtar e não teria sossego até acabar com quem está fazendo isso comigo. — Desvio os olhos dos dela antes de completar: — Estou preocupada com o Lucas. Ele está segurando isso tudo sozinho, e hoje, meu Deus, eu...

— Ele te ama. — Ivo puxa uma mecha do meu cabelo. — Claro que está fazendo o possível pra resolver essa situação.

Quando diz "fazendo o possível", meu amigo se refere a correr para o meu camarim assim que contei o que tinha acontecido, disfarçar para Nick no fim da peça dizendo que eu passaria a noite na casa do Ivo e que ele ficaria comigo, e então esperar todo mundo sair do teatro para, junto com os seguranças do balé, chamarem a polícia.

Dei mais um depoimento, eles tiraram fotos do bilhete e da caixa com o cisne, isolaram a área para procurar digitais e levaram tudo o que podiam para fazer perícia. Lucas está até agora em algum lugar fazendo o que me prometeu quando me deixou aqui, uma hora atrás:

— Eu vou resolver essa situação e volto pra te buscar.

— Como? O que você pretende fazer?

Ele sorriu, triste, e tocou no meu rosto.

— Confia em mim, moranguinho. Isso tudo vai acabar, eu prometo.

A voz da Nicole me faz olhar para os olhos castanhos outra vez.

— O Lucas está bem, Nathy. Logo ele vai estar aqui.

Faço que sim e não falo o que realmente me preocupa: nunca vi Lucas tão abatido. É como se algo tivesse apagado todo o brilho dele de uma vez. Para mim ele é radiante e solar, e desde que eu desci do palco é como se o sol tivesse perdido boa parte da sua luz e calor.

Estou arrasada também pelo cisne, pela vida inocente tirada com o mero intuito de me assustar, me desequilibrar. E infelizmente foi exatamente isso o que aconteceu: vomitei duas vezes antes de conseguir me vestir para o último ato e mal troquei a maquiagem de Cisne Negro para Cisne Branco. Não parei de chorar e tremer por nem um minuto enquanto dançava o ato final, e só conseguia pensar: *Força, Natalie. O show deve continuar, como cantava o Freddie Mercury.*

Provavelmente perdi a vaga de bailarina principal. Mas, diante do que está acontecendo, isso é o que menos importa. Para mim o ponto é: e se o Lucas fizer alguma besteira, uma realmente grande? E se ele se colocar em perigo para tentar "resolver essa situação", como disse que faria?

— Ele me disse que ia conversar com a namorada do Alexei. — É Ivo quem fala. — Ele vai ajudar a polícia, Nathy, fica tranquila.

Suspiro, aquiescendo, e pego o celular para ver se tem alguma mensagem do Lucas. Nada.

Nicole aperta minha mão com carinho e sorri ao sugerir:

— Vamos assistir *Friends* no sofá, como a gente fazia antigamente?

Ela sabe que *Friends* é uma das minhas séries favoritas e que alguns episódios têm o poder de me resgatar de momentos ruins e criar uma ilha de risadas e conforto ao meu redor.

— O episódio de Las Vegas? — sugiro, tentando sorrir.

— Sim, perfeito — responde Nicole. — Espera só eu avisar o Daniel que vou dormir aqui hoje.

Ivo se levanta.

— E eu vou fazer pipoca.

E eu? Eu me sinto sortuda pra caramba. Apesar de tudo o que tem acontecido, ter amigos assim sempre vai ser um presente. Amigos que, mesmo que estejam mais afastados fisicamente, nunca se afastam do coração.

✻ ✻ ✻ ✻ ✻

Acordo com os beijos do Lucas na minha testa, nos meus lábios. Abro os olhos e vejo o sol nascendo pela janela da sala do apartamento do Ivo. Escuto barulho de louça na cozinha e imagino que meu amigo tenha aberto a porta para Lucas entrar e, pelo cheiro que se espalha no ambiente, deve estar fazendo café.

— Bom dia, moranguinho — murmura Lucas e beija minha testa outra vez.

Eu me espreguiço e noto que Nicole está desmaiada no sofá-cama ao meu lado.

— Bom dia, capitão.

Sorrio em resposta ao sorriso dele. Os olhos verdes estão emoldurados por olheiras. Passo os dedos para pentear seu cabelo bagunçado.

— Você não dormiu?

O peito dele sobe e desce numa respiração longa.

— O Alexei se entregou pra polícia. Ele confessou tudo.

Eu me sento, jogando os pés para o chão. Lucas se ajoelha e se encaixa no meio das minhas pernas.

— Como assim? Você está bem?

Os braços dele me envolvem num abraço apertado.

— Eu tô bem, e o principal: acabou, Nathy.

Encosto a testa na dele.

— Você teve que fazer alguma coisa? Como aconteceu?

Ele inspira e expira longamente mais uma vez.

— Eu pressionei a namorada dele, a Jade Veja. Ela me passou o contato dele e eu fiz o Alexei entender que seria melhor se entregar do que ser encontrado pela polícia. Havia provas de que foi ele que colocou a caixa no seu camarim. Só que, pra fazer isso, ele teve ajuda de alguém de dentro da companhia.

— Da Jade?

Lucas faz que sim com a cabeça.

— Eu garanti que não iríamos prestar queixa contra ela se ela me passasse o contato do Alexei.

Minha garganta aperta e eu volto a abraçá-lo.

— Obrigada.

Os braços dele me envolvem com mais firmeza e, quando fala, sua voz parece embargada:

— A surpresa que eu tenho pra você foi um chalé que eu reservei pra gente passar dois dias nas montanhas, só você, eu e a Sol. A Maia me ajudou a fazer sua mala, está tudo pronto pra gente ir, quando você quiser.

— Agora — murmuro e o beijo. — Posso ir dirigindo, assim você descansa.

Ele concorda e volta a apertar os braços ao meu redor. Suspiramos juntos e eu me sinto aliviada de verdade, pela primeira vez em muitos e muitos dias.

30

Série da minha vida, episódio de hoje:
Estado líquido

Dois dias mágicos, cercados por um cenário branco, lilás e azul no meio de montanhas, lagos congelados e noites absurdamente estreladas.

Mal saímos do chalé que Lucas alugou. Na verdade, só saímos da cama para passear com Sol três vezes por dia, receber comida na porta e tomar banho.

Se algum dia eu tive traumas com relação ao sexo, eles acabaram e evaporaram por completo. Não sei se o fato de eu estar apaixonada tem alguma influência nisso — deve ter, é lógico que tem. Mas também existe o fato de que depois do Paul eu nunca me permiti viver algo de verdade com outra pessoa. Seja como for, sinto que hoje sou mais maleável em vários sentidos. Talvez as porradas que levei e as cicatrizes que ficaram por causa delas tenham coberto minha pele de estrelas de neve, como minha avó dizia, e no fim, em algum momento da vida, a neve derreteu. Provavelmente hoje eu sou mais líquida, menos endurecida.

E uma das provas disso foi não ter ficado arrasada quando recebi a negativa sobre a vaga de bailarina principal da Companhia de Toronto, ontem à tarde. A notícia chegou por e-mail, um texto simples e educado, somente duas horas depois de termos chegado em casa do nosso retiro nas montanhas.

Agora, deitada na minha cama no intervalo do jogo do Dragons a que assisto pelo celular, rolo a mensagem recebida na tarde de ontem e releio:

Srta. Natalie Pavlova,

A diretoria da CBT agradece imensamente sua participação no processo seletivo para a vaga de bailarina principal. Lamentamos informar que seu nome não foi selecionado para a vaga. Ressaltamos que sua atuação como solista temporária foi muito apreciada e gostaríamos de registrar nosso interesse em conversar sobre um contrato para essa posição. Desejamos boa sorte.

Passo os dedos na orelha da Sol, que mastiga um brinquedo deitada ao meu lado.

— Pelo menos o seu papai está jogando superbem hoje.

O Dragons está em Montreal enfrentando o time da casa, e vamos para o terceiro tempo com uma vantagem de dois gols.

Meu telefone toca. É o Lucas e eu atendo, animada.

— Estou me arrumando pra te encontrar no bar e comemorar a vitória.

— Nathy, baby, você está bem?

— Estamos ganhando! — comemoro. — Você tá jogando muito.

— Você tá bem? — insiste ele, com a voz tensa.

Franzo um pouco o cenho.

— Sim, por quê?

Escuto uma respiração longa.

— Você abriu a janela do seu quarto que eu deixei trancada?

— Não, Lucas, por quê? Você está me assustando.

Outra respiração profunda dele.

— Tudo bem, baby, só... vai pro bar. Tenho certeza que vamos ganhar. A Maia está indo praí e vocês podem ir juntas assistir o fim do jogo por lá.

Acho que, depois de tudo o que houve, Lucas anda meio paranoico com segurança. Mesmo com Alexei preso. Não discuto; quero ele tranquilo para entrar no rinque e jogar o último tempo.

— Tudo bem — respondo.

— Eu te encontro lá umas nove e meia. Vamos sair do aeroporto de Montreal às sete.

Eu me levanto e penteio o cabelo, apoiando o celular entre a orelha e o ombro.

— Até daqui a pouco, capitão.
Ele parece hesitar, respirando de maneira falha.
— Eu te amo.
E desliga.

❖ ❖ ❖ ❖

Eles perderam de três a dois de um jeito inacreditável. Lucas simplesmente parou de jogar, ou, pior, pareceu estar jogando pelo time adversário.
Que porcaria aconteceu? O bar lotado de torcedores ficou em completo silêncio quando o time de Montreal virou o placar. No fim do terceiro tempo, estávamos praticamente só eu e Maia no bar e um torcedor gritou:
— Desde que ele começou a namorar você, não joga mais nada. Você destruiu o nosso capitão.
E os poucos torcedores presentes se juntaram ao coro:
— É verdade!
— Volta pra casa!
Maia me pegou pela mão e nós saímos do bar, apressadas.
— Não liga para esses idiotas — disse ela quando entramos no Uber.
Lucas me ligou outra vez quando o jogo acabou, com a voz abatida. Os gritos da outra torcida comemorando a vitória ecoavam pelo estádio.
— A Maia vai pra casa com você. Ela pode esperar a gente chegar.
Eu quis responder que não precisava, que eu podia ficar sozinha, mas com o clima horrível após a derrota só consegui perguntar:
— Você está bem?
Ele demorou um pouco a responder.
— Sim.
Agora, Maia e eu estamos no ex-Cheetos. Sol está dormindo no meio de nós duas, fazendo um barulhinho fofo que faz de vez em quando enquanto cochila. Acabamos de assistir a *Uma linda mulher* e eu me controlo para espantar pensamentos intrusivos, do tipo: *O cara do bar tem razão. Desde que o Lucas e eu estamos juntos, ele não é mais o mesmo dentro dos rinques. Estou prejudicando ele.* E aquilo em que comecei a acreditar depois que Paul passou na minha vida me vem à cabeça: *É impossível ter tudo, Nathy.*

A porta da frente é aberta; Lucas, Dante e Nick entram em silêncio e nos cumprimentam como se estivéssemos num funeral. Maia encara o irmão de um jeito estranho e inquisitivo, e só consigo abraçá-lo e dizer o que Lucas me falou tantas e tantas vezes nos últimos meses:

— Estou aqui. Vai ficar tudo bem.

Nos despedimos de Maia, e Dante e Nick entram em seus quartos sem falar praticamente mais nada. Quando estamos só nós dois, eu pergunto, insegura:

— Quer ficar sozinho?

Ele faz que não com a cabeça e pega minha mão, me puxando para o meu quarto. A primeira coisa que faz assim que entramos é fechar a cortina e depois a porta.

Então se vira para mim, me olhando de um jeito... como se estivesse me vendo pela primeira vez. Meu estômago gela e eu volto a falar, impulsiva:

— Quer conversar sobre o jogo?

Lucas nega com a cabeça novamente e tira o casaco e a camiseta, se aproximando. Quando envolve minha cintura com as mãos e me traz para junto do seu corpo firme, eu arfo e engulo em seco. Lucas continua a me encarar como se quisesse me comer com os olhos e meu corpo reage — o coração bate forte, a respiração fica rasa, o sangue esquenta e eu pergunto:

— Quer falar sobre alguma coisa ou...

Ele me beija, me deixa sem ar e um pouco tonta com tanta avidez.

— Não, baby — diz na minha orelha, rouco. — Só me abraça. Vamos só dormir juntos.

Nos deitamos de frente um para o outro, Lucas acaricia meu cabelo e me olha como se quisesse me guardar para sempre na retina, como se eu fosse sumir, me olha de um jeito desolado e triste, como se não pudesse respirar direito sem me olhar.

Sem falar nada, porque eu entendo que é disso que ele precisa no momento, eu o envolvo com os braços e nós dormimos abraçados, como se isso pudesse curar qualquer coisa.

✤ ✤ ✤ ✤ ✤

Quando abro os olhos de manhã, a nevasca esperada para o dia começa a esfriar as coisas mais cedo que o previsto.

Lucas está sentado na poltrona ao lado da cama, me olhando. Os olhos estão vermelhos, sombreados por olheiras enormes — parece que ele não dormiu. A barba por fazer e o cabelo bagunçado lhe conferem um ar ainda mais rústico. Mas é a expressão torturada, como se tivesse voltado de uma guerra, que faz minhas mãos gelarem.

— Bom dia — digo, me espreguiçando e tentando espantar a sensação de que algo realmente não está bem. — Você não dormiu?

Lucas me encara por um tempo, depois responde:

— Um pouco.

Ergo o edredom, convidando-o.

— Ainda é cedo. Vem ficar aqui.

Ele se retesa, alargando os ombros, como se eu tivesse acabado de enfiar um taco de hóquei na sua goela.

— A gente precisa conversar.

Meu coração dispara e meu estômago aperta. Eu me sento e faço carinho na Sol para disfarçar.

— Nossa, você tá tão sério. O que houve?

Lucas não ri, não se estica para mexer na Sol como de costume, não faz nada, só fica ali, sentado e estoico, me encarando ao dizer:

— Eu acho que você devia falar com a Larisa sobre aquela vaga que ela te ofereceu.

E agora sou eu que reteso as costas e meu sangue gela um pouco mais.

— Eu sei, já pensei nisso. Por que esse assunto agora?

— Resolve a sua contratação como bailarina principal do ABT.

Pisco devagar, sem entender.

— Tá, eu já ia fazer isso. Mas por que essa conversa a essa hora e desse jeito, como se você estivesse sugerindo que eu me alistasse na marinha?

— É o seu sonho ser bailarina principal, não é?

Eu me levanto e começo a me arrumar, parecendo estar atrasada para um compromisso que não tenho.

— Ah, muito obrigada por me lembrar disso, Lucas. Agora, o que está acontecendo aqui?

Ele esfrega o rosto com força.
— Vai ser melhor assim.
Agarro a escova da penteadeira e penteio o cabelo com firmeza.
— Vai ser melhor eu me mudar pra outra cidade, é isso?
— É o seu sonho, porra. Eu achei que você quisesse isso.
Tiro o pijama e coloco um vestido de lã de manga comprida.
— E eu achei que já tínhamos conversado sobre isso. Não estou te entendendo, eu...
Lucas desvia os olhos dos meus para dizer:
— Eu preciso de um tempo, Natalie.
A meia-calça que seguro para vestir cai no chão.
— A gente pode continuar junto mesmo que eu mude de cidade, como você tinha dito. Lembra?
Quando ele se vira, seus olhos estão cobertos de lágrimas.
— Não dá, eu não posso. A gente tem que se afastar por um tempo.
Dou uma risada tensa enquanto Sol late para Lucas, percebendo o clima angustiante.
— Como assim?
— Vai ser melhor pra gente, pra mim. Eu não estou rendendo o que preciso no hóquei.
— E a culpa é minha? É isso?
As mãos dele se fecham com força nos braços da poltrona.
— Você nem queria namorar e sempre soube que também não era o momento certo pra mim...
— E você — grito por cima dos latidos da Sol — nos fez passar por cima de tudo isso dizendo que a gente podia ser mais juntos. Que a gente não tinha que escolher entre uma coisa e outra.
Ele fecha os olhos e eu reparo no rastro de lágrimas que risca seu rosto.
— Eu estava errado. As coisas não estão funcionando. Eu preciso focar na minha carreira. Você, mais do que ninguém, sabe como isso é importante pra mim, e pra você também.
Meu estado líquido congela mais.
— Você sabe por que eu não consegui a vaga. E, quanto ao seu jogo, não sei o que aconteceu ontem, mas esse não é o seu normal. V-Você é um dos melhores jogadores que eu já vi. É uma fase, vai pa...

— As coisas não estão funcionando entre a gente.
Meu sangue gela de vez. *Adeus, estado líquido.*
— Entre a gente? Você não quer um tempo. Você está terminando comigo.
Lucas se levanta e dá um passo na minha direção, parecendo exausto.
— É o único jeito. Eu tentei, mas não dá. Não tem outra saída. Eu queria que tivesse, tentei fazer dar certo de outro jeito. Eu preciso que você acredite que nada mudou com relação ao que sinto.
E aí eu gargalho de nervoso, minhas mãos e pernas estão trêmulas. É descomunal a bagunça de sentimentos que se acumulam no meu interior. Preciso manter a compostura, preciso engolir o choro, disfarçar tudo o que estou sentindo.
— Você me culpa por estar jogando mal e decidiu terminar comigo pra focar na sua carreira, é isso mesmo?
Ele me encara em silêncio, com a expressão torturada. Seu olhar me diz tudo, antes mesmo de ele fazer que sim com a cabeça. O peso daquela confirmação me atinge como um golpe.
— Bom — encolho os ombros, fingindo uma indiferença que não sinto —, pelo menos o balé nunca me prometeu algo que não pode me dar.
Lucas tenta se aproximar, tocando meu ombro com cuidado.
— Não, baby, eu só... eu só preciso de um tempo pra arrumar as coisas.
Meu corpo se contrai com o toque e ao ouvir suas palavras.
— Arrumar as coisas que você jurou que a gente podia consertar juntos?
Ele solta uma respiração pesada, visivelmente frustrado, a confusão e o desespero estampados no rosto.
— Eu achei que a gente ia conseguir juntos... Mas tem coisas maiores, coisas que eu não controlo. E você... você é o meu foco, mas também o meu ponto fraco. Nossas carreiras são...
Ele para, ofegante, parecendo perdido com as próprias palavras. Fecho os olhos com força e deixo as lágrimas escorrerem, quentes e amargas.
— Boa sorte com o seu hóquei, que ele te faça muito feliz.
Lucas se afasta como se fosse dizer alguma coisa, mas não diz.
Enxugo as lágrimas que eu odeio estar derramando.
Pego minha mala no armário, jogo em cima da cama e começo a colocar um monte de roupas nela. Sol caça algumas peças com a boca e as sacode.

Fecho a mala como consigo e coloco a guia na filhote com os dedos trêmulos.

— Aonde você vai? — pergunta ele, com a voz quebrada.

— Vou pra casa do Ivo. Na verdade, foda-se, não é mais problema seu.

— Eu te amo — diz ele, baixinho. — Só quero o melhor pra você.

Ouvir isso acaba com todo o meu equilíbrio e com o resto da vontade que eu tinha de manter as coisas num tom mais racional. Olho para o globo de neve quebrado em cima da estante e dou alguns passos para agarrar o cubo com os fragmentes dele. Jogo no lixo com força enquanto digo:

— Eu posso até ter sonhado com um príncipe e um final feliz, mas nunca precisei de um pra me resgatar, muito menos pra encontrar a felicidade.

Eu me viro para sair e escuto um barulho seco, como se ele estivesse socando algo, e então outro. Quando abro a porta do quarto, Nick está como um leão enjaulado andando de um lado para outro da sala, e Dante tenta segurá-lo, acalmá-lo ou sei lá.

— O que aconteceu, Rubin?

Lucas também já saiu do meu quarto e me encara com uma expressão que me faz duvidar de tudo o que ele acabou de falar, esse filho da puta.

— Estou indo pra casa do Ivo. Te ligo de lá pra gente conversar — digo para o meu irmão.

Os olhos do Nick se inflamam mais quando ele se vira para Lucas.

— Já não basta ter jogado como um palhaço zumbi ontem, você volta pra casa e parte o coração da minha irmã, é isso?

Lucas nega com a cabeça, mas não reage e continua sem reagir quando Nick o empurra contra a parede, exigindo desculpas, explicações.

Dante tenta segurar Nick e eu grito:

— Para, Nicolau, para!

Nick se vira para mim, resfolegando, quando eu explodo:

— Não tenho mais coração pra ser partido faz tempo.

Lucas acabou de destruir o que restava dele, concluo para mim mesma.

Nick se senta no sofá com a cabeça entre as pernas e tenta acalmar a respiração antes de grunhir para Lucas:

— Se eu vir a sua cara na minha frente de novo, te arrebento. — E se volta para mim. — Eu te levo pra casa do seu amigo, se você ainda quiser ir.

— Quero.

Puxo Sol para a porta seguindo Nick, que acaba de pegar as chaves do carro, e olho para trás, para Lucas, pela última vez. Ele está sentado no chão com as mãos cobrindo o rosto e respira com dificuldade, como se estivesse chorando. Dante está abaixado com a mão nas costas dele enquanto fala alguma coisa. Fico com uma vontade incoerente de correr até lá e o abraçar, mas lembro que foi Lucas quem acabou tudo entre nós.

— Vamos — murmuro para Nick e saio do apartamento que aprendi a chamar de casa, me afasto dos braços que sentia serem minha casa também e me permito chorar mais.

31

Três meses depois...

**Série da minha vida, episódio de hoje:
A sabedoria milenar de *O diabo veste Prada***

Oi, Nigel, assistente da Miranda Priestly. Estou só confirmando que minha vida pessoal virou fumaça e eu realmente fui promovida.

Duas semanas depois de Lucas terminar comigo, voei para Nova York com Nick e Ivo e fiz uma reunião com minha própria Miranda Priestly — Larisa Zakarova —, que, apesar de superexigente, é uma pessoa um pouco mais maleável e sorridente que a Miranda do filme, e é a ela que eu devo meu posto de bailarina principal no ABT.

Estou vivendo um sonho: moro em Manhattan num apartamento de dois quartos superbem decorado que a companhia paga, estou fazendo novos amigos e me forçando a sair de vez em quando com eles. Como Toronto fica a apenas uma hora e meia de avião de Nova York, Ivo e Nick vêm me visitar sempre que podem e eu nem penso mais no Lucas, no que fomos ou no que podíamos ter sido se ele não tivesse surtado.

Essa sou eu tentando fazer aquele lance de "conte uma mentira mil vezes até virar verdade". A diferença é que não tenho mais raiva dele, pelo menos meu lado obcecado pela carreira não tem. Esse lado entende e até apoia o término, porque, por algum motivo louco, Lucas voltou a jogar muito bem com o fim do nosso namoro, então talvez ele precisasse mesmo desse tempo. Acontece que o meu lado mulher apaixonada que tomou um pé na bunda por causa do hóquei não se acostuma com a ideia de que a porcaria de um taco e um puck podem ser mais importantes do que o que sentíamos um pelo outro. Além disso, Lucas era meu amigo, e amigos não se afastam do dia para a noite. Isso é o que eu tenho mais dificuldade de entender, aceitar e perdoar.

Depois do jantar, coço a cabeça da Sol, que está deitada no sofá cujos braços ela adora mastigar.

— Vai ficar tudo bem, Sol. Eu nunca estive tão realizada profissionalmente, o ABT é tudo que eu sonhei e muito mais, e poder dançar aqui é...

Meu celular toca.

— É o seu tio — conto para ela e atendo a ligação de vídeo. — Oi, Nick.

— Oi, Rubin.

Pego a patinha da cachorra, levanto e sacudo, fazendo um oi.

— Oi, Sol — diz Nick. — Como estão as coisas por aí, mana?

— Tudo ótimo. Amanhã eu começo a ensaiar *Giselle* e...

— Nick, cara, eu trouxe aquele doce que a minha avó faz e você adora.

Uma voz grave conhecida, uma voz que eu não ouvia há três meses, faz meu coração disparar e minha nuca se arrepiar. É horrível perceber que uma frase nessa voz, dita para outra pessoa, ainda mexe tanto comigo. Horrível e inevitável.

— Quem está aí? — pergunto, impulsiva, mesmo sabendo a resposta.

As bochechas do Nick ficam um pouco rosadas e ele coça a nuca, parecendo sem graça.

— É o Lucas. Eu... é... voltei a falar com esse merda faz uns dias. Ele pediu desculpas... mas se você quiser eu brigo com ele de novo, juro.

Desvio os olhos, fingindo que o fato de Lucas estar aparecendo de relance na tela atrás do Nick não faz meu coração colapsar e minha respiração falhar. Nick está ao notebook na mesa da sala, e a câmera pega uma área ampla atrás dele.

— Tanto faz, Nick, eu não me importo.

— Ele é capitão do meu time e...

— Não precisa me explicar por que você voltou a falar com o seu amigo. Está tudo bem, mesmo.

Dante se aproxima.

— Oi, Nathy, que saudade.

— Oi, Dante, também estou com saudade. Quando você vem me visitar?
— Logo. Vou ver se o Lucas quer ir com... — Faz uma careta. — Desculpa, esqueci que vocês... é... não se falam mais.
Ah, que merda.
— Está tudo bem, relaxa.
Só então eu olho novamente para o fundo, para trás de Dante, onde Lucas está visível na tela. Ele me encara fixamente, as narinas meio expandidas mostram que está respirando fundo. Os olhos verdes ainda criam o mesmo contraste chocante com a pele bronzeada, e o cabelo está um pouco mais comprido. Ele parece bem. Meu coração acelera mais.
Que bom que ele está bem. Quer dizer, não dou a mínima se Lucas está bem ou não. Pelo menos não deveria dar. Nos encaramos através da tela sem falar nada enquanto Nick e Dante parecem nos analisar em silêncio.
— Bom, depois eu te ligo. — A voz do Nick me tira do transe. — Eu devo te visitar na semana que...
— Oi, Natalie.
É o Lucas, *merda*. Merda de reações que ouvir meu nome na voz dele dispara no meu corpo: o coração acelera mais, meu estômago se enche de borboletas idiotas e minha boca seca um pouco. Não quero parecer tão afetada, por isso digo sem pensar:
— Ah, oi. Não vi que você estava aí.
Porcaria, é óbvio que todos eles, inclusive Lucas, sabem que eu percebi que ele estava bem ali, parado com aqueles ombros largos, me olhando com os olhos verdes perturbadores.
— Como você está? — ele pergunta.
Unhas. Vou olhar para as minhas unhas.
— Estou bem. Ótima, na verdade.
— E o ABT, está feliz lá?
Não conversa comigo como se não tivesse sumido por três meses, como se não fosse a primeira vez que a gente se fala depois que você me cortou da sua vida, é o que quero falar, gritar.
— Sim... muito. E você? — respondo em vez disso. — Realizado no hóquei?

Não consigo evitar a acidez na pergunta. Lucas respira fundo, como se estivesse... O quê? Não sei. Meu coração está cada vez mais acelerado e um bolo se forma na minha garganta. *Ah, não, Natalie!* Estou com vontade de chorar... NÃO FAÇA ISSO, *sua idiota,* quero grudar em letras garrafais no meu sistema nervoso.

— Tudo normal — responde Lucas. — E a Sol?

Isso, mude o foco. Graças a Deus. Viro o celular para a golden e falo:

— Está bem. Aqui.

— Oi, Sol. Oi, meu amor — murmura ele, carinhoso. — Como você tá? Tô com saudade. Como você cresceu, garota linda.

Ao ouvir a voz dele, Sol se levanta abanando o rabo e dá uma lambida no celular. Volto para o telefone com o pulso mais acelerado, sem conseguir deter um sorriso espontâneo.

— Ela te reconheceu.

Lucas também está sorrindo, e isso, junto com a maneira como ele falou com ela, resgata lembranças boas, lembranças de nós dois, do que costumávamos ser. Minha vontade de chorar aumenta.

— Claro que sim — diz ele, alargando o sorriso. — Ela lembra do papai dela.

Ouvi-lo se dizendo "papai dela" é um soco no estômago. Lucas não é mais o papai dela. Ele é exatamente... nada dela. *Droga.* Estou como um fio desencapado, e ver Lucas assim, falar com ele, é como jogar água em meu sistema. *Chega!*

Nick olha do amigo para mim com o cenho franzido.

— Nick — volto a ignorar Lucas —, preciso desligar. Vou, é... sair com um amigo — minto.

— Você está saindo com alguém? — pergunta ele, surpreso. — É um cara legal?

— Não pira, tá? Está muito no começo ainda — minto deslavadamente.

Dante entra na conversa mais uma vez:

— Eu vou indo também, Nathy, tenho que buscar meu namorado.

Apesar de eu desconfiar de que Dante era gay, não sabia que ele tinha se assumido diante do mundo, dos amigos, e fico feliz por ele, tão feliz que me esqueço por uns segundos da presença do Lucas e comemoro:

— Você está namorando? Que demais!

— Ah, sim. — Ele dá a risada de urso que eu aprendi a amar. — Saí do armário faz uns dias e... tirando o fato dos meus pais terem me deserdado e não falarem mais comigo, nunca estive tão feliz.

— E eu fico feliz por você e já quero conhecer o seu namorado.

— Com certeza. Adorei falar com você, Nathy.

Olho de esguelha para o canto da tela, de onde Lucas ainda me encara. Só quero erguer uma muralha entre mim e ele e tudo o que ver e falar com ele me faz sentir.

— Beijo, gente, tô atrasada.

Mas, antes de desligar, meus olhos desviam novamente para Lucas. Ele cruzou os braços sobre o peito e está me encarando com uma ruga entre as sobrancelhas e o maxilar travado, como se estivesse puto, como se ainda fôssemos namorados. Como se ele estivesse com ciúme.

Desligo de uma vez e coço a orelha da Sol, que ainda abana o rabo para o celular.

Meus olhos se enchem de lágrimas e confesso só para ela:

— Eu sei, também tenho saudade. Por menos que eu goste de admitir, sinto muito a falta desse chato. E ainda não entendo por que ele fez o que fez. Por que ele age como se a gente nunca tivesse sido nem amigos? Por quê?

32

Série da minha vida, episódio de hoje:
A atração do Central Park

Nicolau Pavlov é um homem impressionante. E não falo por mim, não; estou acostumada com o metro e noventa dele, os cabelos loiro-escuros de fios longos que parecem não sair do lugar e os olhos azuis feitos de gelo derretido. Estou pensando isso agora porque todas, *todas* as mulheres e alguns homens por quem passamos viram o pescoço para olhar para ele. Acho que o sobretudo preto e o cachecol, combinados com o ushanka (o típico chapéu russo de pelo), lhe dão um ar ainda mais chamativo.

Estamos andando no Central Park, onde duas garotas, das quinhentas que ficaram babando, nos pararam para pedir fotos. A segunda acabou de sair de perto dando risadinhas e comentando algo do tipo "O homem mais bonito que eu já vi".

— Você podia pelo menos sorrir nas fotos. E se elas forem suas fãs do hóquei? Vai ficar conhecido como atleta antipático ou coração de gelo.

A resposta dele é um franzir mais acentuado de cenho e um murmúrio grave:

— Eu sou antipático.

Dou risada e aperto mais o braço ao redor do dele.

— Meu ranzinza favorito.

Um grupo de aves brancas voa próximo, e Nick desvia os olhos para o céu ao dizer:

— O Lucas retirou a inscrição dele do Draft.

Um vento gelado faz minha nuca arrepiar. A última vez que vi ou ouvi falar do Lucas faz duas semanas, na ligação por vídeo, quando ele estava no apartamento com Nick.

— Por quê?

— Não sei, Rubin, ele está muito estranho. Faltou no último jogo porque foi fazer uma viagem misteriosa. E já é a terceira vez desde que você veio embora pra cá.

Outra rajada de vento me faz encolher um pouco.

— Isso não deve ter nada a ver comigo, não pode ter. A gente nem se fala mais. — Arquejo. — Ele quis manter distância total.

Nick caminha para um dos bancos enfileirados entre as árvores e nós nos sentamos.

— Você soube que o Alexei foi deportado para a Rússia? Parece que ele fez um acordo e prestou um depoimento de horas pra conseguir esse benefício.

Engulo em seco, olhando um esquilo pular de um galho para outro. Adoro esta época do ano, quando, devagarinho, a primavera vai vencendo o inverno. Ainda tem neve se acumulando ao pé das árvores e em cima dos galhos, mas a vida começa a renascer aos poucos.

Solto um suspiro longo antes de responder:

— Eu soube que ele foi deportado, mas não sabia desse depoimento. Soube também que o caso foi encerrado, não é isso?

Nick faz que sim.

— Eu devo estar ficando louco, mas... — Ele para de falar e me encara. — Esquece.

— Fala, Nicolau.

— Eu sinto que tem pontas soltas nessa história, e acho que o seu capitão sabe disso.

O termo *seu capitão* oblitera a afirmação "tem pontas soltas nessa história". Não deveria, mas é o que acontece.

— Ele não é meu capitão. Não mais. Acho que nunca foi.

Nick encolhe os ombros.

— O Lucas é um dos caras mais legais que eu já conheci, sempre segurando minhas barras e me apoiando, como um irmão de verdade faria. Pode ser loucura minha, mas de todo jeito eu contratei um investigador pra ter certeza de que a minha intuição não está errada.

Prendo a respiração quando uma ideia passa pela minha cabeça.

— Você acha que o Paul pode...

— Não. Acho que não. — Ele sorri, me acalmando. — Com certeza é o meu lado superprotetor e neurótico falando mais alto aqui.

Sim, com certeza é isso. Só pode ser. Não pode ter sido Paul. Alexei tinha motivos para fazer o que fez, e confessou tudo. Minhas mãos ficam molhadas de suor dentro das luvas. Tenho certeza de que tudo acabou. Além disso, não é possível que Lucas esteja estranho desde que me mudei, como Nick acabou de falar, por causa *disso*. Por minha causa. Óbvio que não. Quem se importa procura, vai atrás, e Lucas nunca mandou nem um *oi* sequer. Ele não está nem aí para mim. Ainda assim, tenho que concordar com Nick: essa história de o Lucas desistir do Draft é bem esquisita mesmo.

— Mas o Lucas sair do Draft não significa que as chances dele de ganhar dinheiro no primeiro ano como profissional praticamente acabam?

Nick solta o ar com força.

— Sim, eu perguntei pra ele. O Lucas disse pra eu relaxar que ele estava negociando por fora com outros times. Agora mesmo falou que estaria em Chicago fazendo um teste no time de lá, o que não faz sentido.

Ou ele está dançando. Meu coração bate mais forte. Talvez Lucas tenha desistido do hóquei profissional para dançar. Será que ele está com alguém? Dançando com outra bailarina? Levando-a para óperas e balés, cuidando dela como ela fosse o maior tesouro que já encontrou na vida e sendo o cara que faria qualquer garota se apaixonar? Minha garganta aperta.

— Podemos falar de outra coisa?

Nick beija minha testa, carinhoso.

— Sim, Rubin, desculpa.

Ah, droga, não quero que Nick perceba quanto isso... Lucas... ainda mexe comigo.

— É que você volta pra Toronto hoje e eu quero aproveitar...

— Eu sei — ele diz e fecha a cara quando um novo grupo de mulheres passa olhando e sorrindo descaradamente para ele.

— Como você consegue pegar alguém agindo desse jeito?

Nick volta a encolher os ombros e dá um sorriso torto e convencido.

33

Lucas

Um avião decola e outro acabou de pousar. O Aeroporto Heathrow, em Londres, é enorme e muito movimentado — o segundo do mundo em número de passageiros. Olho para a mulher sentada à minha frente na sala de embarque e quero... agradecer a ela pelo resto da vida. Se não fosse Penelope Fontaine, eu estaria na mais profunda e absoluta merda.

Na verdade, as únicas coisas boas em que ainda me seguro são minha família, o hóquei e a esperança de que Penelope possa me ajudar. Foi isso que me manteve de pé nos últimos meses. É irônico que tudo tenha começado num aeroporto e, provavelmente, tudo vá terminar em um.

Lembro da ligação que recebi ao lado da Natalie no Aeroporto JFK, em Nova York, quando voltávamos para Toronto, meses atrás. A lembrança da frieza no tom de voz e das ameaças que vez ou outra ressoam na minha cabeça ainda me dá vontade de arrebentar uma parede.

— Lucas More — ele disse naquele dia.

E eu, inocente, confirmei:

— Sim, sou eu.

— Se você quer que a Natalie continue bem, não desligue e me escute até o fim, entendido?

— Sim.

Ele não se identificou, mas eu soube. Assim que ele falou isso, eu soube quem era. O sotaque britânico foi só um detalhe.

— Eu sei que vocês estão no Aeroporto JFK, assim como eu sei que você está com a minha garota faz tempo. Muito antes de tornar público o que vocês faziam, ela já me traía.

— O que você quer, seu filho da puta?

Ele gargalhou.

— Ela fica linda de azul, não fica?

Meu sangue gelou quando olhei para trás para confirmar que Natalie estava mesmo de azul. Virei para os lados procurando o desgraçado. Não encontrei.

Ele prosseguiu:

— Você vai deixá-la, nunca mais vai se aproximar, não vai mais falar com ela e jamais vai contar que eu estou no telefone com você ou que eu falei qualquer coisa parecida, senão eu mato a Natalie. E depois mato todas as pessoas que você ama, antes de te matar. Entendeu?

Meu coração disparou e eu apertei o celular com tanta força que não sei como não quebrou.

— Vai se foder, seu maluco. Você contratou o Alexei, não foi, pra assustá-la? É ele que está aqui agora, te mandando fotos?

— O Alexei é só um peão. E o que ele fez, Lucas Allen More, foi para a Natalie lembrar que só está segura ao meu lado.

— Você é doente — rosnei.

— Vou dar um tempo para você perceber que eu não estou brincando, antes que alguém se machuque de verdade, entendeu?

— Vai se foder — repeti.

— Se eu tiver que chegar ao extremo de matar a minha garota, a pessoa que eu mais amo nesta vida, porque você não teve a decência de deixá-la no momento certo, não vou poupar nem mesmo a sua irmã Maia. Ela venceu um câncer recentemente, não é?

— Seu desgraçado. Eu vou acabar com você.

Outra gargalhada horrível.

— Para você não achar que eu sou um homem cruel, vou lhe dar mais dois avisos. Depois do último, não haverá mais volta.

— Você é um covarde, seu filho da puta.

— Vai lá consolar a minha garota. Ela está preocupada, conheço essa expressão que está no rosto dela agora. Ela sempre morde a ponta da unha desse jeito.

Com o sangue gelado, olhei de relance para Natalie, só para me certificar de que ela estava mesmo mordendo a unha. Um gosto ruim subiu até minha boca com a sensação de que ele estava ali, perto dela. De que sempre esteve.

— Como incentivo — acrescentou ele antes de desligar —, mandei algumas fotos para você entender que eu nunca me separei dela. Nunca.

E então ele desligou. Minha respiração estava acelerada e minha testa coberta por uma camada de suor quando acessei as mensagens que chegaram no mesmo instante. Recebi mais de trinta fotos de momentos diferentes da Natalie, desde bem antes de ela chegar ao Canadá. E também havia fotos do momento atual, com ela sentada no aeroporto. Tive que morder a mão com força para não gritar ou esmurrar uma parede até quebrar os dedos antes de voltar para perto dela.

Nos dois meses seguintes, enquanto eu ainda estava com Natalie, enquanto eu insistia, achando que conseguiria resolver tudo sem precisar me afastar dela, recebi, como Paul havia prometido, dois avisos com fotos e frases que anunciavam: *aviso 1* e *aviso 2*.

O primeiro chegou na noite da apresentação da Natalie.

E o segundo, na noite do jogo em Montreal. Esse veio em tom de ultimato.

Em seguida chegaram várias fotos dela no quarto do apartamento do Nick. Natalie estava com o celular na mão, e uma das fotos tinha um zoom da tela com a imagem do placar do jogo daquela noite. Logo depois veio a mensagem:

Número restrito
Se quiser que ela continue viva, perca o jogo.

Provavelmente o filho da puta só queria ter o prazer de me humilhar, de sentir que estava no controle da situação. E a mensagem continuava:

Se não perder, você não a encontrará quando voltar para casa. Este é o último aviso. Você tem 48 horas para colocar um fim nisso. Ou não haverá volta.

Como sempre, as fotos eram imagens de visualização única, e os textos eram apagados logo depois de serem visualizados.

Entre os dois avisos, passei sessenta dias recebendo fotos não apenas de Natalie e minhas, mas também da minha família: minhas irmãs, meus pais e avós.

Então, voltei para casa naquela noite, depois de perder o jogo, sabendo que não podia mais continuar ignorando o que a loucura e o dinheiro ilimitado daquele desgraçado podiam fazer e arriscar que algum mal acontecesse. O preço a pagar — se eu estivesse disposto a pagar para ver — seria alto demais, e eu jamais me perdoaria. Jamais.

O que eu fiz na manhã seguinte arrancou uma parte da minha alma e o meu coração inteiro. Depois disso as ameaças pararam, nunca mais recebi nenhuma mensagem ou foto, também não teve mais nenhuma ligação. Eu me separei da Natalie, deixei ela arrasada e me arrebentei para ter a chance de libertá-la para sempre, de *nos* libertar. E a chave para isso está aqui na minha frente, em cima da mesa, num envelope grosso de papel pardo.

Olho para Penelope Fontaine e ela dá uns tapinhas no dorso da minha mão, parecendo ler meus pensamentos.

— Você fez bem em não contar para a Natalie. Não mudaria nada, e ela iria sofrer demais. Além disso, se o Paul descobrisse, seria ainda pior. Pelo menos, depois que vocês terminaram, ele te deixou em paz.

Sim, foi por isso que eu não contei nada. Se Natalie descobrisse, não sei como ela reagiria; provavelmente não estaria refazendo a vida dela como bailarina principal no ABT. A verdade é que, tirando a sra. Fontaine, ninguém mais sabe o que eu passei.

— E, o mais importante de tudo, ele deixou a Natalie em paz por enquanto. — Coloco os dedos em cima do envelope. — Eu só não entendi ainda por que ele contratou o Alexei pra assustar a Natalie antes de entrar em contato comigo e...

— Homens como Lambert sentem prazer em causar medo ou dor. A Natalie é um alvo fixo. O Paul quer controlá-la, mesmo que ela não saiba disso. Enquanto ela estava em Londres, sem se envolver com ninguém, suponho que ele sentisse que ela ainda estava ao alcance dele, mas quando ela se mudou ele sentiu que precisava agir de maneira mais direta. — A sra.

Fontaine dá um gole no café e depois acrescenta: — Separar vocês e te torturar com as ameaças foi mais uma distração para a mente doentia dele.

— Ele é sádico.

— Um psicopata com dinheiro ilimitado e poder. Impossível entender como a mente dele funciona.

Aperto a mão em punho com força ao lembrar que Natalie nunca estaria livre desse criminoso se eu não tivesse feito o que fiz, e mesmo assim, se minha última cartada não der certo, talvez ela nunca esteja livre de fato.

Olho para o envelope e sinto a tensão me fazer franzir o cenho.

— Se eu não fizesse nada, em algum momento ele poderia machucá-la ainda mais.

— Sim, por isso nós estamos aqui, para tentar colocar um fim nisso de uma vez por todas.

Puxo o envelope para perto de mim sobre a mesa. Ele contém provas substanciais contra Paul Lambert. É um dossiê completo que reúne as ações dele desde que estava na Universidade de Oxford. Esse envelope está recheado de evidências de que Paul é muito pior do que imaginávamos a princípio.

O cara foi acusado de dopar e violentar algumas mulheres no Reino Unido — alunas do curso de medicina, pacientes dele mais recentemente, e, ao que tudo indica, infelizmente, alguns dos casos terminaram em fatalidades, como desaparecimentos. Estranhamente, todos os casos envolvendo o nome dele ao longo dos anos foram arquivados, e os escândalos, abafados. Penelope Fontaine infiltrou agentes na polícia e na imprensa e nós conseguimos provas de corrupção em todas as esferas.

Esse é o motivo de ele nunca ter sido preso, nem por conta das acusações que Natalie fez contra ele na Inglaterra. Acaricio o envelope como se ele pudesse, de um jeito mágico, reverter tudo de ruim que esse filho da puta fez. Inclusive a perseguição contra Natalie no Canadá, o envolvimento do Alexei, de alguns seguranças do balé e até mesmo de um policial — está tudo aqui dentro, documentado.

Pego a garrafa de água sobre a mesa e coloco um pouco no copo. A detetive também se serve, me encarando, depois diz:

— Você está com cara de poucos amigos. Seja mais otimista, vai dar tudo certo.

— Eu ainda estou puto porque o Alexei conseguiu fazer um acordo com a polícia, contou tudo o que sabia e foi deportado. Além de livre, provavelmente agora está usufruindo do dinheiro que o Paul pagou pra ele.

Fontaine dá mais um gole no café.

— Não esqueça que foi graças ao depoimento dele que nós conseguimos várias provas sobre as ações do Paul contra a Natalie, inclusive o fato de ele ter financiado a ida do Alexei para o Canadá, a entrada dele no time de hóquei e toda a movimentação em seguida.

Faço que sim e inspiro devagar.

— A contratação de um sósia pra assustar a Natalie no teatro.

— Espiões marginais que seguiam você e ela para todo lado, tirando fotos e fazendo vídeos.

— Um bandido pra arrombar a janela do quarto dela. — Bufo. — Não gosto nem de pensar no que teria acontecido se eu não tivesse feito o que ele queria.

— Ele provavelmente teria ido até o fim. Lembre-se que a diversão desse tipo de maníaco é manipular e sentir que tem o controle, além de causar dor.

Um arrepio percorre minha nunca e eu aperto a mão na borda da mesa. Que garantia eu teria de que Paul não faria mal a Natalie enquanto ela estivesse em Nova York, longe de mim e do Nick? O único conforto que eu tinha eram os relatórios diários da Penelope.

— Eu só consegui dormir um pouco nesses três meses por causa do seu trabalho.

Ela sorri de leve.

— Quem garantiu isso foram os detetives que nós contratamos para ficar na cola do Lambert nesse período e ter certeza de que a Natalie estava segura.

Vinte mil dólares — todas as minhas economias —, mais cinquenta mil em empréstimos para cobrir o custo de toda essa operação.

— A equipe foi supervisionada por você. Obrigado. Principalmente por garantir que ela estivesse bem.

A voz no alto-falante anuncia:

— *Voo 9787 com destino a Bucareste, embarque iniciado no portão 88.*

Pego o envelope, abro minha mala de mão e o guardo ali dentro.

— É o meu voo.

Penelope estende a mão para mim e eu a aperto.

— Ainda tenho uma hora até embarcar no meu para Toronto. Boa sorte, Lucas. Espero que você consiga o que precisa para colocar esse desgraçado na cadeia.

Respiro fundo.

— Eu também.

34

Lucas

Doze horas de voos e conexões desde Londres para chegar a Moscou.
Uma cidade mais gelada que Toronto.
Paisagens urbanas conhecidas no mundo inteiro.
Um palácio digno de um rei.
Dadi chama Natalie de princesa russa, e ela não se enganou: Natalie cresceu e morou até os dezesseis anos num lugar que lembra os grandes palácios do mundo, como os de Viena e Versalhes.
Ela realmente é uma princesa russa. Uma princesa da máfia russa, que renunciou a todo esse luxo apoteótico para dançar. Levando em conta que os milhares de metros quadrados da construção, a tinta de ouro nos afrescos, os móveis luxuosos e os lustres de cristal foram pagos com dinheiro ilícito, era o certo a fazer.
Estou há mais de três horas esperando o pai dela, o sr. Yuri Pavlov, dar as caras na sala de reuniões para onde me trouxeram mais cedo. Finalmente a porta se abre e revela um senhor de meia-idade, loiro e de olhos azuis como os da Natalie. Ele usa um terno azul-marinho, camisa branca e gravata cor de vinho, e atrás dele vem uma senhora de cabelo bem branco, vestida com um tailleur elegante de lã xadrez.
O homem, que eu sei ser o pai da Natalie, se senta à minha frente. Imagino que a mulher mais velha seja a babushka, e ela se senta no extremo oposto da mesa, como se não fosse participar da conversa. Dois seguranças ficam em pé ao lado da porta depois que ela é fechada.
— Boa tarde, sr. More. — Yuri cruza os dedos sobre a mesa encerada. — Você disse que tem alguma coisa para falar sobre Natalie Pavlova?

Faço que sim e não deixo de reparar que Yuri não usou a palavra "filha" para se referir a ela.

Estou nervoso pra cacete, e não porque esse homem é um bandido internacionalmente conhecido, respeitado e temido. Minha tensão é porque preciso que isso dê certo, senão... Não quero nem pensar.

Dou um pigarro, respiro fundo e começo:

— A sua filha, quando morou na Inglaterra, se relacionou com um homem perigoso que continua a perseguindo, mesmo depois de anos que o relacionamento acabou. Dr. Paul Lambert.

Ele arqueia as sobrancelhas loiras, como quem diz: "E o que eu tenho a ver com isso?" Explico tudo de maneira resumida antes de tirar do envelope as provas que foram reunidas contra Paul e passá-las para Yuri analisar.

— É uma história bastante emocionante, meu jovem — diz ele, olhando alguns dos papéis —, mas minha dúvida permanece. O que você acha que eu posso fazer sobre isso?

Meu coração dispara. Preciso convencê-lo a me ajudar. A ajudar a filha dele.

— O Paul é um homem rico e influente. Há anos a família dele vem subornando pessoas da imprensa e da polícia para apagar evidências, arquivar casos e abafar escândalos na mídia.

Ele cruza novamente os dedos sobre a mesa, esperando que eu conclua.

— Sr. Pavlov, para a Natalie estar segura e livre desse monstro, seria preciso que alguém agisse, alguém com mais poder e influência que a família do Paul. Alguém que tenha os meios e os recursos necessários para que essas provas sejam publicadas na imprensa do Reino Unido e do mundo e entregues nas mãos de policiais competentes, que levem o caso adiante.

Os dedos um pouco enrugados folheiam mais algumas páginas, sem se fixar em nenhuma informação em específico.

— E você veio do Canadá até aqui para pedir que eu use a minha influência e o meu dinheiro para ajudar a prender esse tal Paul Lambert?

Meu coração bate ainda mais forte.

— Sim, senhor.

E aí ele gargalha de um jeito exagerado.

— Sr. More — ele usa um tom condescendente —, Natalie saiu desta casa há anos. Ela abandonou a família e contrariou o meu desejo, ignorando a missão dela para conosco, que seria a de se casar com um rapaz a quem ela estava prometida desde que nasceu. Você sabia disso?

Merda. Acho que não estou indo bem aqui.

— Sim, senhor. Mas ela ainda é sua filha, e enquanto esse sujeito estiver livre ela nunca vai estar segura de verdade.

Yuri dá um sorriso ácido.

— Natalie não é mais da minha conta, contanto que Nicolau continue cumprindo o que prometeu. — Ele encolhe os ombros com desdém. — Eu não tenho interesse nenhum na vida dela. Aliás, por que Nicolau, o superprotetor da nossa princesinha, não está aqui no seu lugar? Foi ele quem te mandou até aqui?

Sinto o sangue gelar e ferver em segundos. Eu não acredito nisso. Não acredito que vou falhar.

— O Nicolau é meu amigo, mas não sabe que eu estou aqui. Aliás, ele não sabe nada sobre esse assunto.

Yuri sorri mais um pouco, como se tudo isso fosse uma piada.

— Uma pena. Do jeito que ele é esquentado, resolveria essa situação muito rápido.

Na verdade, foi por isso que eu não contei para Nick até hoje. Apesar de o meu amigo ter dinheiro, ele não tem tanto como Yuri Pavlov, e com certeza tem muito menos influência para chegar às pessoas certas. Provavelmente Nick resolveria tudo muito rápido, como o tio dele acabou de sugerir, e seria preso. Eu mesmo já tive vontade de fazer isso mais de uma vez, mas em vez de agir por impulso eu penso na minha família e na Natalie. Resolver um problema criando outro não resolve nada.

Aperto as mãos em cima da mesa e prendo a respiração.

— O senhor vai me... nos ajudar?

Ele alarga os ombros antes de dizer, com um prazer sádico:

— Você perdeu a viagem. Como eu disse, a segurança da Natalie não é mais problema meu.

O estresse, toda a loucura que virou minha vida nos últimos meses, mas principalmente a lembrança do sorriso da Natalie fazem meu sangue ferver mais, e minha razão evapora.

— Ela é sua filha, porra.

Yuri arregala os olhos, eu me levanto e prossigo gritando, fora de mim:

— Você não pode simplesmente ignorar o que está acontecendo e deixar esse maluco continuar brincando com ela como se ela fosse uma boneca.

O pai da Natalie olha para os seguranças parados junto à porta e em poucos segundos eles me imobilizam. Estou ofegante, desesperado e inteiro retesado. De tensão e de raiva.

O homem também se levanta, apoiando as duas mãos na mesa. O rosto dele ficou vermelho de repente.

— Pegue essa coragem, que você usou para vir até a minha casa e gritar comigo sobre o que eu devo ou não fazer, e, se estiver disposto depois da surra que você vai levar aqui por ter agido assim, resolva os seus problemas com Paul Lambert. E faça isso com as suas próprias mãos.

Luto para me soltar e começo a ser arrastado em direção à porta.

— Talvez eu faça isso mesmo, seu desgraçado, porque eu amo a Natalie.

Yuri fala algo em russo para os seguranças, que continuam a me levar para a porta enquanto sigo tentando me soltar. Por instinto, meus olhos vão para a senhora de cabelo branco; eu nem lembrava mais que ela estava na sala. Ela está acariciando um gato branco aninhado em seu colo.

Uma mulher de poucas palavras, lembro da voz da Nathy. Desconfio de que talvez seja ela quem manda na família inteira. *Ela me ajudou a dançar, é a única pessoa de quem eu sinto falta*. Estrelas de neve.

Eu me viro para ela, desesperado, e o impossível acontece: o gato branco e peludo pula do colo da mulher e começa a se esfregar entre minhas pernas. Vendo isso, os seguranças param de me puxar. Arregalo os olhos, resfolegando, sem entender nada, e começo a falar o que consigo, atropelando as palavras:

— Babushka, a Natalie sente a sua falta. Ela me contou sobre as estrelas de neve e as cicatrizes, sobre os gatos. Ela se tornou uma bailarina incrível e precisa... — arfo — nós precisamos da sua ajuda.

Ela levanta a mão e os seguranças me soltam. Então, fala alguma coisa em russo e os caras se afastam. O gato branco continua a se esfregar nas minhas pernas. Atordoado, ajeito o terno que estou vestindo e tento acalmar a respiração.

Ela continua a falar em russo, agora com Yuri, que argumenta no mesmo idioma.

— Sente-se — Yuri ordena em um tom firme. — Vamos conversar mais um pouco. Minha mãe acha que eu devo ouvi-lo melhor.

— Obrigado — murmuro, olhando para ela, e — *spasibo* — agradeço também em russo.

Ela sorri discretamente para mim e eu tenho certeza de que, sim, é ela quem manda na família. E eu entendo Natalie sentir falta somente dela. Ou talvez — olho para o gato, que pula no meu colo assim que volto a me sentar —, talvez seja esse gato branco quem controle tudo por aqui.

35

**Série da minha vida, episódio de hoje:
Um buquê de morangos**

Sirvo o chá preto em duas xícaras e adiciono limão e mel, do jeito que ela sempre gostou de tomar.
— Bolo, babushka?
— Uma fatia pequena — responde minha avó, com Leonid, seu gato branco inseparável, no colo.
Meus dedos tremem um pouco quando a sirvo. É difícil me acostumar com essa figura aristocrática (ela quase nunca menciona que descende dos grandes czares) na mesa de jantar do meu apartamento de sessenta metros quadrados em Nova York. Minha avó já está aqui, conversando comigo, falando mais do que eu já a ouvi falar a minha vida inteira, há duas horas.
Então imagine a minha surpresa quando eu a vi ontem à noite, em um dos camarotes, aplaudindo de pé minha performance como Giselle. Quase caí do palco; ainda bem que a peça tinha terminado.
— Minha neta — ela segura minhas mãos quando coloco o prato de bolo à sua frente —, você se tornou uma grande estrela do balé, assim como eu sonhei que seria.
Ela olha para o tampo da mesa e acrescenta:
— Como sonhei que um dia eu também seria.
Pisco várias vezes, surpresa.
— A senhora dançou balé?
— Sim, até os meus catorze anos, escondida de todos, como você. Mas escolhi o caminho mais fácil: cuidar da família.

Sorrio, incrédula e admirada.

— Cuidar da nossa família não foi o caminho mais fácil, babushka.

Ela fica me encarando em silêncio por um tempo, e somente quando desvio os olhos diz:

— O seu único defeito é não dançar no grande Bolshoi, além de estar morando no Ocidente. Ah — ela lança um olhar para Sol, que finalmente parou de lamber Leonid e se deitou no sofá —, e ter um cachorro de estimação em vez de um gato.

Acho graça e acaricio a cabeça de Leonid antes de me sentar ao lado dela.

— A Sol é um sonho de infância.

— Ah, sim, eu sei. Eu me lembro.

Volto a segurar a mão dela com carinho.

— Estou muito feliz que a senhora esteja aqui.

Entra uma mensagem no celular dela, que está em cima da mesa, e eu leio no automático:

Está acontecendo.

— Bem na hora — murmura ela, satisfeita, antes de me encarar. — Vamos assistir televisão?

Franzo o cenho, com cara de interrogação, e aponto com os olhos para o painel da TV.

— Assistir o quê?

— Vamos — babushka se levanta —, ligue no noticiário.

Abro a boca para dizer que eu não assisto jornal e que as únicas notícias que gosto de saber são do universo do balé ou da cosmologia. Mas paro quando ela se adianta, senta no sofá bege e pega o controle para ligar o aparelho.

— Qual o canal? — pergunta. — Sente-se aqui. — Bate nas almofadas ao lado dela.

Obedeço, murmurando:

— Três cinco oito, acho.

Na hora em que o repórter começa a falar, eu paraliso.

— *Notícias extraordinárias sobre a prisão preventiva e inafiançável de Paul Lambert.*

— O quê? — sussurro, com o coração aos saltos. — Como assim? Continuo assistindo.

— *O médico infectologista Paul Lambert, filho mais velho de uma dinastia do Reino Unido, é acusado de vários crimes: tráfico de substâncias ilícitas, violência sexual contra pelo menos cinco mulheres, há três anos, suborno de autoridades e corrupção.*

A imagem de Paul — meu estômago embrulha — sendo algemado e colocado dentro do carro da polícia aparece na tela, com o letreiro AO VIVO na parte inferior.

Cubro a boca com os dedos trêmulos quando a âncora do jornal aparece dizendo:

— *É, e as coisas ficam cada vez piores para o dr. Lambert. Desde que o caso saiu na imprensa, há uma semana, outras três jovens compareceram à delegacia para engrossar o número de vítimas dele. Além das acusações de tortura física e psicológica, ele também será investigado pelo envolvimento com o desaparecimento de uma jovem de vinte e três anos.*

— Meu Deus — murmuro.

A câmera agora está no outro âncora:

— *O dr. Lambert vai aguardar preso o processo e o julgamento, e é bem provável que passe o resto da vida num presídio de segurança máxima.*

Babushka desliga a TV e cobre minha mão com a dela.

— Se nós soubéssemos que você tinha se envolvido com um tipo desses, teríamos feito alguma coisa antes. Nossos negócios podem não estar todos dentro da lei, mas não compactuamos com psicopatas. Principalmente com os que mexem com alguém da nossa família.

Meus olhos se enchem de lágrimas.

— Eu achei que não fosse mais da família.

— Seu pai é um velho turrão, sua mãe parece que nunca se importou, mas eu... — ela segura meu rosto entre as mãos — ... sempre vou ser sua babushka.

Pisco as lágrimas acumuladas.

— Vocês fizeram isso? — Aponto para a TV depois de pegar o controle e colocar no mudo.

Ela encolhe os ombros.

— Nós só demos um empurrãozinho. Na verdade foi... — ela olha para o relógio fino de pulso — *eto byl tvoy prints*. Foi o seu príncipe.

— Quem?

Meu celular dispara com a entrada de várias mensagens simultâneas:

Nicole

O filho da puta foi preso, finalmente.

Ivo

Vou abrir um champanhe em sua homenagem.

Nick

Não sei se vc viu, o puto do seu ex acabou de ser preso.

Aliás, o investigador que eu contratei me ligou agora e falou que o Paul estava envolvido com as ameaças que vc sofreu aqui em Toronto.

Rubin, acho que nós fomos injustos com o Lucas.

Meus dedos estão trêmulos segurando o aparelho, e quando olho para babushka ela está com um sorrisinho enigmático no canto dos lábios.

— Quem é o meu príncipe, babushka, e o que foi que ele fez?

Ela coloca Leonid na caixa de transporte.

— Um jovem muito bonito que nos visitou em Moscou há duas semanas para contar uma história sobre o seu passado e pedir ajuda para prender o vilão dessa história. Ele ganhou minha admiração e minhas bênçãos... sem falar que Leonid gostou do rapaz, e ele nunca gosta de ninguém.

— O Lucas — afirmo baixinho.

Babushka pega minha mão e beija o dorso. Esse é o maior sinal de respeito na nossa família. Retribuo o gesto e ela murmura:

— O seu coração sempre soube, não é?

O interfone toca, Sol se levanta e late. Babushka pega a bolsa e a caixa de transporte.

— Meu voo é daqui a poucas horas. Vou voltar para casa, estou muito cansada.
— Da viagem?
— De falar. Agora vou poder voltar a ficar em silêncio. Estou há duas semanas falando mais do que falei a vida inteira.

Sorrio emocionada e a abraço, encostando a cabeça em seu peito, como fazia quando era criança.

Quando ela fala, sua voz soa abafada:
— O maior presente que o sr. More me trouxe não foi o privilégio de punir o criminoso do seu ex-noivo, mas a chance de estar com você novamente, minha neta.
— *Ya tebya lyublyu.*
— Eu também te amo.

Com o coração cada vez mais acelerado, vejo minha avó sair do apartamento e entrar no elevador, desaparecendo quando as portas se fecham. Apressada, atendo o interfone, que ainda toca.
— Srta. Pavlova — uma voz suave anuncia —, tem uma entrega para você.

Recebo um buquê gigante com inúmeros morangos maduros arrumados como se fossem rosas, com um bilhete e um envelope. Abro o bilhete, sem conseguir respirar direito, e leio:

> Minha moranguinho,
> Este arranjo tem 107 morangos, um para cada dia que ficamos longe. Aliás, quem fez sua vitamina nesse tempo? Quero te dizer que terminar com você foi a coisa mais difícil que eu já fiz na vida, mas não teve nada a ver com o hóquei nem comigo, muito menos com a minha vontade. Talvez você já esteja sabendo disso quando ler esta carta. Mesmo assim, moranguinho, eu sinto muito. Ver você chorar aquele dia sem poder te falar a verdade arrancou meu coração e me quebrou inteiro.

Pisco as lágrimas e continuo lendo:

> Se quiser entender melhor tudo o que aconteceu, dá uma olhada no envelope que eu enviei com o arranjo.

Você vai encontrar a cópia do depoimento do Alexei para a polícia de Toronto e algumas das provas que foram usadas para prender o Paul. Ele me ameaçou durante meses, e também à minha família, mas o principal: ele ameaçou você. (Espero que esta seja a última vez na vida que a gente precise mencionar ou pensar nesse desgraçado.)

Demorei três meses para te procurar porque foi o tempo necessário para a investigadora juntar todas as provas, para eu fazer algumas viagens ao exterior e conseguir nos libertar de vez desse pesadelo.

Mas, espera, não é verdade essa história de pesadelo. Para mim, te conhecer e estar com você sempre foi um sonho, mesmo que tenha sido um pouco assombrado por um vilão, como nos contos de fadas que você ama. Eu sei que você não precisa de um príncipe para te resgatar ou para te fazer feliz, mas, se você aceitar, eu te prometo, Natalie, que nós podemos tentar construir esse lance de ser felizes para sempre juntos.

Se a sua resposta for sim (espero muito que seja, pois meu peitoral lindo está morrendo de saudade de você)...

Dou risada entre as lágrimas e retomo a leitura:

... dá um pulo na escada de incêndio, sem o spray de pimenta, por favor (hahaha), que eu tenho um presente para te dar.

Deixo o papel em cima da mesa e enxugo as lágrimas. Mais lágrimas. Sem parar de sorrir, visto o casaco, corro até a janela que dá para a escada de incêndio e saio olhando ao redor. O dia está lindo, o céu azul, os pássaros voam ao redor e a rua nesta face do prédio está pouco movimentada, mas... fora isso, não tem nada aqui.

Cadê?

Estou olhando para os lados quando escuto:

— Princesa Natalie — a voz grave ecoa ao redor —, princesa Natalie!

Eu me apoio no guarda-corpo e rio com a cena que encontro na rua estreita: uma limusine branca se aproxima e Lucas está em pé, com o corpo para fora pelo teto solar, levantando no ar um taco de hóquei como uma espada. Começo a gargalhar e a chorar ao mesmo tempo.

— Não acredito — murmuro.

— Princesa Natalie — ele continua a gritar, e o carro para embaixo da escada. — Moranguinho.

Lucas desce da limusine e puxa a escada retrátil para subir. Assisto enquanto ele se aproxima e não paro de rir, chorar e rir mais.

Ele chega ao meu andar, com uma caixa na mão, antes de dizer:

— O seu presente, princesa.

E eu pulo nos braços dele sem conseguir falar nada. Nem uma palavrinha. Já hiperventilei e meu coração provavelmente explodiu no peito.

— Você ficou louco.

Os lábios dele encostam de leve na minha testa, nas minhas bochechas e nos meus lábios.

— Sim, louco por você há três anos. E agora estou morto de saudade, baby.

Inclino o pescoço para trás e mergulho nos olhos verdes mais lindos que existem.

— Você devia ter me contado. A gente poderia ter fingido por um tempo ou sei lá.

As mãos incertas dele emolduram meu rosto.

— Me perdoa, eu não podia. Eu quis tanto te contar, mas não podia arriscar. E, principalmente, eu sabia que se te contasse, mesmo que ficássemos sem nos falar por meses, sua paz de espírito iria embora e você provavelmente não estaria sozinha em Nova York realizando seu sonho. Baby, pra mim nada é mais importante que te ver alcançar o céu e todas as estrelas que você quiser tocar.

Recebo outro beijo de leve e mais um, e definitivamente meu coração não explodiu, porque está batendo forte em meu peito.

— Eu entendo — murmuro. — Sinto muito por tudo o que o Paul...

Os dedos dele cobrem meus lábios.

— Acabou, minha moranguinho. Ele está preso.

— Eu vi, capitão. E você... — arquejo, rindo. — Parabéns. Reproduziu direitinho o final de *Uma linda mulher*, meu filme favorito.

As sobrancelhas marcantes se arqueiam de um jeito engraçado.

— Com a diferença de que o Edward Lewis tem medo de altura, e eu tenho medo do spray de pimenta.

Gargalho, espalmando as mãos em seu peito.

— E no fim parece que a princesa precisou mesmo ser resgatada.

Lucas me beija suavemente e se afasta um pouco, me lançando um olhar cheio de emoção.

— Não, moranguinho, eu só adiantei as coisas e te poupei do trabalho. Com certeza você faria melhor sozinha.

Olho para minhas unhas com um ar de descaso exagerado.

— Se eu faria melhor sozinha, o que você veio fazer aqui?

— Estou aqui porque eu gosto de acreditar que o meu peitoral é insubstituível pra você.

Rimos juntos e paramos pouco depois, ofegantes. O olhar intenso de que senti tanta falta está nos meus lábios e faz minha barriga gelar.

— Posso te beijar?

Toco nas laterais do rosto dele com a ponta dos dedos.

— Tipo um selinho?

— Não, tipo o beijo de um homem sedento por uma mulher há anos.

Ele repete a frase que disse antes do nosso primeiro beijo e eu faço que sim, várias vezes.

E Lucas? Bem, ele cumpre o que prometeu.

❋ ❋ ❋ ❋ ❋

Sentados no sofá do meu apartamento, Lucas e eu conversamos por um tempo sobre tudo o que aconteceu. Ele me contou em detalhes sobre a viagem dele para Moscou, a conversa com meu pai e as providências da minha avó.

Falei para ele, emocionada, que minha avó tinha saído daqui agora mesmo. Em seguida contei como estavam as coisas como bailarina principal no ABT. Brincamos um pouco com a Sol, Lucas fez minha vitamina de morango e eu *juro*: por mais que tente reproduzir a receita, nada se iguala à vitamina dele.

Sem graça, confessei há pouco que não tinha saído com ninguém nesses meses, que eu menti por impulso na ligação com ele e Nick porque naquele dia ainda estava muito magoada com nosso término.

Lucas deu um sorriso fraco e convencido.

— Eu percebi. Sua boca curvou um pouco, daquele jeito que só acontece quando você mente.

Estreitei os olhos, fingindo estar atingida, e ele me beijou, me deixando atingida de verdade, só que de um jeito bom.

Agora, Lucas acabou de pegar a caixa de presente que chegou carregando e que eu ainda não abri. Curiosa, desfaço o laço azul e meus olhos quase saltam do rosto quando tiro de dentro um globo de neve.

Mas não um globo de neve qualquer.

— Eu peguei os cacos do lixo naquele dia em que a gente se separou — explica ele, com os olhos na réplica do prêmio que recebi da minha professora anos atrás —, mandei um e-mail pra Larisa Zakarova e perguntei se tinha como restaurar ou comprar outro igual.

Meus olhos transbordam de lágrimas outra vez. Se minha babushka nunca falou tanto na vida, eu nunca chorei tanto.

— E? — pergunto, incentivando-o a continuar.

— Mandei os cacos pra Rússia, no lugar que a Larisa me indicou. Eles derreteram e fizeram outro igual, usando o mesmo cristal. Só que eu pedi pra acrescentarem essas estrelas de neve ao redor, pra elas representarem a beleza que as cicatrizes deixam.

— Obrigada — soluço. — É o presente mais lindo que alguém já me deu. Obrigada, Lucas, por tudo. Eu... nem sei o que te falar.

Ele me abraça com força e me beija antes de apoiar o globo de neve no sofá.

— Eu te amo, moranguinho.

— Eu te amo — respondo, e sou erguida no colo.

Os lábios dele se curvam num sorriso sugestivo.

— Tem algum piano por aqui?

Acho graça.

— Não, mas tem uma cama enorme. — E aponto com a cabeça para a porta do quarto. — Ali.

Se a minha vida fosse uma série, a câmera se afastaria agora, pegando um plano mais amplo da sala enquanto Lucas me carrega no colo e promete coisas no meu ouvido que me fazem rir. Nossa voz certamente se distanciaria à medida que ele se aproxima do meu quarto e eu pergunto:

— Por que você desistiu do Draft?

— Tive uma proposta de um time em Nova York, mas ela só vai poder ser oficializada depois do leilão.

E os sons ficariam mais abafados conforme entramos no quarto.

— Você é louco? Deve ter perdido um dinheirão.

— Mas eu ouvi que Nova York tem ótimas escolas de dança, e uma bailarina incrível que também gosta de dançar contemporâneo.

E então a câmera se afastaria ainda mais, focalizando o globo de neve sobre o sofá, e os sons das nossas risadas diminuiriam, ficando mais abafados até se transformarem em sons de prazer.

Se eu dirigisse a série da minha vida, o foco continuaria abrindo até a janela do quarto onde vamos dormir juntos de agora em diante e, por fim, fecharia nas estrelas de neve que caem do céu e emolduram a cena.

Epílogo

Contos de fadas existem sim, e eu sou a prova disso.

Estou me casando com um cara que parece um príncipe e age como um desde que começamos a namorar, há três anos. Na minha frente tem um castelo do século XIX digno de *Bridgerton*. Meu vestido também segue o estilo princesa: saia rodada, cauda, tule, renda, véu de cinco metros e tudo o que uma noiva à moda conto de fadas deve ter.

Também sou a prova de que merdas acontecem na vida e às vezes elas podem ser bem grandes e nos quebrar em milhões de pedaços, mas, quando conseguimos juntar os cacos e continuamos a buscar nossos sonhos e nossas ilhas de amor e apoio, as cicatrizes que resultam dessas merdas podem, depois de um tempo, se parecer com estrelas.

Estou estrategicamente posicionada dentro de um quarto, num lugar de onde vejo todos e ninguém me vê. Olho para minhas ilhas de amor e apoio e sorrio emocionada, porque elas se multiplicaram nos últimos anos.

Nicole, Daniel, Nick, meu irmão, Ivo e o namorado, Maia, Nina e Elyan. Meus novos amigos do ABT, Dean e os outros ex-jogadores do Dragons se misturam com os vinte caras do Ragers, o principal time de hóquei de Nova York, do qual Lucas é o capitão.

E por fim ele, meu capitão, vestido num smoking preto, lindo de um jeito que enche minha barriga de borboletas e faz meu coração acelerar. Ele está de costas para todos, visivelmente tenso: o pé bate no piso de pedra, ele alonga o pescoço, abre e fecha as mãos como se fosse entrar no rinque, mas são os olhos cheios de lágrimas que me fazem perder o fôlego e me arrepender um pouquinho da brincadeira que planejamos. Só um pouquinho

Vejo Dante chegar vestido de noiva e todos seguram a risada, porque esse homem enorme está usando véu e grinalda num modelito justo e rendado.

Dante se posiciona colando as costas nas do Lucas. Tadinho, ele jura que vai me ver pela primeira vez vestida de noiva, e agora mesmo está prendendo o fôlego enquanto os convidados fazem contagem regressiva.

Ele se vira, cheio de expectativa, e arregala os olhos ao se deparar com uma noiva muito maior que a esperada. Nosso amigo dá vários beijinhos no ar de olhos fechados. Lucas cobre o rosto com as mãos e Dante afina a voz para dizer:

— Casa comigo, meu capitão. Prometo que vou pôr em prática as dicas daquele livro que você adora.

Lucas fica surpreso ao ouvir a piada interna, até então exclusiva dos dois, e cai na gargalhada — na verdade, uma onda de gargalhadas explode no ar. Estou rindo tanto que mal consigo respirar.

Viro de costas para a janela de onde espiava a cena quando ouço a voz de dadi se aproximando:

— Ela é a noiva hindu mais linda que eu já vi. Que Ganesha abençoe a união de vocês.

— Obrigada, dadi.

Vó Nora, que segue ao lado dela, não se contém:

— O vestido dela não tem nada de hindu, nem uma renda sequer. Por favor, contenha-se.

Dadi, para variar, não ouve Nora.

— Mas eu reparei no bom gosto que você teve quando colocou uma estátua de Ganesha num aparador na entrada deste castelo, que, aliás, tem ares indianos.

Sim, este foi o acordo entre as famílias: elementos das três culturas estão presentes no nosso casamento multiétnico. Rússia, Índia e Irlanda.

Nora bufa

— O castelo é uma construção do século xix em estilo gótico, pelo amor de Deus. Por mais que eu odeie admitir, é um típico castelo inglês.

Babushka segue em seu usual silêncio, acariciando Leonid, que está em seu colo.

Vó Nora pega minha mão ao acrescentar:

— Você está linda como as princesas dos contos irlandeses, uma verdadeira fada. Deus abençoe vocês, minha filha.

— Obrigada, vó Nora.

Dadi segura minha outra mão.

— Que Ganesha abençoe os bisnetos indianos e ruivos que vocês vão nos dar.

As mãos de vó Nora vão parar na cintura.

— Ah, por favor, alguém coloque juízo na cabeça dessa senhora caduca e diga para ela que não existem ruivos na Índia. Meus bisnetos ruivos obviamente serão muito mais irlandeses que indianos.

As duas prosseguem discutindo, e babushka me encara antes de revirar os olhos e dizer, em alto e bom som:

— Eles serão russos, entendido? — E se vira para mim. — Você está linda, Natalie. Uma verdadeira princesa russa.

— Obrigada, babushka.

Vó Nora e dadi param de discutir e fitam babushka boquiabertas, até dadi falar o que vem à cabeça, para variar:

— E a senhora acha que pode chegar na família agora e disputar a nacionalidade dos nossos bisnetos ruivos?

— Nem pensar — emenda Nora. — Nós conversamos sobre isso desde que os dois se conheceram. Eu já dizia que eles serão irlandeses porque...

— Não fale besteira — babushka interrompe. — Minha linhagem descende dos antigos czares, com certeza é a que predomina pela dinastia num casamento e...

Dou risada, sem acreditar que de agora em diante teremos mais uma avó para brigar com as outras duas. A voz de babushka some em minha consciência quando volto o olhar para o jardim onde daqui a pouco acontecerão a cerimônia e a festa.

Sol brinca com Vader, o cachorro preto enorme do Elyan e da Nina. Jules e Robert, meus sobrinhos postiços, que serão minha daminha e meu pajem, estão no meio dos dois cachorros. Charlotte pega Jules pela mão e faz uma careta de desgosto, chamando Nina para ver a mancha de terra no vestido branco da menina. Nicole, Daniel, Ivo, Nick e Maia dão risada apontando para Dante, que acabou de recolocar o terno para ser nosso padrinho.

E eu? Estou com os olhos cobertos de emoção, cercada pela família enorme, caótica e perfeita que sempre sonhei em ter.

❋ ❋ ❋ ❋

    Sempre que assistia àqueles vídeos em que o noivo chora de emoção ao ver a noiva entrar na cerimônia de casamento, eu me emocionava e ao mesmo tempo pensava: *Isso deve ser tão raro, nem sei se existe mesmo.*
    Entrei no corredor central de braço dado com Nick, Sol na nossa frente levando as alianças com Jules e Robert. Lucas não parou de sorrir com o rosto inteiro e de transbordar o sorriso com lágrimas nos olhos. Sim, isso existe e eu encontrei esse tipo de amor. Agora, acabamos de trocar alianças, e, apesar de o céu estar azul e o sol brilhar forte, uma nuvem branca começou a se aproximar do altar montado no jardim logo que cheguei à cerimônia.
    — Pode beijar a noiva — o padre afirma.
    As mãos de Lucas envolvem minha cintura e ele olha para meus lábios.
    — Oi, esposa.
    Nossas respirações aceleram um pouco conforme ele se aproxima, conforme o ar que sai de sua boca toca meus lábios. Meu coração bate forte, como se fosse a primeira vez que nos tocamos. Com ele, eu sempre tenho essa sensação.
    — Oi, marido.
    Acho que ele sente o mesmo, porque emite um grunhido baixinho de satisfação quando nossos lábios se encontram.
    Um grande erro que geralmente cometemos é nos condicionarmos a acreditar que conhecemos as pessoas que estão do nosso lado, por isso elas acabam perdendo o encanto. Só que todos nós mudamos o tempo inteiro, todos os dias. É assim que tento olhar para Lucas, como se de algum jeito estivéssemos nos descobrindo e escolhendo um ao outro diariamente. As brigas acontecem, o dia a dia não é perfeito como num conto de fadas, temos momentos maravilhosos e alguns ruins, mas é a escolha diária e nossa vontade de fazer dar certo que me enchem de certeza de que, entre as tempestades naturais da vida, seremos felizes para sempre.
    E é quando o beijo fica um pouco mais profundo que, de maneira surpreendente, a nuvem faz nevar. Flocos pequenos e esparsos, acesos como estrelas pelos raios de sol. É algo místico, quase sobrenatural, e todos reagem com murmúrios embasbacados.

Nós dois olhamos para cima com as mãos entrelaçadas e os violinistas começam a tocar a música tema de *Interestelar*, a música surpresa que Lucas escolheu para sairmos da cerimônia.

Seus dedos acariciam minha mão quando ele murmura a frase do filme:

— "O amor é a única coisa que transcende o tempo e o espaço." Não sei se eu já te contei, mas foi por causa dessa frase que eu quis dançar essa música com você, há três anos.

Nos beijamos outra vez, ao som de aplausos e vivas dos convidados, enquanto pequenos flocos dourados e brancos dançam ao nosso redor, como um corpo de balé ensaiado e mágico.

Olho para Lucas, em seguida para todas as minhas ilhas de amor e para cima novamente, murmurando:

— Obrigada, produção, por tudo. Sério, muito obrigada.

Agradecimentos

Sim, eu terminei mais um romance. E este nasceu em meio à maior mudança da minha vida.

Acho que por isso Nathy começa a história mudando de país e termina do mesmo jeito (risos).

Para vocês, meus leitores, eu dou um par de sapatilhas de gelo imaginárias. Sei que vocês, assim como Nathy, também são capazes de se salvar sozinhos, mas merecem um príncipe ou uma princesa que possa escalar a torre ao seu lado, calçar as sapatilhas com vocês e dançar ao som de divas pops.

Amor de conto de fadas, finais felizes e a capacidade de se salvar sozinhos (quando for preciso) é o que desejo para vocês.

Todo o meu amor e gratidão, meus leitores. Ao acreditarem nas histórias, são vocês que fazem Nathy continuar dançando e Lucas alcançar o pódio do coração dela e dos rinques de hóquei pelo mundo.

Imagine uma superagente que é uma guerreira apaixonada por histórias. Alba, obrigada por me ajudar a levar adiante esta história, por todas as mensagens de apoio, pelos prazos prorrogados (você sabe como precisei desta vez, né?), pelas risadas, revisões, ideias e dicas de nomes (de novo, você sabe que a minha criatividade é toda para criar enredos e não sobra nada para criar nomes de personagens). Obrigada, principalmente, pela amizade, por viver os sonhos dos meus personagens e por se aventurar comigo em mais um episódio da série maravilhosa que é minha vida como autora. Obrigada por tudo, time Increasy.

Lógico que nem só dos sonhos dos autores vive um livro; ele depende dos leitores para estar vivo e de pessoas que amam histórias e façam com que elas se tornem realidade. Rafaella Machado é a fada madrinha dos contos de fadas dos personagens. Rafa, que alegria estar ao seu lado em mais um projeto. Que orgulho tenho de saber que meus personagens estão nas mãos talentosas da melhor editora. Obrigada por tudo. E por falar em time editorial, Ana Paula Gomes, obrigada pelo seu olhar atento e por deixar os meus textos brilhando antes de serem publicados.

Hoje eu sou uma escritora muito mais completa graças a cada um de vocês.

Amor, companheirismo, amizade, paixão, força, apoio, positividade. Obrigada, meu marido, por ser meu melhor amigo e amar meus personagens até mais do que eu, mesmo quando eles me deixam meio desligada do mundo e, às vezes, um tanto maluquinha. Obrigada por ser minha força quando sinto que estou fraca, por ser meus olhos quando eu paro de ver, por ser minha inspiração quando esqueço de sonhar. Sei que somos fortes e poderíamos vencer e sonhar sozinhos, mas sabe de uma coisa? É tão melhor viver e sonhar com você. É inevitável não me apaixonar ainda mais por você todos os dias.

Sabem, eu não tenho só meus personagens e um time maravilhoso ao meu lado. Malu, filhota, minha bailarina e minha ouvinte número 1 de histórias em criação. Obrigada pelas dicas, pelos nomes complicados dos passos de balé, pela cortina do banheiro em que Nathy se enrola, pelas risadas, pelas conversas, enfim, por tudo. Mamãe se orgulha cada dia mais da mulher maravilhosa que você é. Obrigada por ser minha melhor amiga. Te amo ao infinito e além, bem no clima da nossa casa nova.

De onde estou morando agora, eu vejo um castelo. Lili, quero te ver aqui em breve. Obrigada por ser essa sobrinha querida, uma irmã para a Malu, obrigada pelas dicas de bailarina e por tudo o mais.

Espera, mãe, eu não esqueci de você. Como poderia, se te sinto ainda mais perto hoje do que nunca, minha fada azul. Sei que você está orgulhosa dos novos sonhos que ando plantando e sei que amou conhecer a Nathy e o Lucas comigo, se emocionou e se divertiu com tudo o que eles criaram. O último presente que te dei fisicamente foi um pingente de floco de neve no Canadá. Sei que você está cercada deles, e que eles brilham como o sol entre mil cores ao seu redor.

Gatos (felinos) também inspiram histórias de amor, e eu sou a prova disso — os meus dois não saem do meu lado enquanto escrevo.

E, pai, obrigada por me ensinar o amor pelas palavras, pelos contos de fadas e por tudo o que começa com letra maiúscula e termina com ponto-final.

Lá em cima, depois do topo do castelo que se eleva ao meu lado, eu agradeço a Deus, aos anjos, fadas, unicórnios e leões alados que moram ali e aparecem sempre no meu coração enquanto escrevo. Nesse lugar, todas as histórias têm final feliz, todos os sonhos já se realizaram e tudo é possível, basta sonhar.

Obrigada, Deus, e a todas as forças mágicas do universo que me lembram de encontrar esse lugar entre as palavras de uma história e dentro do coração.